Über den Autor:

Alex-O. Szasz, 1988 geboren, war schon seit frühester Kindheit von allem fasziniert, was mit Fabelwesen, Magie und Mythen zusammenhing. Bereits in sehr jungen Jahren war er kreativ tätig, indem er sich eigene Geschichten ausdachte und dazu Karikaturen zeichnete. Im Alter von 14 begann er schließlich mit der Arbeit an der mystischen Welt von Obscuritas, welche er immer weiter ausbaute, vertiefte und nicht nur in Worten, sondern auch in Illustrationen festhielt.

Herstellung und Verlag: BoD-Books on Demand, Norderstedt
ISBN: 978-3-7347-5329-9

Alex-O. Szasz

Legenden von Obscuritas

# Aufbruch in die
# Finsternis

Buch I

# Die Schattenwelt
# und ihre 25 Königreiche

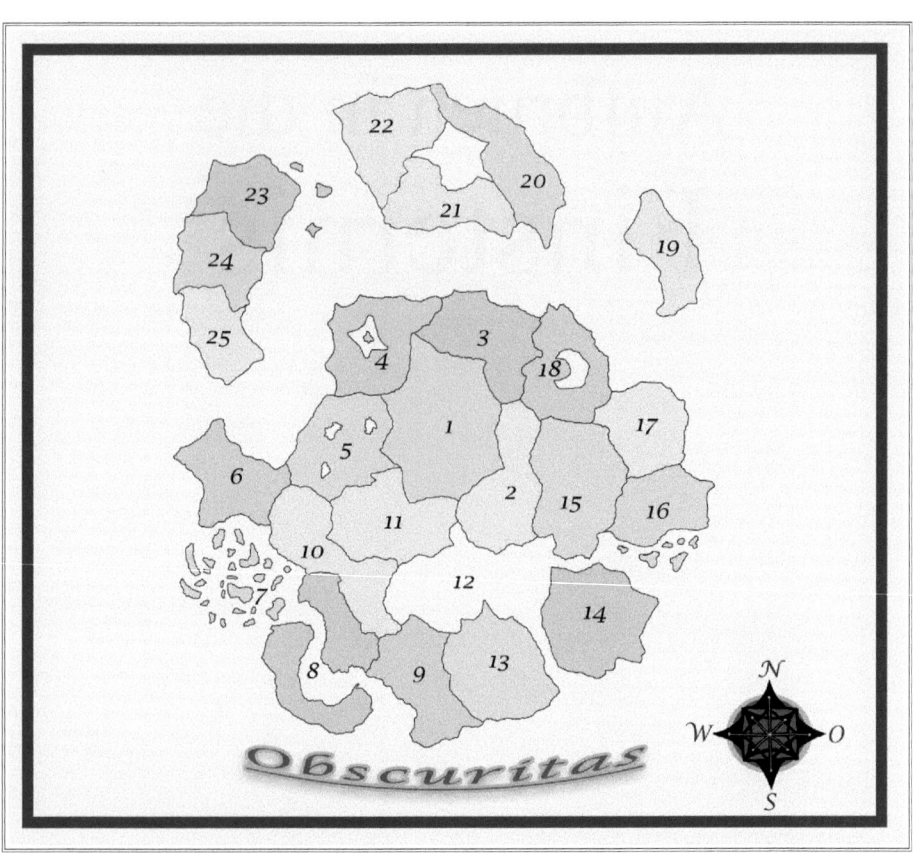

# Die wichtigsten Orte

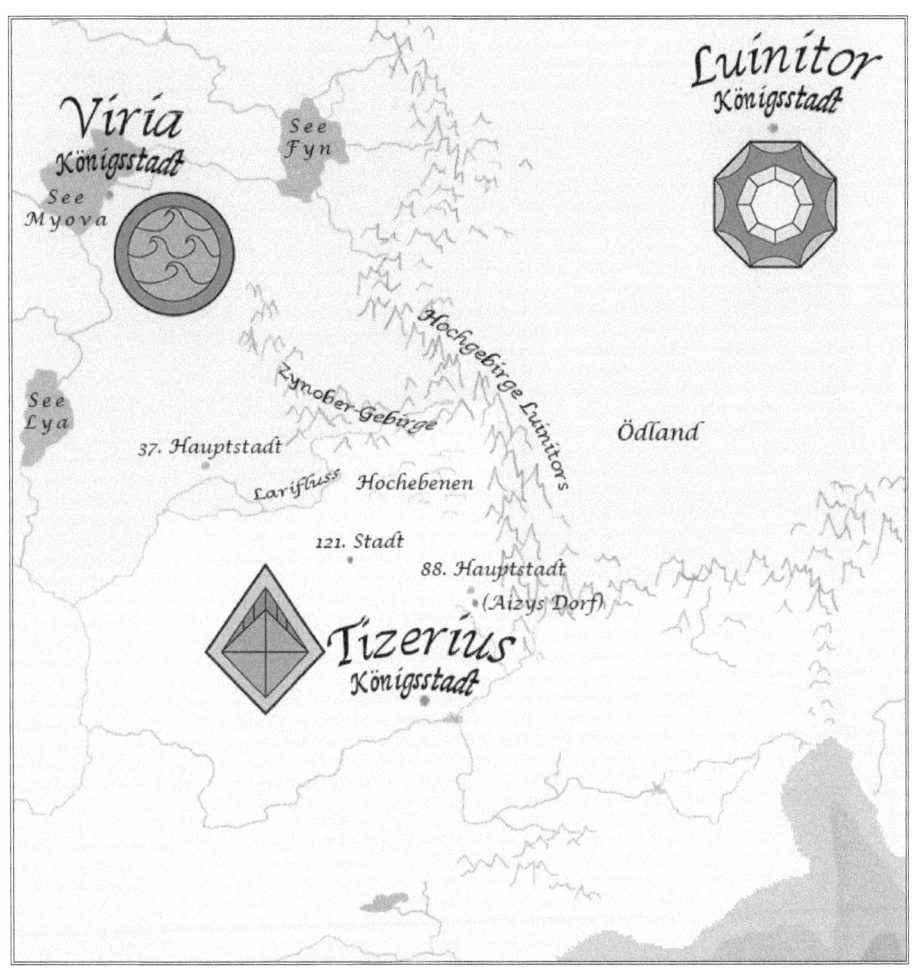

# Inhalt – Buch I: Aufbruch in die Finsternis

## Prolog: Ungewöhnliche Zwillinge
- ~ Die Vision.................................................................... 9
- ~ Das Geheimnis.......................................................... 15
- ~ Flo und Basti............................................................. 22
- ~ Das Erwachen eines Auserwählten........................... 29

## Kapitel I: Eine völlig neue Welt
- ~ Die Legende von Licht und Schatten........................ 37
- ~ Ira die mysteriöse Schwertkämpferin........................ 53
- ~ Zwei Teile eines Ganzen........................................... 67
- ~ Der schwarze Ritter................................................... 83
- ~ Der Überfall............................................................. 106
- ~ Die Macht der Gefühle............................................ 121

## Kapitel II: Die Hunderteinundzwanzigste
- ~ Reisen und ihre Gefahren....................................... 134
- ~ Die Suche nach dem Schützen-Elf......................... 157
- ~ Die Befreiungsaktion............................................... 170
- ~ Thazyl der Unverwundbare..................................... 188
- ~ Das wahre Gesicht des Hauptmanns...................... 199

## Kapitel III: Die Reise zur Elfenstadt
- ~ Falk und Terra......................................................... 216
- ~ Die Vergangenheit der Schwertkämpferin.............. 235
- ~ Eine ungewöhnliche Farm....................................... 247
- ~ Die Reise durch die Dunkelheit............................... 264
- ~ Wurm gegen Wurm................................................. 279
- ~ Rivalinnen............................................................... 295

## Kapitel IV: Schicksalhafte Ereignisse
- ~ Die Versuchung....................................................... 315
- ~ Das weise Orakel.................................................... 331
- ~ Ein schicksalhaftes Wiedersehen........................... 352
- ~ Zabuls dämonisches Spiel...................................... 369
- ~ Versagt.................................................................... 385

# **Prolog: Ungewöhnliche Zwillinge**

## Die Vision

Tief in dunkelster Nacht... es war finster wie in einem All ohne Sterne. Es gab nichts zu hören, nichts zu sehen, nichts zu fühlen, weder Kälte noch Wärme. Es war beinahe schon ein wenig furchteinflößend, denn ich wusste im ersten Augenblick nicht wo ich mich befand...

„Hey! Mach mal das Licht an, du Dödel! Hier sieht man ja die eigene Hand vor Augen nicht!" Schlagartig fiel es mir wieder ein. Ich war in dem Zimmer, das ich mir mit meinem Zwillingsbruder teilte, in meinem Bett und hatte gerade wundervoll geschlafen. „Ich hab dir doch schon tausend Mal gesagt, dass du den Rollladen nicht vollständig herunterlassen sollst!", meckerte Basti. Eigentlich nörgelte er ja dauernd über alles, was ich tat, doch meine Begeisterung für die Dunkelheit hatte ihn schon immer gestört.

Ich hörte nur, wie er von seinem Bett aufstand, ein paar Schritte machte und anschließend, nach einem dumpfen Geräusch, laut fluchte, weil er sich wohl am Schrank gestoßen hatte, so wie er es fast jeden Morgen tat, seit wir umgezogen waren. Basti hatte sich anscheinend noch nicht ganz an die neuen räumlichen Umstände gewöhnt, denn in unserer alten Wohnung war er nirgends angestoßen, wenn er aufwachte und den Rollladen hochziehen wollte. Ich vernahm den unangenehmen Laut, welcher bedeutete, dass die schöne Finsternis nun gehen musste und ich mich dem grellen Tageslicht aussetzen durfte.

„So, die Jalousie ist nun hochgezogen und du wirst sie gefälligst so lassen! Ist das klar?", schnauzte mich mein Bruder an.

„Ja, ja, schon gut!", gab ich zurück. Er hatte schon immer versucht, das Problem der morgendlichen Dunkelheit, welche er mir zu verdanken hatte, zu umgehen, doch ich war ihm jedes Mal einen Schritt voraus. Unsere Mutter war der Meinung, dass wir das unter uns ausmachen sollten. Sie schien zwar nicht sonderlich begeistert von meinem lichtempfindlichen Wesen, doch direkt dagegen war sie auch nicht, immerhin hatte jeder Mensch seinen Tick...

Ich hatte den meinen jedenfalls schon seit ich mich erinnern konnte. Na ja, so eine lange Zeit war das allerdings nicht, denn ich wusste nur noch wenige Dinge aus meiner Kindheit. Laut den Angaben meiner Mutter und meines Bruders hatten wir vor vier Jahren einen schrecklichen Autounfall gehabt, bei dem mein Vater ums Leben gekommen war und ich den größten Teil meines Gedächtnisses verloren hatte. Ob ich die Liebe zur Finsternis schon vor dem Unfall hegte, oder ob sie erst danach auftrat, wusste ich nicht. Es hieß jedenfalls, dass ich erst nachher so lichtscheu geworden war. Meine Familie weigerte sich jedoch aus irgendwelchen unerfindlichen Gründen mir einen genaueren Bericht zu erstatten, aber all zu neugierig war ich auch wieder nicht.

Ich warf einen Blick auf die Uhr an der Wand. Es war nun fast halb zehn und Basti hatte seine fünfzehn Jahre schon gemeistert. Es ärgerte mich, dass er um neun Uhr neunzehn geboren worden war und jedes Jahr einundvierzig Minuten vor mir das nächste Lebensjahr antrat. Er wusste dies und nutzte die knappe dreiviertel Stunde meist aus, um seine Sprüche loszulassen. Ich hoffte schon, er hätte es diesmal vergessen, doch da irrte ich mich wohl.

„Hey, du vierzehnjähriger Zwerg, wie ist es denn so, wenn man noch ein Baby ist? Hahaha...", fing er plötzlich an, mich zu necken. Er war in der Tat ganze vier Zentimeter größer als ich, was mir ebenfalls gegen den Strich ging. Ich hatte es allerdings schon aufgegeben, mich zu wehren, da ich in der Nacht schon oft meine Rache finden konnte. Im Gegensatz zu Basti war ich nämlich schon nach kurzer Zeit in der Lage, mich selbst in der schwärzesten Dunkelheit zurechtfinden. Diese Gabe nutzte ich häufig aus, um meinem Bruderherz nächtliche Streiche zu spielen.

„Florian, Bastian, es gibt Frühstück!", rief unsere Mutter nun, woraufhin wir in die Küche gingen. Danach schwangen wir uns auf unsere Räder und fuhren in Richtung Schwimmbad, ohne zu wissen, dass wir dort nicht ankommen würden.

Wie immer fuhren wir nebeneinander her und gaben ordentlich Stoff. Der Weg bestand zum größten Teil aus langen, geradlinigen Strecken mit wenig Verkehr, auf denen wir uns richtig austoben konnten. Mein Bruder und ich waren uns nicht sehr ähnlich, obwohl wir Zwillinge waren, doch wir konkurrierten gerne miteinander. In sportlichen Angelegenheiten war Basti der bessere von uns und so gewann er immer unsere Rennen.

An einer ruhigen Stelle ohne Autos und Fußgänger legte ich mich richtig ins Zeug und anfangs sah es gar nicht so schlecht für mich aus, aber dann verspürte ich ein mir nicht unbekanntes Gefühl in meinem Kopf. Ich fuhr immer langsamer, während mein Bruder locker die Führung übernahm. Dieses seltsame Hin und Her in meinem Schädel als Schmerz zu bezeichnen wäre übertrieben gewesen, doch es war mir nicht geheuer. Plötzlich wurde mir schwarz vor Augen. Es war als würde ich schweben. Zwar konnte ich nichts mehr um mich herum wahrnehmen, doch Angst machte mir das nicht. Es war beinahe schon ein angenehmer Zustand.

Auf einmal hörte ich eine Stimme: „Flo, Erik, Flo, Erik..." Es war eine tiefe Männerstimme, die sich zugleich recht sanft anhörte. Ich hätte gerne geantwortet, aber ich wusste nicht mal was für ein Dasein ich in jenem Moment führte. Alles war dunkel, ich fühlte meinen Körper nicht mehr und reden konnte ich anscheinend auch nicht. Die Stimme schien mir nicht unbedingt fremd zu sein, sie rief bittend: „Hilf, Schatten, hilf, Schatten..." Das Echo der Stimme verschwand allmählich und anschließend erwachte ich mit einem Ruck.

Ich glaubte anfangs, in meinem Bett zu liegen, doch dann erkannte ich Bastis besorgtes Gesicht über mir und die Umgebung.

„Um Himmels Willen, Flo, ist alles in Ordnung? War es wieder dein Kopf?", hörte ich meinen Bruder keuchen. Ich lag im Gras neben der Straße auf der wir gefahren waren und fühlte mich noch etwas benommen.

„Ich hatte wieder diesen Traum... diese Vision...", erklärte ich, während mir mein Bruder auf die Beine half. Er war der Einzige, dem ich von meinen Halluzinationen erzählte. Ich hatte solche Anfälle öfter, doch so schlimm war es noch nie gewesen. Ab und zu träumte ich von der Finsternis und einer mysteriösen Stimme und manchmal hatte ich dieses komische Gefühl in meinem Kopf, doch es war noch nie so ernst geworden, dass ich vom Rad gefallen wäre oder Derartiges. „Diesmal war alles viel realer als sonst und die Stimme sagte nicht nur meinen Namen und den unseres Vaters, sondern auch die Worte 'hilf' und 'Schatten'!"

Basti sah mich an, als hätte er einen Geist gesehen und zog dann eine strenge Mine: „Florian!", so nannte mich mein Bruder nur sehr selten, in ernsten Situationen: „Es kann so nicht mehr weiter gehen..."

„Ich konnte doch nicht wissen, dass mein Problem solche Auswirkungen haben kann!", verteidigte ich mich.

„Nein, ich muss dir etwas gestehen!", meinte er: „Ich musste Mutter versprechen, es dir niemals zu sagen." So allmählich wurde die Sache interessant. „Es war genau vor vier Jahren..."

„Es geht doch nicht etwa um den Unfall, oder?!", warf ich überrascht ein.

„Leider, doch!", gab mein Bruder mit bedrückter Stimme zurück: „Ich kann mich noch daran erinnern, als ob es gestern gewesen wäre. Unser Auto war das einzige, das zu Schaden gekommen ist. Wir waren gerade auf dem Heimweg, als Vater ganz plötzlich 'Schatten' schrie und abrupt in die Bremse stieg, so fest, dass mich das quietschende Geräusch bis ins Mark erschütterte. Eigentlich hatten wir Glück, dass hinter uns kein Auto fuhr, doch aus irgendeinem Grund fing unser Wagen Feuer und die Türen klemmten alle. Einen Augenblick lang schien die Lage völlig aussichtslos zu sein. Vater murmelte etwas von wegen, man solle uns, seine Familie, in Ruhe lassen, bevor die Türen sich schlagartig öffneten und du, Mutter und ich quasi aus dem brennenden Auto gesogen wurden. Vater blieb jedoch eingeschlossen. Ich weiß, es hört sich seltsam an, aber das haben wir uns nicht nur eingebildet. Ich glaube, Mutter weiß noch mehr, doch sie redet mit niemandem darüber."

Ich konnte es nicht wirklich glauben: „Aber Autos fangen nicht einfach so zu brennen an, während die Türen ein Eigenleben entwickeln! Und wieso wurden wir raus geschleudert, Vater jedoch in den Tod gezogen?"

„Die Polizei meinte, es hätte ein Problem mit dem Tank gegeben und die Beobachter sagten aus, dass wir aus dem Wagen gesprungen seien, doch wir wissen es besser, Mutter und ich! Du warst sofort bewusstlos, als wir draußen lagen und hast die Explosion nicht mehr mitbekommen." In seinen Augen vermehrten sich die Tränen, während er mir das alles erzählte und auch mir rann es kühl die Wangen hinunter. Es waren immer noch keine Fußgänger oder Fahrradfahrer in der Nähe, lediglich ein Paar Autos fuhren an uns vorbei.

## Das Geheimnis

Nach dieser schockierenden Geschichte beschlossen wir, nach Hause zu fahren, um mit unserer Mutter zu sprechen. Mir gingen immer noch die Worte meines Bruders und die Visionen durch den Kopf. Was hatte das nur alles zu bedeuten? Daheim angekommen ertappten wir Mutter bei den Vorbereitungen einer *Überraschungsparty*, die sie eigentlich jedes Jahr veranstaltete. Basti und ich hatten dies völlig vergessen.

„Nanu... Was tut ihr beide den schon wieder hier? Ich dachte, ihr wolltet schwimmen gehen", kam sie uns entgeistert entgegen.

„Mutter...", sagten mein Bruder und ich im Chor, was recht ungewöhnlich für uns beide war.

Dann fuhr Basti in ernstem Ton fort: „Wir müssen mit dir über etwas reden." Mutter sah uns nun noch fassungsloser an, da sie wohl bereits etwas befürchtete, doch sie versuchte, sich zusammenzureißen. Wir gingen ins halb geschmückte Wohnzimmer, um uns auf das Sofa zu setzen. „Es geht um... du weißt schon was", brachte Basti nun eher kleinlaut hervor, als ob ihn der Mut verlassen hätte.

Da unsere Mutter sich bemühte, einen fragenden und gleichzeitig scheinheiligen Gesichtsausdruck zu machen und Basti sowieso kein all zu guter Redner war, musste meine Wenigkeit eingreifen: „Es geht um den so genannten *Unfall*, der sich vor vier Jahren ereignet hat. Wir glauben, dass du uns etwas verschweigst."

„Also wirklich, was denkt ihr denn von mir?! Ich bin immer in allen Themen ehrlich zu euch gewesen", rechtfertigte sie sich mit leicht bebender

Stimme. Sie wusste etwas, das wir nicht wussten, doch sie wollte es um jeden Preis vor uns verbergen.

„Ja, in allen Themen außer einem!", beschuldigte ich sie vorwurfsvoll.

Daraufhin flüsterte mir mein Bruder etwas zu: „Wenn du ihr von deinen Visionen erzählst, rückt sie womöglich mit der Wahrheit heraus." Basti musste nun wirklich gespannt sein, genau so wie ich auch.

„Mutter, Bitte sag uns die Wahrheit! Basti hat mir schon einen Teil erzählt, der mir bisher unbekannt war. Außerdem muss ich dir auch etwas gestehen..." Ich machte eine Pause doch unsere Mutter zog eine ziemlich nachdenkliche Mine, woraufhin ich fortfuhr: „Ich habe seltsame Träume und Kopfschmerzen... Nun bin ich sogar am helllichten Tag in Ohnmacht gefallen. Es war stockfinster und ich hörte eine Stimme!" Nun wurde sie munter und sah mich besorgt an. „Zuerst rief die Stimme nur 'Flo' und 'Erik', doch dann auch die Worte 'hilf' und 'Schatten'..." Jetzt wurde Mutter kreidebleich! Sie sah mich gedankenverloren und mit großen Augen an... oder besser gesagt, sie sah durch mich hindurch. Keiner wusste, was er sagen sollte. Die Sache schien ernst zu sein, doch wieso? Um was ging es hier eigentlich?

Mutter durchbrach das Schweigen: „Ich wusste immer, dass irgendwann der Tag kommen würde, an dem ich euch alles erzählen müsste, doch ich hatte keine Ahnung, dass es sogar schon Auswirkungen auf euch hat." In diesem Augenblick klopfte es an der Tür.

„Es war nicht abgeschlossen, also bin ich einfach hereingekommen", ertönte die Stimme unseres Großvaters plötzlich. Lächelnd betrat er das Wohnzimmer und machte sich schon bereit, Basti und mir zum Geburtstag zu gratulieren, als er jedoch die sehr bedrückende Atmosphäre erkannte. „Was ist denn hier los? Hier herrscht ja eine Stimmung wie in Zombiehausen!", sagte er mit trockenem Humor und wirkte dabei fast wie ein Möchtegern-Jugendlicher.

Schlechte Laune an unserem Geburtstag zu haben, war recht ungewöhnlich, obwohl es zugleich auch der Tag des Unfalls war. Man hatte sich darauf geeinigt, lieber nur unser Dasein zu feiern, als Basti und mich am selben Tag mit dem Drama von vor vier Jahren zu belasten. Das Einzige, was wir als Erinnerungsmöglichkeit hatten, waren ein paar Fotos und das symbolische Grab unseres Vaters, das wir öfter mal zu viert besuchten. Andere Verwandte hatten wir nicht mehr. Unsere Großeltern mütterlicherseits waren beide schon vor mehr als sechs Jahren beerdigt worden und unsere Großmutter väterlicherseits war bei der Geburt unseres Vaters gestorben. Wahrscheinlich lebten noch irgendwo auf der Welt Tanten und Onkel, doch zu denen hatten wir niemals wirklich Kontakt. Tja, wenn man das so hörte, konnte man schon sagen, dass wir eine recht traurige Familiengeschichte hatten.

„Wir müssen ihnen alles sagen, Johannes... *alles*!", meinte Mutter zu unserem Großvater.

„Nein, was redest du da? Doch nicht heute, nicht jetzt!", erwiderte dieser entsetzt.

Sie sah ihn streng an und sagte: „Florian hat die Visionen..." Großvater schaute verstört und sank langsam in den Sessel, während Mutter ihm erzählte, was ich ihr zuvor gebeichtet hatte.

„Seit wann hast du diese Träume denn schon? Waren sie bereits vor dem Unfall da?", fragte er mich unüberlegt, denn er hatte wohl vergessen, dass ich mich an fast nichts, was vor jenem schrecklichen Tag passiert war, erinnern konnte. Ich gab nur ein leises 'Keine Ahnung' zurück. „Na gut... es wird anscheinend wirklich Zeit, euch beide aufzuklären...", sagte er und begann zu erzählen...

„Es fing alles an, als ich noch ein junger, fünfundzwanzig-jähriger Mann war. Ich hatte bis Sonnenaufgang gearbeitet, um einen Termin einhalten zu können. Als Architekt hatte ich damals gerade einen wichtigen Auftrag. Jedenfalls war ich todmüde auf dem Heimweg, als ich glaubte eine schattenhafte Gestalt in meinen Garten laufen zu sehen. Tatsächlich fand ich eine junge Frau vor meiner Haustür liegen. Sie war ziemlich blass und hatte langes, schwarzes Haar. Ihren schlanken Körper umhüllte ein dunkelviolettes Kleid, welches sehr schlicht, allerdings auch elegant wirkte.

Da das arme Mädchen ohnmächtig war, brachte ich sie in mein Haus und legte sie aufs Bett. Sie schien allmählich aufzuwachen und bat mich mit leiser, zarter Stimme, den Raum vollkommen zu verdunkeln. Nachdem ich dies getan hatte, ging es ihr bald wieder besser. Sie nannte mir ihren Namen, Felizia, bedankte sich bei mir und meinte, sie würde keine allzu starke Helligkeit vertragen. Ich war immer noch sehr müde und wollte hinausgehen, um mich auf das Sofa zu legen, doch irgendwie überredete mich die mysteriöse, junge Dame, bei ihr im Zimmer zu bleiben. Es geschah zwar nichts Ernstes, doch in den nächsten Tagen trafen wir uns immer öfter und kamen uns näher. Ich war hin und weg von ihrer Schönheit und ihrem Charme, aber ich wusste quasi nichts über sie. Dennoch beschlossen wir zusammenzuziehen und letztendlich zu heiraten.

Sie war mir wirklich eine sehr gute Frau, doch ich konnte deutlich spüren, dass sie Geheimnisse vor mir hatte. An ihre Zuneigung zur Finsternis war ich gewöhnt, aber Felizia besuchte in manchen Nächten ihre Familie, zu der sie mich allerdings nie mitnahm. Da sie sonst sehr ehrlich, treu und liebevoll war, respektierte ich ihren seltsamen Wunsch. Nach einiger Zeit war sie schwanger und schließlich wurde Erik geboren. Leider starb Felizia bei seiner Geburt, doch ich werde niemals vergessen, was ich in der nächsten Nacht träumte...

Es war alles dunkel und ich fühlte mich, als ob ich nicht in meinem Körper wäre, doch ich verspürte keinerlei Angstgefühle! Meine geliebte Frau erschien mir im Traum und sprach folgende Worte zu mir: 'Mein geliebter Johannes, ich habe leider nicht mehr die Kraft bei dir zu bleiben, doch du sollst wissen, dass ich dich immer lieben werde. Bitte pass gut auf unseren Sohn auf. Alles was passiert ist Schicksal und vergiss nie... Schatten und Licht sind sich näher, als alles andere in unseren Welten... wir werden immer miteinander verbunden bleiben!' Schweißgebadet wachte ich auf und wollte zuerst nicht wahrhaben, was gerade geschehen war. Egal wie viele Gedanken ich mir machte, ich konnte nicht begreifen, was das zu bedeuten hatte. Immerhin war es doch so real gewesen.

Na ja, die Jahre vergingen und ich wendete mich wieder anderen Dingen im Leben zu. Erik wurde auch immer älter und wir hatten ein gutes Verhältnis zueinander. Er erzählte mir fast alles, unter anderem auch seine Träume. Diese handelten oft von seltsamen Schattenwesen, die zu ihm sprachen. Das machte mir Sorgen und wir ließen nichts unversucht, um das Problem zu beheben. Wir waren sogar bei verschiedenen Psychologen, doch es war nutzlos. Erik träumte weiterhin von der Dunkelheit und von Schatten, die mit ihm reden würden, was ihm allerdings nichts auszumachen schien. Irgendwann bekam er regelmäßig Kopfschmerzen und begann selbst am Tag seltsame Schatten zu sehen. Die Situation wurde immer schlimmer, doch ich war hilflos. Erik hingegen schien eine gewisse Sympathie für diese Angelegenheit zu hegen, was mich noch mehr beunruhigte.

Der schrecklichste Tag war kurz nach seinem fünfzehnten Geburtstag, als er einfach so spurlos verschwand. Ich machte mir Sorgen, wie noch nie zuvor in meinem Leben und malte mir die schlimmsten Situationen aus. Ich wusste nicht, was passiert sein konnte, oder ob ich ihn jemals wieder sehen würde, doch da hatte ich wieder einen finsteren und doch wohltuenden Traum. Es war die sanfte Stimme Felizias, die mir sagte, dass ich mich nicht um Erik sorgen müsse, da er der erste Auserwählte sei. Ich sah zwar wieder keinen Sinn in der Sache, doch wie durch ein Wunder war ich beruhigt.

Mein Gefühl irrte sich nicht, denn Erik tauchte bald wieder auf. Er wollte mir allerdings nicht erzählen, wo er gewesen war, egal wie oft ich ihn fragte. Erik war überhaupt nicht angeschlagen, ganz im Gegenteil... er schien glücklich zu sein. Die Halluzinationen und die Kopfschmerzen verlor er niemals ganz, doch zumindest konnte er wieder ein einigermaßen gewöhnliches Leben führen.

Bei dem Unfall war ich zwar nicht dabei, aber eure Mutter erzählte mir, dass es auch etwas mit den Schatten zu tun haben musste."

So beendete Großvater seine Geschichte, der wir gespannt gelauscht hatten und Mutter erläuterte noch eine höchst ungewöhnliche Sache, welche Basti und ich bis dahin nicht gewusst hatten:

„Es wurde in dem Wrack keine Leiche gefunden, was jedoch niemals an die Öffentlichkeit drang. Heute hat man das Rätseln schon aufgegeben, doch der Geheimdienst hat lange Zeit über diesen Vorfall spekuliert. Ich war die einzige Person, die in die erfolglosen Ermittlungen eingeweiht wurde." Diese ganze Sache hatten mein Bruder und ich nun erst mal zu verdauen! Wir waren sprachlos...

# Flo und Basti

„Floooo... Floriaaaan..." Eine sanfte, weibliche Stimme flüsterte: „Flooooriaaaan, Floooooriaaaan..."

„Was ist denn?", konnte ich diesmal erstaunlicherweise antworten.

„Mach die Augen auf, mein kleiner Florian!"

„Aber ich habe sie offen..."

„Nein, du musst lernen, deine inneren Augen zu öffnen...", sagte die beruhigende Stimme mit einer Gelassenheit, die ich nur selten gehört hatte. Es war wie immer alles pechschwarz um mich herum, doch ich hatte das Gefühl, die Augen offen zu haben.

Ich fühlte mich nicht unwohl, also erwiderte ich: „Ich brauche nichts zu sehen. Ich habe keine Angst vor der Dunkelheit!"

Die Stimme antwortete: „Das weiß ich. Du bist mutig, Florian... genauso wie dein Vater!"

„Mein Vater!? Kanntest du ihn etwa?", warf ich überrascht ein. Längeres Schweigen erfüllte die Sphäre in der ich mich befand, doch ich blieb geduldig, denn ich wusste, dass die Besitzerin der geheimnisvollen Stimme noch da war. Ich spürte es einfach. Aus heiterem Himmel durchfuhr mich ein schockartiges Gefühl! Es tanzten Lichtblitze vor meinen Augen herum und nach kurzer Zeit wusste ich nicht mehr, ob sie offen oder zu waren. Es war der seltsamste Zustand, in dem ich mich je befunden hatte, aber irgendetwas in mir versprach, dass ich mich nicht zu fürchten hatte. Auf einmal konnte ich es fühlen! Meine Augen waren tatsächlich geschlossen und ich bereitete mich darauf vor, sie zu öffnen. Langsam glitten meine Lieder nach oben, während ich versuchte, etwas zu erkennen. Plötzlich drehte sich alles vor mir und in mir.

„Florian!!!!", kreischte eine schrille, vertraute Stimme, die sicher nicht zu der geheimnisvollen Person gehörte. „Mach die Tür auf!" Nun riss ich meine Augen auf, doch es drehte sich immer noch alles. Erst nach einigen langen Atemzügen konnte ich das Zimmer erkennen, in dem ich mich befand. Es war das, von Basti und mir und ich lag in meinem Bett. „Sag zumindest etwas, Florian!", hörte ich die schrille Stimme, auf der anderen Seite der Zimmertür rufen. Jetzt erkannte ich sie wieder. Es war meine aufgebrachte Mutter.

Ich rief zurück: „Gleich mach ich auf!", während ich mich erhob und mein Blick eher zufällig auf das Fenster fiel. Ich sah in die silbrig glänzenden Augen eines schattenhaften Wesens. Meine Aufmerksamkeit wurde gänzlich in den Bann dieser mysteriösen Präsenz gezogen und es lief mir eiskalt den Rücken hinunter.

Doch da vernahm ich wieder die wohltuend sanfte Stimme aus meinem Traum: „Die Zeit ist reif, kleiner Florian. Bald wirst du eingeweiht... Ich kannte deinen Vater nicht nur... Ich *kenne* ihn!" Paralysiert stand ich nun mitten im Raum. Der Schatten löste sich mitsamt der mystischen Aura in Luft auf und war weg ohne dass ich noch reagieren konnte.

„Was ist denn jetzt? Kommst du?", hörte ich wieder die Stimme meiner Mutter, woraufhin ich die Tür aufsperrte. „Meine Güte, Florian, tu so etwas nie wieder!", sagte sie. Nun erinnerte ich mich wieder. Ich war so verwirrt gewesen nach dem Geständnis von Großvater und Mutter, dass ich in unser Zimmer hoch gerannt war und mich eingeschlossen hatte, um etwas alleine zu sein. Das sah mir überhaupt nicht ähnlich, weshalb sich meine Familie wohl auch solche Sorgen gemacht hatte. Großvater und Basti standen ebenfalls vor der Tür.

„Ich kann dich verstehen, Flo, aber wir müssen jetzt einen kühlen Kopf bewahren. Es gibt für das alles sicherlich eine logische und rationale Erklärung", versuchte mich mein Bruder aufzumuntern. Er konnte nur leider nicht wissen, dass die Erklärung wohl weniger rational sein würde, als er dachte.

Den restlichen Tag verbrachte ich damit, über die ganze Angelegenheit nachzudenken. Ich ging nicht aus dem Haus und Basti tat es mir gleich. Ihn hatte die Sache trotzdem nicht so sehr mitgenommen, wie mich, was allerdings auch nicht sonderlich überraschend war. Er hatte keine Visionen oder Kopfschmerzen, die sich gar nicht nach Kopfschmerzen anfühlten und vor allem hatte er auch noch nie Bekanntschaft mit einem silberäugigen Schattenwesen gemacht. Ich verschwieg meiner Familie meine letzten Erlebnisse, sogar Basti.

„Flo, kleiner Bruder...", fing er plötzlich zu säuseln an. Zum ersten war ich nur einundvierzig Minuten jünger und vier Zentimeter kleiner als er, und zum zweiten war ich – was die geistigen Fähigkeiten anbelangte – doch wohl eindeutig der reifere von uns beiden. Allerdings hatte er jetzt einen gewissen, weichen Ton in seiner Stimme, sodass ich mich nicht weiter aufregte. Wir redeten zwar über so gut wie alles miteinander, doch so sentimental, wie dieses Mal hatte er sich noch nie angehört.

„Es gibt da noch eine Sache, die ich dir nicht erzählt habe", fuhr er fort: „Wir wurden ja alle drei nach dem Autounfall ins Krankenhaus zur

Untersuchung gebracht. Ich war zwar noch wach, als du in Ohnmacht gefallen bist und das Auto explodierte, doch kurz darauf bin ich ebenfalls weggekippt. Ich hatte damals einen Traum, der deinen Visionen sehr ähnelt. Es war das einzige Mal, aber nicht weniger mysteriös. Im Gegensatz zu dem, was du so berichtest, war es in meinem Traum total hell, aber ich wurde nicht geblendet. Ich fühlte mich sehr wohl und die Stimme einer Frau sprach zu mir. Sie meinte, ich sei der Mittler zwischen Licht und Schatten. Ihre Worte brannten sich in mein Gehirn. Ich verstand nicht, was sie damit sagen wollte und versuchte, es einfach zu vergessen, aber es ging nicht." Es steckten jede Menge Emotionen in seinen Worten. „Ich weiß nicht, ob ich dir das nun hätte sagen sollen, oder nicht, doch vielleicht hilft es dir ja etwas."

Ich wusste nicht, was ich in diesem Moment antworten sollte, doch ich fühlte mich meinem Bruder sehr verbunden. Wer hätte gedacht, dass er auch ein solches Geheimnis mit sich herumtragen musste. Egal was nun kommen mochte, ich wusste, dass es Schicksal sein würde und gemeinsam waren wir stark!

Es war bereits Abend, als Großvater und Mutter sich daran erinnerten, dass sie ja noch Geschenke für meinen Bruder und mich hatten, die sie in der Verwirrung des heutigen Tages vergessen haben mussten. Basti und ich bekamen von Mutter jeweils ein T-Shirt und eine kurze Hose, die jedoch unseren unterschiedlichen Geschmäckern entsprachen. Ich hatte dazu noch ein Computerspiel, während Basti einen neuen Basketball bekam. Großvater schenkte uns lieber Geld, da er der Meinung war, dass wir selbst besser wussten, was wir uns kaufen sollten. Die Lage schien sich allmählich wieder etwas zu entspannen. Nachdem unser Großvater gegangen war, wendete sich jeder wieder seinen eigenen Dingen und Gedanken zu. Wir mussten jetzt alle ein Weilchen alleine sein. Mutter legte sich auf das Sofa und las ein Buch, während Basti in der nächtlichen Dunkelheit noch einige Körbe warf. Wir hatten an unserem Haus einen Basketballkorb angebracht, der allerdings nur von meinem Bruder benutzt wurde. Ich beschäftigte mich lieber mit dem Computer in unserem Zimmer.

Wir waren in der Tat recht verschieden, Basti und ich, sowohl äußerlich, als auch vom Charakter her. Ich war nicht nur etwas kleiner als er, sondern kam auch mehr nach unserem Vater und hatte dunkelbraunes Haar, wohingegen mein Bruder Mutters blondes Haar geerbt hatte. Vom Gesicht her waren wir uns allerdings ziemlich ähnlich, außer dass Basti die schwarzen Augen von Mutter und ich die blaugrünen Augen von Vater hatte. Ich war eher der Stubenhocker, der sich am liebsten mit seinem Computer und Büchern beschäftigte, während mein Bruder der sportliche Typ war und freiwillig fast nie ein Buch in die Hand nahm. In der Schule hatten wir bisher beide eher weniger Probleme. Trotz aller Unterschiede und so manchen Streitigkeiten verstanden wir uns recht gut. Immerhin waren wir Zwillinge, wenn auch nur zweieiige.

Ich beschloss zu Basti vor die Tür zu gehen, um ihm nun doch etwas Gesellschaft zu leisten.

„Hey...", rief ich eher halblaut, während er den Ball gerade gezielt im Korb versenkte.

„Hey...", gab er ebenfalls leise zurück.

Die Straßen hier waren nachts gut beleuchtet, ganz anders als bei unserer alten Wohnung. Unsere Eltern wollten schon immer ein eigenes Haus haben und hatten bereits lange gespart. Schade, dass Vater das nicht mehr miterleben konnte. Mutter hatte ihren gemeinsamen Traum nach seinem Tod schon fast aufgegeben, doch zu guter Letzt nahm sie die Herausforderung doch noch an. Tja und nun hatten wir endlich ein Eigenheim. Es war zwar nicht sehr groß, aber es bot genug Platz um mich und meinen Bruder in getrennte Zimmer zu stecken, doch wir blieben lieber in einem, da wir es so gewohnt waren. Diese Tatsache war wirklich ungewöhnlich, da Geschwister ihre Räume meist so weit voneinander entfernt haben wollten, wie es nur ging, doch bei uns war das anders. Basti nahm sogar die morgendlichen Strapazen auf sich, die er wegen meiner Liebe zur Finsternis ertragen musste.

„Bist du noch nicht müde?", fragte er mich.

„Eigentlich schon", antwortete ich: „Der Tag war anstrengend. Was ist mit dir?"

„Ich bin eigentlich auch ziemlich geschafft, aber du kannst ruhig schon vor mir schlafen gehen. Ich bin auch ganz leise, wenn ich ins Zimmer komme." Mein Bruderherz hörte sich nun ziemlich scheinheilig an und ich wusste genau, was er vorhatte.

„Oh, Basti, Basti, Basti, du lernst es wohl nie... Ich werde es sofort merken, wenn du versuchst den Rollladen heimlich höher zu ziehen. Das weißt du genau!"

Mein Bruder grinste mich nur an. So endete der letzte normale Tag in meinem Leben. Doch dann wiederum... Was war schon *normal*?

*Szenen – FLO & BASTI*

## Das Erwachen eines Auserwählten

Ich war höchst überrascht, als ich am nächsten Morgen in der gemütlichen Finsternis unseres Zimmers aufwachte, ohne einen seltsamen Traum gehabt zu haben. Obwohl ich nicht sehen konnte, dass die Sonne bereits aufgegangen war, verriet es mir meine innere Uhr. Während der Schulzeit nutzten Basti und ich einen altmodischen Wecker, der uns pünktlich um sechs Uhr zwanzig mit seinem schrillen Klingeln aus dem Bett beförderte, doch es waren Ferien und wir konnten ausschlafen. Meistens war ich vor meinem Bruder wach, doch ich wartete oft einfach nur darauf, dass er aufstand und irgendetwas umrempelte. In unserer alten Wohnung konnte er dies schon recht gut vermeiden, da er sich besser ausgekannt hatte.

Mit dem dicken Rollladen war der Raum total von jeglichem Licht abgeschottet. Ich stand auf und ging zu meinem Kleiderschrank. Ein seltsames Gefühl durchströmte mich diesen Morgen und weckte in mir die Lust, einen Spaziergang zu machen. Es waren auch schwache Schmerzen in meinem Kopf zu spüren, die ich jedoch zu ignorieren gelernt hatte. Die Finsternis bereitete mir keine Probleme dabei, Kleidung aus dem Schrank zu holen und mich umzuziehen. Es war wirklich eine Gabe. Leise schlich ich aus dem Zimmer, um meinen Bruder nicht zu wecken und stellte mich dem viel zu hellen Morgenlicht, das durch einige Fenster in den Flur schien. Nachdem ich einen Zettel hinterlassen hatte, auf dem stand, dass ich spazieren ging, war ich auch schon weg.

Eher intuitiv entschied ich mich dafür, am Waldrand entlang zu gehen, ohne zu wissen, was mich bald erwarten würde. Als ich so vor mich hin schlenderte, fiel mir auf, dass die Intensität meiner ungewöhnlichen Kopfschmerzen stieg, doch es tat nicht wirklich weh. Es trieb mich allerdings dazu, einige Meter in den Wald hinein zu gehen, wo ich mich auf einen alten, verwitterten Baumstumpf setzte. Ich war davor schon auf der schattigeren Seite des Waldrandes gegangen, sodass sich die Lichtverhältnisse nicht allzu sehr hätten ändern dürfen, doch aus irgendeinem mysteriösen Grund schien es nach den wenigen Schritten zwischen den Bäumen viel dunkler geworden zu sein. Es war ja nicht so, dass es mich störte, aber ganz geheuer war es mir auch nicht. Das seltsame Wirrwarr in meinem Schädel ließ allerdings nicht nach, woraufhin ich mich aufrichtete, um weiter zu gehen. Plötzlich durchfuhr mich ein kalter Schock.

Ich spürte etwas... eine Präsenz... die Anwesenheit von etwas... *Menschenähnlichem*. Aber es konnte kein Mensch sein, immerhin war niemand außer mir zugegen. Zuerst fühlte ich die mystische Aura überall um mich herum, doch dann bemerkte ich, wie es immer finsterer wurde und sich das Gefühl nur noch auf einen Punkt konzentrierte. Es war hinter mir! Ich wagte kaum, mich umzudrehen, doch ich hegte die Hoffnung, dass es sich vielleicht um die freundliche Schattenperson aus meinem letzten Traum handeln würde. Noch bevor ich die Augen auf das hinter mir liegende Zentrum der Aura gerichtet hatte, spürte ich allerdings, dass es nicht dieselbe Atmosphäre wie in der Vision war, doch es gab kein Zurück mehr. Nun musste ich dem unbekannten Schatten ins Gesicht sehen!

Als ich erblickte, was mir da aufgelauert war, hatte ich zum ersten Mal in meinem Leben Angst vor der Finsternis! Ich konnte mich zwar nicht richtig an die Zeit vor dem tragischen Unfall erinnern, doch bis zu diesem Moment kannte ich die wirklich bedrohliche Seite des Schattens und der Dunkelheit nicht. Vor mir stand zwar kein allzu großes Wesen und ich konnte auch nur die verschwommenen Umrisse seines scheinbar transparenten, schwarzen Körpers erahnen, aber mein Sinn für die Finsternis sagte mir, dass ich mich in einer höchst brenzligen Situation befand.

Auch wenn ich die Silhouette nicht richtig erkennen konnte, so schien es eine recht menschliche Form zu besitzen. Es streckte lediglich einen Arm oder ähnliches aus. Auf einmal verlor ich den den Boden unter meinen Füßen, schwebte kurz und wurde gegen einen Baum geschleudert. Schmerzen durchzogen meinen Rücken. Es war, als ob ein starker Wind wehen würde, aber ich wusste, dass es sich dabei um die Energie handeln musste, welche von dem seltsamen Schatten her strömte. Mittlerweile war es stockfinster um uns herum geworden, doch nichts konnte die innere, bösartige Dunkelheit dieses Geschöpfs übertreffen. Die Umgebung war vorher schon kühl gewesen, aber nun machte mir eine eisige Kälte zu schaffen.

Das Wesen streckte nun auch sein zweites, armartiges Glied aus, woraufhin ich mich noch viel höher in die Luft erhob als zuvor. Ich wusste, dass ich nichts ausrichten könnte und eine Fluchtmöglichkeit hatte es von Anfang an nicht gegeben.

Während ich so in der Luft hing – nach wie vor schockiert über die Demonstration schierer Macht – ging mir nur ein Gedanke durch den immer noch schmerzenden Kopf:

'Ich muss träumen... Das ist alles nur ein sehr böser Traum!'

Meine Visionen konnten schon sehr real wirken und wenn ich gerade in einer versunken war, hatten niemals Zweifel an jener Realität meine

Gedanken gekreuzt. In meiner momentanen Situation war dies wohl eher Wunschdenken.

Langsam begann sich mir die Luft abzuschnüren. Immer mehr fühlte ich mich wie ein Fisch, der gerade an der Angel hing und aus dem Wasser gezogen wurde. Ich hatte die Hoffnung, heil aus der Sache herauszukommen, bereits aufgegeben, als ich plötzlich von einem anderen Gefühl durchströmt wurde. Augenblicklich konnte ich wieder atmen und schwebte langsam auf den Boden zurück, der allerdings nicht zu erkennen war, weil alles im dunkelsten Schwarz versank. Ich sah mittlerweile zwar überhaupt nichts mehr, aber ich konnte eine gewisse Spannung spüren. Wenn der bösartige Schatten auch verschwunden schien, so wusste ich genau, dass er noch anwesend war. Außerdem fühlte ich noch eine andere Aura, die mir nicht unbekannt war.

Plötzlich vernahm ich dieselbe Stimme, welche auch in meiner letzten Vision zu mir gesprochen hatte: „Florian, du musst jetzt deine Augen öffnen!" Ich war zu überrascht, um etwas zu sagen, da erklang die sanfte Frauenstimme noch einmal: „Öffne deine inneren Augen und entfalte deine Kraft, Auserwählter!"

In diesem Moment musste ich daran denken, wie ich es schon fast geschafft hatte und dann doch aus dem Traum gerissen wurde. Auf einmal durchfuhr mich ein starkes, erdrückendes Gefühl. Es begann in meinem Kopf, doch bald war ich wieder so weit, dass sich alles in mir und um mich herum zu drehen anfing. Ich musste meine Augen nun vollkommen schließen. Als ich spürte, dass der Trip vorbei war, hörte ich Stimmen. Die nette, weibliche Stimme rief:

„Die dunkle Seite des zweiten Auserwählten ist endlich erschienen. Nun wird sich die Legende erfüllen!"

Die tiefe, klare und kalte Männerstimme brummte nur laut, woraufhin ich meine Augen öffnete.

Was ich zu sehen bekam, ließ mein Herz schneller schlagen. Ich war zu gleich verblüfft, fasziniert und geschockt! Mir blieb die Luft weg und ich kam aus dem Staunen nicht mehr heraus. Vor mir breitete sich eine ganz neue Welt aus. Sie war düster, der Himmel blutrot und mit schwarzen Wolken bedeckt. Ich hatte einen guten Ausblick über Wälder, Dörfer, Flüsse und Wiesen, allesamt in den ungewöhnlichsten Farben. Anstatt grün, war das Meiste rötlich, lila und rosa. Alles schien sehr finster, aber mir gefiel, was ich sah. Irgendetwas in mir linderte die natürliche Angst, welche mich in jener Situation viel intensiver überkommen hätte müssen... es kam mir vor, als sei ich mit dieser Welt eng verbunden, obwohl ich sie noch nie betreten hatte.

Nun bemerkte ich auch die Besitzer, der beiden Stimmen. Die junge Frau, die kaum größer war als ich, fiel mir um den Hals und ich sah, wie sich ein vermummter Typ in die Lüfte erhob.

„Auf ein baldiges Wiedersehen, Kleiner!", rief er mit seiner klaren, nahezu emotionslosen Stimme. Ich wusste sofort, dass er derjenige war, der mein Leben bedroht hatte, doch wieso hatte er mich gehen lassen, wenn er doch so mächtig war? In schauriges Licht gehüllt schwebte er mit hoher Geschwindigkeit davon und war bald verschwunden. Nur noch ein unheimlicher Streifen seiner Aura, den er wie einen dunklen Feuerschweif hinter sich her gezogen hatte, blieb noch einige Sekunden lang wie eine Mahnung am Himmel zu sehen.

Die junge Dame ließ mich los und ich betrachtete sie verwundert. Vor mir stand eine sehr hellhäutige Frau, mit dunklem Haar. Eigentlich sah sie wie ein gewöhnlicher Mensch aus, doch etwas höchst Mysteriöses, dass ich nicht deuten konnte, umgab sie. Es handelte sich eindeutig um diejenige, die mir auch im Traum erschienen war. Doch wo befand ich mich überhaupt und was wollte ich hier? Wie zum Henker war ich eigentlich hierher gekommen? Es gab so viele Fragen... Verwirrung machte sich in mir breit, doch eines wusste ich nun genau... Dies war keine Vision und auch kein Traum!

Die freundliche Frau sah mich glücklich an und sagte: „Willkommen, Florian! Willkommen in Obscuritas, der Schattenwelt!"

*Charaktere – FLORIAN*

*Charaktere – BASTIAN*

# **Kapitel I: Eine völlig neue Welt**

## Die Legende von Licht und Schatten

Wir befanden uns hoch oben auf einem Berg und begonnen schon mit dem Abstieg. Hier und dort konnte ich ein einige Treppenstufen ausmachen, aber der größte Teil unseres Weges führte über felsige Pfade und vorbei an tiefen Schluchten. Ich war noch vollkommen in Gedanken versunken und versuchte krampfhaft eine Erklärung für das alles zu finden, als meine neue Bekannte unser Schweigen brach:

„Ich sollte mich wohl erst mal vorstellen. Mein Name ist Aizylef, aber du kannst mich Aizy nennen."

„Sehr erfreut! Mich scheinst du ja zu kennen, aber woher? Und wo genau befindet sich dieses seltsame Land eigentlich? Außerdem verstehe ich nicht ganz..."

„Eines nach dem anderen, Kleiner!", unterbrach sie mich lächelnd.

Das gab es ja nicht... schon wieder jemand der nur ein Stückchen größer war als ich und mich *Kleiner* nannte. Sie konnte außerdem auch nicht viel älter sein als fünfundzwanzig, aber ich bemühte mich, ihre Wortwahl zu ignorieren.

„Okay, ich werde versuchen, es dir zu erklären", fuhr sie fort: „Wie fange ich am besten an... Obscuritas ist in gewisser Weise das genaue Gegenteil von eurer Welt. Es gibt sicherlich zahllose Dinge hier, die dir zunächst verrückt erscheinen werden. Vielleicht kommt dir das jetzt etwas unglaubwürdig vor, aber die Schattenwelt liegt sozusagen in einem Paralleluniversum." Ich dachte ich hätte mich verhört. Die Vorstellung, dass ich mich gar nicht mehr in meiner Welt befinden sollte war in der Tat absurd. Wie konnte so was überhaupt möglich sein? Mir wurde bereits etwas flau in der Magengegend, aber Aizy hatte noch mehr zu erzählen: „Ich habe mit dir telepathischen Kontakt aufgenommen, um dich auf deine Reise in die Schattenwelt vorzubereiten und die Kräfte, die in dir schlummern zu wecken."

„Kräfte... in mir?! Was meinst du?", warf ich ein.

Aizy erläuterte weiter: „Du bist ein ganz besonderer Mensch... der eine Teil von zwei Auserwählten, die unsere Welt vor dem Untergang bewahren können. Es gibt da eine uralte Legende, die seit vielen Generationen von Weisen überliefert wird. Wir treffen bald auf den Ältesten des Tempels in dieser Gegend, er kann dir mehr darüber erzählen."

Wir kamen an einer Höhle an, welche wir ebenfalls durchqueren mussten. Es war dunkel, doch wir hatten am Eingang eine von mehreren Fackeln in einer Vorrichtung an der Wand aufgelesen. Ich war so sehr mit all den Fragen in meinem Kopf beschäftigt, dass ich überhaupt nicht bemerkte, wie Aizy das längliche Stück Holz so schnell entzünden konnte. Mir war schon Einiges über Paralleluniversen zu Ohren gekommen, doch wirklich daran geglaubt hatte ich nicht. Es tummelten sich immer noch jede Menge Fragen in meinem verwirrten Kopf und es fiel mir schwer, diese Dimensionsreise als Realität anzuerkennen.

Ich versuchte zumindest irgendwie auf meine neue Bekanntschaft und ihre abenteuerlichen Ausführungen einzugehen, um nicht komplett stumm zu bleiben:

„Wenn ihr auf irgendwelche Auserwählten wartet, dann stimmt doch etwas nicht bei euch, oder? Was hat eure Welt, denn für Probleme, die ausgerechnet ich lösen soll?"

Aizy antwortete erst nach einigen Augenblicken und klang dabei etwas traurig: „Früher war alles in Ordnung. Es gab einen gerechten König, der dafür sorgte, dass es den Menschen gut ging. Wir hatten genug zu essen und zu trinken und es herrschte Frieden. Nun ist leider alles anders... König Laviel Tizerius ist schwer erkrankt. Viele Mediziner haben versucht, ihn zu heilen, doch es war vergeblich. Da er keinen Nachfolger hatte, kam sein Stellvertreter an die Macht. Dieser war schon Jahre lang als Magier und Berater im Dienste seiner Majestät gestanden und schien loyal zu sein, doch er hatte alle getäuscht. Als er die Königsrechte empfing, kamen schon bald Unruhen auf. Er erhöhte die Steuergelder und verlangte auch immer mehr Abgaben auf Ernten. Das Volk verarmte mit der Zeit immer mehr und wurde schwächer. Keiner konnte etwas gegen ihn ausrichten da er eine mächtige Armee hatte. Das ist heute immer noch so. Außerdem besitzt er auch ziemlich große, magische Kraft, wodurch es ihm noch besser gelingt seine Feinde einzuschüchtern und sein Volk zu unterdrücken. Du hast ja bereits Bekanntschaft mit ihm gemacht."

„Er war es also... Dieser Typ scheint wirklich sehr stark zu sein. Ich verstehe nicht, was ich gegen ihn ausrichten kann." Ganz grundsätzlich verstand ich so einiges nicht... Ihre ganzen Erläuterungen hätten glatt einem der Bücher entsprungen sein können, die ich für gewöhnlich las. Konnte dies alles wirklich real sein? Und dann auch noch mit mir als *auserkorenem Helden*?! Lächerlich...

Aizy grinste mich an: „Du hast doch gesehen, wie schnell der weg war, als du erschienen bist. Du hast eine besondere, innere Kraft, vor der er sich fürchtet. Das war auch der Grund, weshalb er sich höchst persönlich bemüht hat, dich aus dem Weg zu räumen, als du noch in deiner Welt warst. Zum Glück konnte ich ihn rechtzeitig daran hindern."

„Dann bist du ja viel stärker als er!", warf ich ein.

„Nein, nein, ich habe ihn nur überrascht und dich aus seinen Klauen befreit. Er hätte mich unverzüglich umgebracht, wenn du nicht so schnell erwacht wärst. Dennoch kann ich von mir behaupten, eine nicht gerade schwache Magierin zu sein."

„Eines interessiert mich noch...", log ich. Denn in Wirklichkeit waren es tausende Dinge, die mich an dieser mysteriösen, zauberhaften Welt interessierten. „Was ist eigentlich aus dem gütigen König geworden?"

„Das weiß man nicht genau. Er wurde nie für tot erklärt, oder dem Königsgrab beigesetzt, doch die meisten Leute sind davon überzeugt, dass er schon lange nicht mehr am Leben ist."

So langsam kamen wir dem Ausgang der Höhle näher und es wurde heller. Aizy pustete die Fackel einfach aus – als handelte es sich um ein Streichholz – und steckte sie in eine ringförmige Öffnung an der Wand. Eigentlich wollte ich mich erkundigen, was es mit diesen ungewöhnlichen Fackeln auf sich hatte, doch die Worte blieben mir im Hals stecken und meine Frage war wie weg geweht.

Aus der Nähe sahen all die seltsamen Pflanzen in dieser Welt sogar noch beeindruckender aus. Ich war umgeben von gelbem und sogar von rosarotem Gras. Die Bäume trugen rote Blätter und am nahezu gleichfarbigen Himmel sah ich nun einen dunklen, bläulichen Ball, der wohl so etwas, wie die Sonne darstellen sollte.

Aizy bemerkte mein Staunen und lächelte: „Tja, hier sieht es etwas anders aus, als bei dir zu Hause, nicht wahr?"

„Ja, schon, aber woher weißt du eigentlich so viel über unsere Welt und mich?"

Sie meinte nur: „Na ja... sagen wir, ich war mal kurz dort." Wir gingen durch eine Allee aus roten Bäumen und ich holte tief Luft. Ich verstand zwar immer noch nicht genau, was das alles sollte, doch ich wusste, dass ein Abenteuer begonnen hatte... Mein Abenteuer!

Nach einiger Zeit kamen wir an einem gigantischen Steinklotz mit vielen Löchern an, die wohl so etwas wie Türen und Fenster darstellen sollten.

"Das ist er... unser Tempel", sagte Aizy stolz.

"Oh, äh... sehr imposant", brachte ich nur hervor. Die Größe dieses hellgrauen Ziegelsteines war in der Tat sehr beeindruckend, sodass ich nicht mal gelogen hatte. Es war weniger die Höhe, sondern mehr die Breite und die Länge des Tempels. Architektonisch war er meiner Meinung nach allerdings eher einfach und langweilig. Als wir hineingingen, war ich dann aber doch recht überrascht. Innen war alles viel verzierter und bunter. In die Wände waren ziemlich komplizierte Bilder eingemeißelt und es gab jede Menge Mauern und Säulen, die mit einer grünlich schimmernden Lackierung bemalt waren. Es sah jedenfalls sehr edel aus. Nachdem wir uns durch einige bogenförmige Tore begeben hatten, traten wir hinter ein paar Säulen hervor, wo wir bereits erwartet wurden.

„Bleib erst mal hier stehen!", meinte Aizy und ging einige Schritte vorwärts. Sie kniete sich vor einem alten Mann nieder, sprach jedoch nichts. Er saß auf einem sesselförmigen Stein, auf einer kleinen Erhöhung, welche man durch ein treppenartiges Gebilde erreichen konnte, das ebenfalls aus Stein war.

„Tritt näher, junger Reisender!", sprach der graue, vollbärtige Mann. Ich befolgte seine Anweisung und kniete mich neben Aizy nieder. Der Opa redete weiter: „Du bist von weit her gekommen. Ich spüre Verwirrung und Furcht in dir. Du bist zwar mutig, doch die Umstände der letzten Begebenheiten haben dir zweifellos zugesetzt." Der Alte wusste recht gut über mich Bescheid, dafür dass er mir noch nie begegnet war. In dieser Welt schien jeder irgendwelche magischen, telepatischen oder hellseherischen Kräfte zu besitzen. Mir war dieses Obscuritas in der Tat nicht ganz geheuer und ich wusste immer noch nicht, was der mächtige Schattenmagier von mir wollte. „Auch wenn all diese Ereignisse jetzt sehr plötzlich über dich hereinbrechen, so musst du versuchen einen klaren Kopf zu bewahren, denn das Schicksal hat dich zu hohen Taten auserkoren. Nun aber sollst du erst mal mehr über die Entstehung der Welten erfahren. So höre die Legende von Obscuritas...", fuhr der Bärtige fort:

„Vor langer, langer Zeit, als das Universum noch jung war, wurde eine neue Welt geboren. Sie war von Schönheit, Frieden und Glück erfüllt und von sehr mächtigen Wesen bewohnt, die jeweils zwei Seelen in sich trugen – die Lichtschatten. Sie hatten unvorstellbar große, magische Kraft, die sie allerdings niemals böswillig ausnutzten. Alles schien absolut perfekt zu sein, bis eines Tages ein riesiges Unglück über die Welt hereinbrach.

Es war den Lichtschatten strengstens untersagt, ihre beiden Seelen zu trennen, doch einer unter ihnen wollte sich nicht daran halten. Er musste seine ganze Magie aufbringen, um das zu tun, was vorher noch nie ein Lichtschatten gewagt hatte, nämlich sich zu teilen. Er hatte Erfolg, sodass aus einem zwei wurden, doch keines der beiden neuen Wesen konnte kontrolliert werden. Beide waren so anders, dass sie nicht in jene Welt passten und von allen anderen Lichtschatten verstoßen wurden, da sie nur für Unruhe sorgten. Das brachte die getrennten Seelen dazu, alles und jeden zu hassen. Es ging sogar so weit, dass sie sich nur aus einem Grund wieder vereinen wollten. Sie lechzten nach Rache. Aber eine Vereinigung war nicht mehr möglich, sodass der Zorn und der Hass in den beiden Seelen noch mehr anwuchs.

Jahrhunderte vergingen, ohne dass man je wieder etwas von den bösen Wesen gehört hatte. Die Geschichte war schon fast völlig vergessen, als die Welt plötzlich von einem grausamen Dämon heimgesucht wurde. Er verbreitete Angst und Schrecken, doch was noch viel schlimmer war, er verbreitete vor allem auch Hass. Manche sagen, er sei aus den beiden verfluchten Seelen entstanden, die vielleicht über die lange Zeit hinweg genug Energie für eine Wiedervereinigung gesammelt hatten. Der Dämon wurde seit dem Tage seines Erscheinens nur Umbralux das Schattenlicht genannt. Er brachte die Lichtschatten dazu sich gegenseitig zu bekriegen und sich letztlich sogar zu trennen, wie er selbst es einst getan hatte. Es kam so weit, dass bald keine Lichtschatten mehr existierten, sondern nur noch ihre getrennten Seelen, Licht und Schatten. Dies führte dazu, dass sich die einst perfekte Welt teilte.

Es entstanden zwei Dimensionen. Natürlich enthielten beide sowohl Merkmale von Licht, als auch von Schatten, doch die eine war die Welt der

Helligkeit und die andere die Welt der Finsternis. Beide waren seither getrennt und es gibt nur sehr, sehr wenige Wesen, die zwischen ihnen mitteln, oder gar wandeln können. Man sagt, dass eure Welt dem Licht angehört und unsere dem Schatten. Du, der du in deiner Welt Florian genannt wirst, bist einer der wenigen, die durch die Dimensionen reisen können."

Ich fand die ganze Geschichte recht amüsant, auch wenn sie eher einem unglaubwürdigen Märchen glich. Doch dann wiederum... in jenem Moment befand ich mich wohl in keiner Position, darüber zu urteilen.

Ich fasste mir ein Herz und fragte: „Was hat diese Legende mit mir zu tun, wenn ich fragen darf? Wieso bin ausgerechnet ich hier und wozu?"

Der Opa antwortete: „Du bist der dunkle Teil des zweiten Auserwählten und wirst gemeinsam mit dem hellen Teil unsere Welt retten. So will es die Legende und so ist dein Schicksal." Ich verstand nur Bahnhof, doch er fuhr fort: „Der Dämon Umbralux hatte sich zurückgezogen, doch sein Rachedurst war noch nicht gestillt. Laut der Legende wird er wiederkommen um die Dimensionen von Licht und Schatten zu zwingen, sich wieder zu vereinen. Er würde erneut einen Krieg der Welten heraufbeschwören können, in welchem sich Helligkeit und Finsternis bekämpfen, bis nichts mehr von beiden übrig ist." Ich schaute etwas verdutzt. Der Alte bemerkte meine Verwirrung und wandte sich an Aizy: „Aizylef, junge Schülerin, deine Aufgabe besteht darin, dem Auserwählten die restlichen Fragen zu beantworten, ihn zu trainieren und ihn auf seine Aufgabe vorzubereiten."

„Jawohl, oh Weiser des Tempels", gab diese zurück.

Daraufhin verließen Aizy und ich die fast schon antik wirkenden Hallen des Tempels.

„Ich weiß immer noch nicht ganz, wie die momentane Situation mit der Legende zusammenhängt. Ist der Dämon etwa schon zurück?", fragte ich.

Sie antwortete: „Es geht das Gerücht um, dass der stellvertretende König von einem besessen ist. Vielleicht handelt es sich dabei um Umbralux. Damals war er sehr geschwächt, durch seine schwer auszuführenden Machenschaften und die Trennung der Dimensionen. Außerdem gibt es noch eine andere Sache, die dir der Weise des Tempels nicht gesagt hat.

Es heißt, dass ein Lichtschatten überlebt und sich versteckt hatte. Er ist dem Hass, dem Krieg und dem Teilungswahn entkommen und hat unter Aufwand seiner ganzen magischen Kraft ein Relikt entwickelt, mit dem man Umbralux bezwingen kann. Kurz vor der Trennung der Welten hatte noch ein erbarmungsloser Kampf zwischen dem Schattenlicht und dem letzten Lichtschatten stattgefunden. Der Lichtschatten musste sein Leben lassen, doch es gelang ihm, den größten Teil der dämonischen Macht in dem heiligen Relikt zu versiegeln. Nach der Dimensionsspaltung wurden weder Umbralux das Schattenlicht, noch das Relikt jemals wieder gesehen. Heute weiß keiner, wie es überhaupt aussieht.

Deine Aufgabe wird es sein, es mit Hilfe deiner inneren Kraft zu finden und das Böse endgültig zu versiegeln. Sollte es wahr sein, dass der Dämon in dem Stellvertreter des Königs wohnt, kann es gut möglich sein, dass er vor hat, die totale Macht über ganz Obscuritas zu erlangen und anschließend, wenn er genug Energie gesammelt hat, den finalen und vernichtenden Krieg ausbrechen zu lassen. Das wäre sowohl der Untergang deiner, als auch unserer Welt. Ich weiß, es ist eine schwere Last für dich, aber du bist unsere letzte Hoffnung, Florian." Nun verstand ich die Angelegenheit einigermaßen, doch es gelang mir immer noch nicht ganz, sie als Realität anzuerkennen.

„Wieso kennt eigentlich in unserer Welt keiner diese Legende, wenn wir alle doch mal Eins gewesen sind?"

„Tja, da musst du nur mal die Welten vergleichen. Hier bei uns ist, im Gegensatz zu eurer Welt, scheinbar die Zeit stehen geblieben. Viele Menschen der Schattenwelt setzen noch Magie ein und kennen keine Elektrizität, so wie es sie bei euch gibt. Ich weiß das nur, weil ich eurer Welt mal vor langer Zeit einen Besuch abgestattet habe. Zwar bin ich auch eine derer, die zwischen den Dimensionen reisen können, doch meine Fähigkeiten sind in diesem Gebiet den deinen weit unterlegen. Ich habe es damals nicht allzu lange in der Helligkeit ausgehalten und musste wieder gehen."

„Aber hier ist es fast genau so hell, wie in unserer Welt", warf ich ein.

„Nein, in den beiden Dimensionen gelten verschiedene Regeln. Das liegt nur daran, dass sich dein inneres Auge so gut an die Finsternis hier anpassen kann. Du bist der perfekte Dimensionswanderer, genau wie dein Vater..."

Bei diesen Worten schlug mein Herz auf einmal doppelt so schnell: „Vater... stimmt, du hast mir in einer Vision gesagt, du kennst ihn! Heißt das, er lebt?! Du musst mir alles sagen, was du weißt!"

Aizy wurde etwas nervös, doch dann lächelte sie mich an: „Alles zu seiner Zeit, kleiner Florian, alles zu seiner Zeit... Wir gehen jetzt erst mal zu mir nach Hause, dann gebe ich dir passende Kleidung und anschließend zeige ich dir ein bisschen das Dorf und die Gegend. Morgen werden wir dann mit deinem Training beginnen... Auserwählter..."

Der Tag ging zur Neige und wir befanden uns ins Aizys kleinem Haus. Sie hatte bisher scheinbar alleine hier gewohnt, doch nun war die Anzahl der Bewohner um einen – nämlich mich – gestiegen. Ein Gästezimmer konnte mir die Magierin zwar nicht bereitstellen, doch dafür würde ich es mir nachts auf einer Art Couch gemütlich machen dürfen, welche mit weichen Blasen gepolstert war. Diese Blasen stellten so etwas wie Kissen für die Leute in dieser Welt dar. Sie bestanden aus Magie, so wie viele andere Dinge hier. Ich machte mir Gedanken über alle möglichen Sachen und dachte daran, was für ein seltsamer, jedoch wundervoller Ort dies doch war. Außer der komisch aussehenden Vegetation fand ich auch toll, dass man hier für sehr vieles Zauberei einsetzte. Nachdem mich Aizy in enge, dunkelgrüne Hosen, einen noch dunkleren, grünen Mantel und ein Paar dunkelbraune Lederstiefel gesteckt hatte, waren wir im Dorf spazieren gegangen. Im Grunde war es ein ganz gewöhnlicher kleiner Ort, doch ich konnte sehen, was die Menschen hier alles mit Hilfe der Magie leisteten. Sie machten Feuer, beherrschten teilweise sogar Telepathie um auf größere Entfernung zu kommunizieren und stellten diese kissenartigen Blasen her.

„Ihr habt eine faszinierende Welt!", sagte ich, als wir in der winzigen Küche saßen. Es war ein kleines Holzhaus mit Wohnzimmer, Küche und Schlafzimmer. Die meisten Möbel waren ebenfalls aus Holz und nicht selten mit verschnörkelten Verzierungen geschmückt. Es gab aber auch so einige seltsame Gegenstände, die mir sehr fremdartig erschienen und deren Nutzen mir schleierhaft war. Bei einigen konnte ich nicht einmal sagen aus was sie bestanden. Zweifellos – so dachte ich mir – mussten es magische Objekte sein, von denen ich nichts verstehen würde, doch ich hatte mich nicht getraut Aizy über ihre halbe Einrichtung auszufragen.

„Bei meinem Besuch in der Lichtwelt war ich zuerst auch ziemlich erstaunt", sagte Aizy, während sie etwas zu Essen zuzubereiten schien.

„Warum zauberst du nicht einfach, anstatt Essen zu machen?", musste ich sie einfach fragen.

Sie lachte nur und meinte: „Ach, wenn das so leicht ginge... Man kann nicht alles mit Magie erledigen. Es ist beispielsweise möglich sich den Bau eines Hauses zu erleichtern, doch von ganz alleine wird es sich nie bauen. Du darfst dir auch nicht vorstellen, dass man nur mit den Fingern zu schnippen braucht und schon brennt ein Feuerchen. Für magische Aktionen ist viel Konzentration nötig und am Schluss ist man doch meist total ausgelaugt. Merk dir Eines, Florian... Magie kann manchmal mehr an den Kraftreserven zehren, als körperliche Arbeit. Außerdem schmeckt Essen immer noch am besten, wenn es selbst zubereitet wird."

„Na ja, dennoch finde ich, dass es hier recht interessant zugeht mit all dieser Zauberei."

„Eigentlich sind die Leute alle schon ziemlich geschwächt und müssen sich beim Einsatz von Magie auf das Nötigste beschränken."

Ich unterbrach sie: „Wieso macht ihr dann diese seltsamen Kissen? Ihr könntet doch einfach Gras oder Blätter nehmen..."

„Na gut, die Blasen sind ein sehr leichter Zauber, den nahezu jeder in dieser Welt fast ohne Energieaufwand ausführen kann. Sie halten meist recht lange und sind um einiges bequemer, als Gräser, was jedoch nicht bedeutet, dass wir in dieser Welt keine Kissen oder Decken herstellen. Andere Zauber sind jedenfalls viel komplizierter. Früher, als noch der gütige König Laviel an der Macht war, konnten alle Bewohner dieser Welt freier leben und hatten auch mehr Zauberkraft. Telepathie war leichter einzusetzen und die Gedanken konnten auch weiter übertragen werden, als heutzutage. Es gab sogar einige gute Wahrsager und Amulettschmiede für Schutzzauber."

„Wozu waren die Dinger gut?"

„Es gibt angeblich immer noch einige Wenige, die sie herstellen können. Es sind kleine, runde Anhänger, die aus verschiedenen, magischen Steinen und Metallen zusammengesetzt werden. Sie schützen vor gefährlichen Tieren, einigen bösen Zaubersprüchen und manche sagen, dass sie sogar Glück im Alltag bringen. Es könnte nicht schaden eines dieser Amulette aufzutreiben, bevor du deine Mission beginnst, aber ich habe leider keine Ahnung, wo sich heutzutage ein Amulettschmied befinden könnte."

Aizy setzte mir nun ein Schale mit lilafarbenem, gemüseartigem Zeug vor.

„Iss nur! Das nennt man Syrias, ein beliebter Gemüseeintopf in Obscuritas. Es ist vergleichbar mit einer Mischung aus Kartoffeln, Spinat und Karotten."

Bei dem Gedanken an diese Kombination, wurde mir leicht übel. Ich war allgemein kein Fan von Gemüse. Gegen Kartoffeln hatte ich zwar nichts, doch Spinat und Karotten konnte ich nicht ausstehen.

Aizy musste es an meinem Gesichtsausdruck gemerkt haben, denn sie versuchte sich zu rechtfertigen: „Entschuldige, dass ich im Moment nichts anderes parat habe, doch die Nahrungsmittel werden auch immer knapper. Syrias ist trotzdem eine Spezialität, denn es beinhaltet auch jede Menge Nährstoffe, die bei euch nur tierische Produkte haben. Weil es bei uns so eine riesige Vielfalt an pflanzlicher Nahrung gibt, die zu Großteil auch Tiere ersetzt, brauchen wir diese nicht zu schlachten. Es gibt sowieso nicht all zu viele Tierarten in Obscuritas. Nur sehr wenige *Feinschmecker* vergreifen sich an ihnen, denn es ist sogar illegal."

Und wieder hatte ich etwas dazugelernt. Nun nahm ich mutig die zweizackige Gabel, welche neben meiner Schale lag, in die Hand und fing an zu essen. Es schmeckte fürchterlich ... jedenfalls anfangs. Zu meinem Erstaunen gewöhnte ich mich mit jedem Bissen etwas mehr an dieses Syrias und schließlich fand ich es gar nicht mal so schlecht, wenn auch immer noch recht fremdartig.

Plötzlich fiel mir etwas ein: „Mist! Ich hab noch gar nicht an meine Familie gedacht. Alle machen sich sicherlich große Sorgen."

Aizy wurde ein wenig nachdenklich, dann sagte sie: „Das stimmt. Das letzte Mal konnte ein größerer Tumult verhindert werden, doch ich weiß nicht ob das noch funktioniert..."

„Wovon redest du? Was soll funktionieren?"

Aber sie begann wieder nachzudenken, bis sie schließlich erklärte: „Ich habe nur laut überlegt... Es war früher schon mal jemand hier, doch da konnte ich noch Kontakt mit einer Quelle in eurer Welt aufnehmen und die Situation vor einer Eskalation bewahren. Es hätte nur unnötig für Angst gesorgt, wenn es an die Öffentlichkeit gekommen wäre, dass ein Mensch einfach so spurlos verschwunden ist. Leider kann ich jene menschliche Quelle aus der Vergangenheit nicht mehr kontaktieren. Dennoch gibt es eventuell eine Möglichkeit..."

„Es wird doch sicherlich noch jemanden geben, der in meiner Welt erreichbar ist", unterbrach ich sie.

„Na ja, theoretisch würde es da eine gewisse Person geben, die allerdings keineswegs so leicht zu kontaktieren sein wird, wie du es warst. Es geht um deinen zweiten Teil, die Lichtseite des Auserwählten."

„Ach so, du meinst den anderen Typen aus dieser Legende, der mir bei meiner Mission helfen muss, oder?"

„Genau!", antwortete Aizy: „Es wird zwar ein schwieriges Unterfangen, da es sich um den hellen Teil handelt und nicht um den dunklen, wie bei dir, aber es ist immerhin auch ein Auserwählter. Da ich ein reines Schattenwesen bin fällt es mir natürlich auch leichter, mit dem Auserwählten des Schattens Kontakt aufzunehmen, als mit dem Auserwählten des Lichts." Das klang sogar irgendwie logisch.

„Und wer ist dieser andere, helle Lichttyp?"

„Das wirst du schon sehen. Mach dir keine Sorgen. Ich bin auch jemand, der einst durch die Dimensionen wandeln konnte und außerdem ich bin eine Magierin. Das werde ich schon hinkriegen." Ich war bereits gespannt auf meinen Partner und ich wusste, dass ich mich auf Aizy verlassen konnte. Wir gingen nach dem Abendessen schlafen, immerhin hatten wir einen langen Tag vor uns. Was wir nicht wissen konnten, war dass die Nacht auch nicht all zu erholsam werden sollte.

*Charaktere – AIZY*

# Ira die mysteriöse Schwertkämpferin

Bevor ich tatsächlich einschlief, lag ich eine Weile wach im Bett und versuchte immer noch die vielen neuen Erlebnisse zu verarbeiten. Alles war so aufregend und der Tag hatte mich sehr müde gemacht, sodass ich letztendlich doch schlafen konnte. Ich hatte keine Träume und mein Schlaf musste tief gewesen sein, denn ich wachte erst auf, als ich einen lauten Schrei hörte:

„Floriaaaan!" Es war Aizys Stimme, die im Moment sehr verzweifelt klang. Ich realisierte die brenzlige Situation anfangs nicht einmal, da ich noch etwas benommen war, aber nach und nach bemerkte ich, dass ich mich nicht mehr im Bett befand. Ich war geknebelt in den Armen eines recht großen und streng riechenden Wesens. Wir befanden uns draußen, wo es immer noch stockfinster war. Ich erschrak, als ich ihm in die Augen sah. Sie waren blutunterlaufen und hatten keine Pupillen. Auch der Rest der fetten Visage hätte keinen Schönheitswettbewerb gewinnen können. Das Ding hatte einen triefenden Schweinerüssel und ein zu groß geratenes Mundwerk, das es glücklicherweise geschlossen hielt, sodass ich nicht auch noch Bekanntschaft mit dem zu erwartendem Mundgeruch, der Bestie machen musste.

Plötzlich blitzte es auf und das dicke Ungetüm wirbelte in hohem Bogen durch die Luft, während ich mit einem Stöhnen auf den harten Boden fiel. Die Fesseln verhinderten, dass ich mich bewegen konnte und so langsam fühlte ich mich sehr unwohl. Ich war nun völlig wach und bemerkte, wie Aizy auf mich zu rannte. Sie musste es gewesen sein, die mich aus den Klauen des Monsters befreit hatte. Wie aus dem Nichts tauchte ein anderes Vieh hinter ihr auf, das zwar dünner war, aber trotzdem nicht freundlicher und erst recht nicht hübscher zu sein schien.

„Vorsicht!", schrie ich fast aus Reflex, doch da war es schon zu spät. Es hatte Aizy einen kräftigen Stoß mit seiner breiten Schulter verpasst, sodass sie zu Boden fiel und nun rannte es direkt auf mich zu. Mein Herz schlug schneller und ich hatte keine Ahnung, was ich unternehmen sollte. Ich war ja leider bewegungsunfähig, obwohl ich auch nicht glaubte, dass ich eine größere Chance gehabt hätte, wenn ich frei gewesen wäre. Bei dem zweiten Ungeheuer musste es sich um eine Art zweibeiniges Rieseninsekt handeln. Es erschien mir sehr beweglich und hatte sogar kleine Flügel auf dem Rücken, mit denen es allerdings wohl kaum fliegen konnte. Eine gewisse Menschenähnlichkeit war nicht zu übersehen. Obwohl es grüne Haut hatte, gab es in seinem Gesicht keine Anzeichen von Stich- und Saugorganen oder Fassettenaugen. Mit dem normalen Mund und den mandelförmigen Augen sah es in der Tat recht human aus, doch letztere waren ebenfalls blutunterlaufen und pupillenlos.

Ich bekam panische Angst und fing an zu schreien, in der Hoffnung, dass mich irgendjemand hören würde, doch erst jetzt stellte ich fest, dass wir nicht mal mehr im Dorf waren. Aizy bewegte sich nicht und es sah schlecht für mich aus. Noch bevor mich der Grünling erreicht hatte wurde ich, wie ein leichter Sack, der auf den Boden gefallen war, einfach aufgehoben. Meine fünfzig Kilo mit einer Hand zu transportieren, war für den fetten Schweinemenschen bestimmt wie einen Beutel Federn zu tragen. Er und der Insektenmann mussten weit über zwei Meter groß gewesen sein. Diese Missbildungen machten sich mit mir aus dem Staub, während ich schrie, wie am Spieß, was allerdings nichts zu nützen schien. Ich war mit meinen Nerven sichtlich am Ende, denn nun kam mir alles wie ein schlimmer Traum vor. Ich bereute es, jemals in diese Welt gelangt zu sein. Ich konnte doch sowieso nichts gegen die bösen Mächte ausrichten, die hier am Werk waren. Nach einiger Zeit hatte ich jedoch den ersten Schock überwunden und versuchte einen kühlen Kopf zu bewahren. Ich hatte verstanden, dass die Mutanten mich nicht umbringen wollten... zumindest nicht sofort. Sie hätten es schon längst tun können, wenn es ihre Absicht gewesen wäre.

Wir waren mit nicht all zu schnellem Schritt – was wohl an dem Dicken lag – durch den dunkelroten Wald unterwegs und ich wunderte mich, wie gut ich sogar in der Dunkelheit von Obscuritas sehen konnte. Die Nacht war hier um einiges finsterer, als in meiner Welt, was wohl daran lag, dass der Mond, den ich ab und zu zwischen den Baumwipfeln hindurchscheinen sah, nur sehr schwaches, orangefarbenes Licht von sich gab. Die beiden ungewöhnlichen Gesellen waren durch dunkle Stoffe bekleidet, die an ihnen, wie zerlumpte Uniformen wirkten. Sie waren nicht sehr gesprächig und ich bezweifelte allmählich, dass sie überhaupt reden konnten. Insekt und Schwein glichen allgemein eher einem Zombieduo. Dennoch gab es, selbst wenn ich nicht gefesselt gewesen wäre, keine Möglichkeit zu flüchten, da mich der flinke Grünling sicher einholen könnte.

Ich hatte die Hoffnung auf Rettung bereits aufgegeben, als plötzlich ein Schatten blitzartig aus einem Gebüsch schnellte, an uns vorbeisauste und wieder verschwand. Zum ersten Mal vernahm ich die Stimme des Dicken, denn er schrie auf und ließ mich fallen. Es hörte sich menschlich und doch auch irgendwie tierisch an, als er neben mir jaulend in die Knie ging und ich konnte eine schwere Wunde an seinem Arm erkennen. Jetzt bemerkte ich auch, dass das Seil, mit dem ich geknebelt war, durchtrennt worden sein musste. Schnell rappelte ich mich auf und wich einige Schritte zurück, während der Riesengrashüpfer verdutzt in der Gegend herumschaute. Ich wollte gerade flüchten, als sein Blick schließlich auf mich fiel und er mit nur einem Satz und einigen wirbelnden Flügelschlägen vor mir stand. Wenn er also nicht fliegen konnte, so verhalfen ihm seine Stummelchen auf dem Rücken immerhin zu recht großen Sprüngen. Das Monster holte aus, um mir eine mit seiner – zweifellos durch Chitin gehärteten – Faust überzubraten. Ich dachte schon, jetzt wäre es aus, als der Grünling auf einmal inne hielt. Wie gebannt schaute er über mich hinweg.

Ich drehte mich instinktiv um und sah eine vermummte Gestalt, die etwas Leuchtendes in die Luft hielt. Der Insektenmensch geriet außer Kontrolle und griff meinen Retter an. Dieser steckte seinen seltsamen Lichtbringer weg, zog ein außergewöhnlich großes Schwert hinter seinem Rücken hervor und sprang dem Biest entgegen. Ich sah nur, wie die transparenten Insektenflügel durch die Luft glitten, während ihr Besitzer mit einem dumpfen Geräusch und viel Gequietsche unbequem auf dem Boden landete. Er blieb zwar nicht liegen, doch er taumelte, wie ein Besoffener nach einer Karussellfahrt umher, als plötzlich der Dicke wieder auftauchte. Verwirrt von den überraschenden Ereignissen blieb ich erst mal paralysiert stehen.

Aus heiterem Himmel packte mich jemand am Arm und zog mich in ein Gebüsch.

„Los, weg hier! Oder willst du wieder geschnappt werden?", hörte ich eine Stimme hinter mir sagen.

Der Schwertkämpfer und ich flohen durch den Wald, der allmählich wieder heller zu werden schien. Die Morgendämmerung der schwarzblauen Sonne färbte alles in ein wunderschönes, rötliches Violett.

„Du hast noch mal Glück gehabt. Diese Monster waren sehr stark und in eine Aura aus schwarzer Magie gehüllt", sagte die mysteriöse Person und ich bemerkte erst jetzt, wie weiblich ihre Stimme klang. Sie streifte die Kapuze ihres schwarzen Mantels herunter und enthüllte ihr Gesicht nun vollständig, das bis eben noch durch ein dunkles Tuch um den Mund vermummt gewesen war. Mein Retter war also eine Retterin! Sie musste ungefähr so groß und so alt wie ich sein, trug einen langen, blonden Zopf und hatte unglaublich dunkle Augen. Ich musste sie wohl etwas geistesabwesend angestarrt haben, denn sie sagte in lauterem Ton: „Hey! Ist was? Ich hab dir eine Frage gestellt."

„Oh, entschuldige! Ich war nur etwas verwundert darüber, dass du ein Mädchen bist..." Diese Worte hätte ich lieber für mich behalten sollen.

„Was soll das denn heißen?!", fuhr mich das hübsche Wesen schroff an: „Glaubst du etwa, dass wir Frauen nicht so gut kämpfen können, wie ihr? Also du hast vorhin jedenfalls nicht gerade einen sehr starken Eindruck gemacht..."

Ich erkannte, dass sie einen sehr aufbrausenden Charakter hatte und entschuldigte mich sofort: „Tut mir Leid... das war nicht so gemeint. Was war denn deine Frage?"

Das Mädchen schien sich auch schnell wieder beruhigen zu können und sagte gelassener: „Ich wollte deinen Namen wissen. Wer bist du?"

„Ich bin Florian. Und du?"

„So einen seltsamen Namen hab ich ja noch nie gehört. Mich kannst du einfach Ira nennen."

Wir verließen nun die Wälder und erreichten eine kleine Hütte an dessen Rande. „Was hast du so früh im Wald gemacht?", fragte ich neugierig.

Sie antwortete: „Ich habe trainiert. Ich stehe fast immer vor Sonnenaufgang auf, um mich im Umgang mit meinem Schwert zu üben. Du hattest aber wirklich Glück, denn heute war ich ganz besonders früh aus den Blasen. Es war fast so, als hätte ich gespürt, dass jemand Hilfe brauch."

Jetzt betraten wir die bescheidene Wohnung. „Ach ja, stimmt, danke! Es war echt beeindruckend, wie du diese Viecher fertig gemacht hast", sagte ich. Es gab nur einen Raum, der für eine Person eingerichtet war. In einer Ecke stand ein Bett mit einigen dieser komischen Zauberkissen und in der Mitte gab es einen Holztisch mit vier Stühlen drumherum. Sogar eine etwas seltsame Konstellation aus kleinen Schränken war zu sehen.

„Diese Ungetüme waren außergewöhnlich stark", meinte Ira trocken: „Ohne mein Schutzamulett hätte ich sie niemals derartig schwächen können. Ich hätte dich wohl oder übel ihnen überlassen müssen." Ich versuchte krampfhaft etwas Ironie aus ihrem letzten Satz zu hören. Sie warf ihren Mantel beiseite und legte sich faul auf ihr gepolstertes – oder besser gesagt geblastes Bett. Ihre Kleidung in den Farben rot und schwarz wirkte sportlich und elegant zugleich, perfekt für eine junge Schwertkämpferin.

Ich nahm mir einfach einen Stuhl um mich hinzusetzen und fragte schließlich: „Was meinst du eigentlich mit 'Schutzamulett'? War das dieses leuchtende Ding, wegen dem der Grünling ausgerastet ist? Ich muss unbedingt mehr darüber erfahren."

Ira sah mich misstrauisch und prüfend mit ihren tiefen Augen an und sagte schließlich: „Ich wüsste zwar nicht, wieso ich dir Auskunft geben sollte, aber du scheinst nicht von hier zu sein und dennoch bist du mir irgendwie sympathisch. Also gut... Wenn du wirklich nichts über die Amulette weißt, dann kläre ich dich mal über ihre Kraft auf. Es steckt sehr viel Arbeit und Magie in ihnen. Sie wehren das Böse ab und bei Kreaturen, wie deinen beiden Gefährten, wirken sie schon fast Wunder. Diese Monster waren so voll gepumpt mit negativer Energie, dass sie sich durch die Beeinflussung des Amuletts nicht mehr unter Kontrolle hatten."

Wieder türmten sich tausend Fragen in meinem Kopf auf: „Gibt es bei euch viele von diesen Ungeheuern?"

Ira schaute etwas verdutzt. „Du fragst vielleicht komische Sachen... Solche Monster sind, so weit ich weiß, noch vor meiner Geburt, das erste Mal in so großen Mengen aufgetaucht. Ein edler Ritter konnte sie bezwingen. Nun sind die Mistviecher allerdings seit ungefähr vier Jahren wieder da und machen den Leuten das Leben schwer. So starke Ungeheuer, wie die heutigen, sind aber nicht alltäglich. Na ja, auf alle Fälle geht das Gerücht um, dass der unrechtmäßige Vizekönig mit ihnen im Bunde ist. Ich für meinen Teil bin fest davon überzeugt. Bei diesem Unhold kann man nie wissen..." Nun hatte sie einen recht grimmigen Gesichtsausdruck und wirkte nachdenklich.

„Eines noch, Ira... Könntest du mir bitte sagen, wo du das Schutzamulett her hast? Ich brauche ganz dringend auch eines." Sie schien mir nicht antworten zu wollen. „Bitte, es ist echt wichtig!", flehte ich weiter: „Das Schicksal der Welt könnte davon abhängen!" Und das war nicht einmal untertrieben, so klischeehaft es sich auch anhören mochte.

„Nein, Fremder... Ich werde dir nicht sagen, woher ich es habe...", erklärte sie mit ernster Stimme, während ich traurig meinen Kopf senkte.

„Na gut, schon in Ordnung, ich verstehe schon..."

„Sie sind echte Raritäten geworden, doch da, wo meines herkommt, gibt es für dich sowieso keines mehr. Wozu genau brauchst du es denn?" Sie lachte abfällig: „Haha... die Rettung der Welt? So einen Quatsch kannst du gerne den nächstbesten Monstern da draußen weismachen."

Ich überlegte kurz, ob ich ihr von meiner Aufgabe erzählen sollte. Obwohl ich keine Hoffnung auf ein Schutzamulett hatte, sagte mir ein Gefühl, dass ich ihr vertrauen könnte. Entweder das, oder aber ich war nach all den Erlebnissen einfach zu verzweifelt und redselig... Ich klärte sie nicht über meine Herkunft auf, doch ich verriet Ira, dass ich mich irgendwann gegen den niederträchtigen Vizekönig stellen müsste. Das allein genügte bereits, um einen ordentlichen Schub von Enthusiasmus in ihr zu wecken. Sie stand von ihrem Bett auf und war Feuer und Flamme.

„So ist das also! Ein Komplott gegen den Oberschurken... Du brauchst die schützende Magie eines Amuletts für ein Abenteuer! Das bedeutet Spannung und Training für mich und vielleicht sogar Frieden für Obscuritas. Loran, ich würde mein Amulett niemals aus den Händen geben, aber ich werde dich begleiten und unterstützen."

Diese offensichtlich völlig unüberlegte Entscheidung überraschte mich ein wenig, doch ich war hoch erfreut. Ich erzählte Ira von dem Dorf in der Nähe des Tempels und wir machten uns sofort auf den Weg.

„Ich heiße übrigens nicht Loran, sondern Florian", musste ich noch anmerken.

„Ach, egal... Ich nenne dich trotzdem Loran", lächelte sie mich an. Da ich nicht wusste, was ich dazu sagen sollte, hielt ich lieber die Klappe und folgte ihr mit eiligen Schritten durch den roten Wald.

Wir waren inzwischen an einer etwas höher gelegenen Ebene angekommen, von welcher aus man in der Ferne schon das Dorf sehen konnte, als ich jemanden rufen hörte:

„Floriaaaan!" Es war Aizy, die auf uns zugerannt kam.

„Nanu, wer ist denn das?", konnte Ira gerade noch hervorbringen, bevor sie kopfüber durch die Lüfte segelte und schließlich hoch oben zu stehen kam. Sie hatte nicht einmal Zeit zu schreien, doch man konnte ihren verdutzten Gesichtsausdruck sehen.

Nun hörte man Aizys strenge Stimme: „Rede! Was hattet ihr mit ihm vor?" Sie schien Ira für eine Komplizin der Monster gehalten und sie deshalb in die Höhe geschickt zu haben.

Ich musste sie beruhigen: „Aizy, lass sie runter! Ira hat mich von den Bestien befreit. Sie ist auf unserer Seite..."

Diese hatte mittlerweile ihr breites, langes Schwert gezogen und versuchte wieder Boden unter den Füßen zu bekommen, indem sie wie wild in der Luft herum zappelte. Die Magicrin hob ihren Levitationszauber auf, woraufhin Ira herunterfiel, doch sie landete auf eine erstaunlich elegante Wiese. Sofort hatte Aizy das Langschwert vor der Nase, was sie allerdings nicht zu kümmern schien. Beide machten ein ernstes Gesicht und sahen kampfbereit aus. Es herrschte eine sehr angespannte Stimmung und die Luft schien dicker als Gelatine.

Ich trat schlichtend zwischen die zwei Mädels und sagte: „So, Schluss jetzt! Wir sind keine Feinde. Aizy, das ist Ira. Sie will uns bei der Mission helfen."

Die junge Magierin atmete auf und fiel mir um den Hals: „Hach, zum Glück ist dir nichts zugestoßen, Florian... das hätte ich mir nie verziehen. Ich hätte es wissen müssen... Es tut mir Leid, dass ich dir nichts von den Sklaven Zabuls erzählt habe."

„Aha, dann glaubst du also auch, dass er mit dem Bösen im Bunde ist!", brach Ira plötzlich hervor.

Ich verstand allerdings nicht ganz, was sie meinten: „Von was redet ihr da? Wer oder was ist Zabul?"

„Oh, ich hab den Namen ja noch gar nicht erwähnt... so heißt der Vizekönig", erklärte Aizy bloß flüchtig und wandte sich dann der Schwertkämpferin zu: „Entschuldige bitte, dass ich dich vorhin so rau behandelt habe. Ich dachte, du würdest auch zu denen gehören, die Florian verschleppt haben. Falls du ihn aber gerettet hast, möchte ich mich wirklich bei dir bedanken. Ich stehe tief in deiner Schuld, junge Dame."

„Ach, schon in Ordnung. Kaum der Rede wert. Nenn mich einfach Ira."

„Sehr erfreut... und ich bin Aizy. Aber wie konntest du mit den beiden Ungeheuern fertig werden? Die waren immerhin viel stärker, als die gewöhnlichen Exemplare, welche die Leute bisher schikaniert haben..."

„Ich besitze ein Amulett. Ohne es, hätte selbst ich keine Chance gehabt."

Nachdem Aizy die junge Schwertkämpferin einem musternden Blick unterzogen hatte, bat sie diese freundlich um ein kurzes Gespräch unter vier Augen mit ihrem Schützling.

Zuerst flüsterte sie: „Ich bin mir etwas unsicher, ob wir ihr ganz vertrauen können. Unsere Queste ist von höchster Bedeutung und zudem auch sehr gefährlich."

„Aber sie hat ein sehr mächtiges Schutzamulett und sie ist auch sonst in Ordnung. Wir sollten Ira uns begleiten lassen. Sie kann eine starke Verbündete werden."

„Na gut. Aber irgend etwas ist dennoch seltsam an ihr, ich habe ein komisches Gefühl... na ja, egal."

Dann gesellten wir uns zur Schwertkämpferin zurück und Aizy sprach wieder laut: „Hör zu, Florian... Du hast nun gesehen, wie gefährlich es hier ist, besonders für dich. Ich werde dir aber versprechen, in Zukunft achtsamer zu sein. Diese beiden Ungeheuer waren nichts weiter, als das Gefolge Zabuls. Ich weiß nicht, was sie mit dir vorhatten, doch sie schienen dich lebend zu brauchen. Sie haben mitten in der Nacht angegriffen um dich zu entführen. Ich erwachte, als ich eine bösartige Aura vernahm und bin zu dir gelaufen. Die Ungeheuer waren durch das Fenster eingebrochen und hatten dich schon im Schlepptau. Du musst scheinbar wirklich tief geschlafen haben, wenn du von all dem nicht gleich aufgewacht bist. Ich bin ihnen gefolgt und habe versucht sie zu bekämpfen, doch leider habe ich sie gewaltig unterschätzt. Bei dem Grünen handelte es sich um einen sogenannten Grasghul und er war äußerst schnell, viel flinker noch als die normalen Vertreter seiner Art."

„Ja, und das Goblinschwein war auch noch größer und stärker als seine Artgenossen", unterbrach Ira.

Aizy schaute ziemlich verdutzt: „Du kennst dich in der Bestienkunde aus? Bist du auch Schülerin in einem Tempel?"

Ira sah etwas entgeistert aus und zögerte mit ihrer Antwort: „Ach, weißt du... Ich bin nur eine bescheidene Schwertkämpferin und führe ein einfaches Leben am Waldrand. Das hab ich mal von ein paar Rittern des früheren Königs aufgeschnappt." Die Magierin gab ihr nur einen misstrauischen Blick. Wir gingen schließlich zu dritt ins Dorf zurück.

Als Aizy und ich alleine waren, sprach sie mich auf Ira an: „Also dieses Mädchen ist mir nicht ganz geheuer. Schon allein der Name Ira kommt mir irgendwie seltsam vor... er erinnert mich an etwas, doch ich weiß nicht an was. Die anderen Aspekte, die mich ins Grübeln bringen sind ihr Schutzamulett, ihr edles Schwert und ihre Monsterkenntnisse... wo hat sie das alles her?"

„Ich weiß, dass sie etwas eigenartig ist, aber mein Gefühl sagt mir, dass wir ihr vertrauen können", gab ich zurück.

„Es ist dennoch etwas riskant, Florian", meinte Aizy: „Nur wenige besitzen heutzutage noch dieses Wissen über Ungeheuer. Ein einfacher Ritter ist nur zum Kämpfen da und nicht um Gelehrter zu sein. Von der Bestienkunde verstehen nur Leute aus Tempeln und das nahe Umfeld der Königsfamilie was. Letzteres existiert aber praktisch nicht mehr, da Zabul nun den Platz König Laviels eingenommen hat. Die ehemalige Königin ist schon lange vorher, bei der Geburt ihres einzigen Kindes gestorben, das aber leider auch nicht mehr gerettet werden konnte. Die verbliebene, korrupte Ritterschaft und der Rest des königlichen Hofes stehen unter der Herrschaft des Vizekönigs. Woher sollte Ira also ihr Wissen über Ungeheuer haben?"

„Vielleicht ist sie ja doch in einem Tempel unterrichtet worden", versuchte ich sie zu verteidigen.

„So weit ich weiß, gibt es nicht gerade viele Tempel und Weise in dieser Gegend. Ich kenne jedenfalls keinen, der Waffenkunst, statt höherer Zauberkunst unterrichtet. Dieses Mädchen verheimlicht uns etwas..."

Zwar verstand ich Aizys Sorgen, doch ich war mir sicher, dass wir mit Ira an unserer Seite nichts falsch machten. „Deine Zweifel sind vielleicht berechtigt, aber ich bin trotzdem dafür, dass wir sie bei uns aufnehmen. Es ist ein Gefühl, Aizy..."

„Du bist der Auserwählte des Schattens, Florian. Ich hoffe, du behältst Recht..."

*Charaktere – IRA*

## Zwei Teile eines Ganzen

Wir waren unterwegs zum Tempel. Ira hatte gemeint, dass sie sich etwas zu essen besorgen wollte und war alleine losgezogen, sodass Aizy und ich unter uns waren.

„Was ist denn die Überraschung, von der du erzählt hast?", fragte ich.

„Das siehst du gleich...", lächelte sie mich an. Ich war schon ziemlich aufgeregt, als wir endlich im Tempel waren und ich dachte, dass es etwas mit dem Weisen zu tun haben würde. Umso mehr erstaunte es mich, dass wir nicht zu ihm gingen, sondern in Richtung einer schmalen Treppe, die nach unten führte. Ich hatte sie beim ersten Besuch in dem Tempel gar nicht bemerkt. Die Magierin und ich stiegen die Stufen hinab und als wir unten angekommen waren, erstreckte sich ein riesiger Raum vor uns. An den Wänden gab es jede Menge Fackeln, die zu meinem Erstaunen wunderschön grünlich leuchteten und zu den Wänden mit der gleichfarbigen Legierung passten. Ich bemerkte noch einige Gänge und Treppen, die allerdings alle noch weiter hinunter führten.

„Wo sind wir hier? Gehört das alles noch zum Tempel?", fragte ich.

Aizy lachte: „Stimmt... bei euch gibt es ja keine solchen Bauten. Also, das hier ist der eigentliche Tempel. Der Bereich in dem wir vorhin waren, ist lediglich das oberste Stockwerk sozusagen. Es geht hier noch einige Meter tiefer hinunter, wo es letztendlich in einem Labyrinth endet. Wenn man unerfahren ist und zu tief hineinläuft, kommt man nicht mehr heraus. Früher war es als Prüfung für Schüler von Weisen gedacht, aber heutzutage geht keiner mehr in das Labyrinth."

„Also warst du auch noch nie da unten, oder?"

„Nicht wirklich, nur vor dem Eingang. Zum Glück musste ich diese Prüfung nicht mehr absolvieren, denn das kann ziemlich gefährlich werden. Mein Meister hingegen war im Labyrinth. Zu seiner Zeit, war das noch Pflicht. Er erzählte mir, dass er über drei Tage benötigt hatte, um hindurch zu laufen."

„Wow, das hat aber ziemlich lange gedauert!", staunte ich.

„Ja, dabei war er sogar einer der Besten! Andere benötigten auch schon fünf oder sechs Tage und es gab sogar schon Fälle, bei denen die Schüler im Labyrinth verdurstet sind, weil sie sich selbst überschätzt oder einfach nur ihr Proviant ungeschickt eingeteilt hatten." Ich konnte mich nur über die Grausamkeit wundern, mit welcher früher die angehenden Weisen zu tun gehabt hatten.

Wir gingen auf die Mitte des Raumes zu, wo ein steinerner Tisch mit einer Steinkugel in Fußballgröße stand. Aizy stellte sich davor und bat mich, zur gegenüberliegende Seite zu gehen, sodass sich die Kugel zwischen uns befand.

„So, und nun schließe diene Augen, Florian", sagte die junge Magierin. Es kam mir alles ein bisschen so vor, als wollten wir eine Geisterbeschwörung durchführen, aber ich tat, was sie mir sagte. Wir waren beide vollkommen Still und es fiel mir schwer, die ganzen Gedanken in meinem Kopf ruhig zu halten und nicht gleich wieder los zu plappern. Nach einigen Minuten schien es vor meinem inneren Auge dunkler zu werden. Mir wurde leicht schwindelig und ich fühlte mich ein wenig, als ob ich schweben würde. Ich musste in eine Art Trance gefallen sein, aber andererseits war ich doch bei vollem Bewusstsein. Nun fingen auch diese seltsamen Kopfschmerzen wieder an, die ich schon fast vergessen hatte. Plötzlich wurde es immer heller und heller. Jedes mal wenn ich dachte, dass es nicht noch extremer werden könnte, wurde ich vom Gegenteil überzeugt. Es störte mich zwar irgendwie, doch ich hatte ein vertrautes Gefühl.

„Florian... öffne nun deine Augen!", hörte ich Aizy sagen. Als ich aufsah, konnte ich eine verschwommene Silhouette erkennen. Es wurde allmählich klarer und ich sah eine Person. War es Aizy? Nein... Mir blieb der Atem weg, als ich wieder ganz deutlich sehen konnte. Alles um uns beide war in grelles weiß gehüllt. Es war Basti! Ich konnte vor mir tatsächlich meinen Bruder erkennen, der stehend zu schlafen schien.

„Bastian... mach deine Augen auf, du schaffst es!", ertönte Aizys Stimme.

Mit Mühe konnte ich hören, wie er ganz leise stammelte: „Hab ich doch, aber es ist so dunkel..."

Ich wunderte mich ein wenig, da es doch eigentlich sehr hell war, als Aizy plötzlich zu mir sprach: „Florian, versuche du mit ihm zu reden. Er muss sein inneres Auge öffnen. Ihr seid hier in einer Sphäre, in der ihr beide miteinander kommunizieren könnt. Dir erscheint womöglich alles etwas hell, da du die Finsternis in Obscuritas schon gewohnt warst, aber für ihn ist es dunkel."

Ich war ganz wild darauf, Basti von meinen Erlebnissen zu erzählen, also versuchte ich ihn wach zu kriegen. „Hey, Bruderherz! Ich bin es, Florian! Wach endlich auf!"

„Flo? Wo warst du... wo bist du?", sagte er leise.

„Basti, öffne deine Augen! Ich weiß, dass du glaubst, sie seien offen, aber tu einfach so, als ob du sie noch mal öffnen würdest..." Nachher wurde mir klar, dass sich das ziemlich dämlich angehört haben musste, doch es schien zu funktionieren. Gleich würde mein Bruder den Sprung durch die Dimension meistern können. Er öffnete seine Augen! „Basti, du hast es geschafft, du bist in der andren Welt!"

„Oh, Mann... Flo!", sagte mein Bruder freudig und musste sich offensichtlich bemühen die Tränen zu unterdrücken. Dann schaute er verwundert und meinte: „Was sagst du da? Was ist hier eigentlich los?"

Noch bevor ich etwas sagen konnte, schritt Aizy ein: „Einen Moment noch... Es ist nicht so, dass sich Bastian in der Schattenwelt befindet. So leid es mir tut, aber das wird er niemals können. Ihr seid hier nur auf spiritueller Ebene vereint und nicht physisch. Florian, dein Körper ist immer noch in Obscuritas und Bastian, du befindest dich in deiner Welt. Ich habe gespürt, dass du bereit warst für einen tieferen telepathischen Kontakt. Deine Besorgnis um deinen Bruder hat dir das ermöglicht." Ich war zwar etwas enttäuscht, dass wir nicht wirklich zusammen waren, doch die Freude, mit Basti reden zu können bestand weiterhin.

„Okay, hör gut zu Bruder! Du musst dir keine Sorgen um mich machen. Ich bin hier in einem Paralleluniversum..." Und so erzählte ich ihm die Geschichte von Obscuritas, meiner Aufgabe und von meinen neuen Freunden, Aizy und Ira. Basti konnte natürlich nicht ruhig abwarten und zuhören, sondern musste permanent irgendwelche Zwischenfragen stellen. Letztendlich konnte ich ihn doch auf den neuesten Stand bringen.

Dann fiel mir etwas ein: „Wie bist du eigentlich hierher gekommen? Es ist zwar nur spirituell, aber ich meine... was macht dein Körper gerade?!" Ich erinnerte mich nämlich daran, was bei mir passiert war, als ich auf dem

Fahrrad gesessen hatte und eine Vision empfing. Falls es Basti ebenfalls in einem ungünstigen Moment erwischt haben sollte...

„Keine Sorge, ich war zu Hause und hatte auf einmal einen Anflug von Müdigkeit. Deshalb bin ich aufs Zimmer gegangen, um mich hinzulegen. Dann muss ich wohl weggekippt sein." Ich war erleichtert, dass er sich in Sicherheit befand. Natürlich tat mir das Gespräch mit meinem Bruder sehr gut, denn ich vermisste meine Familie. Basti erzählte mir, dass alle total in Aufruhr waren, ganz besonders Großvater. Sie hatten sogar schon die Polizei benachrichtigt.

Das schien Aizy gar nicht zu gefallen. „So ein Misst! Das wollte ich doch diesmal verhindern...", konnte man sie hören. Sie hatte zwar Kontakt mit uns, doch sie war nirgends zu sehen.

„Ähm, Aizy... warst du vielleicht diejenige, die mir vor vier Jahren im Traum erschienen ist?", erkundigte sich mein Bruder.

Sie schien nicht antworten zu wollen, da bohrte ich weiter: „Ja, du bist doch diejenige gewesen, die mir in der letzten Vision begegnet ist und du warst auch dieses silberäugige Schattenwesen vor meinem Fenster. Du kannst uns jetzt nicht erzählen, dass du nicht auch dieses eine mal bei Basti gewesen bist..."

„Das Wesen mit den silbernen Augen war mehr oder weniger eine Illusion, eine Nachwirkung der starken Telepathie. Du wärst damals fast in unsere Welt gelangt. Was die Sache mit dir betrifft, Basti... Ja, ich war es...", sagte Aizy mit ernster Stimme: „Ich hab es damals schon gefühlt. Der zweite Auserwählte würde sich in zwei Persönlichkeiten teilen. Der Teil des Lichts... der Teil des Schattens... Ich wusste, dass ihr beide das sein würdet."

Ein Schock durchfuhr mich, als mir das Offensichtliche nun wie Schuppen von den Augen fiel: „Was?! Also, ist Basti mein Partner... der Auserwählte des Lichts!"

Mein Bruder schien das lockerer wegzustecken: „Cool! Dann bin ich ja der zweite Held! Was hast du damals gesagt, Aizy... Mittler zwischen Licht und Schatten?"

„Ja, Mittler zwischen Licht und Schatten", antwortete sie: „Dazu bist du auserkoren, Bastian! Ihr braucht euch gegenseitig, um diese Queste zu meistern. Ihr werdet zusammenarbeiten müssen, auch wenn ihr in getrennten Welten seid. Auf welche Weise, das wird sich noch zeigen... Meine Kräfte schwinden nun jedoch langsam. Es ist sehr anstrengend, so lange den Kontakt aufrecht zu erhalten. Ich möchte nun eines von euch beiden genau und bestimmt wissen... Kann Obscuritas mit eurer Hilfe rechnen? Seid ihr beide, Florian und Bastian, bereit diese schwierige Aufgabe anzunehmen? Bedenkt... ihr habt eine Wahl! Mit der restlichen Kraft, welche mir als ehemalige Wandlerin zwischen den Welten noch geblieben ist, könnte ich dich, Florian, wieder in deine Welt schicken, doch es wäre möglich, dass du dann nie mehr in die Schattenwelt zurück kannst..."

Mein Bruder und ich warfen uns noch einen letzten Blick zu, bevor wir – wie echte Zwillinge – gleichzeitig antworteten: „Wir nehmen die Aufgabe an!"

Aizy sagte nichts mehr. Ich spürte, wie die Verbindung zu Basti schlechter wurde und musste mich beeilen, um noch etwas loszuwerden: „Basti! Sag niemandem etwas davon! Sag Mutter und Großvater nur, dass sie sich keine Sorgen machen müssen..."

„Geht klar... Mach´s gut...", hörte ich ihn nur noch sehr schwach, bevor der Kontakt völlig abbrach und ich mir wie durch einen Wirbelsturm geschleudert vorkam. Mit einem gewaltigen Ruck wachte ich auf.

Ich befand mich immer noch stehend im Tempel. Aizy, die an der andren Seite des Steintisches gestanden hatte, lag nun auf dem Boden. Die Telepathie über die Dimensionen musste ihre Kräfte wirklich strapaziert haben. Sie war wohl in Ohnmacht gefallen. Aizy hatte mich in Seelenruhe mit meinem Bruder quatschen lassen, ohne sich einzumischen. Sie hatte es für uns getan...

Es war bereits Mittag, als die Magierin aufwachte und stöhnte: „Oh, mein Kopf... Was ist denn passiert?" Wir waren bei ihr zu Hause und Ira gab mir gerade etwas Kochunterricht.

„Du bist nach der anstrengenden Telepathie weggetreten", erklärte ich: „Es tut mir Leid, dass wir dich so geschwächt haben. Wir hatten ja keine Ahnung..." Die Schwertkämpferin und ich bereiteten so etwas wie ein Gemüseschnitzel auf Schattenart zu.

„Wie bin ich denn hierher gekommen?", fragte Aizy: „Für einen Jungen wie dich bin ich doch sicherlich zu schwer, oder?" Es war mir zwar etwas peinlich, doch sie hatte Recht. Ich war wirklich kein Kraftprotz.

Ira antwortete: „Wir haben dich zu zweit getragen. Loran hat mich aufgesucht und mir von der ganzen Sache erzählt."

„Vielen Dank!", meinte die Magierin höflich.

„Ich habe dir zu danken!", warf ich ein: „Du hast mir ermöglicht mit meinem Bruder zu reden, obwohl du genau gewusst hast, wie sehr das an deinen Kräften zehren würde."

„Schon gut, Florian... Ich musste mich sowieso mit beiden Seiten des Auserwählten unterhalten. Schön, dass ihr euch beide endgültig dazu entschlossen habt, die Herausforderung anzunehmen. Das gilt auch für dich Ira. Ganz Obscuritas... nein, sogar beide Welten sind euch zu Dank verpflichtet."

Nun musste Ira einfach dazwischen fragen: „Okay, immer sachte... Obscuritas, ja! Beide Welten... was soll das denn heißen?! Und dieser Bruder muss ja sehr weit weg wohnen, wenn eine so begabte Tempelschülerin wegen Telepathie zusammenbricht. Loran ist mir auch von Anfang an etwas seltsam vorgekommen. Was wird hier eigentlich gespielt?"

Aizy sah mich irritiert an: „Ich dachte du hast ihr alles erzählt!"

„Ich hab ihr nur gesagt, dass du dich bei der Telepathie überanstrengt hast", rechtfertigte ich mich.

Die junge Schwertkämpferin schien etwas gereizt: „Ich war der Meinung, ich hätte es mit einem gewöhnlichen Komplott gegen Zabul zu tun, aber da steckt anscheinend noch mehr dahinter, oder?"

Wir mussten das arme Mädchen also erst mal über meine Herkunft und die restlichen Gegebenheiten aufklären. Über die Legende schien sie allerdings gut genug Bescheid zu wissen.

Schließlich sagte sie: „Alles klar, das hat einiges erklärt. Die ganze Sache klingt zwar etwas verrückt, aber ihr könnt trotzdem auf mich zählen"

„Vielen Dank, Ira... auch dir Florian!", meinte Aizy: „Durch Zusammenarbeit sind die Dimensionen bald gerettet."

Ich lächelte: „Man soll den Tag nicht vor dem Abend loben. Noch ist die Mission nicht erledigt."

„Da hast du allerdings Recht", stimmte mir die Magierin zu: „Wir sollten endlich mal mit dem Training beginnen und dich auf deine Aufgabe vorbereiten."

„Und wie soll das aussehen?", fragte ich.

„Ich werde dich einigen körperlichen Übungen unterziehen und auch einigen spirituellen. Wir müssen deine innere Kraft wecken, damit du das Relikt führen kannst. Natürlich sollten wir dieses überhaupt erstmal finden. Das schlechte an der Sache ist nur, dass keiner wirklich über dessen Verbleib Bescheid weiß. Obscuritas ist groß und wir können uns nicht einmal sicher sein, ob sich das verschollene Relikt überhaupt hier befindet."

Ich verstand nicht ganz: „Moment mal... Was meinst du damit? Du glaubst doch nicht etwa..."

„Doch, genau das glaube ich... Es wäre durchaus auch möglich, dass es in die Lichtwelt gelangt ist!" Ich war ziemlich überrascht. Waren die beiden Welten wirklich so sehr miteinander verbunden?

Nun platzte Ira hervor: „So, jetzt wird aber erst mal gegessen!" Sie stellte drei Teller mit dem gelben, schnitzelartigen Zeug auf den Tisch. Es erinnerte jetzt ein bisschen an etwas Atomverseuchtes und ich fragte mich, ob ich mich jemals an das Essen in dieser Welt gewöhnen würde...

Am nächsten Tag begann auch schon mein Training. Es stellte sich als härter heraus, als ich anfangs angenommen hatte. Besonders die geistigen Übungen hatte ich vollkommen unterschätzt. Zuerst musste ich allerdings eine ganze Weile lang laufen und irgendwelche schweren Steine stemmen, um Aizy zu zeigen, was ich körperlich so drauf hatte... nicht sonderlich viel.

„So, das ist genug fürs Erste!", rief sie, als ich gerade dabei war einen – für meine Verhältnisse – großen Brocken eine Zeit lang hochzuhalten. Mit einem dumpfen Geräusch hörte man ihn auf den Boden aufschlagen, als ich ihn abgeworfen hatte. „Puh... Heißt das... Ich kann... endlich mit dem spirituellen Zeugs beginnen?", keuchte ich erleichtert.

Doch Aizy meinte nur: „Freu dich nicht zu früh, Kleiner... Das könnte sogar härter werden, als das bisherige Training."

Wir setzten uns in eine rosarote Wiese und schlossen die Augen.

„Also, als Erstes musst du lernen dich auf die Schnelle völlig zu entspannen und gleichzeitig stark zu konzentrieren", sagte meine Trainerin.

„Das hört sich kompliziert an..."

Ich hoffte nun, dass sie mir widersprechen würde, aber das tat sie nicht: „Das ist es auch und du wirst es sicher nicht gleich beim ersten Mal schaffen, aber du darfst nicht aufgeben." Na toll! Worauf hatte ich mich da bloß eingelassen... „Gehe in dich, Florian und achte auf nichts anderes in deiner Umgebung. Sei ganz gelassen und versuche erst mal an gar nichts zu denken." Das war leichter gesagt, als getan. Obwohl ich die Augen geschlossen hatte kamen mir ständig irgendwelche Bilder in den Sinn. Ich musste an alles denken, was mich in dieser Welt schon fasziniert hatte und ich fragte mich, was noch kommen würde. Auch meine Familie ging mir eine ganze Weile nicht aus dem Kopf, da ich sie alle vermisste. Zu allem Überfluss wurde meine Konzentration auch durch die ganzen Geräusche aus der Natur von Obscuritas gestört. Ich fand es toll, dass es auch in dieser Welt Vögel zu geben schien, die sich fast wie bei uns zu Hause anhörten. Ich weiß nicht wie viel Zeit verging, aber Aizy hatte eine Menge Geduld mit mir und irgendwann brachte ich es sogar fertig einigermaßen entspannt und konzentriert zu sein. Ich fühlte mich federleicht und dachte an nichts...

„Hey, Leute! Da seid ihr ja, ich hab euch schon gesucht!" Und schwupp war alles kaputt. Ira hatte meine harte Arbeit an mir selbst in einer Sekunde zunichte gemacht.

„Tja, du bist gar nicht mal so schlecht gewesen bei der Übung, Florian, doch du musst noch viel dazulernen und vor allem darf dich nichts aus dem inneren Gleichgewicht bringen", sagte Aizy gelassen.

Doch ich war etwas verärgert: „Oh, nein! Ira, musstest du mich unbedingt jetzt stören?!"

„Tut mir Leid, aber ich konnte doch nicht wissen, dass ihr gerade Konzentrationsübungen macht", rechtfertigte sie sich: „Wenn du willst, kann ich ja auch ein bisschen mit dir üben. Ein paar kleinere Zaubereien kann ich immerhin auch."

Das Angebot der Schwertkämpferin schien Aizy nicht ganz zu überzeugen: „Das ist zwar nett von dir, Ira, aber Florian muss erst noch die Grundvoraussetzungen für die Magie erwerben. Da es in seiner Welt so etwas nicht gibt und er noch nie mit Zauberei zu tun hatte, ist er noch nicht für ihre Anwendung bereit."

Ira verteidigte mich jedoch: „Ach was... den Blasenzauber wird sogar er schon hinkriegen und vielleicht kann er sogar eine kleine magische Flamme erscheinen lassen."

„Nein, es tut mir Leid, aber ich muss auf ihn aufpassen und es kann sehr gefährlich sein mit Magie zu spielen, wenn man noch unerfahren ist." Das enttäuschte die Schwertkämpferin anscheinend etwas. Sie wollte wohl wirklich gerne mithelfen und mir ihre magischen Fähigkeiten näher bringen. Schließlich schlug Aizy einen Kompromiss vor: „Wenn du willst kannst du ja mit ihm das Entspannen und Konzentrieren etwas üben und wenn er dann für die Zauberei bereit sein sollte, darfst du ihm gerne die ersten Anwendungen beibringen."

„Oh, ja, gerne!", freute sich Ira.

„Wann es jedoch soweit ist, werde ich entscheiden, immerhin habe ja auch ich die Verantwortung", grinste die Magierin.

„Zu Befehl!", gab die Schwertkämpferin ironisch zurück. Anschließend ließ uns Aizy alleine, da sie noch in den Tempel musste. Ich wurde bei diesem Lehrerwechsel gar nicht erst gefragt. Ira schien jedoch die Anfangsübungen gut zu kennen und so versuchte ich unter ihrer Anweisung die völlige Entspannung und Konzentration ein weiteres Mal, ob ich nun Lust hatte oder nicht.

Wieder verging eine ganze Weile, während die junge Schwertkämpferin und ich uns mit geschlossenen Augen gegenübersaßen und versuchten uns zu konzentrieren. Ich wunderte mich wie viel Geduld auch das sonst eher aufbrausende Mädchen mit mir hatte. Sie sagte kein Wort und lenkte mich nicht ab sodass ich mich ausschließlich mit meinen Übungen beschäftigen konnte. Irgendwann – es muss mindestens eine Stunde gedauert haben – vernahm ich nichts mehr um mich herum. Alles war still und finster, wie in einem All ohne Sterne, was mir irgendwie vertraut vorkam. Ich mochte dieses Gefühl und allmählich dachte ich, ich würde schweben. Ich konnte etwas Seltsames spüren, doch ich wusste nicht was es war. Offensichtlich befand ich mich auf einer hohen Stufe von Konzentration und Entspannung und plötzlich fiel mir auch etwas ein. Es musste Magie gewesen sein, was ich innerlich vernahm. Nun konnte ich sie deutlich fühlen, sie war überall.

„Grundgütiger Schatten! Was machst du denn da oben?!", rief Ira aus heiterem Himmel, woraufhin ich meine Augen wieder öffnete. Mir war zwar noch etwas schwindelig von der Übung aber ich erkannte sofort die Situation. Ich befand mich hoch über der Wiese, wo ich eigentlich noch bis vor kurzem zu sitzen glaubte, doch ich wurde panisch, da mich das Ganze sehr überrascht hatte und begann plötzlich langsam zu sinken. Unter mir erkannte ich die Schwertkämpferin, doch Aizy war weit und breit nicht zu sehen. Erst fiel ich nur langsam aber ich wurde immer schneller. Mir blieb sogar die Luft zum Schreien weg, so viel Angst hatte ich in diesem Moment.

Letzteres übernahm Ira für mich: „Flooooriaaaan!", schallte es durch die Luft, während ich schnell meine Augen wieder schloss und den Aufprall erwartete. Mir blieb das Herz stehen und mein ganzes Leben zog an meinem inneren Auge vorbei, als auf einmal... BLUB, und schon wurde ich zurückgefedert und fiel mitten in ein lilafarbenes Gebüsch. Ganz schmerzfrei war es natürlich nicht doch ich war gerettet... aber wodurch?

„Oh, Schatten sei Dank, es geht dir gut!", keuchte Ira erleichtert. „Wie hast du das nur gemacht?"

„Keine Ahnung, aber ich dachte schon es wäre vorbei mit mir. Was ist denn passiert?", fragte ich noch kleinlaut, wegen des Schocks.

Die junge Schwertkämpferin half mir wieder auf die Beine und erklärte: „Ich hab dir eine riesige Magieblase gezaubert, damit du weich landest, aber die hat dich leider in ein Gebüsch geschleudert und ist gleich wieder geplatzt. Dennoch war es eine meiner besten..." Ich hatte zwar einige Kratzer und

Schürfwunden davongetragen, aber die Blase hatte eine gute Arbeit geleistet, wenn man bedachte, dass ich bis vor kurzem noch fünfzehn Meter über dem Boden hing.

„Vielen Dank, du hast mich schon wieder gerettet", sagte ich.

Doch Ira wehrte ab: „Nein, es war allein meine Schuld. Ich hätte dich nicht alleine lassen dürfen."

„Moment mal, was soll das heißen?! Bist du etwa abgehauen?"

„Nach ungefähr einer halben Stunde", gab sie verlegen lächelnd zu. Ich war völlig verdutzt und fühlte mich irgendwie verarscht. Auf meinen entgeisterten Blick hin rechtfertigte sie sich: „Tut mir Leid... Ich hatte Hunger und wollte mir einen kleinen Imbiss gönnen!"

„Na toll! Ich hänge da verlassen in der Luft herum und versuche bei Konzentration zu bleiben, während die junge Lady sich was zu essen holt...", nörgelte ich wütend: „Ich hab da oben in der kurzen Zeit Todesängste durchstehen müssen! Mir ist quasi mein ganzes Leben vor meinen Augen davongezogen...", und plötzlich musste ich innehalten und darüber nachdenken, was ich gerade gesagt hatte.

„Was hast du? Bist du etwa so böse auf mich?", fragte die junge Schwertkämpferin mit unschuldigem Gesichtsausdruck.

„Ira... mein ganzes Leben..."

„Ja, ich hab´s kapiert und dir doch schon gesagt, wie Leid es mir tut...", meinte sie verzweifelt.

Doch darauf wollte ich nicht hinaus: „Nein, du verstehst nicht... Ich hatte bis jetzt fast keine Erinnerung an mein Leben von vor vier Jahren...", erklärte ich aufgeregt: „Durch den Schock ist mir meine Vergangenheit wieder eingefallen. Ich kann es kaum fassen... Das ist genial! Oh, das ist einfach... das ist... unglaublich!"

Ich wusste nicht, wann ich zuletzt so tief gerührt gewesen war. Ira hatte scheinbar keine Ahnung, was sie dazu sagen sollte, also starrte sie mich nur mit einem leicht irritierten Lächeln an. Für mich jedoch war es ein wahrhaft besonderer Moment... all die Erinnerungen an meine Kindheit, wie ich früher mit meinen Eltern und meinem Bruder gespielt hatte, wie ich immer mit meinem Vater am Computer gesessen war und er mir Lernspiele andrehen wollte. Ach, mein Vater... Ich vermisste ihn so sehr, jetzt wo ich mich wieder an ihn erinnern konnte. All die Fotos, die mir meine Familie gezeigt hatte, um meiner Erinnerung auf die Sprünge zu helfen... nun wusste ich alles wieder. Das war einfach zu schön...

„Äh, Loran, ich unterbreche dich nur ungern bei deiner Träumerei, aber bevor du wieder still in deinen Gedanken versinkst, sollten wir noch etwas ausmachen", grinste mich Ira an: „Das muss alles unbedingt unter uns bleiben. Du darfst Aizy ruhig sagen, dass du deine Erinnerung wieder hast, aber auf keinen Fall wie das passiert ist, sonst vertraut sie mir vielleicht nicht mehr", wieder machte sich die Unschuld in ihrem Gesicht breit.

„Keine Sorge, meine Lippen sind versiegelt, was den Vorfall betrifft, aber es ist auch schön zu sehen, dass ich Fortschritte mache in Sachen Magie."

Nun wirkte die Schwertkämpferin wieder zufrieden.

„Weißt du eigentlich noch, wie du mich genannt hast, als ich gerade herunterfiel?", musste ich sie einfach erinnern, doch sie wusste nicht wovon ich sprach, sodass ich es noch erläuterte: „Du hast ganz laut gerufen... und zwar meinen richtigen Namen."

„Äh, du meinst Loran?"

Ich konnte nicht fassen, dass sie meinen Namen bereits wieder vergessen hatte. Nichtsdestotrotz machten wir uns auf den Weg zu Aizy nach Hause um ihr zumindest einen kleinen Teil der heutigen Ereignisse zu berichten.

„Im Übrigen heiße ich Florian."

„Ach, egal..."

# Der schwarze Ritter

Aizy war höchst erfreut darüber, dass ich mein Gedächtnis auf mysteriöse Weise wiedererlangt hatte und dass ich schon einige Zentimeter über dem Boden geschwebt war. Eigentlich handelte es sich bei diesen Fakten nicht einmal um eine Lüge. Was waren schon ein paar Meterchen mehr oder weniger... 'Du bist wahrlich der Auserwählte, wenn du so schnell Fortschritte machst', hatte meine Magielehrerin gemeint. Ich für meinen Teil war zwar auch froh, dass ich scheinbar einen guten Draht zur Magie hatte, doch womöglich war es auch nur Anfängerglück gewesen.

Zu dritt suchten wir gerade das Dorf nach einem geeigneten Waffenschmied ab, der mir ein kleines Schwert anfertigen sollte, damit ich nicht so hilflos in dieser Welt herumlief. Wir hatten bereits abgemacht, dass sich Aizy weiterhin um meine mentalen Fähigkeiten kümmern würde, während mir Ira das körperliche Training und den Umgang mit dem Schwert näher bringen sollte.

Günstige und gute Schmiede waren scheinbar eine Rarität geworden. Dieser Beruf wurde sowieso nicht an jeder Straßenecke praktiziert, sodass wir schon auch mal etwas weiter suchen mussten. Das Dorf schien größer zu sein, als ich anfangs angenommen hatte, es war schon fast eine kleine Stadt. Der erste Schmied, den wir aufgesucht hatten, erzählte uns, dass seine Werkstatt geschlossen wurde. Er musste ein beliebter Vertreter seiner Zunft gewesen sein, denn sowohl Ira, als auch Aizy kannten ihn.

„Aber wieso denn? Du bist doch nicht etwa Pleite gegangen?", fragte Ira gleich besorgt und auch Aizy machte ein erstauntes Gesicht.

Der Schmied antwortete: „Ich weiß ehrlich gesagt auch keinen genauen Grund, aber ich wurde gezwungen", seine Stimme klang ängstlich: „Es tut mir wirklich Leid, meine Damen, aber mehr kann ich leider nicht sagen." Dann verschwand er wieder in seiner Hütte und verriegelte die Tür. Wir standen wortlos davor und durften dumm aus der Wäsche schauen. Aizy kannte zum Glück noch einen zweiten Schmied in ihrem Dorf, doch das wunderte mich nicht im Geringsten, da sie sowieso fast jeden zu kennen schien. Als Tempelschülerin kam man wohl einiges herum.

Nach kurzer Zeit hörten wir mehrere aufgeregte Stimmen und dann sogar Schreie. Leute liefen an uns vorbei und als wir jemanden fragten, was denn los sei, meinte dieser nur, wir sollten in den Himmel schauen. Mir blieb die Spucke weg, als ich erblickte, was da vorging. Eine riesige Rauchwolke war zu sehen und mir war sofort klar, was das zu bedeuten hatte.

„Feuer! Feeuueer!", konnte man die Menschen nun deutlich schreien hören. Wir machten uns ohne zu zögern auf den Weg zum Platz des Unglücks.

Noch bevor wir ankamen, sagte Aizy mit todernster Miene: „Es ist die zweite Schmiede!" Als wir dort waren, bemühten sich schon etliche Leute die hohe Feuersäule zu bezwingen. Manche standen in einer Kette und reichten sich gegenseitig unzählige Eimer voll Wasser, welches sie auf das Feuer schütteten. Andere, wenige setzten sogar Magie ein, um den Brand zu löschen. Es waren Zauberer am Werk, die kleine Sandstürme aus dem Boden beschworen, die das Problem ersticken sollten und andere wiederum konnten kleine Wasserstrahlen erzeugen, doch das Feuer war zu stark und ließ sich kaum in Schach halten. Ira und ich halfen den Leuten, die Wassereimer zu transportieren, doch Aizy ging in dem ganzen Tumult verloren. Als die Wasser- und Magiereserven schon erschöpft waren, sah der Brand nicht mehr ganz so schlimm, wie am Anfang aus, doch gelöscht war er noch lange nicht. Man war schon am verzweifeln, als sich plötzlich der sowieso schon rotgraue Himmel noch mehr zu verdunkeln schien. Wie aus dem Nichts tauchten überall indigofarbene Wolken auf und in kürzester Zeit goss es, wie in Strömen. Es war unglaublich. Das Feuer wurde kleiner und kleiner, bis schließlich nur noch ein winziger Funke übrig war, der sich einfach in Rauch auflöste. Das Dorf war gerettet, aber die Schmiede leider nicht.

Kurz darauf trafen wir Aizy wieder, die völlig erschöpft war und wir wussten sofort, dass sie es war, die diesen heilspendenden Schauer heraufbeschworen hatte. Ja, sie war in der Tat eine großartige Magierin und das in ihren jungen Jahren! Ab und zu kam sie mir wirklich, wie eine richtig weise Frau vor. Wir erfuhren, dass der Schmied zwar schwer verletzt sei, aber immerhin überlebt hatte. Uns blieb keine andere Wahl, als ihn aufzusuchen, um diesem mysteriösen Brand auf die Spur zu kommen, da einige Passanten auch behaupteten, dass ein Drache im Spiel gewesen sei.

„Diese Wesen sind eigentlich die seltensten Geschöpfe in Obscuritas und außerdem eher scheu als aggressiv. Man kann normalerweise froh sein, wenn man überhaupt in seinem Leben jemals einen zu Gesicht bckommt", erklärte Aizy.

Doch ich musste ihr leider ins Wort fallen: "Also ich glaube nicht, dass der Schmied so froh darüber ist, dass er einen gesehen hat..."

„Deshalb müssen wir mit ihm reden. Ich kann nicht glauben, dass ein Drache einfach so mal vorbeischaut, 'Guten Tag' sagt und nebenbei aus Spaß eine Schmiede abfackelt!" Ich wollte meinen Ohren kaum trauen... War Aizy etwa sarkastisch gewesen?! Die sonst so ernste, aber gelassene Dame, war wohl ziemlich aufgeregt, wegen der Sache. Witterte sie etwa etwas Bestimmtes? Ira und ich folgten ihr eiligen Schrittes zum Krankengebäude, wo sich der verletzte Handwerker aufhalten sollte. Aizy erzählte uns unterwegs, dass Drachen früher verehrt wurden. Sie mussten fast schon heilige Geschöpfe gewesen sein, welche den Menschen angeblich Glück brachten und sie vor Bösem beschützten, doch vor vielen Jahren seien sie schon dem Aussterben nahe gewesen und das ohne eindeutigen Grund.

„Heutzutage sind sie eine echte Seltenheit", sagte Aizy.

„Genau wie gute Waffenschmiede!", fügte Ira ironisch hinzu.

Wir blieben vor einem größeren Gebäude stehen. Aizy drehte sich zu Ira und mir um und legte uns die Hände auf die Stirn.

„Wenn man schon eine Magierin dabei hat, dann sollte man zumindest auch etwas davon profitieren...", grinste sie uns an.

„Wofür ist das gut, was du da tust?", fragte ich neugierig.

„Es ist zwar nur ein schwacher Zauber, aber er macht euch gegen einige Krankheiten für kurze Zeit immun. Man weiß ja nie, was da alles in so einem Krankengebäude herumschwirrt." Ich war wieder mal überrascht, was die Menschen hier alles mittels Magie anstellen konnten. Aizy erklärte weiter: „Ich bin keine so große Hilfe, wie der Heiler, der die Kranken betreut, aber es ist immerhin schon mehr Schutz, als so manch andere haben, die dieses Haus betreten. Ein gutes Beispiel für Macht ist auch mein weiser Meister, der dieses Gebäude zu seiner Zeit, mit dem größten Schutzzauber belegt hatte, den er selbst beherrschte, damit die Krankheiten sich nicht all zu sehr ausbreiten."

Schließlich betraten wir das Gebäude und fragten nach dem Schmied namens Rondolf. Es war kein Wunder, dass sich Ira eher Loran, als Florian merken konnte, wo doch alle Namen hier irgendwie verrückt klangen. Bisher war mir jedenfalls kein einziger normaler untergekommen. Als wir vor dem Zimmer des Schmieds standen und die Diagnose hörten, waren wir mehr als verwundert. Er hatte keinerlei Verbrennungen, sondern Schnittwunden. Wir sprachen anschließend mit dem Verletzten höchstpersönlich. Er war wach, hatte aber einen schockierten Gesichtsausdruck und war fast überall bandagiert. Man konnte dennoch erkennen, dass eine riesige Wunde schräg über seinen Oberkörper verlief.

„Sei gegrüßt, Schmied Rondolf", sprach Aizy zu ihm: „Wir sind Freunde und wollen nur mit dir reden." Der Mann schien in Gedanken versunken, also fragte sie: „Was hat dir so zugesetzt? War wirklich ein Drache bei dir, Schmied? Bitte sag es uns!" Ihre Stimme klang sanft und beruhigend.

„Ja...", konnte man ihn kurz hören. Er schien noch immer verängstigt, wegen des Vorfalls, was eigentlich auch nur zu verständlich war. Plötzlich und unerwartet fing Rondolf jedoch an zu erzählen: „Er hat alles in Brand gesteckt. Ich konnte noch fliehen, doch...", der Schmied hielt kurz inne, bevor er mit bebender Stimme weiter redete: „Das Biest war riesig! Es hatte Klauen, wie Schwerter! Es hat mich angefallen... nicht verbrannt, aber angefallen..." Soviel zum Thema, dass Drachen Glück bringen würden...

Aizy machte ein ungläubiges Gesicht: „Ist das wirklich wahr, Rondolf?", fragte sie gelassen, aber mit hartem Blick.

Der Schmied verlor plötzlich die Nerven: „Ja... Ja, bei allen Schatten und Lichtern, Ja! Und jetzt raus hier, ihr Unglückswesen! Stellt keine Fragen mehr und lasst mich alleine!" Welch ungewöhnliche Wortwahl, stellte ich fest.

Wir waren schon ganz aus dem Gebäude raus und Ira schimpfte noch über die Unfreundlichkeit des Mannes, als Aizy schließlich zu rätseln begann: „Das ist mehr, als ungewöhnlich... Es passt vorn und hinten nicht zusammen!"

„Was meinst du denn?", fragte ich.

„Zum einen ist das beschriebene Verhalten für einen Drachen total unnatürlich und zum anderen passen seine Wunden nicht dazu."

Ira sah das anders, als Aizy: „Der Schmied hat doch gesagt, dass das Vieh Klauen, wie Schwerter hatte. Warum kommen dir seine Verletzungen dann ungewöhnlich vor?"

„Na weil er sicher nicht so munter da liegen würde, falls er einem Drachen wirklich einen Grund geliefert hätte ausgerechnet ihn anzugreifen. Er hat gelogen! Hätten ihn die Klauen erwischt wären drei bis vier große Wunden durch den Verband zu sehen gewesen, nicht nur eine. Und überhaupt... wo kamen dann die kleinen Verletzungen her? Er war doch an vielen Stellen verbunden. Außerdem speien wütende Drachen lieber Feuer auf ihre Gegner und greifen sie nur in Ausnahmesituationen direkt an. Irgendetwas ist faul hier und das gefällt mir ganz und gar nicht." Aizy klang wirklich alarmiert. Sie war wohl enger mit dem alten Glauben an die Drachen verbunden, als man durch ihr eher jüngeres Alter, vermuten könnte. Des Weiteren musste sie eine schreckliche Befürchtung haben, denn sie war recht aufgebracht über die mysteriösen Umstände, die sich bis dahin ergeben hatten. Wir fragten sogar kreuz und quer die Leute auf der Straße, was sie über den Drachen oder den

Brand wüssten, aber die Antworten waren nicht allzu hilfreich. Zu guter Letzt bekamen wir jedoch zwei nützliche Informationen. Angeblich flog der Drache in nördlicher Richtung weiter, in der eine von Obscuritas` Hauptstätten lag und außerdem war möglicherweise auch ein geheimnisvoller Mann oder vielleicht sogar ein Ritter an der Brandstiftung beteiligt. So machten wir uns also auf den Weg in diese Hauptstadt um das Mysterium um den Feuer speienden Drachen zu lüften.

Die Reise war eigentlich unproblematisch. Es dauerte allerdings mehrere Stunden bis wir ankamen, vielleicht einen halben Tag, da wir zu Fuß unterwegs waren. Ich trug einen Beutel mit Proviant für uns drei. Um Wasser brauchten wir uns nicht zu kümmern, denn Quellen, Flüsse und Seen gab es in Obscuritas wohl zu genüge. Als wir eine Pause einlegten, aßen wir etwas, das mich an einen mutierten Döner erinnerte, doch diesmal wollte ich gar nicht erst wissen, um was es sich dabei handelte. Ich betrachtete die Mahlzeit einfach als ein Sandwich aus der Schattenwelt und es schmeckte auch nicht so schlecht wie ich erwartet hatte... sondern noch viel schlechter. Das Wasser in dieser Welt glich von den Naturerscheinungen, die es in Obscuritas gab, noch am meisten dem in der Lichtwelt. Es hatte eine kristallene, blaugrüne Farbe und schmeckte genau wie das Quellwasser bei uns zu Hause.

Schließlich standen wir vor den riesigen Toren, der Achtundachtzigsten Hauptstadt von Obscuritas. Aizy hatte mir erklärt, dass man zweihundert Hauptstädte und fünfundzwanzig Königsstädte zählte. Dörfer und normale, kleinere Städte gab es natürlich unzählige. Namen wurden prinzipiell nur den Königsstädten zugeteilt, die noch größer und prunkvoller sein mussten, als alle anderen, welche nur mit Nummern versehen waren. Ich erfuhr auch, dass wir uns im elften der fünfundzwanzig Königreiche befanden. Es war das Königreich Tizerius, benannt nach dem aller ersten Herrscher dieses Reiches, der den Namen an alle seine Nachfolger weitergegeben hatte. Sogar Zabul musste diesen Namen annehmen, um der offizielle Thronfolger werden zu können. Zabul Tizerius... das klang in meinen Ohren mehr als nur seltsam. Das Leben hier mit allem drum und dran erstaunte mich immer wieder aufs Neue.

Wir waren gerade dabei auf die Tore zuzugehen und um Einlass zu bitten, als Aizy Ira und mich zurückwies und meinte: „Wartet bitte noch ein bisschen. Ich will vorausgehen und mich bei den Wachen erkundigen, ob alles in Ordnung ist... nur zur Sicherheit."

Man konnte Ira die Empörung ansehen. „Ganz egal was da auf uns wartet, es sollte sich lieber vor meiner Klinge in Acht nehmen." Obwohl sie sich bestimmt nicht ernst genommen fühlte, befolgte sie den Rat der Magierin. Die grauen Mauern waren sehr hoch und man konnte vom Inneren nur eine Turmspitze erkennen. Ich war schon gespannt, auf die große Stadt und sogar noch mehr auf den Drachen. Natürlich verspürte ich auch etwas Angst, doch immerhin hatte ich eine Spitzenmagierin, die sich mit den Viechern auszukennen schien und eine gute Schwertkämpferin mit Schutzamulett an meiner Seite. Das verschaffte mir eine gewisse Sicherheit, obwohl ich mir selber ziemlich nutzlos vorkam, da ich mich im Ernstfall hinter den beiden Damen verstecken müsste. Seltsamerweise kam Aizy zurück, ohne dass die Wachen von innen das kleine Fenster, geschweige denn das Stadttor geöffnet hatten. Aber sie hatte doch geklopft, waren etwa keine Wachen da? Oder vielleicht empfingen sie heute keine Gäste mehr und hatten die junge Magierin abgewiesen.

„Es war von Anfang an zu ruhig hier", sagte diese mit ernstem Gesichtsausdruck: „Kein einziger Wachmann war anwesend und das ist schon sehr seltsam für eine solche Stadt."

Ira hatte schon eine Theorie dazu: „Vielleicht war das Ungeheuer tatsächlich genau hierher unterwegs und hat schon die ganze Stadt geröstet..." Sie war offensichtlich eine richtige Optimistin. Aizy und ich blickten sie entgeistert an. „Was denn? Hätte doch sein können...", meinte die Schwertkämpferin gleichgültig. Es war natürlich unmöglich, dass der Drache in der Stadt war, da diese sonst von außen nicht so ruhig ausgesehen hätte und es müsste auch noch etwas qualmen, falls es wirklich Feuer gegeben hätte. Plötzlich begann sich das riesige Tor der Hauptstadt zu öffnen. Wir waren alle drei äußerst gespannt, was uns jetzt erwarten würde, nachdem man Aizy anfangs nicht mal geantwortet hatte. Die Vorrichtung der Ketten ließ das schwere Tor nur langsam runter, doch bevor wir etwas sehen konnten, hörten wir eine tiefe, kalte Stimme:

„Ich habe euch schon erwartet!" Mir lief es eiskalt den Rücken hinunter. Diese Stimme... sie kam mir auf Anhieb bekannt vor! Doch woher?

Nach und nach konnten wir sehen, wer oder was sich nun wirklich hinter diesen Mauern versteckte. Schließlich erkannten wir einen riesigen, schwarzen Schädel mit rot leuchtenden Augen und einen noch riesigeren, geschuppten Körper mit Flügeln... Es war der Drache! Doch neben dem Biest stand ein Mann in schwarz gekleidet, sogar seine glänzende Rüstung und der Helm, der sein Gesicht, bis auf den Mundbereich komplett verdeckte, hatten diese Farbe. Die beiden schienen ein echt gutes Paar abzugeben, als sie so nebeneinander standen, doch von dem Menschen ging eine viel schlimmere Aura aus, als von dem Drachen. Ich starrte diesen schwarzen Ritter an und er starrte zurück. Dieser Augenblick schien nicht zu vergehen. Ich vergaß alles um mich herum und versuchte mich nur an diese seltsame Stimme zu erinnern, die mir eine solche Angst bereitete, jedoch auch irgendetwas Positives in mir weckte, etwas Unerklärliches.

„Was hast du mit dem armen Tier gemacht?", riss mich Aizy auf einmal aus meinen Gedanken. Ich sah dass ihre Augen furcht-, aber auch zornerfüllt waren und Ira hatte sogar schon ihr Schwert gezogen.

„Übergebt mir den Jungen und ich lasse euch in Frieden gehen", war anscheinend die Antwort des Ritters. Moment mal... den Jungen? Meinte der etwa mich?! War ich wirklich so etwas Besonderes, dass sich gleich alle um mich streiten mussten?

„Ich glaub du spinnst ein bisschen! Komm lieber her und stell dich uns, anstatt dich hinter deinem Schoßtier zu verstecken!", brach Ira plötzlich hervor.

Dann versuchte es Aizy erneut: „Ich weiß genau, dass du dem Drachen etwas angetan hast, das spüre ich auf jede Entfernung! Gib ihn wieder frei!" Der Mann sagte kein Wort, doch er bewegte sich langsam auf uns zu. Sein schwarz geschuppter Begleiter blieb brav auf seinem Platz. Ich verspürte wieder leichte Kopfschmerzen, war aber immer noch von der Präsenz des mysteriösen Ritters überwältigt. Nun konnte ich auch deutlich erkennen, dass er mit zwei relativ kurzen Schwertern bewaffnet war, welche links und rechts an seiner Hüfte hingen. Plötzlich fühlte ich mich schwach und ging zu Boden.

„Was hast du, Florian? Geht es dir nicht gut?", hörte ich die besorgte Magierin sagen, die sofort bei mir war.

„Schon in Ordnung, nur ein kleiner Schwächeanfall... aber wer ist dieser komische Typ?" Aizy blickte traurig zur Seite. Sie wollte mir anscheinend nicht antworten. Auf einmal durchfuhr mich ein eiskalter Schock!

„Florian...", sprach der Ritter: „Willst du nicht vielleicht freiwillig mitkommen? Ich werde dir nichts tun. Die alte Hexe kann sowieso nichts mit deiner wahren Macht anfangen..."

Mittlerweile waren Meine Kopfschmerzen so schlimm, dass ich nicht mal mehr klar denken konnte. Hatte er mich gerade bei meinem Namen genannt? Ich verstand außerdem nicht, wen er als alte Hexe bezeichnete... doch nicht etwa Aizy? Diese war immer noch bei mir am Boden und hielt mich einigermaßen aufrecht und somit bei Bewusstsein, doch ich spürte, dass sie zitterte. Sie musste den finsteren Typen kennen. Aber wie konnte er so einen Einfluss auf mich haben? Ich war mir sicher, dass er für meinen Zustand verantwortlich war. Ich konnte es quasi fühlen, als ob wir irgendwie verbunden gewesen wären. Der dunkle Ritter war sicherlich ein Lakai Zabuls, doch da war noch mehr... aber was?

Nun stand er genau vor mir und Aizy, die mich fest umklammerte.

„Jetzt reicht es! Schluss mit dem Theater!", schrie Ira plötzlich und griff den Mann an. Blitzschnell schwang sie ihr Langschwert, das jedoch nur die dicke Luft zerschnitt, da der Ritter einfach weg war. Auf einmal stand er hinter der tapferen Schwertkämpferin und richtete ihr nur seine offene Hand entgegen. „So ein Mist! Ich kann mich nicht mehr bewegen!", schrie sie wütend und versuchte sich aus dem bösen Zauber zu befreien.

„Seht es endlich ein...", grinste der Schurke: „Ihr könnt nichts mehr unternehmen. Tizerius... nein, sogar ganz Obscuritas gehört nun mal König Zabul. Er kontrolliert alles und jeden und wer nicht gehorchen will, der wird bestraft!"

„Und warum bedroht er nun ausgerechnet die Schmiede? Was führt ihr im Schilde?", fragte Aizy gereizt.

„Ist das so schwer nachvollziehbar? Sie dürfen nur noch Waffen für den König herstellen und wenn sie damit nicht einverstanden sind, so wie unser lieber Rondolf, dann haben sie eben Pech gehabt. Aber keine Sorge, die meisten Leute sind nicht so dumm, wie er... Hahahaha!"

„Was ist nur aus dir geworden? Siehst du denn nicht, wie tief du schon gesunken bist?" Aus den Worten der Magierin sprachen nicht nur Furcht oder Zorn, sondern auch tiefe Trauer. Aber weshalb? Wegen des Drachen oder des Schmiedes? Wohl kaum... wegen des Ritters vielleicht? Die Situation war mehr als nur ungewöhnlich.

„Also in der Achtundachtzigsten Hauptstadt waren die Leute mit dem neuen Gesetz über Waffenherstellung einverstanden", lächelte der Mann finster: „Na ja, zumindest nach einigen schlagkräftigen Argumenten. Es musste nicht mal das neue Schoßtier zum Einsatz kommen. Hehehe!" Dann pfiff er einmal schrill, woraufhin das große, echsenähnliche Tier seinen Posten verließ und direkt zu seinem Herrn kam, sodass dieser aufspringen konnte. Erst jetzt wurde mir bewusst, wie beeindruckend so ein Drache doch war, vor allem, da ich noch nie zuvor einen gesehen hatte. Die Schuppen glänzten wunderschön, auch wenn sie nur schwarz waren. Er musste sicher über vier Meter hoch und mindestens sechs Meter lang sein. Auf seinem

Rücken hatte er außer einigen verhältnismäßig kleinen Stacheln einen Sattel, worauf nun der schwarze Ritter saß. Dieser machte nur eine Handbewegung und schon wurden Ira und Aizy nach hinten geschleudert, während ich langsam zu ihm hoch schwebte. Vielleicht hätte ich Angst haben sollen, aber ich konnte nicht anders, als tief durch das Visier seines Helms zu sehen und mich zu fragen, was an ihm nur so seltsam war, so... vertraut. Die Augen des mysteriösen Ritters konnte ich zwar nicht deutlich erkennen, doch ich spürte wie mich sein Blick durchdrang.

„Komm schon, Florian! Ich kann dich genau so mächtig machen, wie mich. Willst du nicht stärker werden?", versuchte er mich zu überreden. In meinem Schädel ging es immer noch drunter und drüber vor Schmerzen, aber ich wollte in diesem Moment nur eines, nämlich diesen geheimnisvollen Mann demaskieren, oder besser gesagt, enthelmen.

Wie aus dem Nichts hörte ich plötzlich Aizy rufen: „Florian, hör nicht auf ihn! Fall nicht auf seine miesen Tricks rein! Ich bitte dich Florian, versuche ihm zu widerstehen! Erinnere dich daran, wer du wirklich bist... du bist der Auserwählte des Schattens! Ich weiß, du kannst es!" Auf einmal fühlte ich mich stark. Ich konnte mich wieder bewegen und auch klar denken, da die Kopfschmerzen wie weggeblasen waren. Aizy hatte Recht. Es war unwichtig, wer dieser Mann war. Es zählte nur eines, nämlich, dass ich meine Freunde nicht im Stich ließe... dass ich die beiden Welten nicht im Stich ließe!

Als der dunkle Ritter meinen Sinneswandel an meinem Blick bemerkte, ließ er mich sofort wieder auf den Boden fallen. Sein Drache erhob sich in die Lüfte und er sprach: „Diesmal lasse ich dich noch ziehen, Florian, aber überlege dir mein Angebot gründlich! Du kannst deinem Schicksal nicht entrinnen, Junge. Wenn du nicht irgendwann freiwillig mitkommst, dann werden wir Gewalt anwenden müssen und das würde hauptsächlich deinem Umfeld schaden, wenn du verstehst, was ich meine..." Schließlich warf er noch etwas Glänzendes vom Himmel und meinte nur: „Wir werden uns wieder sehen, Florian, denn wir sind uns ähnlicher, als du glaubst..." Mit unglaublicher Geschwindigkeit flog er auf dem Rücken des Drachen davon, bis er nicht mehr zu sehen war.

Ich saß überwältigt von allem, was gerade passiert war, am Boden und sah nun, was neben mich gefallen war... ein Schwert! Der dunkle Ritter hatte mir ein kleines, komplett schwarzes Schwert zugeworfen! Seltsam... Und warum hatte er uns so einfach gehen lassen? Wieder nichts weiter, als Fragen über Fragen. Auf einmal vielen mir die beiden Mädchen wieder ein. Ich lief schnell zu ihnen. Ira war gerade dabei Aizy zu trösten und ich versuchte ihr zu helfen, denn die sonst so mutige und starke Magierin war nun, wie in Tränen aufgelöst. Ihr hatte das alles wohl am meisten zugesetzt. Die schwarzblaue Sonne war am Untergehen und die Abenddämmerung hüllte uns diesmal sogar in Obscuritas in ein goldrötliches Licht, fast wie in meiner Welt.

Am nächsten Morgen wachte ich in einem bescheidenen, kleinen Zimmer auf. Wir waren nach der Begegnung mit dem schwarzen Ritter in die Hauptstadt gegangen um nach dem Rechten zu sehen und eine Unterkunft zu finden. Leider schien es den Leuten dort nicht zu passen, dass wir Ärger mit dem mächtigen Schurken hatten, weshalb sie uns wohl auch aus dem Weg gingen und nichts mit uns zu tun haben wollten. Es hatten anscheinend genügend Bürger gesehen, was sich direkt vor den Toren abgespielt hatte. Die

Stadt musste ja ebenfalls am selben Tag mit dem Fremden Bekanntschaft machen, wobei scheinbar viele Menschen verletzt und einige sogar getötet worden waren. Die alte Dame, die uns dann schließlich auch als einzige in ihr Gästehaus zum Übernachten einlud, schien Aizy gut zu kennen und hatte uns erzählt, dass sie nicht mitbekommen hatte, dass der Drache auch nur eine Kralle krumm machen musste. All die Verwüstung ging auf das Konto des bösen Ritters. Zunächst war wie aus dem Nichts dunkler Nebel aufgekommen, welcher allerdings so dick war, dass man nichts erkennen konnte.

'Ab und zu hörte man Schreie und dann flogen auch schon die Wachen durch die Gegend', hatte uns die alte Frau erzählt.

Der dunkle Mann hatte wohl mit den Verhandlungen über das Waffenherstellungsgesetz angefangen, als sich der Nebel wieder gelichtet hatte und ihm keine Wachmänner mehr im Weg waren. Nachdem er den Oberbürgermeister der Stadt überredet hatte, lieber aufzugeben, wartete er wohl noch bis wir anwesend waren, um sich uns auch noch vorzuknöpfen. Kaum zu glauben, wie mächtig dieser Kerl sein musste, wenn er alleine eine ganze Hauptstadt unterdrücken konnte. Wie stark würde dann wohl Zabul sein? Die Situation schien mir ausweglos. Wie sollte ein normaler Junge in meinem Alter jemals gegen so etwas ankommen?

Dieses seltsame Relikt aus der Legende war unsere einzige Hoffnung, doch wo konnte es sein? In welcher der beiden Welten war es überhaupt? Wie sollten wir es jemals unter diesen Bedingungen finden und woher wussten wir eigentlich, wenn wir es gefunden hatten? Schließlich konnte man ja nicht einmal sagen, wie es aussah! All diese Fragen und noch mehr überfluteten geradezu meinen Kopf und bereiteten mir große Sorgen. Wo war ich da nur hineingeraten?

Ich stand nun von meinem Bett auf, ging einen Flur entlang und eine kleine Treppe hinunter, wo sich Aizy und die freundliche Dame schon unterhielten.

„Guten Morgen, Flo! Wie fühlst du dich heute?", begrüßte mich die Magierin.

„Mir geht es gut, danke", log ich, denn ich wollte sie nicht noch zusätzlich mit meinen Sorgen belasten. „Aber was ist mit dir?", fragte ich bekümmert, da es mir noch genau im Gedächtnis war, wie blank ihre Nerven am vorigen Abend gelegen hatten. Und bei der sonst so gefassten Magierin musste das wirklich etwas heißen.

„Es ist alles in Ordnung, Kleiner. Du musst dir keine Gedanken um mich machen", sagte Aizy beruhigend: „Gestern war ich einfach nur etwas überlastet... das ist alles."

„Willst du nicht erst mal etwas essen, Jungchen?", fragte die alte Gastgeberin: „Du musst doch noch völlig erschöpft sein von den Strapazen." Sie schien das kleine motelähnliche Häuschen alleine zu leiten. Einen Mann hatte sie wohl nicht und es waren kaum Bedienstete angestellt. Das Geschäft schien auch nicht unbedingt so gut zu laufen, wie ich erfahren hatte. Es gab nur wenige Zimmer zu vermieten und Gäste kamen eher selten, aber die Einnahmen reichten anscheinend, um eine alte Dame zu versorgen. Ich lehnte das Frühstück höflich ab und fragte, ob Ira noch schliefe. Logischerweise war sie schon früh auf den Beinen und hatte mit dem Training begonnen, so wie sie es gewohnt war... ein fleißiges Mädchen!

Als die Gastgeberin meinte, dass sie zum Einkaufen auf den Markt müsse, ließ Aizy es sich nicht nehmen, dies für sie zu erledigen, da wir immerhin eine Übernachtung kostenlos bei ihr hatten, weil die alte Dame darauf bestanden hatte. Ich begleitete meine Magietrainerin selbstverständlich und nutzte die Zeit, um etwas mit ihr zu quatschen.

„Sag mal, Aizy, woher kennt ihr euch denn, du und diese Dame?"

„Na ja... sie ist eine Bekannte", sagte sie zögerlich.

Dann versuchte ich vorsichtig ein anderes Thema anzuschneiden: „Also... Ich möchte dich noch etwas fragen. Ähm... dieser finstere Typ von gestern... Ich hab mich da an etwas erinnert. Es war eine seltsame Vision, die ich hatte, als ich noch in meiner Welt war." Die Magierin hörte mir gewissenhaft zu. „Die Stimme des dunklen Ritters kam mir sofort bekannt vor...", nun sah Aizy mich mit großen Augen an, doch ich erzählte ruhig weiter: „In dieser Vision warst nicht du zu hören, sondern er! Ich glaube es war eine Art Hilferuf oder so... ach ja und die Namen von mir und meinem Vater nannte er auch!" Die junge Magierin blieb stehen und sah mich an, als wäre mir gerade ein zweiter Kopf gewachsen. „Na ja, du warst anscheinend nicht die einzige, die mich kontaktieren wollte. Weißt du vielleicht, was das zu bedeuten hat?", fragte ich behutsam.

Schließlich gab mir Aizy doch eine Antwort, falls man das so nennen konnte: „Florian... Es gibt bestimmt einige Dinge, die dir noch seltsam vorkommen mögen, doch die Zeit ist noch nicht reif. Glaub mir, deine Fragen werden sich alle, wie von selbst beantworten, wenn der Moment dafür gekommen ist, doch jetzt musst du dich erst mal auf andere Dinge konzentrieren, sonst werden die Welten von Licht und Schatten beide untergehen." Sie sah mir bei diesen Worten tief in die Augen und ich fühlte, dass ich noch nicht bereit für diese ernste Angelegenheit war. Um wen oder was es sich bei diesem Schattenritter wirklich handelte und wieso er mich hatte laufen lassen, musste ich ein andermal herausfinden, doch bis dahin hatte ich einen langen Weg vor mir und eine Menge zu trainieren.

„Ich verstehe! Aber eines noch... Was soll ich mit diesem schwarzen Schwert anfangen? Kann ich es wirklich behalten?"

„Du darfst noch nicht damit trainieren. Ich habe es bereits untersucht, aber die Sache gefällt mir nicht. Es wies zwar nichts auf eine Falle, oder einen Fluch hin, doch zur Sicherheit werde ich es erst einmal aufbewahren. Weggeben dürfen wir es allerdings auf keinen Fall!" Wenn das Schwert auch von einem Bösewicht stammte, so fand ich es trotzdem schade, dass ich es nicht führen durfte. Immerhin schien es Aizy doch etwas zu bedeuten, da sie es unbedingt aufbewahren wollte. Nur zu gerne hätte ich meine Magielehrerin gefragt, was sie denn damit vorhatte, oder ob ich es womöglich später einmal benutzen dürfte, ich hielt mich jedoch zurück. Wir gingen nun gemeinsam auf den Markt um die Einkäufe für die nette Frau zu erledigen und ich versuchte meine Sorgen bei Seite zu legen und den bläulich sonnigen Tag etwas zu genießen.

In Obscuritas bezahlte man mit Kupfer-, Silber- und Goldstücken. Das Geld nahm Aizy aus ihrer eigenen Tasche, da die alte Frau nur einige, wenige Sachen benötigte, die sie bei ihrem letzten Einkauf vergessen hatte. So weit ich mitbekam waren das... Grauwurzeln, Federstrauchpulver und... na ja, etwas, dass sich Gyrre nannte, nicht zu verwechseln mit dem lichtweltlichen Wort Gülle! Es waren ziemlich seltsame Ausdrücke für mich, doch Aizy hatte mir erklärt dass es sich bei all diesen Sachen um Gewürze der Schattenwelt handelte.

„So kann ich zumindest einen Teil des Preises für unsere Übernachtung wiedergutmachen", sagte die gutherzige Magierin.

Ich trug einen Korb, wo schließlich die Beutel mit den Gewürzen verstaut wurden. Nachdem dies erledigt war, konnten wir uns noch weiter auf dem großen Marktplatz umschauen, da die Einkäufe der Gastgeberin nicht sofort zugestellt werden mussten und wir es nicht so eilig hatten. Natürlich kannte ich keine einzige der Waren bei den Ständen mit Nahrungsmitteln, aber ich musste feststellen, dass es unendlich viele verschiedene, nahrhafte Pflanzen in dieser Welt zu geben schien. Einen richtigen Fleischstand suchte man hingegen umsonst, da der Verzehr von Tieren tabu war. Was mich mehr interessierte war aber der Trödelmarkt, wo die Leute alle möglichen Dinge verkauften. Es gab jede Menge Textilien, die selbstverständlich auch nur auf pflanzlicher Basis hergestellt waren, was ich auch recht erstaunlich fand.

„Ich hatte eigentlich vor, auch die Schmiede in dieser Stadt aufzusuchen, doch das können wir ja mittlerweile vergessen", sagte Aizy: „Eine letzte Möglichkeit wäre da noch dieser Markt gewesen, um zumindest ein einigermaßen brauchbares Schwert für dich zu finden, doch erstens sind hier gute Waffen wirklich schwer aufzutreiben und zweitens haben die Leute nun, nach diesem Vorfall mit dem dunklen Ritter, sicherlich Angst diese zu verkaufen, auch wenn es bei dem neuen Gesetz nur um deren Herstellung geht."

„Kurz gesagt... Ich muss weiterhin ohne Schwert auskommen!", schlussfolgerte ich traurig.

„Tut mir Leid, Flo, aber im Moment geht es nicht anders. Trotzdem werde ich Ira sagen, dass sie mit dir nicht nur Kraft- und Konditionstraining machen, sondern auch etwas Schwertkunst üben soll. Ihr könnt ja dazu erst mal beide nur Stöcke verwenden, bis sich eine Möglichkeit ergibt, dir ein richtiges Schwert zu besorgen." Na wundervoll! Diese Idee mit den Stöcken war nicht gerade sehr aufbauend, doch Aizy erklärte weiter: „Wenn sich gar keine Waffe für dich finden lassen sollte und es keine andere Möglichkeit gibt, dann kannst du ja das Dunkelschwert verwenden, das dir der Ritter seltsamerweise überlassen hat." Bei diesen Worten wurde ich munter. Juppie! Ich würde vielleicht doch ein Schwert bekommen und dazu noch dieses coole, schwarze! „Aber du musst noch viel trainieren, bis ich es dir überlassen kann, Flo!", ermahnte sie mich: „Du darfst niemals zu übermütig werden, denn du hast dann eine große Verantwortung zu tragen, da das Dunkelschwert keine gewöhnliche Waffe ist."

„Wie? Was soll das denn heißen?"

„Ich glaube soviel kann ich dir bereits sagen... Also, du weißt ja von der Legende und dem ersten Auserwählten, welcher unsere Welt schon mal gerettet hat. Dieses Schwert, das dir der finstere Ritter zugeworfen hat, ist wahrlich mächtig, denn es half schon dem ersten Auserwählten dabei, die bösen Mächte von damals zu besiegen." Nun konnte ich nur noch staunen. Ich war sprachlos. „Aber damit noch nicht genug, Flo... Denn das Dunkelschwert, wie man es nannte, verlor seine Macht und fiel sogar in die schmutzigen Hände Zabuls."

Doch eines verstand ich immer noch nicht: „Warum haben die Schurken es mir einfach so überlassen, wenn doch gar kein Fluch oder so was drauf liegt?"

„Das ist wohl die schwierigste Frage... Warum, sollten sie uns helfen an eine Waffe zu gelangen, die früher mal so mächtig war? Die Antwort kann nur eine sein... Zabul will, dass wir dem Schwert zu neuem Glanz und neuer Stärke verhelfen, damit er es sich am Ende unter den Nagel reißen kann. Was aber für den Vizekönig noch wichtiger ist, wärst du auf seiner Seite! Deshalb hat er dich letztendlich wohl auch nicht umgebracht, bei eurer ersten Begegnung."

„Ich verstehe zwar nicht, was er von mir will, aber ich wechsle nicht die Seiten! Dazu wird es niemals kommen!", warf ich ein. Mittlerweile hatten wir den Markt schon wieder verlassen und waren auf dem Heimweg.

„Keine Sorge, Flo, Ira und ich vertrauen dir! Nun ja, wie gesagt... erst mal werde ich das Dunkelschwert für dich aufbewahren, da du noch einen langen Weg vor dir hast. Doch sollte es dir eines Tages sogar gelingen seine alte Kraft zu wecken, dann ist es mehr, als nur ein normales Schwert, das wirst du schon noch merken. Nur vor Zabul müssen wir es dann schützen."

„Cool! Wenn es so stark ist, dann kann ja Ira das Dunkelschwert führen und wir müssen nicht einmal dieses andere Relikt suchen", platzte ich wieder hervor, doch so einfach war das nicht.

„Keine Chance! Tut mir Leid, aber zum einen ist das Schwert nur für sehr wenige, ganz besondere Leute von Nutzen, da nicht jeder fähig ist es zu stärken und letztendlich seine Macht auch zu kontrollieren. Zum anderen wäre es selbst mit all dieser Macht nicht in der Lage das zu vollbringen, was das Relikt vermag. Du hast doch gesehen, wie stark der schwarze Ritter war und Zabuls Kraft übersteigt die seine um einiges." Im Grunde hatte ich nichts anderes von Aizy erwartet. Wenn das so einfach gegangen wäre, hätte sie mich nicht in die Schattenwelt geholt. Mir gefiel der Gedanke, dass ich etwas Besonderes sei, immer mehr. Ich war wichtig für das Team und unsere Queste und nur ich war dazu auserkoren das mächtige Dunkelschwert zu stärken und zu führen! Andererseits vermisste ich aber auch meine Familie und die Lichtwelt.

Als hätte Aizy meine Gedanken lesen können – wer weiß, ob sie es nicht tatsächlich konnte – meinte sie plötzlich: „Wir müssen übrigens noch mal versuchen mit deinem Bruder Kontakt aufzunehmen, um nach dem Rechten zu sehen und mit ihm über das Relikt zu sprechen, immerhin muss er als Auserwählter des Lichts auch seinen Teil zur Rettung der Welten beitragen." Diese Nachricht freute mich wieder mal. Ich konnte es kaum erwarten nach Hause zu telefonieren... oder wie auch immer man das nannte. Unterwegs zur alten Dame trafen wir auf Ira. Wir beschlossen anschließend erst mal etwas zu essen und wie es dann weiterginge, würden wir schon sehen.

*Charaktere – DER SCHWARZE RITTER*

## Der Überfall

Finsternis.... alles um mich herum war wieder völlig dunkel. Ich hörte und fühlte auch nichts, bis sich plötzlich ein kleiner leuchtender Punkt in weiter Ferne zeigte. Sogleich verspürte ich eine angenehme, kühle Brise und von der Lichtquelle, welche scheinbar zu wachsen begann, ging ein schwaches Surren aus, das immer wieder mal in ein leises Pfeifen überging. Es war in der Tat ein seltsames Gefühl, mich in einer solchen unbekannten Sphäre zu befinden, doch so allmählich wurde mir bewusst, was hier geschah... offensichtlich hatte ich wieder eine Vision, doch irgendetwas schien anders zu sein als sonst. Das Licht durchflutete mittlerweile immer größere Bereiche der Sphäre und es wurde heller und heller um mich herum. Jedes Mal als ich dachte es könne nicht noch leuchtender scheinen, wurde ich vom Gegenteil überzeugt. Der ungewöhnliche, surrende Pfeifton und die kühle Brise, die mich umgaben, wurden ebenfalls immer intensiver, doch es war mir weder zu laut, noch zu kalt. Plötzlich durchströmte mich ein so wohliges Gefühl, dass ich meine Augen schloss und mich ganz von dieser mysteriösen Kraft einnehmen ließ. Dann hörte das seltsame Geräusch auf und wurde durch Vogelgezwitscher ersetzt. Des Weiteren ließ die Helligkeit etwas nach und die kühle Brise wurde durch eine angenehme Wärme verdrängt. Nun musste ich einfach meine Augen öffnen, doch was ich sah, konnte ich kaum glauben.

Ich lag ausgestreckt in einer Wiese... und zwar in einer grünen Wiese! Der Himmel war hellblau und noch dazu mit weißen Wolken gespickt. Am meisten beeindruckte mich jedoch die Helligkeit, mit der das weiße Licht von der Sonne her fiel. Ich war nun schon eine ganze Weile in der Schattenwelt, doch ich hätte nicht gedacht, dass ich mich bereits so sehr an die Naturerscheinungen in Obscuritas gewöhnt hatte, dass mir die Lichtwelt im ersten Augenblick völlig fremd erscheinen würde. Ich richtete mich auf und sah mich um. Zweifellos war ich wieder in meiner Dimension, doch wie war das möglich?

'Ist das etwa immer noch eine Vision oder bin ich tatsächlich wieder zurück?', fragte ich mich in Gedanken. Offensichtlich war ich bei vollem Bewusstsein, denn ich erinnerte mich genau an alles, was vor diesem ungewöhnlichen Trip geschehen war.

Seit meiner Ankunft in der Schattenwelt hatte ich viel Neues über Obscuritas gelernt. Das einprägsamste Erlebnis war zweifellos das Treffen mit dem schwarzen Drachenreiter gewesen, welches mich und auch Aizy lange Zeit beschäftigt hatte. Danach war mein Training erst richtig losgegangen. Meine Magielehrerin hatte mir beigebracht, mich völlig zu entspannen und gleichzeitig fest konzentrieren zu können. Ich spürte zwar immer wieder deutlich die magische Aura, die ganz Obskuritas zu durchdringen schien, aber anfangen konnte ich damit noch fast gar nichts. Mit Mühe hatte ich es einmal fertig gebracht eine kleine Zauberblase zu erschaffen, die jedoch keine zehn Sekunden brauchte um wieder zu platzen.

Wie Aizy es vorhergesagt hatte, machte ich bei den körperlichen Übungen schneller Fortschritte. Ira war zwar eine unglaublich harte Trainerin und schenkte mir nichts, aber mit ihrer Hilfe wurde ich schnell stärker und auch meine Ausdauer bezüglich physischer Anstrengungen wuchs. Im Umgang mit dem Schwert – wenn man das überhaupt so nennen konnte, da wir die ganze Zeit nur Holzstöcke verwendeten – hatte ich jedoch noch sehr viel zu lernen, weshalb ich wiederum nur langsam Fortschritte im Selbstverteidigungs-Training machte.

Das letzte an das ich mich noch erinnern konnte, war dass Aizy, Ira und ich zu Bett gegangen waren, da wir alle einen harten Tag gehabt hatten. Ira hatte sich größte Mühe gegeben, mir einige Schwert-Techniken beizubringen, wobei es allerdings nicht selten vorkam, dass sie an meinem offensichtlichen Mangel an Talent verzweifelte. Im Gegensatz zu meiner Magielehrerin war sie nicht die Geduld in Person, sodass wir uns während des Trainings auch öfter mal in die Haare gerieten.

Aizy hatte es mir nochmal ermöglicht mit meinem Bruder Kontakt aufzunehmen, wobei wir in Erfahrung gebracht hatten, dass sich unsere Mutter und unser Großvater nur mäßig durch Basti beruhigen ließen, der ihnen immer wieder versuchte klar zu machen, dass es mir gut ginge, er aber nichts genaueres sagen könne. Die Folge war lediglich, dass der arme Junge kaum noch Ruhe von Mutters und Großvaters strengen Fragen hatte, die fast schon regelrechten Verhören glichen. Aber er hatte uns versichert, dass er dicht halten würde. Die Polizei schien sich auch noch mit meinem mysteriösen Verschwinden zu beschäftigen, doch schon bald würden sie es aufgeben müssen, da sie definitiv keine Chance hatten irgendwelche Spuren oder Hinweise zu finden. Ich war glücklich, dass ich durch Aizy auf dem Laufenden bleiben konnte bezüglich der Vorgänge in meiner Welt, aber sie selber war wieder sehr ausgelaugt gewesen von der anstrengenden Telepathie durch die Dimensionen.

Sie und Ira hatten sich in Aizys Zimmer, in welchem nun ein zusätzliches Sofa für die junge Schwertkämpferin stand, zum Schlafen zurückgezogen und ich hatte wie immer auf der, mit weichen Blasen gepolsterten Couch im Wohnzimmer gelegen. Nachdem ich eingeschlafen war, musste diese womöglich spirituelle Reise in die Lichtwelt begonnen haben.

'Aizy und Ira machen sich bestimmt Sorgen wenn ich wirklich so mir nichts dir nichts verschwunden bin. Vielleicht ist es ja doch nur eine sehr intensive Vision', versuchte ich mich zu beruhigen. Immerhin war ich der Auserwählte des Schattens und konnte doch nicht einfach meine neuen Gefährtinnen im Stich lassen. Ich beschloss allerdings mich erst mal etwas in der Gegend umzusehen.

Scheinbar war ich an einem völlig fremden Ort gelandet, denn ich konnte nichts wiedererkennen. Die Feldwege, die ich entlang lief, der kleine Bach, die hügelige Landschaft…. alles war mir fremd. Doch dann bemerkte ich auf einmal eine kleine Hütte am Rande eines Waldes. Das war das erste, das mir irgendwie bekannt vorkam seit dieser Odyssee in der Lichtwelt. Bisher versuchte ich mich zwar die ganze Zeit selber im Glauben zu lassen, dass dies alles nur eine Vision sei, aber ein wenig einsam und verlassen fühlte ich mich trotzdem. Die kleine Hütte weckte nun die Erwartung in mir, jemanden zu treffen, der mir dies alles womöglich erklären könnte. Vielleicht verbarg sich ja sogar derjenige in der Hütte, der die Ursache dieser Reise war, also schritt ich eilig in Richtung des kleinen Holzhäuschens. Als ich näher kam, entdeckte ich, dass sich hinter den Bäumen, des Waldes, welcher neben der Hütte anfing, ein weiteres Gebäude befinden musste. Dies schien jedoch um einiges größer zu sein, ja es hatte fast schon die Ausmaße einer richtigen Villa.

Nun klopfte mein Herz und irgendetwas wühlte mich innerlich auf. Was konnte das nur sein? Die üblichen Kopfschmerzen machten sich wieder in meinem Schädel breit und so langsam kam es mir so vor, als sei ich schon einmal an diesem Ort gewesen. Als ich vor der Tür des kleinen Häuschens stand hämmerte mein Herz förmlich in meiner Brust. Was würde mich wohl hinter dieser Tür erwarten? Wieso war ich so aufgeregt? Von Verwirrung übermannt traute ich mich nicht so recht anzuklopfen geschweige denn die Tür selber zu öffnen.

Auf einmal durchströmte mich wieder das selbe wohlige Gefühl, wie am Anfang dieser Vision. Nun fasste ich wieder Mut und war bereit das Geheimnis dieser kleinen Hütte zu lüften. Ich legte meine Hand auf die Klinke und drückte sie nach unten. Wie erwartet war die Tür nicht verschlossen und ich schob sie langsam auf. Ein Schock durchfuhr mich jedoch, als plötzlich grelles Licht aus dem Türspalt hervortrat und mir ein kühler Wind entgegen wehte. Der Wind war so stark, dass ich durch die Luft gewirbelt wurde und nun hörte ich laut und deutlich wieder das surrende Pfeifen. Alles um mich herum wurde auf einen Schlag dunkel und dann...

Vor Schreck riss ich die Augen auf. Es war immer noch alles finster, aber kein Lüftchen wehte und das einzige Geräusch, das ich vernahm, war das zirpen der nachtaktiven Insekten der Schattenwelt. Noch immer pulsierte es in meinem Kopf und mein Herz raste, doch mir wurde klar, dass ich erwacht war. Meine Augen gewöhnten sich allmählich wieder an die unübertreffliche, nächtliche Dunkelheit von Obscuritas und ich konnte die Couch erkennen, auf der ich lag. Ich war in Aizys Haus und musste geschlafen haben.

Aber was konnte diese seltsame Vision, die doch so unglaublich real erschien, nur zu bedeuten haben? Ich versuchte zwar wieder einzuschlafen, doch dieses Unterfangen war von Anfang an zum Scheitern verurteilt. Ich konnte all die Gedanken und Fragen, die sich nun in meinem Kopf tummelten. nicht einfach wieder abschütteln, sodass ich die restliche Nacht kein Auge mehr zu tat.

„Haaaa!" Und schon flog mein Stock-Schwert wieder in hohem Bogen durch die Luft während ich bereits die Spitze von Iras hölzernen Waffe vor der Nase hatte. „Loran, du bist echt ein hoffnungsloser Fall", meckerte meine Schwertkampflehrerin: „Ich habe echt noch nie einen so untalentierten Krieger wie dich gesehen. Bringt man euch in eurer Welt gar nichts bei?" Es war zwecklos mit ihr zu diskutieren, denn sie verstand sowieso nicht um wie viel anders die Lichtwelt doch war, ganz egal wie oft ich es ihr erklärte. Ira hatte aber recht damit, dass ich mich nicht gerade geschickt im Umgang mit dem Schwert – oder besser gesagt mit dem Holzstab – anstelle. Ich fragte mich mittlerweile selber, ob ich das jemals auf die Reihe bekommen würde, denn wenn es so weiterginge, könnte ich mich nicht mal gegen einen tattrigen Banditen mit Krückstock wehren, geschweige denn gegen so was wie ein Goblinschwein.

Wir waren an diesem Tag schon eine ganze Weile am Trainieren. Das mentale Training mit Aizy musste ausfallen, da sie einiges im Tempel zu erledigen hatte, weil irgend so ein besonderes Magier-Treffen stattfand. Sie war ziemlich überrascht von meinem nächtlichen Ausflug in die Lichtwelt, doch sie zweifelte daran, dass es real gewesen war. Ich hatte ihr zwar erklärt dass es ganz anders schien, als eine gewöhnliche Vision oder gar ein Traum, aber der Gedanke daran, dass ich einfach so in die Lichtwelt reisen könnte, war wohl einfach zu unvorstellbar. Aizy meinte, sie würde noch mit dem

Ältesten im Tempel darüber reden. Ihre Anweisung war es jedoch, dass ich während ihrer Abwesenheit mit Ira um so mehr trainieren sollte. So kam es, dass es gerade mal Mittag war und ich mich bereits völlig erledigt fühlte.

„Ich sehe schon... du brauchst wieder eine Pause, oder?" Ich fragte mich innerlich, ob die Schwertkämpferin das an meinem fast schon asthmatischen Keuchen bemerkt hatte, oder doch eher an der Art wie ich regungslos am Boden lag. „Na ja, es ist sowieso Zeit fürs Mittagessen. Gehen wir uns was kaufen oder suchen wir doch lieber im Wald nach einigen leckeren Zutaten?", fragte sie mich mit einem großen Grinsen. Ira war es gewöhnt sich ihre Mahlzeiten selber im Wald zu suchen, doch die Gerichte, die sie zubereitete, übertrafen sogar Aizys, denn das letzte mal, als sie etwas für uns gekocht hatte, war ich der festen Überzeugung, dass man mit so einem penetranten Geschmack sogar Tote hätte wiederbeleben können. So beschloss ich also spontan für uns beide, dass wir ins Dorf gehen und uns etwas halbwegs genießbares kaufen sollten.

Wir waren gerade dabei uns darüber zu streiten ob wir eher rosarotes, gurkenähnliches oder blaues, karottenähnliches Gemüse als Beilage zu unserer Schattenwelt-Wurst auf pflanzliches Basis kaufen sollten, als in der Ferne plötzlich Schreie zu hören waren. Innerhalb weniger Sekunden befanden wir uns bereits in einem großen Tumult in dem alle Leute kreuz und quer durch die Gegend liefen.

Ira war bereits instinktiv in Kampfposition gegangen und hatte ihren langen Zweihänder gezückt, welchen sie ab und zu sogar mit einer Hand zu schwingen pflegte. Ehe ich mich versah hatte sie mich schon an der Hand gefasst und floh mit mir in eine dunkle Seitengasse.

„Bleib ruhig. Wir warten hier erst mal ab um zu sehen was diesen Aufstand verursacht", sagte sie mit ungewöhnlich ernster Stimme. Die Bürger flohen jetzt deutlich in eine Richtung während immer mehr Wachleute und Krieger in die entgegengesetzte Richtung liefen. Nun war auch schon lautes Gebrüll und Kampfgeschrei zu hören. Ira konnte einfach nicht mehr abwarten und riskierte einen Blick um die Ecke und ich tat es ihr gleich.

„Oh nein, das kann ja wohl nicht wahr sein!", rief die Schwertkämpferin erschrocken: „Da ist ja eine ganze Horde Monster! Es scheinen hauptsächlich Goblinschweine zu sein, aber ich befürchte fast, dass die alle auf dem gleichen Level sind wie die Viecher, welche dich damals entführt haben." Der bloße Gedanke daran, dass nun duzende dieser Mutanten durch das Dorf marschierten ließ mir bereits die Haare zu Berge stehen.

Wir konnten sehen wie die tapferen Krieger gegen die Goblinmeute ankämpften, doch die Gegner waren einfach viel zu stark und noch dazu gut gewappnet. Keines der Monster trug solche Lumpen, wie meine Entführer damals, sondern ordentlich geschmiedete Rüstungen. Es war zwar ein skurriler Anblick, diese nicht gerade mit Schönheit gesegneten Ungeheuer in solch glanzvollem Metall zu sehen, doch das machte sie zu noch gefährlicheren Widersachern. Sie schwangen große Äxte, Hämmer und plumpe Säbel, die jedoch auch ihre Wirkung zeigten. Klingen prallten aufeinander, Menschen flogen durch die Luft und manchmal ging sogar eines der Goblinschweine in die Knie.

Es wurde den Kriegern jedoch schnell bewusst, dass sie den Angreifern unterlegen waren, denn sie wurden immer weiter zurückgedrängt und verloren mehr und mehr Mitstreiter. Es waren zwar viele Monster, doch in der

Überzahl waren sie nicht. Die Bestien waren auch nicht so schnell und intelligent wie ihre menschlichen Gegner, doch dafür unheimlich stark und ausdauernd.

Nun konnte ich sogar einige andere seltsame Geschöpfe unter den Kämpfenden erkennen. Es waren kleinere, echsenartige Monster zu sehen, welche jedoch auch auf zwei Beinen liefen und mit Rüstungen und Kurzschwertern ausgestattet waren. Des Weiteren gab es auch ein paar Ungeheuer, die mich stark an eine Kreuzung aus Mensch und Tiger erinnerten. Mit ihren riesigen Pranken kämpften sie sich durch die Reihen der Gegner.

Ich war bereits so fasziniert von all den neuen Gestalten und dem spannenden Kampfgeschehen, dass es mir eher wie ein aufregender Film vorkam und ich dabei völlig vergaß, dass ich eigentlich selber genau so in Gefahr war wie alle anderen auch. Ira weckte mich plötzlich aus meiner geistigen Abwesenheit:

„Hör zu, Loran... Ich kann nicht zusehen wie sich diese Stümper da vorne von den Monstern überrennen lassen. Von denen hat ja kein einziger ein Schutzamulett. Ich muss ihnen einfach helfen, aber du solltest dich auf jeden Fall gut versteckt halten, denn du bist noch nicht bereit für so eine Schlacht."

Sie schaute mir dabei tief in die Augen und ich konnte tatsächlich ein unangenehmes Maß an Besorgnis in den ihren erkennen. Die Situation schien nun ziemlich ernst zu sein. Vielleicht war die Monsterhorde tatsächlich zu stark für die Wachleute und Krieger des Dorfes. Was wenn Ira ihnen auch unterlegen war? Der Gedanke daran, sie in der Monsterhorde untergehen zu sehen, war unerträglich.

„Ich hab eine bessere Idee... wir machen uns aus dem Staub so lange es noch geht! Die restlichen Leute sind sicherlich auch schon geflohen und unsere Kämpfer werden den Ungeheuern nicht mehr lange standhalten können", versuchte ich sie umzustimmen.

Doch Ira wollte einfach nicht mit sich reden lassen, was mich allerdings auch nicht all zu sehr wunderte. „Ich bin doch kein Feigling! Auch wenn ich noch nicht all zu lange in diesem Dorf verweile und nicht sonderlich viele Leute kenne, so fühle ich mich dennoch verpflichtet, den Kriegern hier beizustehen!"

„Aber der Kampf ist aussichtslos, Ira! Sieh dir doch mal diese überstarken Mutanten da drüben an!" Als sie dennoch gehen wollte, fasste ich das übermütige Mädchen am Arm und hielt es zurück. Ich würde sie auf keinen Fall kämpfen lassen, komme was wolle! Doch dann geschah plötzlich etwas unerwartetes.

Eines der dicken Goblinschweine brach durch die Reihen der Verteidiger und lief weiter ins Dorfinnere hinein. Erst jetzt fiel mir auf, dass Ira und ich nicht die einzigen waren, die sich versteckt hatten. Aus einer gegenüberliegenden Seitengasse lief ein kleiner, weinender Junge, welcher sich wohl sehr erschrocken hatte, direkt vor dem in Raserei geratenen Ungeheuer über die Straße. Ein Mann lief sogleich hinterher und von der gegenüberliegenden Seite stürmte auch schon eine Frau herbei. Das mussten wohl die Eltern des kleinen Kindes sein, die vorher offensichtlich im Tumult getrennt worden waren. Die Familie war nun zwar wieder vereint, doch das Goblinschwein hatte bereits denn überdimensionalen Hammer gehoben um alle drei auf einmal zu erschlagen.

Mein Atem stockte. Das durfte einfach nicht geschehen! Nein! So etwas grausames konnte sich unmöglich vor meinen Augen zutragen. Wie in Zeitlupe sah ich den großen, schweren Stahlhammer auf die armen, ungeschützten Leute niedersinken. Nichts könnte diese Tragödie noch verhindern. Mein Herz hörte für einige Augenblicke auf zu schlagen, als der Hammer knapp über den Köpfen der vor Angst erstarrten Leute innehielt. Was war geschehen? Ein Wunder? Doch dann sah ich ein vertrautes Leuchten und wusste sofort was diesen Menschen das Leben gerettet hatte... Es war Iras Schutzamulett, welches den überdimensionalen Goblin förmlich paralysierte. Die mutige Retterin stand nun direkt hinter der Familie und hielt dem Monster das Amulett in all seiner glänzenden Pracht entgegen. Die Eltern flüchteten nun so schnell wie möglich mit ihrem Sohn in eine der Seitengassen.

Das Ungetüm, dem Ira jetzt gegenüberstand, taumelte rückwärts und viel mit einem lauten Geräusch zu Boden, doch es richtete sich wieder auf und stürmte auf die junge Heldin zu. Es schien nun noch durchgedrehter zu sein, als vorher und Ira konnte dem überraschend flinken Hammerhieb nur knapp ausweichen. Jetzt raste mein Herz wie wild. Ich hoffte innerlich, dass sie weglaufen würde, doch ich wusste genau, dass dies nur mein Wunschdenken bleiben würde.

Was sollte ich nur tun? Ich war so hilflos. Wenn ich zu der mutigen Schwertkämpferin eilen würde, dann wäre ich ihr nur ein Klotz am Bein. Nicht nur dass ich nichts gegen das Ungetüm ausrichten könnte, ich wäre ja nicht mal im Stande mich selbst zu schützen. Mein Herz war erfüllt von der Angst um Ira und einem elenden, selbstmitleidigen Gefühl, welches ich schon öfter hatte seit ich in die Schattenwelt gelangt war.

Die junge Schwertkämpferin hingegen sprang flink umher und wich gekonnt den Angriffen des Goblinschweins aus. Sie versuchte zwar auch selber mit einigen Attacken zu treffen, doch die Panzerung ihres Gegners machte ihr das nicht all zu leicht. Zum Glück schien das Monstrum durch die Wirkung des Amuletts, das immer noch funkelnd um Iras Hals hing, ziemlich verwirrt zu sein. Nach allem was ich bis dahin gelernt hatte, mussten alle seine Wahrnehmungen durch den Schutz-Zauber geschwächt oder verlangsamt sein.

Plötzlich gelang es Ira mit ihrem mächtigen Schwert eine ungeschützte Stelle des Goblins zu erwischen. Wie ein gleißender Blitz durchfuhr die Klinge die Achsel des Ungetümes, als es gerade einen gewaltigen Hammerhieb ausführen wollte. Der hässliche Riese schrie auf und wurde unaufmerksam. Ira nutzte diesen Moment um dem Monster mit einem großen Satz entgegen zu springen und ihm ihr Schwert gezielt durch die Öffnung des Visiers in sein sowieso schon entstelltes Gesicht zu stoßen. Das Goblinschwein ging zu Boden und regte sich nicht mehr. Es war vollbracht! Ira hatte diesen gefährlichen Gegner ganz alleine besiegt!

Ich war so erleichtert darüber, dass ich sofort zu ihr lief. Mein Herz hämmerte immer noch wie wild in meiner Brust und ich wusste nicht was ich sagen sollte. Die Schwertkämpferin war sichtlich erschöpft, aber auch ich wies die gleichen Symptome auf, als hätte ich selber gekämpft. Doch bevor wir zur Ruhe kommen durften geschah es... Die Verteidigung fiel! Erst brachen zwei weitere Goblinschweine durch die Reihen und dann wurden es immer mehr Monster, die auf uns zu stürmten. Ein weiteres Mal stockte mir der Atem. Wir mussten fliehen! Nun würde es auch Ira einsehen. Doch ein

Blick zu ihr genügte und schon durchfuhr mich ein kalter Schock. Sie kniete plötzlich am Boden und bewegte sich nicht.

„Loran...", keuchte sie: „Ich glaube ich hab mir den Knöchel verstaucht und mein letzter Sprungangriff hat mir den Rest gegeben... Ich kann meinen Fuß nicht mehr bewegen..." Die Monster kamen immer näher. Um uns herum flüchteten immer mehr Leute aus ihren verstecken. „Lauf weg, Loran! Ich kann nicht mehr entkommen aber alleine schaffst du es..." Einige der Wachleute und Krieger versuchten vergeblich die Horde aufzuhalten und andere wiederum ergriffen nun selber die Flucht. „Was stehst du hier so blöd herum?! Lauf endlich weg! Du musst überleben... du bist doch der Auserwählte... kümmere dich nicht um mich!"

Die gepanzerten Ungetüme kamen näher und näher... Mir war bewusst, dass ich sie nicht aufhalten konnte, doch weglaufen konnte ich noch viel weniger. Das war das letzte, was mir nun in denn Sinn hätte kommen können! Ich war erfüllt von unzähligen verschiedenen Gefühlen, angefangen von Angst und Schock über erbärmliche Hilflosigkeit bis hin zu grenzenloser Sturheit und brennender Wut. Diese Gefühlsmischung erlaubte es mir nicht zu fliehen.

Ich wollte Ira unbedingt beschützen und vor allem wollte ich nicht mehr so nutzlos sein! Auserwählter hin oder her... Bis dahin hatte ich nicht viel erreicht und war immer nur derjenige der beschützt werden musste. Der Gedanke daran brachte mich zum kochen! Ich hörte die Stimme der Schwertkämpferin im Hintergrund, doch ich verstand nicht was sie schrie. Der Anblick der widerwärtigen Missgestalten, welche immer näher kamen verstärkte meine Wut noch. Sie waren nun schon fast so weit uns anzugreifen und ich verspürte nichts mehr außer Wut... Wut und dem innigen Wunsch, stark genug zu sein, um dieses abscheuliche Ungezifer vom Erdboden tilgen zu können. Eines der echsenartigen Wesen war gerade dabei sein Kurzschwert zu schwingen um mich zu durchbohren, als plötzlich... Finsternis. Absolute Finsternis und Stille.

*Monster – SEELENLOSE SCHERGEN*

## Die Macht der Gefühle

„Ira, geht es dir gut?", fragte ich die Schwertkämpferin, die nun mit abgewandtem Gesicht neben mir stand. „Sag doch bitte was...", flehte ich schon beinahe. Ich fasste sie an der Schulter und drehte sie zu mir...

SCHOCK! Tiefes Grauen umklammerte mich, als ich in die seelenlosen und blutunterlaufenen Augen eines Goblins blickte. Plötzlich bemerkte ich, dass ich umzingelt war von ihnen. Es wurden sogar immer mehr Monster, die von allen Seiten langsam auf mich zugingen. Ich wollte schreien, doch mir versagte die Stimme und ich bekam keine Luft mehr. Ihre rauen und dreckigen Pranken hatten mich schon gefasst und ich ging in der Menge der Goblinschweine unter. Nun entfernte sich scheinbar mein Geist von meinem Körper, denn ich sah mich auf einmal selber von oben herab inmitten der hässlichen Ungeheuer. War ich etwa schon tot? Womöglich ja, denn ich verspürte nichts mehr... nicht einmal Angst oder Wut. In mir herrschte plötzlich nur noch eine gähnende Leere, die jedoch schlimmer war als alle anderen Gefühle davor.

„Achte auf deine Emotionen... Erkenne dich selbst...", hörte ich auf einmal eine seltsame Stimme. Neben mir war nun wie aus dem Nichts eine vermummte Gestalt aufgetaucht. Sie glich eher einem Schatten und außer den tiefen, dunkelblauen Augen konnte ich nur die grobe Silhouette erkennen. Die mysteriöse Person deutete auf meinen Körper, welcher immer noch inmitten der Goblins eingeengt war. Als ich genauer hin sah. erkannte ich jedoch, dass sich die Monster verfärbten. Eines nach dem anderen wurde grau und zerfiel dann zu Staub. Ich wusste nicht wie ich dieses Schauspiel zu deuten hatte, doch am Ende stand mein körperliches Ich wieder aufrecht und unbekümmert in der Dunkelheit, ohne dass die kleinste Spur der Monster zurückgeblieben war. Ich fragte das Schattenwesen neben mir was dies zu bedeuten habe, doch es deutete lediglich wieder nach unten zu meinem anderen Ich. Dies stand plötzlich nicht mehr alleine da sondern hatte von Ira, Aizy und sogar von Basti Gesellschaft bekommen. Nun kamen plötzlich auch noch Mutter, Großvater und... Vater... sogar unser Vater kam auf einmal hinzu! Was ging hier nur vor?

Doch ich hatte nicht lange Zeit zur Freude, denn ich vernahm nun eine dunkle und böse Aura. Es dauerte nicht all zu lange bis mir klar wurde wo diese her kam... und zwar von mir! Mein physisches Ich strahlte plötzlich diese seltsame, negative Energie aus, aber weshalb nur? Was dann geschah wollte ich einfach nicht glauben... Basti, Ira und alle anderen wurden in die selbe graue Farbe gehüllt wie die Goblins vorher und schließlich zerfielen sie direkt vor meinen Augen auch zu Staub. Meine innere Leere füllte sich nun wieder mit blanker Angst und Grauen. Ich wurde förmlich von einem finsteren Strudel negativer Energie erfasst und in Richtung meines Körpers gezogen. Es gab nichts was ich dagegen tun konnte, denn ich war absolut machtlos. Obwohl es sich äußerlich nicht verändert hatte kam mir mein anderes Ich nun wie ein schreckliches Biest vor, welches mich zu verschlingen drohte. Wieder wollte ich schreien und konnte es nicht, weil mir die Luft weg blieb. Ich wurde näher und näher in das Zentrum der bösen Aura gezogen und meine Panik wuchs rapide. Auf keinen Fall wollte ich Teil eines solchen Dämons werden. Ich schaute noch einmal zu der mysteriösen Person mit den dunkelblauen Augen.

„Erkenne dich selbst...", gab diese nur wieder mit kühler Stimme von sich. Dann richtete ich den Blick wieder auf das Biest, das kurz davor war mich sich einzuverleiben. Endlich bekam ich wieder Luft:

„NEEEEIIIINNNN!!!!"

Ich riss schlagartig meine Augen auf. Schweißgebadet saß ich nun aufrecht in Aizys Bett.

„Flo... um Himmels Willen, Flo! Geht es dir gut?", kam diese bereits hereingestürmt, dicht gefolgt von Ira, die sich wegen ihrer Verletzung auf Krücken stützen musste.

„Was... was ist passiert?", fragte ich völlig verwirrt. Die Mädchen vielen mir beide um den Hals, während ich immer noch versuchte meine Gedanken zu ordnen.

„Du Idiot! Du riesen Vollidiot!", schrie mich die junge Schwertkämpferin nun eher halblaut an und ich konnte Tränen in ihren Augen sehen.

Auch Aizy weinte und erklärte mit zitternder Stimme: „Du warst in einem sehr schlechten Zustand. Du hättest sterben können... Tu so was also nie wieder, hörst du?"

„Aber was war denn überhaupt los? Mein Kopf tut so weh... Ich erinnere mich an gar nichts mehr. Außer vielleicht... Monster! Da waren jede Menge Monster! Genau... der Überfall aufs Dorf!", nun konnte ich wieder etwas klarer denken. Das letzte was ich noch in Erinnerung hatte, waren die grässlichen Fratzen der angreifenden Biester... und natürlich dieser schreckliche Alptraum.

„Ira hat mir von den schlimmen Ereignissen erzählt, die ihr heute durchstehen musstet", fuhr Aizy nun fort: „Die grausige Nachricht vom

Überfall der Goblins erreichte die Magier und Priester im Tempel leider zu spät. Es war sicherlich kein Zufall, dass diese Ungetüme ausgerechnet heute angegriffen haben, als fast alle starken Magier des Dorfes den Zeremonien zum jährlichen Treffen des Dorfrates beiwohnten."

Nun mischte sich auch Ira ein: „Du hättest weglaufen sollen, Loran! Aber ehrlich gesagt war ich sehr überrascht von deinen Fähigkeiten... So etwas habe ich noch nie gesehen!"

„Ich kann mich ehrlich gesagt an nichts erinnern, was passiert ist nachdem die Ungeheuer die Verteidigung durchbrochen hatten", gab ich zu.

„Du weißt davon also echt nichts mehr?", wunderte sich die Schwertkämpferin zunächst, doch als sie mir die ganze Geschichte erzählte, wollte ich meinen Ohren nicht trauen. „Du hast dich nicht mehr bewegt und ziemlich abwesend gewirkt, als die Monster auf uns zurannten. Ich dachte echt es sei alles vorbei. Gerade als uns ein Echsenkrieger angreifen wollte, wurdest du von einem grellen Licht umgeben und ein gleißender Strahl aus deiner Brust durchbohrte das Monster, das sich sofort darauf in Luft auflöste. Immer mehr Lichtstrahlen schossen aus deinem ganzen Körper und eliminierten sämtliche Angreifer. Ich wollte meinen Augen nicht trauen als ich dich so sah..."

Aizy gab zu, dass sie auch mehr als nur überrascht gewesen war, als sie das gehört hatte, doch es gab scheinbar genug Zeugen dieses Spektakels.

„Aber da ist noch mehr...", fuhr Ira fort: „Deine Angriffe haben zwar die Monster besiegt, doch sie haben auch unglaublich viel Chaos angerichtet. Die Strahlen durchbohrten nämlich auch Gebäude und einige davon wurden sogar zum Einsturz gebracht. Es war großes Glück, dass die Leute aus diesem

Viertel schon alle geflohen waren, sodass keiner verletzt wurde." Diese Nachricht schockierte mich nun sogar noch mehr. Ich erinnerte mich genau an die Wut und die Verzweiflung, welche ich vor meinem Blackout verspürt hatte und auch an den Alptraum danach. Lauerte etwa wirklich ein so abscheulicher Dämon in mir, der auf nichts Rücksicht nahm und alles zerstörte? Ich hatte mir zwar gewünscht endlich mehr bewirken zu können, aber Kräfte solchen Ausmaßes hätte ich mir niemals erwartet.

„Lass mich dir etwas erklären, Flo", begann nun Aizy wieder zu sprechen: „Magie ist – wie du weißt – eine sehr komplexe und auch gefährliche Angelegenheit. Bisher habe ich dich lediglich in der Meditation unterrichtet und dir nur einige grobe Grundlagen übers Zaubern beigebracht, weil du das ja aus der Lichtwelt nicht gewöhnt bist, aber nun wird es Zeit dich genauer in gewisse Thematiken der Magie in Obscuritas einzuweisen. Ganz wichtig ist aber immer noch deine Selbstbeherrschung, genau wie bei der Meditation. Du musst völlig entspannt sein, aber gleichzeitig auch konzentriert und du darfst niemals die Kontrolle über dich verlieren." Nun musste ich an die Gestalt aus meinem Traum denken, die mir gesagt hatte, ich solle auf meine Gefühle achten und mich selbst erkennen.

Aizy erläuterte weiter: „Es ist echt erstaunlich was für Kräfte bereits in dir erwacht sind, aber du konntest sie offensichtlich nicht Kontrollieren und bist anschließend sogar in eine tiefe Ohnmacht gefallen. Ich hätte ehrlich gesagt nicht mal erwartet dass du heute noch erwachst." Ich warf einen kurzen Blick aus dem Fenster und stellte fest, dass es schon sehr dunkel war. Scheinbar hatte ich mehrere Stunden lang geschlafen. „Nach allem was mir berichtet wurde, haben deine magischen Angriffe zwar Monster und Gebäude geschädigt, nicht jedoch Menschen, oder Tiere. Das ist auch ein wichtiger Aspekt in der Magie. Rein theoretisch ist es nämlich jedem Magier möglich genau die Objekte anzugreifen, die er will und alles andere unbeschädigt zu lassen. Solche Attacken sind jedoch selbst für erfahrene Kampfmagier nur schwer einzusetzen, denn es erfordert wirklich ein außerordentliches Maß an Konzentration und Selbstbeherrschung um magische Angriffe dermaßen genau zu kontrollieren. Es war wie gesagt großes Glück, dass keine Bürger verletzt wurden."

„Ich weiß gar nicht was ich sagen soll...", gestand ich ein. Die Szene als mich dieser düstere Dämon in meinem Traum an sich gezogen hatte, war mir noch viel zu deutlich vor Augen. „Vielleicht wäre es besser, wenn ich mich von jeglicher Magie distanziere...", sprach ich mehr zu mir selbst als zu den beiden Damen.

Aizy wies mich sogleich zurecht: „Daran darfst du nicht mal denken, Florian! Nun, da du dich immer besser an die Regeln in dieser Welt gewöhnst, ist es um so wichtiger, dass du mehr über die Magie lernst. Du darfst bloß nicht mehr so voreilig handeln oder eben die Selbstbeherrschung verlieren. Als Auserwählter des Schattens besitzt du eine spezielle Kraft. Um diese zu wecken und kontrollieren zu können ist physisches aber auch mentales Training unabdingbar. Ich wünschte ich könnte dir und deinem Bruder das alles ersparen, aber ihr seid die letzte Rettung für beide Dimensionen. Verliere nur niemals den Mut und die Hoffnung, kleiner Florian." Sie hatte es schon wieder getan... Aizy hatte mich schon wieder klein genannt! Allerdings musste ich mir innerlich eingestehen, dass sie Recht hatte mit dem was sie sagte und irgendwie schien mich das sogar aufzumuntern. Von nun an würde ich jedoch alles daran setzen, meine Gefühle unter Kontrolle zu halten und niemals das Böse von mir Besitz ergreifen zu lassen.

Nun fühlte ich plötzlich eine unglaubliche Müdigkeit und Schwäche in mir und das obwohl ich doch gerade ein durchaus langes Nickerchen gehalten hatte. Aizy erklärte mir, dass die Energie, die ich für meine magischen Angriffe verbraucht hatte, mich selber fast das Leben hätte kosten können.

„Dein Körper war bei der Aktion einfach viel zu überlastet. Du bist zwar ein Auserwählter, aber nichtsdestotrotz immer noch ein fünfzehnjähriger Junge und ein Anfänger im Bezug auf Zauberei."

„Du kannst dir ja nicht vorstellen was für Sorgen wir uns um dich gemacht haben...", fuhr Ira mich plötzlich wieder an. Aizy verordnete mir nun einige Tage Ruhe. Ich sollte mich erholen und zunächst einmal das Bett hüten. In der Zwischenzeit – dachte ich mir innerlich – hätte ich ja mehr als genug Zeit um über so einige Dinge nachzudenken...

Dank Aizys außergewöhnlichen Fähigkeiten als Weißmagierin erholte ich mich recht schnell wieder. Zu meinem Leidwesen musste ich mich jedoch täglich mit absolut widerlich schmeckenden Gewürztränken quälen. Ich hätte es nicht für möglich gehalten, dass sogar die Medizin in Obscuritas noch schlechter schmecken würde als in der Lichtwelt. Niemals wieder würde ich mich daheim über den Geschmack von Hustensäften beschweren.

Meine Magielehrerin hatte mir nun schon einige Lektionen über die Zauberei beigebracht. Man musste zunächst einmal zwischen Weißmagie und Schwarzmagie unterscheiden. Das Brauen von Genesungstränken und viele andere magische Heilmethoden so wie auch Schutzzauber zählten zur weißen

Magie, auf welche Aizy als Tempelschülerin spezialisiert war. Zauberer die ihren Schwerpunkt auf die schwarze Magie legten, waren hingegen meist Kampfmagier. Nun saß Aizy wieder an meiner Couch im Wohnzimmer und war gerade dabei mir noch mehr über die schwarze Magie zu erzählen:

„Man unterscheidet für gewöhnlich zwischen den verschiedenen Elementen. Die Hauptelemente sind Feuer, Erde, Wasser und Luft. Je nachdem wie man diese im Kampf einsetzt, kann man verschiedene Effekte erzielen. Obwohl fast jeder Kampfmagier sich mit allen vier Elementen auskennt, spezialisieren sich die meisten auch hier auf nur eines davon. Einige versuchen allerdings den Umgang mit allen Elementen gleichermaßen zu trainieren. Nur die mächtigsten unter den Zauberern meistern diese Herausforderung, aber wenn man es erstmal schafft, dann hat man wirklich eine gefährliche Waffe in der Hand. Du musst nämlich wissen, dass man die Kraft der Elemente auch kombinieren kann und wer sich mit allen vieren gut genug auskennt, dem ist es möglich unglaublich mächtige Attacken hervorzubringen."

„Wo würde denn mein Lichtstrahlen-Angriff eingeordnet werden?", ich kam mir irgendwie blöd vor bei der Frage, da es mir einfach zu verrückt erschien, dass ich zu so was überhaupt fähig war.

„Das kann ich leider auch nicht genau sagen, da ich nicht dabei war, als es geschah. Außerdem kenne ich mich in der Schwarzmagie auch nicht ganz so gut aus wie ein erfahrener Kampfmagier, doch womöglich war dein Angriff dem Element Feuer zuzuschreiben." Nun setzte meine Magielehrerin plötzlich eine ernste Miene auf: „Flo... was hast du zuletzt gefühlt bevor du die Selbstbeherrschung verloren hast?" Diese Frage überrumpelte mich nun etwas. Ich hatte keinem was von der Verzweiflung und der Wut über meine Nutzlosigkeit oder gar von dem schrecklichen Alptraum erzählt.

„Also...", ich zögerte mit der Antwort, sodass Aizy gleich wieder das Wort ergriff:

„Ich weiß dass es nicht leicht für dich ist, Florian. Du bist erst fünfzehn Jahre alt und musst eine solche Bürde tragen. Zu allem Überfluss wirst du täglich mit fremden Dingen konfrontiert und fühlst dich deinen Aufgaben vielleicht nicht gewachsen. Aber lass dir gesagt sein, dass du nicht umsonst der Auserwählte des Schattens bist. Deine Zeit wird schon bald kommen, aber bis dahin darfst du dich nicht zu sehr unter Druck setzen oder von negativen Gefühlen leiten lassen." Ich konnte es nicht fassen. Sie schien in mir lesen zu können, wie in einem offenen Buch. In diesem Moment spürte ich jedoch eine gewisse Verbundenheit zu Aizy und ich wusste genau dass sie nicht meine Gedanken lesen musste – mittlerweile war ich mir jedoch ziemlich sicher, dass sie dies gekonnt hätte – um mich zu durchschauen.

„Ich will stark werden. Aber auf jeden Fall werde ich die Kontrolle über mich bewahren. Das verspreche ich!"

Jetzt lächelte Aizy wieder: „Du bist bereits ein starker Junge."

In diesem Moment humpelte Ira herein. Ihre Verstauchung war immer noch nicht ganz verheilt, was wohl unter anderem auch daran lag, dass sie entgegen Aizys Vorschriften, ihr Bein zu oft belastete.

„Hallo ihr beiden. Na wie geht es denn unserem Meister-Magier?", fragte sie mit spöttischem Unterton.

„Seine Genesung schreitet gut voran. Bald könnt ihr wieder gemeinsam trainieren, doch ihr dürft euch beide nicht überanstrengen", antwortete Aizy zufrieden. Ich langweilte mich zwar manchmal etwas, weil ich fast nur auf der Couch bleiben musste, doch bei dem Gedanken an Iras harte Trainingsmethoden vermisste ich bereits jetzt diese Gemütlichkeit. „Nun denn... für heute hast du genug über die Magie gelernt. Ich werde jetzt etwas zu essen vorbereiten." Mit diesen Worten ging Aizy aus dem Zimmer und Ira setzte sich sogleich an ihrer Stelle an meine Couch.

„Du wirst nicht glauben was mir heute alles passiert ist", fing sie aufgeregt an zu erzählen: „Zunächst einmal hat mich der Hauptmann des Dorfes aufgesucht um mich zu fragen ob ich nicht vielleicht den Wachleuten beitreten wollte. Anscheinend hat sich mein glorreicher Sieg über einen gepanzerten Goblin herumgesprochen."

„Das ist ja toll, Ira! Du hast die Leute sicherlich sehr beeindruckt mit deinem Mut und deiner Schwertkunst", musste ich sie nun auch mal loben, doch eine Sache gab mir zu denken: „Aber wirst du noch genug Zeit finden mich zu unterrichten und uns bei der Rettung der beiden Welten zu unterstützen?", fragte ich traurig.

„Pah! Wo denkst du hin? Du glaubst doch nicht ernsthaft, dass ich mich irgendwelchen Hauptmännern unterordnen würde oder gar Befehle von irgendwem annehme? Ich kämpfe wann und wo es mir passt und verpflichte mich sicherlich nicht irgendwelchen gewöhnlichen Wachleuten. Ich habe nämlich vor die beste Schwertkämpferin in ganz Obscuritas zu werden!", dabei setzte sie ein übertrieben selbstzufriedenes Gesicht auf. Das war wieder mal typisch für das übermütige Mädchen und ich lächelte in mich hinein.

„Sag mal, Ira... gibt es einen Grund für diesen Wunsch? Mir fällt nämlich auf, dass du noch nie etwas über dich erzählt hast. Wieso wohnt ein Mädchen wie du alleine am Rande eines Waldes? Weshalb hast du so einen Hass auf Zabul?" Womöglich hätte ich sie nicht mit all diesen Fragen überrumpeln sollen, denn sie schien nun sofort wieder verschlossener zu sein.

„Ich rede nicht gerne über solche Dinge, aber ich habe meine Gründe."

Ich beschloss nicht weiter nachzufragen, sondern das Thema zu wechseln: „Wie geht es eigentlich mit dem Aufbau des halb zerstörten Viertels voran?", fragte ich schuldbewusst.

„Ach das läuft ganz gut wie es scheint. Die Leute helfen zusammen und sie sind froh, dass die Monster nicht noch mehr zerstört haben. Dennoch wird auch sehr viel über einen gewissen, furchterregenden Magier gemunkelt, der nicht nur die Monster, sondern auch die Gebäude angegriffen hat", lachte die Schwertkämpferin. Sie musste meinen betrübten Gesichtsausdruck bemerkt haben, denn sie fügte sogleich hinzu: „Keine Sorge, Loran. Kaum einer wird dir ernsthaft Vorwürfe machen, denn Aizy hat das wichtigste schon geregelt. Außerdem weißt du ja wie das mit den Gerüchten so ist... die meisten Lästermäuler reden von einem großen, mächtigen Magier, der mit Blitzen um sich geschmissen hat. Die Gerüchte haben schon gar nichts mehr mit dir zu tun und werden bald wieder in Vergessenheit geraten sein. Die Leute sind ja, wie ich vorher bereits sagte, zu beschäftigt mit dem Wiederaufbau und freuen sich einfach den Monsteransturm überstanden zu haben." Ich hoffte wirklich, dass Ira Recht behalten würde, denn ich wollte nicht als unberechenbarer Rowdy gefürchtet werden.

„Ach ja, ich habe heute außerdem auch noch die Familie getroffen, welche von dem Goblinschwein bedroht wurde", erzählte Ira weiter: „Sie haben sich nochmal herzlichst bei mir bedankt und meinten, dass ich jederzeit zu ihnen kommen sollte, wenn sie mir einen Gefallen tun können. Der Vater sagte, dass sie bald wieder ihre Schneiderei aufmachen würden. Klingt als ob ich mir nie wieder Gedanken machen muss, wo ich neue Trainingsanzüge herbekomme", sagte die junge Schwertkämpferin voller Stolz und mit einem breiten Grinsen im Gesicht.

Ich freute mich zwar für sie, doch die Situation erschien mir einfach zu ironisch. Sie besiegte einen einzigen Goblin und galt nun als Heldin. Ich bewahrte das gesamte Dorf davor, von duzenden Monstern überrannt zu werden und galt als gefährlicher Geisteskranker. Dies war wohl der beste Beweis dafür, dass es letztendlich doch auf die Absichten und Gefühle in einem ankam. Ich beschloss, hart an mir zu arbeiten, um das nächste mal nicht von negativen Emotionen übermannt zu werden und auch ein Held sein zu können.

Anschließend rief Aizy uns zum Essen und ich bereitete mich auf eine weitere Tortur meiner Geschmacksnerven vor, da mich sicherlich wieder ein weißmagischer Kräutertee erwarten würde.

*Objekte – DAS DUNKELSCHWERT*

# Kapitel II: Die Hunderteinundzwanzigste

<u>Reisen und ihre Gefahren</u>

„So ein Mist! Warum muss so was immer mir passieren?!", rief ich verzweifelt und beinahe atemlos, da ich gerade quer über eine große Lichtung um mein Leben laufen musste.

„Das ist schon in Ordnung, Kleiner. Du kennst dich eben noch nicht so gut aus in der Schattenwelt", versuchte Aizy, mich zu trösten, während sie dicht hinter mir lief.

„Können wir nicht einfach anhalten und ihnen zeigen wer der Boss ist? Ich hasse es nämlich wegzulaufen!", rief Ira mürrisch. Wir rannten alle drei gemeinsam vor einem kleinen Schwarm Insekten her, welcher uns verfolgte weil ich einen dummen Fehler begangen hatte.

„Du müsstest doch genau wissen, dass Brummschnäbel noch in die Kategorie der Tiere fallen und diese dürfen wir nicht ohne weiteres verletzen. Außerdem sind wir es, die ihre Ruhe gestört haben...", Antwortete Aizy gelassen.

Die vorlaute Schwertkämpferin widersprach ihr: „Genau genommen war es unser auserwählter Loran, der ihre Ruhe gestört hat!"

„Fang jetzt nicht mit Beschuldigungen an, Ira! Dafür ist jetzt nicht der richtige Zeitpunkt", gab Aizy zurück. „Ach ja genau... Flo, welche Unterteilungen gibt es für die Geschöpfe von Obscuritas?" Für Lehren gab es scheinbar keinen falschen Zeitpunkt.

„Was?", keuchte ich: „Menschen, Tiere, Pflanzen und Monster... wieso fragst du mich das?"

„Gut!", Antwortete meine Magielehrerin: „Du sollst aber wissen, dass es auch Zwischenformen und Mischwesen aus diesen Kategorien gibt, die nicht eindeutig zuzuordnen sind. Unsere Verfolger gehören gerade noch zu den Tieren. Sie sind zwar sehr aggressiv und gefährlich, doch im Gegensatz zu Monstern besitzen sie eine normale Seele und keine dämonische", belehrte sie mich.

Ich konnte es einfach nicht fassen: „Ich glaube aber auch nicht, dass es jetzt der richtige Moment für Bestienkunde-Unterricht ist, Aizy!", gab ich entnervt zurück.

„Ach, mach dir keine Sorgen. Da vorne ist ein kleiner Teich. Wir müssen nur hinein springen."

Zum nachdenken blieb mir keine Zeit mehr. Ich folgte einfach den Anweisungen der jungen Magierin und warf mich direkt nach Ira und dicht gefolgt von Aizy ins kühle Nass.

Wir blieben einige Sekunden unter Wasser, bevor wir wieder auftauchten. „Puh... Ich hoffe die bleiben uns nun fern...", sagte ich schwer atmend.

„Schau dich doch mal um", meinte Aizy. Die übergroßen Insekten umkreisen nun den Teich. Einige überflogen ihn sogar, allerdings in einem ziemlich hohen Bogen. Die Magierin erkläre: „Brummschnäbel mögen kein Wasser und halten sich auch meistens fern von Seen oder Flüssen. Sie benötigen kaum Flüssigkeit zum überleben, ihnen reicht das bisschen Tau am Morgen und die Feuchtigkeit, die sie unter der Erde erreicht, wenn es mal regnet. Dennoch bauen sie ihre Nester möglichst wasserdicht." Stimmt...

Diese Biester hatten ihre Behausung ja unter der Erde. Ich war auf einen seltsamen Hügel geklettert – was mich jedoch nicht wunderte, da mir in Obscuritas fast alles seltsam erschien – um eine bessere Aussicht über die schöne Lichtung zu haben. Dann war ich abgerutscht und hatte eine kleine Erdlawine mit mir gezogen. Wie aus dem nichts waren anschließend diese aggressiven Tiere aus dem Boden geschossen und ehe wir uns versahen, waren wir auch schon auf der Flucht gewesen.

Nun gaben es die Rieseninsekten auf und eines nach dem anderen flog wieder zurück zum Nest. Ich hatte jetzt erst die Gelegenheit sie mir genauer anzusehen. Diese Viecher waren so groß und so schwarz wie Raben, doch ihr Körperbau war eindeutig der von Insekten. Sie hatten auch jeweils zwei Paar große, transparente Insektenflügel, mit welchen sie beim Fliegen tiefe Brummtöne erzeugten. Zum Glück konnten sie damit jedoch nicht schneller fliegen, als wir laufen konnten. Neben der Größe erinnerte nur noch ein ebenfalls rabenartiger Schnabel an einen Vogel.

Aizy erläuterte weiter: „Brummschnäbel haben ihren Namen nicht – wie viele glauben – vom Geräusch, das ihre Flügel erzeugen, sondern tatsächlich von den brummenden Lauten, die aus ihren Schnäbeln dringen, wenn sie miteinander kommunizieren. Ihre Schnäbel verwenden sie jedoch auch um ihre unterirdischen Nester zu bauen und um Beutetiere zu erlegen oder eben Angreifer abzuwehren. Blut ist für Brummschnäbel übrigens das wichtigste in ihrer Ernährung, was sich dadurch erklären lässt, dass sie ansonsten kaum Feuchtigkeit zu sich nehmen. Sie besitzen sogar eine hohle Zunge, mit welcher sie das Blut ihrer Beute besser aufsaugen können." Tja... so saßen wir nun also alle drei im Teich und lauschten Aizys Biologievortrag, während mein Grauen gegenüber den insektenartigen Biestern, die uns vorher noch verfolgt hatten, immer mehr anwuchs.

Wir waren nun bereits seit einigen Tagen unterwegs. Aizy hatte bei den Sitzungen des Magier-Rates natürlich nichts von den Prophezeiungen der Legende oder von unserer Queste erwähnt, doch sie hatte eine intensive Diskussion mit dem Tempelältesten unter vier Augen geführt, in der sie auch von meiner Vision bezüglich der Lichtwelt erzählt hatte. Der Opa wusste aber scheinbar auch nicht weiter, denn sein einziger Rat war es gewesen, ein mächtiges Orakel in der Siebenunddreißigsten Hauptstadt im Nachbarkönigreich Viria aufzusuchen.

Ich erinnerte mich an den relativ kurzen Weg zur Achtundachtzigsten Hauptstadt, für welchen wir nur einen halben Tag gebraucht hatten. Obwohl ich in Aizys Geographie-Unterricht genau so schlecht war wie in dem Fach an meiner Schule, hatte ich mir einige Dinge doch eingeprägt. So wusste ich beispielsweise, dass die Nummerierungen der Hauptstädte nicht ganz wahllos oder kreuz und quer auf der Landkarte angeordnet waren. Jedes der fünfundzwanzig Königreiche der Schattenwelt hatte genau acht solche Hauptstädte und eine Königsstadt. Die siebenunddreißigste Hauptstadt von Obscuritas war der achtundachtzigsten eigentlich recht nahe, wenn man bedachte, dass es insgesamt bloß zweihundert davon gab, die über die ganze Schattenwelt verteilt waren. Dennoch hatten wir einen weiten Weg vor uns, den wir aber nicht direkt antraten.

Wir gingen einen kleinen Umweg, welcher uns innerhalb der letzten Tage jedoch bereits durch einige Dörfer geführt hatte, wo wir immer wieder frischen Proviant kaufen konnten und manchmal sogar günstige

Übernachtungsmöglichkeiten fanden. Unser Ziel war erstmal die Farm einer Bekannten Aizys, wo mich angeblich eine Überraschung erwarten sollte. Pah! Als gäbe es in dieser verrückten Welt nicht schon genug Überraschungen für mich. Ira vermutete zwar schon was die Magierin meinen könnte, doch sie musste versprechen es mir nicht zu sagen.

Die Abenddämmerung färbte den Himmel und die gesamte Umgebung wieder in einen rötlich goldenen Farbton, welcher nun jedoch immer mehr in ein dunkles Grün überging und ich war abermals erstaunt über dieses schattenweltliche Naturschauspiel. In meiner Welt konnten Sonnenuntergänge oder Sonnenaufgänge auch oftmals unterschiedlich und atemberaubend aussehen, aber dennoch fand ich sie in Obscuritas am schönsten.

Diesmal war kein Dorf in der Nähe wo wir übernachten hätten können, sodass wir unser Lager am Rande eines Waldes aufschlugen. Jeder von uns hatte eine kleine, zeltartige Überdachung und Aizy zauberte einige dieser Kissen-Blasen herbei, damit wir es auch bequem hatten. Ich versuchte zwar ebenfalls meinen Blasen-Zauber zu verbessern, doch auch wenn es mir mittlerweile gelang immer größere und schönere Blasen zu erschaffen, so wusste ich aus schmerzlicher Erfahrung, dass sie nicht bis zum nächsten Morgen halten würden.

Da wir den ganzen Tag lang unterwegs gewesen waren, verspürte ich eine große Müdigkeit in mir, aber aus irgendeinem unerfindlichen Grund konnte ich einfach nicht einschlafen. Es stellte sich jedoch schnell heraus, dass dies womöglich Schicksal gewesen sein musste, denn ich vernahm auf einmal ein leises Rascheln. Anfangs hielt ich es für den Wind oder ein vorbeihuschendes Tier, doch das beunruhigende Geräusch hörte nicht auf. Ganz im Gegenteil...

es kamen noch andere seltsame Laute hinzu, welche sich tatsächlich etwas tierisch anhörten.

Nun bekam ich es langsam mit der Angst zu tun und musste einfach einen Blick aus meinem Minizelt werfen. Sämtliche Geräusche waren jetzt verstummt, als hätte ich sie mir nur eingebildet. Ich ließ meinen Blick über die Gebüsche schweifen und plötzlich durchfuhr mich ein Schock! Mitten aus einem der dunkelroten Sträucher schienen mich zwei weiße, pupillenlose Augen anzustarren. In den ersten Momenten versuchte ich noch zwanghaft etwas anderes, natürliches in diesem Anblick zu erkennen. Vielleicht hatten mir meine eigenen Augen ja einen Streich gespielt. Doch ich wurde zweifellos aus dem Gebüsch heraus angeglotzt, sodass ich einen Schrei nicht mehr unterdrücken konnte. Ab genau diesem Augenblick ging alles drunter und drüber.

Hinter dem Gebüsch sprang plötzlich ein affenartiges Wesen hervor und lief auf mich zu. Es war unheimlich flink, sodass ich nur knapp dem ersten Hieb seiner scharfen Klauen entkommen konnte, wobei ich allerdings rückwärts auf mein kleines Zelt fiel. Ich hatte kaum Zeit über die Schmerzen des unglücklichen Sturzes nachzudenken, da das hässliche Monster bereits wieder zum Schlag ausholte. Meine Chancen seinem Angriff nun auszuweichen waren gleich Null. In meiner Brust hämmerte mein Herz wieder wie wild als ich dem Ungetüm in die bösartigen Augen schaute, aber etwas in mir war plötzlich anders als sonst. Trotz meiner Angst verspürte ich auch Mut und den unbändigen Willen meine Mission zum Wohle der beiden Parallelwelten fortführen zu können. Nein... Ich würde nicht sterben. Jedenfalls nicht hier und nicht jetzt!

Und ich hatte Recht. Kurz bevor seine Klauen mich erreichen konnten, flog das scheußliche Wesen in hohem Bogen durch die Luft, prallte an einen Baum, fiel zu Boden und stand auch nicht mehr auf. Ich sah wie Aizy mit ausgestrecktem Arm und entschlossenem Blick vor mir stand. Sie hatte dem Monster-Affen einen heftigen und gebündelten Windstoß verpasst, der ihn wie ein harter Schock getroffen haben musste. Erst jetzt bemerkte ich, dass noch viel mehr von diesen Biestern anwesend waren und uns angreifen wollten. Schnell stand ich auf und sah, dass auch Ira schon ihr breites, langes Schwert gezogen hatte. Meine beiden weiblichen Bodyguards machten ihren Job in der Tat sehr gut, denn nur wenige Sekunden nach meinem Schrei waren beide bereits hellwach und kampfbereit.

Die Situation sah allerdings nicht gut für uns aus. Wir waren komplett von diesen flinken Monstern umzingelt. Eine Flucht wäre uns jedoch sowieso nicht geglückt, da diese Biester offensichtlich schneller und agiler waren als wir. Sie liefen mal auf zwei Beinen und mal auf allen Vieren. Wirklich scharfe Klauen hatten sie jedoch nur an ihren Vorderpranken. Alles in allem waren sie eigentlich recht dürr und konnten kaum größer als eineinhalb Meter sein, aber ihre pupillenlosen Augen strahlten eine ungewöhnliche Bosheit und Intelligenz aus. Sie hatten auch ein fieses, grinsendes Maul, aus dem scharfe Zähne hervorblitzten und ihre Ohren waren ungewöhnlich lang und spitz. Sie trugen keine Waffen oder Panzerung, aber ihr Körper war komplett von zotteligem, graubraunem Fell überzogen und außerdem hatten sie einen langen und starken Schwanz, mit dem sich einige von ihnen an Äste hingen.

„Sieht nach einer Bande von wilden Baumkobolden aus", meinte Aizy: „Sie überfallen öfter mal Reisende, die sich in ihr Territorium verirren, aber wenn sie auf ernsten Widerstand stoßen, ergreifen sie für gewöhnlich die Flucht. Eigentlich sollte es uns nicht all zu schwer fallen sie zu vertreiben."

„Egal... je mehr wir von diesen Mistviechern erledigen, um so besser! Diese seelenlosen Möchtegerndämonen zählen nämlich nicht zu der Kategorie der Tiere", sagte Ira mit feurigem Blick. Sie brannte nun offensichtlich geradezu auf einen hitzigen Kampf, in dem sie sich mal austoben konnte.

Als hätte er sich herausgefordert gefühlt, sprang auch schon der nächste Baumkobold auf die Schwertkämpferin zu. Ich konnte gar nicht so schnell schauen wie Ira ihren schweren Zweihänder schwang und das Affen-Biest mit einer schweren Schnittwunde kreischend in einem Gebüsch landete.

„Es steht eins zu eins, Aizy", lächelte die Schwertkämpferin frech.

„Mach daraus bloß keinen Wettbewerb, junge Dame", gab die Magierin zurück und fegte gleichzeitig einen weiteren Angreifer mit einem magischen Windstoß weg.

Nun drangen immer mehr Baumkobolde auf uns ein und die beiden Kämpferinnen taten sich schwer alle abzuwehren. Ich hätte ihnen nur zu gerne mit dem Dunkelschwert beigestanden, doch ich wusste, dass Aizy mir das nicht erlauben würde. Plötzlich sprang eines der Monster, von einem Baum herab direkt vor meine Füße und drohte mich mit seinen Klauen zu verletzen. Ira und Aizy waren diesmal zu beschäftigt mit den Kobolden, welche sie ununterbrochen attackierten, sodass ich selber einen Ausweg aus meiner Lage suchen musste.

Mein Herz schlug mir bis zum Hals, als die gefährlichen Krallen des Ungetümes auf mich herabsanken. Ich schaffte es irgendwie auszuweichen, doch der zweite Angriff direkt danach streifte meinen Arm und hinterließ einen großen, schmerzenden Kratzer. Ich hatte keine Chance den Attacken dieser Biester auf Dauer zu entgehen und mit bloßen Händen konnte ich auch nichts gegen sie ausrichten. Nur ruhig Blut. Die Queste zu erfüllen, war das wichtigste und ich als Auserwählter des Schattens durfte darum nicht einfach so ins schattenweltliche Gras beißen. Das Monster setzte nun zu einem Sprungangriff an. Was sollte ich bloß tun? Ich richtete ihm beide Hände entgegen.

„Komm doch, du Scheusal! Ich hab keine Angst vor dir!", rief ich entschlossen. Es sprang mir mit einer unglaublichen Beschleunigung entgegen, doch ich wendete nicht den Blick ab und hielt ihm weiterhin meine ausgestreckten Hände entgegen. Im letzten Moment gelang es mir eine riesige Blase zu erzeugen, welche den Angriff des Kobolds abfing und ihn beim Platzen ein gutes Stück weit weg schleuderte. Ha! Das hatte er nun davon. Der würde sich nicht mehr so schnell mit dem Auserwählten anlegen. Mein neu gewonnenes Selbstvertrauen zerplatzte jedoch schneller als meine Magieblase vorher, denn das Mistvieh stand nicht nur wieder auf, sondern bekam auch noch von zwei weiteren seiner Artgenossen Verstärkung. Sie hatten mich nun in die Enge getrieben und mein Mut nahm stetig ab.

„Kjaaaaaaaa!", hörte ich plötzlich Iras Kampfschrei und da flogen auch schon alle drei Biester gleichzeitig durch die Luft. „Puh, so langsam wird es anstrengend...", keuchte die tapfere Schwertkämpferin.

Nun kam auch Aizy herbeigeeilt: „Alles in Ordnung, Flo?", fragte sie besorgt.

„Ja, mir geht es gut. Aber hast du nicht gesagt, die würden sich verziehen wenn man ihnen die Stirn bietet?"

„Ich weiß auch nicht was mit diesen Baumkobolden los ist", gab meine Magielehrerin zu: „Das Verhalten ist total untypisch für sie."

Ira mischte sich auch ein: „Außerdem sind sie viel ausdauernder als ich angenommen hatte. Viele von denen stehen einfach wieder auf und kämpfen weiter."

„Ich bezweifle so langsam, dass dies wirklich wilde Monster sind. Womöglich werden sie von Zabul kontrolliert und befehligt", meinte die kluge Magierin.

Nun waren wir wieder so weit wie am Anfang... umzingelt von duzenden, furchteinflößenden Möchtegern-Primaten. Aizy und Ira hatten einige Kratzer mehr abbekommen als ich und waren beide ziemlich außer Atem.

„Nur keine Panik, überlasst das mir...", gab Ira plötzlich mit einem selbstsicheren Lächeln an und holte ihr Schutzamulett hervor.

„Darauf hättest du aber echt früher kommen können!", fuhr ich sie wütend an.

„Hey, wir hatten doch unseren Spaß, oder?", lachte die Schwertkämpferin. Doch sie muss die entgeisterten Blicke von Aizy und mir bemerkt haben. „Ja ja, schon okay, hab verstanden... so was ist nicht witzig...", gestand sich Ira schmollend ein und hielt jetzt endlich das Amulett hoch in die Luft. Es begann hell zu funkeln und zu strahlen, woraufhin die Biester sofort inne hielten. Alle wichen zurück und kreischten als wäre ein Waldbrand ausgebrochen, doch da fing es plötzlich an im Wald zu rumpeln und zu knattern. Es dauerte nicht lange bis wir die Ursache dafür ausmachen konnten. Ein gepanzertes Goblinschwein kämpfte sich seinen Pfad durch das Wirrwarr aus Ästen und Büschen frei, welche ihm im Weg waren, bis es schließlich vor uns zum stehen kam. Als wäre das nicht schon schlimm genug, fing auf einmal auch noch ein schwarzer Stein, den das Biest um den, im Fett versinkenden Hals trug, an zu leuchten. Es war ein ein schmutziges, gräulich blaues Licht, das von diesem Talisman ausging.

„Oh nein!", schrie Ira plötzlich erschrocken: „Mein Amulett... es funkelt nicht mehr!"

„Was?!",rief ich geschockt. Doch sie hatte Recht. Das Schutzamulett verlor seinen Glanz in Gegenwart dieses finsteren Steines, den der dicke Goblin bei sich trug.

„Das ist gar nicht gut...", sagte Aizy in ernstem Ton: „Zabul scheint offensichtlich einen Zauber gefunden zu haben, welcher die Wirkung von Schutzamuletten annulliert. So was hat es bisher noch nie gegeben. Zabuls Macht ist mittlerweile mehr als nur beunruhigend."

Nun kamen die Monster wieder näher und zu allem Überfluss hatten sie jetzt ein fettes, gepanzertes Goblinschwein auf ihrer Seite. Letzteres hatte seine große Keule gezückt, deren Ende wie die stachlige Kugel eines Morgensternes aussah.

„Und was machen wir jetzt?", fragte ich in der Hoffnung auf ein paar geniale Geistesblitze meiner Mitstreiterinnen.

„Ich weiß es nicht...", sagte die Magierin mit todernster Stimme: „Wir sind alle übermüdet von der langen Reise und dem harten Kampf gegen die Baumkobolde. In diesem Zustand haben wir nicht den Hauch einer Chance gegen all diese Gegner zu bestehen." Aizy verstand es offensichtlich einem Mut zu machen. Da konnten wir uns auch gleich vor den Dicken stellen und ihn bitten die Sache möglichst schnell und schmerzlos zu beenden. Ich wusste in diesem Moment nicht mal ob ich noch Angst verspürte oder bereits mit dem Leben abgeschlossen hatte, als uns plötzlich einer der Baumkobolde angriff. Ira machte kurzen Prozess mit ihm, doch kurz darauf ging sie in die Knie. Die junge Schwertkämpferin war auch schon viel zu geschwächt von all den Strapazen.

„Wenn ich meine verbleibenden Kräfte bündle, kann ich uns vielleicht einige Meter weit von diesen Monstern weg teleportieren. Ihr beide müsst dann ohne mich fliehen!", meinte Aizy verzweifelt, während die Monster immer näher kamen und bereits ihre Krallen wetzten.

„Niemals!", rief ich empört: „Wir lassen dich nicht zurück! Außerdem würden uns diese flinken Biester sofort einholen..." Abermals sprangen uns zwei der Kobolde entgegen, die jedoch von Iras Klinge und Aizys Luftstoß zurückgeschlagen wurden. Die junge Schwertkämpferin keuchte nun noch heftiger und man merkte, dass sie ihr Limit erreicht hatte. Die Lage schien mehr als nur aussichtslos und ich ertrug es nicht meine beiden Freundinnen so erschöpft und mutlos zu sehen. Ich tat das einzige was mir in dieser Situation sinnvoll erschien... Ich griff zum Dunkelschwert.

Im Handgemenge der Kämpfe war aus unserem ordentlichen Rastplatz ein einziges Chaos geworden, in welchem all unsere Sachen und unser Proviant verstreut wurden. Das schwarze Schwert lag direkt neben mir, als würde es mich förmlich anbetteln es zu schwingen.

„Flo, tu das nicht!", sagte Aizy schon fast atemlos, da sie sich bereits wieder mit zwei angreifenden Kobolden herumschlagen musste. Doch ich war fest entschlossen nicht aufzugeben. Ira lag am Boden und konnte scheinbar nicht mal mehr aufstehen vor Erschöpfung, als sie von einem der Monster bedroht wurde. Nun war meine Zeit gekommen. Ich musste sie unbedingt beschützen und würde mich gleichzeitig für ihre Rettungsaktionen revanchieren.

„Haaaaaaaa!", brüllte ich laut während ich auf das kleine Ungetüm zu lief. Ich holte aus und...

Schmerz!

Mein Rücken... eines der Mistviecher hatte seine Klauen in meinen Rücken gerammt. Ich schrie auf und ging in die Knie. Der pochende Schmerz wurde nun immer schlimmer und ich hörte wie die Kreatur hinter mir scheußliche, kichernde Laute von sich gab. Zumindest schien der andere Kobold von Ira abzulassen, denn er kam jetzt auch in meine Richtung.

„Florian!", schrie Aizy und schleuderte den Monstern zwei letzte Luftstöße entgegen bevor sie ebenfalls zusammenbrach.

Jetzt war endgültig Schluss! Ich war zwar der Auserwählte, konnte es aber nicht mal mit einem blöden, mutierten Affen aufnehmen.

„Achte auf deine Emotionen...", vernahm ich nun innerlich eine Stimme. Es war eindeutig die Gestalt aus meinem Alptraum, welche ich nun wieder hörte. Aber sie hatte Recht. Auf keinen Fall durfte ich mich wieder gehen lassen, egal wie aussichtslos die Situation auch erschien. Ich stand auf und spürte nun wie feucht mein Hemd am Rücken bereits vom Blut meiner Wunde war. Krampfhaft versuchte ich nicht an den Schmerz zu denken, der mich immer noch quälte, sondern daran, dass ich eine Aufgabe zu erfüllen hatte. Ich musste auch plötzlich an meine Familie denken.

„Basti... wir werden uns wiedersehen!", sagte ich leise für mich: „Wir werden unsere Mission erfüllen!"

Nun stand der dicke Goblin vor der bewusstlosen Magierin und erhob langsam seine Riesenkeule. Hinter mir lag Ira, die ebenfalls weggetreten war. Um uns herum bereiteten sich die Baumkobolde auf ihren letzten Angriff vor. Ich tat es ihnen gleich. Plötzlich fühlte ich wie eine Person hinter mir stand und meinen rechten Arm mit dem Dunkelschwert lenkte. Es war als würden wir die Bewegungen gleichzeitig vollführen... Ich streckte meinen Arm weit zur Seite aus und konzentrierte mich. Schließlich spürte ich wie eine unbändige Energie mich und das Schwert durchströmte. Meine üblichen Kopfschmerzen waren ebenfalls wieder mit von der Partie. Dann drehte ich mich ein mal schwungvoll um meine eigene Achse und erzeugte eine kraftvolle, dunkle und kreisförmige Schockwelle, welche alle Monster auf einmal durchfuhr. Die Biester verfärbten sich schwarz und lösten sich anschließend in Rauch auf.

Dieser Angriff war so gewaltig gewesen, dass er sogar durch Bäume, Büsche und Steine drang und ich tatsächlich jeden einzelnen unserer Gegner erwischen konnte. Zu meinem Erstaunen waren aber alle Pflanzen und auch der Rest der Umgebung heil geblieben. Konnte das etwa einer dieser schwierigen magischen Angriffe gewesen sein, die selbst den besten Kampfmagiern nicht leicht fielen? Das war jetzt doch nicht ernsthaft mein Verdienst gewesen, oder? Nein, diese mysteriöse Präsenz... Ich stand nun zwar alleine inmitten des chaotischen Kampfplatzes, aber es war definitiv noch jemand hier gewesen. Die seltsame Person aus meinem Traum muss real gewesen sein, doch wo war sie nun und weshalb hatte sie mir geholfen?

Auf einmal spürte ich die rapide zunehmende Erschöpfung in mir und sank zu Boden. Die Nächte in Obscuritas erinnerten mich immer ein bisschen an die Lichtwelt, da die Unterschiede in der Dunkelheit nicht all zu sehr auffielen. Verträumt blinzelte ich noch ein paar mal in den dunkelvioletten Nachthimmel und meinte eine vermummte Gestalt in den Baumwipfeln stehen zu sehen. Eine Person mit dunkelblauen Augen und wehendem, langem, lilafarbenem Haar. Ach was... da war ja gar nichts... nur ein Hirngespinst... Schlaf... das war jetzt das Wichtigste... erholsamer Schlaf...

Es muss ungefähr Mittag gewesen sein, als ich aufwachte, denn die dunkelblaue Sonne der Schattenwelt stand bereits hoch am Himmel. Nur sehr langsam richtete ich mich auf, denn alles in meinem Kopf drehte sich, als hätte ich in der letzten Nacht eine Sauforgie veranstaltet. Auch mein Rücken schmerze sehr. Was war denn eigentlich geschehen? Mir blieb jedoch keine Zeit um über diese Frage nachzudenken, denn ich sah nun, wie eine grün gekleidete Person in unseren Sachen wühlte, welche überall verstreut lagen. Jetzt fiel mir plötzlich alles wieder ein! Wir hatten in der Nacht um unser Leben kämpfen müssen! Aizy und Ira lagen immer noch am Boden und schliefen. War diese Gestalt da vorne etwa auch ein Monster? Zur Sicherheit griff ich zum Dunkelschwert, das neben mir lag und schlich mich an den Plünderer heran. Er war scheinbar so vertieft in seine Machenschaften, dass er mich erst bemerkte, als ich die schwarze Klinge bereits auf ihn gerichtet hatte und rief:

„Hey du Schurke! Was hast du hier zu suchen?" Schlagartig drehte er sich um und ließ vor Schreck seine gesamte Beute fallen. Er hatte einiges von unserem Proviant klauen wollen und... Unterwäsche?! Waren das etwa Iras und Aizys Sachen in denen er gerade herumgeschnüffelt hatte? Scheinbar hatte ich es hier mit einem Perversling zu tun, der sogar Damenunterwäsche stehlen wollte.

„Oh nein, bitte tut mir nichts, edler Ritter. Habt Gnade mit einem armen, heimatlosen Streuner, der sich qualvoll seinen Weg durch diese ach so gefährliche und grausame Welt bahnen muss...", winselte der Fremde auf Knien. Er schien so verzweifelt, dass er schon gar nicht mehr aufhören konnte zu flehen und zu betteln, wobei er in seiner Wortwahl offensichtlich maßlos übertrieb. Genauer betrachtet war er wirklich ein seltsames Kerlchen, doch so arm sah er gar nicht aus. Er war nicht all zu groß und hatte... Arrrrgh! Plötzlich lag ich am Boden und spürte wieder den pochenden Schmerz der Wunde auf meinem Rücken. Irgendetwas hatte mir von hinten gegen die Beine geschlagen, sodass ich den Halt verloren hatte und umgefallen war. Nun sah ich auch schon, den Plünderer mit einigen Nahrungsmitteln und Kleidungsstücken abhauen. Er war unglaublich flink und außerdem begleitete ihn jetzt ein eben so schnelles, graubraunes Tier, das ich jedoch nicht mehr rechtzeitig identifizieren konnte.

Kurz nachdem ich meine beiden Begleiterinnen geweckt hatte, gebot uns Aizy ihr zu folgen. Wir liefen ein Weilchen am Waldrand entlang, bis wir schließlich einen kleinen Fluss erreichten.

„Perfekt! Hier werden wir uns schnell erholen können", sagte die Magierin.

Ich verstand bald was sie damit meinte, denn sie verlor keine Zeit und legte sofort los. Aizy begab sich knöcheltief ins Wasser und riet uns, es ihr gleich zu tun. Sie streckte ihre Hände seitlich aus und schloss ihre Augen. Kurz darauf fing das glasklare Wasser um sie herum an zu leuchten. Der

Radius des weiß glänzenden Lichtkreises breitete sich immer weiter aus, bis er auch Ira und mich erreicht hatte. Es war, als würden wir alle geradezu im Licht baden. Nun spürte ich plötzlich ein sehr wohliges Gefühl in mir aufsteigen. Ich konnte fühlen wie mein gesamter Körper von Energie durchflutet wurde und wie die Schmerzen der Wunde auf meinem Rücken nachließen. Eine kühle Frische durchdrang mich von unten bis oben und nach einigen Sekunden fühlte ich mich wie neu geboren, als hätte es gar keinen anstrengenden Kampf gegeben. Schließlich ließ das Leuchten nach und Aizy machte ihre Augen wieder auf.

„Wow! Das nenne ich mal eine gelungene Gruppenheilung!", rief Ira nun fröhlich: „Jetzt hätte ich nicht übel Lust ein paar Monstern in den Hintern zu treten... Was? Was ist?!", fragte sie mit gespielter Empörung, als sie unsere finsteren Blicke bemerkte. Das war wieder mal typisch Ira.

„Wie geht es deiner Verletzung am Rücken? Kann ich sie mir nochmal ansehen?", fragte mich Aizy besorgt.

„Eigentlich spüre ich jetzt keinen Schmerz mehr. Dein Heilzauber hat gut gewirkt", sagte ich, während die junge Magierin meinen Rücken untersuchte.

„Es war zum Glück nur ein Kratzer", lautete ihre Diagnose: „In der Tat ein ziemlich tiefer, aber dennoch nur ein Kratzer. Das hätte auch schlimmer ausgehen können, Florian", ermahnte sie mich mit ernster Stimme.

„Ich hatte keine andere Wahl, Aizy... Es war eine aller letzte Verzweiflungstat", rechtfertigte ich mich.

„So, jetzt aber raus mit der Sprache! Was genau ist eigentlich vorgefallen nachdem ich schändlicherweise weggetreten war?", wollte Ira endlich wissen. Das war das erste, was sie mich gefragt hatte nachdem sie wach war, doch

Aizy hatte darauf bestanden jegliche Gespräche zu verschieben und erst mal den Fluss in der Nähe aufzusuchen.

So erzählte ich den beiden Damen also, wie ich verzweifelt zum Dunkelschwert gegriffen hatte und mit Hilfe einer mysteriösen Person eine gewaltige Attacke vollführen konnte. Ich erwähnte in diesem Zusammenhang auch gleich, dass mir diese Gestalt schon mal in einem Traum erschienen war.

„Das klingt wirklich geheimnisvoll. Bist du sicher dass du dir diese Person nicht bloß eingebildet hast?", meinte Ira misstrauisch: „Wer weiß was alles in deinem Körper und deinem Geist vor sich geht wenn du so einen magischen Ausraster hast..." Ich musste zugeben, dass die junge Schwertkämpferin da gar nicht mal so unrecht hatte. Genau genommen wusste ich ja selber nicht mehr was ich denken sollte... es war einfach alles so kompliziert! Die schwere Queste, die ständige Angst vor Bedrohungen, all diese Legenden, Prophezeiungen, mystischen Wesen und sonstige unglaubliche Angelegenheiten... Ich hatte einfach keinen Durchblick mehr. Vor gut einem Monat war ich noch ein ganz gewöhnlicher Junge gewesen, der ab und zu seltsame Kopfschmerzen hatte, doch nun sollte ich gleich zwei Dimensionen auf einmal retten. Die Dinge schienen mir allmählich über den Kopf zu wachsen.

„Mach doch nicht so ein verzweifeltes Gesicht, Florian. Ich bin sicher, dass uns das weise Orakel der Siebenunddreißigsten Hauptstadt weiterhelfen kann", tröstete mich die Magierin.

Dann wollte Ira noch etwas wissen: „Ach ja, Aizy... Dieses dunkle Amulett, das der Goblin bei sich getragen hatte... Da steckte doch sicherlich noch mehr dahinter, oder?"

„Das hast du gut erkannt, Ira", bestätigte meine Magielehrerin.

„Ha! Mir kam es sofort seltsam vor, wie schnell sich plötzlich die Müdigkeit in meinem Körper ausbreitete. Trotz Schlafmangel und den Kämpfen gegen diese kleinen Kobolde hätte ich keinesfalls so schnell schlapp gemacht", gab die übermütige Schwertkämpferin mal wieder an.

Aizy erläuterte schließlich: „Mir wurde leider auch erst zu spät klar, dass dieser bösartige Talisman uns langsam aber sicher unsere Energie entzog. Zabul hätte uns beinahe getötet mit diesem Hinterhalt. Wir müssen echt vorsichtiger sein."

„Aber wieso konnte Loran so lange durchhalten? Ist das etwa wieder so ein Auserwählten-Privileg?"

„Da bin ich mir auch nicht sicher, aber es könnte in der Tat etwas mit seiner speziellen, inneren Kraft zu tun haben", vermutete Aizy. Nun sahen mich beide neugierig an, als erwarteten sie eine Stellungnahme meinerseits.

„Also ich... Ich finde wir sollten uns so langsam wieder auf den Weg machen", sagte ich nur, wobei mir allerdings beide zustimmten.

Wir waren gerade dabei unsere wichtigsten Sachen aus dem Chaos des Kampfplatzes herauszufischen, als mir plötzlich etwas einfiel: „Ich hab euch beiden ja noch gar nicht von dem Plünderer erzählt!"

„Was denn für ein Plünderer?", fragte Ira sofort neugierig.

„Nun ja... als ihr noch geschlafen habt, war ein seltsamer Kerl anwesend, der unsere verstreuten Sachen durchstöberte. Ich weiß nicht genau was er wollte, aber es schien als hätte er es hauptsächlich auf unseren Proviant und unsere Wechselkleidung abgesehen...", ich machte eine kleine Pause bevor ich weiter sprach: „...besonders auf eure."

„Wie bitte?!", unterbrach mich Ira schroff: „Der Perversling hat in meinen Sachen gewühlt?"

„Schon gut, beruhige dich...", versuchte ich ihr zorniges Gemüt zu besänftigen: „Das meiste hat er sowieso fallen gelassen, als ich ihn mit vorgehaltener Klinge zur Rede gestellt hatte. Der Fremde schien recht ängstlich gewesen zu sein, doch ich glaube, er ist gerissener, als er tut. Da mich irgendetwas umgeworfen hatte, konnte der Dieb mit einigen unserer Sachen fliehen."

„Nun ja, ich hoffe mal, dass er wirklich nichts Wichtiges mitgenommen hat", sagte Aizy: „Das bisschen Essen und ein paar Ersatzkleidungsstücke können wir sicherlich verschmerzen."

„Oh nein...", murmelte Ira leise: „Das kann nicht wahr sein..." Sie betastete sich selbst hastig am ganzen Körper, bevor sie sich plötzlich auf den Boden warf und wild ihre Sachen durchwühlte.

„Jetzt sag bitte nicht, dass du was Wertvolles verloren hast. Oder regst du dich etwa immer noch wegen der Unterwäsche auf, die der Typ mitgenommen hat?", fragte ich die Schwertkämpferin, welche immer panischer zu werden schien.

„Das darf einfach nicht wahr sein...", wiederholte sie und schaute auf einmal geistesabwesend in die Luft: „Mein Amulett...", sagte sie mit zitternder Stimme. Das war das erste mal, dass ich das sonst so mutige, energische und selbstsichere Mädchen weinen sah: „Mein Amulett ist weg..."

*Tiere – BRUMMSCHNABEL*

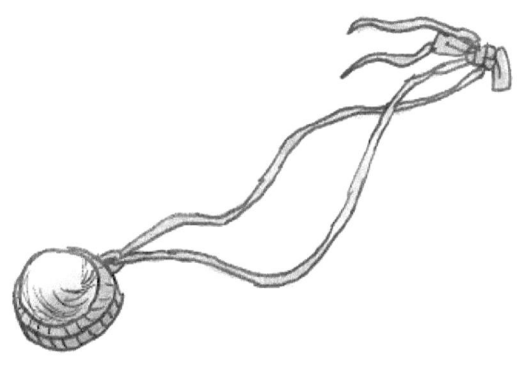

*Objekte – SCHUTZAMULETT*

*Objekte – DUNKLER TALISMAN*

# Die Suche nach dem Schützen-Elf

Ira war schon eine ganze Weile lang stumm und in Gedanken versunken. Mal sah sie einfach nur traurig aus und mal knirschte sie vor Wut mit den Zähnen. Ich war davon überzeugt, dass jeder, der ihr nun blöd kommen würde, auf qualvolle Weise sein Leben lassen müsste, besonders wenn es ein zwielichtiger Unterwäscheräuber wäre. Wir hatten den gesamten Rastplatz auf den Kopf gestellt um womöglich doch noch das Schutzamulett zu finden, aber Ira meinte, dass es sowieso keinen Zweck habe. Sie trug ihr Amulett immer bei sich und würde es niemals ablegen oder gar verlieren. Für sie bestand kein Zweifel daran, dass der mysteriöse Dieb es hatte mitgehen lassen. Nun war es bereits Abend und wir liefen einen endlos erscheinenden Feldweg entlang. Links und Rechts neben uns erhoben sich seltsam aussehende Sträucher, auf denen große, grüne Beeren wuchsen.

„Ira, lass den Kopf nicht hängen", sagte Aizy mitfühlend: „Ich weiß dass es nur noch wenige Amulettschmiede in Obscuritas gibt, aber vielleicht finden wir auf unserer Reise ja doch einen, der dir deinen Verlust ersetzen kann."

„Nein... niemand wird mir diesen Verlust jemals ersetzen können!", meinte die Schwertkämpferin mutlos: „Es war nicht nur ein gewöhnliches Schutzamulett für mich, sondern noch etwas viel wertvolleres."

„Ich verstehe... Es hängen sicherlich viele Erinnerungen an diesem Amulett, oder?", fragte Aizy.

„Ja... Jemand ganz besonderes hat es mir gegeben." Nun hatte Ira wieder einen abgrundtief traurigen Blick. Ich hätte nur zu gerne gewusst wer diese besondere Person gewesen sein mochte, aber ich traute mich nicht sie zu fragen. Das arme Mädchen so traurig zu sehen hielt ich jedoch auch nicht mehr aus.

„Also wirklich, jetzt reiß dich mal etwas zusammen!", sagte ich zunächst etwas barsch um sie wach zu rütteln: „Dein Schutzamulett ist noch lange nicht verloren. Es wird ja wohl irgendeine Möglichkeit geben in dieser ach so tollen, magischen Welt seine gestohlenen Wertgegenstände wiederzufinden, oder?"

Ira sagte nichts dazu, doch Aizy meinte: „Ganz so leicht ist das nicht. Der Langfinger ist sicher bereits über alle Berge. Er könnte sich sonst wo verstecken und wer weiß, ob er seine Beute nicht schon längst verkauft hat. Ich will jetzt zwar nicht die Pessimistin spielen, aber in solchen Fällen gibt es leider kaum noch Hoffnung sein Hab und Gut wiederzusehen."

Das klang in der Tat nicht sehr aufmunternd, doch beim Anblick Iras trauriger Augen, konnte ich einfach nicht aufgeben: „Das ist mir egal! Ira bedeutet das Ding anscheinend sehr viel und abgesehen davon ist es auch von unheimlich großem Nutzen, oder? Irgendeinen Weg werden wir schon finden, das Amulett wiederzubekommen, das verspreche ich dir, Ira!"

Nun sah mich die Schwertkämpferin mit großen Augen an. Ich hatte selber keine Ahnung, weshalb ich mir da so sicher war, doch ein inneres Gefühl sagte mir, dass das Schmuckstück der Schwertkämpferin noch nicht ganz verloren war.

„Na schön, dann sag uns doch erst mal genau, wie dieser Dieb überhaupt aussah", wollte Aizy schließlich wissen.

„Der Typ war etwa so groß wie Ira und ich. Er trug grüne Kleidung, nur die Hose war braun. Sein Hemd hatte keine Ärmel. Das auffälligste jedoch waren seine langen, hellgrünen Haare, seine markanten, hellblauen Augen und seine großen, spitz zulaufenden Ohren."

„Was?!", rief Aizy plötzlich, während sie sich überrascht die Hand vor den Mund hielt. „Das klingt ja ganz nach einem Elf!"

„Unerhört!", meinte Ira: „Immer tun sie so, als seien sie was besseres, doch in Wahrheit befinden sich unter ihnen die schlimmsten Schurken."

Ich musste jedoch noch etwas loswerden: „Moment mal, da ist noch mehr! Ich sah, dass ihn ein komisches, graubraunes Tier begleitete. Leider konnte ich nicht mehr erkennen um was genau es sich dabei handelte. Außerdem fiel mir auf, dass er einen großen Bogen und einen Köcher am Rücken trug."

„Natürlich ein Schütze. Das ist der beliebteste Beruf bei männlichen Elfen", erklärte die kluge Magierin: „Nur auf das Tier kann ich mir keinen Reim bilden. Außerdem ist es wirklich ungewöhnlich einen Schützen-Elf in diesem Gebiet zu treffen. Noch seltsamer ist es jedoch, dass er so kriminell handelt, denn das Volk der Elfen ist bekannt für seine Vernunft und Weisheit. Ihre Städte haben die niedrigsten Verbrecherraten in ganz Obscuritas und nur sehr selten muss sich ein Elf vor Gericht verantworten."

„Wenn er so was besonderes ist, dann können wir ihn vielleicht sogar profitabel an den Tier-Zoo verkaufen. Wir sagen einfach er gehört zu einer seltenen Art. Nein, besser noch... wir verkaufen ihn gleich an den Monster-Zoo!", sagte Ira zynisch.

Aizy schien sie allerdings einfach zu ignorieren: „Sie sind wahrlich ein besonderes aber auch ein geheimnisvolles und zurückhaltendes Volk."

„Ja... die schlimmsten von allen! Keiner traut ihnen etwas Böses zu, sodass sie tun und lassen können was sie wollen. Dass es so wenige von ihnen auf der Welt gibt und dass sie sich meistens von anderen Völkern isolieren, macht sie auch nicht vertrauenswürdiger."

Die beiden Damen hatten offensichtlich sehr unterschiedliche Meinungen von Elfen. Ich für meinen Teil ärgerte mich darüber, dass ich nicht gleich erkannt hatte, dass der Unterwäschefetischist ein Elf war. In Sagen und Legenden hatte ich schon so viel über sie gelesen, doch als einer vor mir gestanden war, hatte ich es nicht mal bemerkt.

„Mich würde es nicht wundern wenn das Vieh bei ihm einer dieser miesen Baumkobolde war", sagte Ira in giftigem Ton.

Doch ich musste ihr widersprechen: „Die Farbe des Tieres, war zwar ähnlich, doch ich glaube es war größer."

Dann meinte Aizy schließlich: „Also gut... Wir werden schon bald die Stadt erreicht haben, die unserem Ziel am nächsten ist. Dort können wir erstmal übernachten und am nächsten Tag werden wir uns etwas umhören. Einen Schützen-Elf in Begleitung eines Tieres müsste man relativ schnell ausfindig machen können, falls er zufälligerweise auch die nächste Stadt aufgesucht haben sollte."

Wie Aizy versprochen hatte erreichten wir schon bald die – unter der offiziellen Bezeichnung bekannte – Hunderteinundzwanzigste Stadt des Elften Königreiches Tizerius. Ich fragte mich innerlich wie die Leute der Schattenwelt es nur mit solchen verrückten Städtenamen aushalten konnten. Als Kurzform war zwar nur die Bezeichnung *Hunderteinundzwanzigste* gebräuchlich, doch meiner Meinung nach war das auch nicht passender für eine Stadt. Womöglich war ich allerdings auch einfach bloß zu sehr an unser lichtweltliches System gewöhnt. Zum Glück fanden wir eine verhältnismäßig günstige Unterkunft, wo es sogar kostenlos Frühstück am nächsten Morgen geben würde. Leider mussten wir dafür unser letztes bisschen Geld hergeben. Das meiste davon hatte wohl der perverse Elf gefunden. Genau genommen hatten wir sogar Glück, dass Aizy immer ein paar sprichwörtliche Notgroschen bei sich trug. Sie meinte jedoch, dass wir den Rest des Weges auch ohne Geld bestehen könnten, sodass ich mir keine weiteren Gedanken um unsere finanziellen Probleme machte. Am nächsten morgen frühstückten wir schnell, wobei ich das Essen wiedermal mit Gewalt runterwürgen musste. Anschließend begaben wir uns zum zentralen Marktplatz, den besten Ort um Informationen jeglicher Art zu beschaffen. Eine Berühmtheit schien der diebische Elf hier schon mal nicht zu sein, denn selbst nach stundenlanger Spurensuche und duzenden Bitten um Auskunft über die gesuchte Person, blieben wir erfolglos.

„Womöglich ist er doch nicht in die Stadt gegangen", vermutete Aizy: „Ich befürchte fast, dass er entweder einen eigenen Unterschlupf hat, oder aber sich in einem der umliegenden Dörfer versteckt hält. Die Chancen ihn zu finden sind scheinbar nach wie vor zu gering. Es tut mir echt Leid, Ira..." Die Schwertkämpferin seufzte bloß und sah gedankenverloren zu Boden.

„Jetzt urteilt doch nicht gleich so vorschnell!", versuchte ich die Stimmung wieder zu heben: „Wir haben den zentralen Marktplatz und seine nähere Umgebung abgeklappert und keine Hinweise gefunden, aber das heißt doch nicht, dass er wo anders sein muss. Es wäre nur logisch, wenn ein Dieb seine Beute in einer Stadt wie dieser verkaufen wollte, doch das macht er vielleicht in weniger öffentlichen Vierteln, oder gar in irgendwelchen Seitengassen. Wir müssen einfach die richtigen Leute nach Auskunft fragen."

„Ach lass gut sein, Loran...", meinte Ira wehmütig: „Ich weiß deine Mühe zu schätzen, aber Aizy hat recht. Unsere Chancen sind einfach zu gering. Außerdem müssen wir bald weiter. Wir können nicht ewig nach meinem Amulett suchen..." Die allgemeine Motivation schien nun im Keller zu sein. Ich hatte innerlich immer noch den starken Willen weiter zu suchen um Ira wieder glücklich zu machen, doch mir gingen die Ideen und Argumente aus.

Gerade als wir kurz davor waren aufzugeben, hörte man laute Schellen- und Glockentöne. Nach kurzer Zeit wussten wir auch woher sie stammten. Es kam nämlich ein bunt gekleideter Mann die Straße entlang, welcher mit seinen Instrumenten diesen Krach verursachte. Scheinbar machte man auf diese Weise Werbung in Obscuritas, denn der Mann rief zwischendurch immer den selben Text:

„Besucht den Monster-Zoo! Besucht ihn noch heute und staunt über all die gefährlichen Attraktionen. Bewundert unser neuestes Monster, eine bösartige Erdechse. Gerade heute eingetroffen. Erzittert vor dem graubraunen Ungetüm! Besucht den Monster- Zoo noch heute..."

Es gab hier also tatsächlich einen Monster-Zoo. Aber viel wichtiger noch... hatte er 'graubraunes Ungetüm' gesagt? Ich war mir zwar nicht ganz sicher, doch mein Bauchgefühl verriet mir, dass dies genau der Hinweis war, nach dem wir gesucht hatten. Es dauerte zwar eine Weile bis ich Aizy überreden konnte zum Monster-Zoo zu gehen, doch letztendlich konnte sie nicht anders, als dem Auserwählten seinen Wunsch zu gewähren.

„Aber das ist jetzt der letzte Versuch, Florian!", ermahnte sie mich: „Wenn dieses graubraune Monster uns auch nicht auf die richtige Spur führt, dann müssen wir echt weiter reisen."

Ich verließ mich jedoch ganz auf mein inneres Gefühl. Da wir kein Geld hatten um den Eintritt zu bezahlen, forderten wir zumindest ein Gespräch mit dem Zoo-Direktor. Dieser hielt uns offensichtlich für skeptische Kunden und machte ordentlich Werbung für den unglaublich faszinierenden Zoo. Er gab uns sogar ganz bereitwillig Informationen über den gutherzigen Spender, des neuesten Monsters, welches gerade heute zum ersten mal gezeigt wurde. Erst am Abend davor war der Hauptmann der Wachen zu ihm gegangen und hatte ihm die gefährliche Echse überlassen, die er höchstpersönlich gezähmt hatte. Es war also klar, wer unser nächstes Ziel sein würde, auf der Suche nach Iras Schutzammulett... der spendable Hauptmann Dorozin!

Wir erfuhren, dass sich der Hauptmann um diese Zeit für gewöhnlich im örtlichen Gefängnis aufhielt um nach dem Rechten zu sehen, also begaben wir uns ebenfalls dorthin. Von außen sah es wie ein gewöhnliches, großes Gebäude aus, das keine Verzierungen oder Ornamente und nur sehr wenige und kleine Fenster aufwies. Innen war es jedoch geschmückt mit vielen verschiedenen bunten Handarbeiten, die mich stark an diese komischen Dinger aus der Lichtwelt erinnerten, die man Traumfänger nannte.

„Das sind magische Siegel, die den Einsatz von schwarzer Magie unterbinden", erklärte Aizy: „Solche Siegel sind schwer zu erschaffen und werden nicht überall verwendet. Die meisten Gefängnisse besitzen jedoch welche, da Schwarzmagie in diesen Gebäuden strengstens verboten ist. Die Gründe dafür liegen ja auf der Hand, denn es werden oft auch Verbrecher eingesperrt, die sich gut mit Angriffs-Zaubern auskennen."

„Heißt das, du kannst hier auch keine Magie einsetzen?", fragte ich.

„Weißmagie schon, also beispielsweise Heilzauber. Elementarangriffe, wie meinen Luftstoß oder auch sonstige magische Beeinflussungen, wie zum Beispiel Levitationszauber oder Teleportation kann jedoch auch ich hier nicht verwenden. Die Zellen an sich sind sogar nochmal speziell versiegelt. Du siehst also, was für enorme Sicherheitsvorkehrungen hier getroffen werden. Die einzige Möglichkeit in einem Gefängnis Schwarzmagie einsetzen zu können, ist durch besondere, magische Abzeichen, welche die Wirkung der Siegel aufheben. Sie dürfen aber meist nur von höherrangigen Wachleuten getragen werden."

Nun ließ sich endlich der Hauptmann blicken. Er war ein richtiger Bär... groß, muskulös, Arme wie Baumstämme und außerdem – als hätte er es nötig gehabt – verlieh im die stramme Uniform noch zusätzlichen, autoritären Ausdruck. Sein Gesicht war kantig, doch von einem zwielichtigen Lächeln erfüllt, welches seine kleinen, stechenden Augen noch unterstrich. Der Kerl war mir auf Anhieb unsympathisch.

„Seid gegrüßt meine edlen Damen und auch der junge Herr. Ich bin Hauptmann Dorozin. Was ist euer Begehr?" Na zumindest schien er höflich zu sein.

„Seid ebenso gegrüßt, werter Hauptmann. Ich bin Weißmagierin Aizylef und das neben mir sind meine Begleiter Ira und Loran." Hatte sie mich etwa gerade bei diesem komischen schattenweltlichen Namen genannt?! Nun ja, vermutlich wollte sie die Dinge für den Hauptmann nicht noch komplizierter erscheinen lassen, als sie es ohnehin schon waren. Aizy fuhr fort: „Wir hätten gerne eine Auskunft, ehrenwerter Hauptmann. Uns ist zu Ohren gekommen, dass Ihr eine bösartige Bestie gezähmt und dem Zoo gespendet habt..."

„Oh, das war in der Tat nicht ganz leicht, Ihr müsst nämlich wissen, dass...", unterbrach er Aizy plötzlich. Soviel also zum Thema Höflichkeit.

Doch die junge Magierin lenkte das Gespräch sofort wieder in die richtige Richtung: „Ich bin davon überzeugt, dass Ihr heldenhaft gehandelt habt, doch unser eigentliches Interesse liegt wo anders. Ihr wisst nicht zufälligerweise ob sich ein grünhaariger Schützen-Elf in der Nähe befunden hatte, als ihr das Monster gefangen habt, ehrenwerter Hauptmann?"

Nun sah der bärenhafte Mann recht überrascht aus. „Ein grünhaariger Elf sagt Ihr? Habt ihr denn etwas mit ihm zu schaffen?"

Das war es! Jackpot! Er hatte den Elf also auch getroffen und wir waren auf der richtigen Spur. Mit ein wenig Glück würden wir Iras Amulett schon bald wieder haben.

„Wo ist er?!", brach es plötzlich aus der Schwertkämpferin heraus: „Ihr habt ihn doch gesehen, oder? Wo versteckt sich dieser miese Dieb?!"

Ich machte mir schon Sorgen wegen ihrer Unhöflichkeit, doch Dorozin ließ sich nicht von ihrem Temperament beeindrucken: „Oh, mir scheint, als habt ihr tatsächlich auf die eine oder andere Weise etwas mit ihm zu schaffen. Seid ihr Opfer des Langfingers geworden? Wenn ihr wollt, kann ich euch das Diebesgut zeigen, welches wir ihm abgenommen haben", bot er uns an.

„Das wäre uns wirklich eine große Hilfe", gab Aizy zu.

„Nun gut, doch zuerst müsst ihr mir verraten was genau ihr verloren habt."

„Er hat uns hauptsächlich Proviant, Geld und Kleidung gestohlen. Leider war auch ein Gegenstand von großem persönlichen Wert dabei", erklärte die Magierin vorsichtig. Sie wollte das Amulett scheinbar noch nicht direkt erwähnen.

Hauptmann Dorozin führte uns in einen großen Raum voller verschlossener Schränke. Einen von ihnen schloss er für uns auf, sodass wir einen Blick hineinwerfen konnten. Als erstes fielen mir sofort der große Bogen und der Köcher auf. Dies war eindeutig der Spind unseres gesuchten Diebes... oder zumindest der Ort wo seine Sachen aufbewahrt wurden. Nun wurde es spannend. War hier möglicherweise auch das Schutzamulett gelagert?

„Das gibt es ja nicht...", staunte Ira, während sie mit den Zähnen knirschte: „Der hat tatsächlich meine Unterwäsche mitgenommen." Die Schwertkämpferin lief rot an und auch Aizy konnte einige ihrer Kleidungsstücke identifizieren. Das einzige was er von mir mitgenommen hatte – ein dunkelgrünes Ersatzhemd – war aber leider nicht mehr unter seinem Diebesgut.

„Einige der Dinge hat er sicher schon verkauft. Essen oder Geld haben wir auch keines bei ihm gefunden", erklärte der Hauptmann: „Die Sachen, die ihr wiedererkannt habt kann ich euch ohne weiteres mitnehmen lassen. Ich hoffe doch, dass dieses wichtige, persönliche Wertstück ebenfalls dabei ist", sagte der neugierige Mann mit fragendem Unterton.

„Leider nein...", meinte Ira traurig.

„Wie sieht dieser Gegenstand denn genau aus? Wenn ihr ihn beschreibt, könnte ich eventuell danach suchen lassen."

Aizy antwortete schnell: „Darauf wollen wir nicht näher eingehen, da es eine persönliche Angelegenheit ist, ehrenwerter Hauptmann. Aber wenn Ihr schon all seine Sachen hier aufbewahrt... Befindet sich der Elf dann nicht auch höchstpersönlich hier in einer der Zellen?"

„Oho, ich verstehe worauf Ihr hinaus wollt, edle Magierin, doch ich befürchte, dass ich keine Fremden zu ihm lassen darf", sagte Dorozin mit gespieltem Mitgefühl.

Doch Aizy ließ nicht locker: „Da wir seine Opfer sind, haben wir sicherlich das Recht ihn persönlich zur Rede zu stellen. So eine große Sache ist das doch nicht." Die junge Magierin klang nun schon fast übertrieben lieblich, bei dieser Bitte. Der stämmige Hauptmann willigte schließlich ein, allerdings nur unter der Bedingung dem Gespräch beiwohnen zu dürfen.

Wir wurden in den äußeren Gefängnistrakt geführt, wo die schwächeren Verbrecher und Kleinkriminelle eingesperrt waren. Dann hielten wir vor einer der Zellen.

„Das ist er!", sagte ich: „Das ist der Typ, der in unseren Sachen gewühlt hat!" Er sah zwar etwas mitgenommen aus und hatte ein blaues Auge, doch eine Verwechslung war ausgeschlossen. Sofort erhob sich der Elf von seiner Liege und starte uns verwundert an.

„Ist das denn möglich...", staunte er: „Da ist ja mein neuer Freund! Ihr seid sicherlich gekommen, um für mich zu bürgen und mich hier rauszuholen, nicht wahr edler Ritter?"

Ich hatte nicht den Hauch einer Ahnung wie um alles in der Welt dieser Verrückte plötzlich auf so was kam, doch als er sich dem Gitter näherte fuhr ihm auch schon eine Hand entgegen, die ihn am Kragen packte und ordentlich durchschüttelte.

„Du kleine, perverse Elfen-Ratte!", schrie Ira den völlig überrumpelten Insassen an: „Ich werde dir alle Knochen einzeln brechen! Sag mir jetzt auf der Stelle..."

„Ira, es reicht!", stoppte Aizy die wütende Schwertkämpferin. „Lass ihn los und übe dich in Selbstbeherrschung!" Man konnte Ira ansehen, dass sie sich wirklich bemühen musste um sich zurückhalten zu können, doch sie gab keine Widerworte.

Der Gefangene hatte sich nun wieder gefasst und sprach: „Nun gut, es gehört sich, dass ich mich erst mal vorstelle... Mein Name ist Falklaf Minorus Finn. Ihr dürft mich aber auch einfach Falk nennen."

„Ganz wie Ihr wünscht, Falk. Ihr seid nicht zufälligerweise bereit uns über den Verbleib unserer Habseligkeiten aufzuklären, welche nicht konfisziert werden konnten?", fragte Aizy und sah dem Elfen mit strengem Blick in die Augen.

Dieser fixierte die Magierin ebenso und antwortete ruhig: „Es tut mir wirklich Leid, meine Dame, doch in meiner gegenwärtigen Lage ist es mir unmöglich Euch weiter zu helfen, selbst wenn ich es wollte." Wie meinte er das nun schon wieder? Dieser komische Vogel war mir ein Rätsel.

„Womöglich fiele Euch ja wieder etwas ein, wenn ich Eure Verletzungen heile. Ich bin nämlich Weißmagierin, müsst Ihr wissen." Was?! Nun wollte Aizy diesen Gauner auch noch verarzten? Ich verstand die Welt nicht mehr. Ira schien sogar noch verwirrter zu sein, doch sie riss sich zusammen. „Es ist doch in Ordnung, wenn ich meiner Berufung als Heilerin nachgehe, oder?", fragte sie Dorozin, der nur still im Hintergrund stand: „Es ist ja nur simple Weißmagie, werter Hauptmann." Dieser nickte lediglich und ließ Aizy fortfahren.

Sie schob ihre rechte Hand durch die Gitterstäbe hindurch und legte sie dem Gefangenen auf das geschwollene Auge. Dann konzentrierte sich die

Magierin. Man konnte ab und zu ein schwaches Leuchten unter der Hand erkennen und schon bald sah man wie sich der Elf immer mehr entspannte. Die Prozedur dauerte ein Weilchen, doch als Aizy ihr Werk vollendet hatte, sah Falk wie neugeboren aus. Keine Einzige Schramme war mehr zu sehen und das blaue Auge war ebenfalls verheilt.

„Ich danke Euch für Eure Güte, edle Magierin. Mir geht es in der Tat schon viel besser, doch bedauerlicherweise erinnere ich mich immer noch nicht an den Verbleib eurer restlichen Habseligkeiten."

„So war diese Visite, also leider umsonst...", meinte die junge Magierin traurig: „Ira, Loran... Lasst uns nun gehen." Irgendetwas war komisch an der gesamten Situation. Was ging hier nur vor sich? Führte Aizy etwas bestimmtes im Schilde?

Ira wollte nun scheinbar nicht mehr schweigen: „Aber wieso...", fing sie an zu protestieren und wurde nun zum zweiten mal von der Magierin ermahnt:

„Lass es gut sein! Wir haben es zumindest versucht." Hauptmann Dorozin begleitete uns wieder nach draußen und heuchelte Mitgefühl über den gescheiterten Versuch Informationen aus dem Gefangenen zu entlocken. Er meinte auch, wir könnten uns jederzeit an ihn wenden, wenn wir doch noch weiter nach dem verlorenen Wertgegenstand suchen wollten. Als Ira unterwegs lauthals ihre Verwirrung über die gesamte Angelegenheit beichtete und ihrer Wut auf den diebischen Elf Ausdruck verlieh, meinte Aizy nur:

„Ich werde euch gleich alles erklären. Aber bereitet euch schon mal auf eine lange Nacht vor..."

*Charaktere – HAUPTMANN DOROZIN*

## Die Befreiungsaktion

Die Sonne war schon lange untergegangen und es war stockfinster. Nur vom düsteren, orangefarbenen Mond der Schattenwelt her fiel schwaches, schummriges Licht. Auf den Straßen war keine Menschenseele zu sehen und es herrschte überall Stille, bis auf die Laute der nachtaktiven Monster, die sich auf der anderen Seite der Mauer befanden, über die wir nun irgendwie rüber mussten. Aizy hatte uns erklärt, dass wir den gefangenen Elfen befreien mussten, wenn wir das Amulett zurück haben wollten. Genau wie mir war ihr der Hauptmann ebenfalls von Anfang an suspekt gewesen. Die kluge Magierin hatte alles mögliche unternommen, um ihn aus unseren Angelegenheiten rauszuhalten. Die Heilung des Elfen war lediglich ein Vorwand gewesen, um eine besondere, jedoch komplizierte Form der Telepathie anwenden zu können.

'Gedankenübertragung funktioniert für gewöhnlich nicht einfach so', hatte Aizy erklärt: 'Meistens brauch man dazu magische Verstärker, wie zum Beispiel die Steinperle im unteren Geschoss des Tempels unseres Dorfes. Außerdem kommt noch hinzu, dass die speziellen Zellensiegel keine Telepathie erlauben, obwohl dies nicht mal zur Schwarzmagie gehört.'

Die gerissene Magierin hatte es jedoch geschafft diesen Siegelzauber zu umgehen, indem sie Falk mit ihrer Hand durch das Gitter hindurch berührt hatte. Laut Aizy war die Gedankenübertragung trotzdem nicht all zu deutlich gewesen, sodass sie nicht sonderlich viel aus dem spitzohrigen Insassen herausbekommen konnte. Einige Dinge hatte sie zum Glück dennoch erfahren.

Die Wachleute der Hunderteinundzwanzigsten Stadt – allen voran Dorozin – waren scheinbar ziemlich korrupt. Unser Gefühl hatte uns also nicht getäuscht. Des weiteren handelte es sich bei dem schrecklichen neuen Monster im Zoo tatsächlich um einen Freund des Elfen – wie auch immer man sich mit einem Monster überhaupt anfreunden konnte. Angeblich könnte es uns Helfen, ihn aus dem Gefängnis zu befreien und als Gegenleistung würde Falk uns verraten, wo sich das Schutzamulett befand. Der Plan war also klar. Doch zunächst mussten wir den Freund des Elfen aus seiner Gefangenschaft befreien.

'Jemanden aus dem Monster-Zoo zu schmuggeln, ist zumindest leichter, als jemanden aus dem Gefängnis zu holen', hatte Aizy gemeint. Ich wunderte mich mittlerweile zwar selber über all die Umstände, welche wir wegen dieses Amuletts auf uns nahmen, aber wer so weit gegangen war, musste auch weiter gehen. Besonders die sonst so fromme Weißmagierin hatte mich mit ihrem kriminellen Genie überrascht, immerhin waren es gleich zwei Verbrechen auf einmal, die wir hier geplant hatten.

„Ich werde uns drei nun über die Mauer schweben lassen", sagte Aizy, als wäre nichts dabei. Doch für die geübte Magierin war es in der Tat nicht all zu schwer, uns heil auf die andere Seite zu bringen. Ich erinnerte mich daran, dass sogar ich es mal geschafft hatte, mich in unglaubliche Höhen zu bringen, doch nach diesem Vorfall war mir dies nie wieder gelungen. „Denkt dran...", warnte uns Aizy: „Wir müssen leise, unauffällig und schnell handeln. Es ist höchste Vorsicht geboten, denn auch im Monster-Zoo gibt es Nachtwachen."

Wir machten uns sogleich auf die Suche nach der neuen, graubraunen Bestie. Als ich mich so umsah, fiel mir auf wie ähnlich dieser Zoo doch der gleichnamigen, lichtweltlichen Einrichtung war. Es gab jede Menge umzäunte Gehege und auch Käfige, in welchen die verschiedensten Pflanzen wuchsen. Einige der Monster schienen zu schlafen, oder waren gar nicht zu finden, andere waren jedoch hellwach und ließen ab und zu ungewöhnliche Laute erklingen. Es war unfassbar, was ich alles zu hören und zu sehen bekam. Viele der Biester wiesen Ähnlichkeiten zu gewissen Tieren in meiner Welt auf, oder kamen mir teilweise sogar wie Kreuzungen aus verschiedenen Arten vor. Es gab jedoch auch Monster, die mir völlig fremd erschienen, wie zum Beispiel ein pechschwarzes, rundliches Wesen, welches nur einen einzigen, leuchtenden Punkt an sich hatte, der immer wieder die Farbe wechselte und mich zu verfolgen schien.

„Das ist ein sogenannter Schattenwandler", erläuterte Aizy, unser menschliches Lexikon: „Sollte dir mal auffallen, dass dein Schatten zu dunkel für die Lichtverhältnisse ist und irgendwo einen leuchtenden Punkt aufweist, dann lauf so schnell es geht. Diese Monster können sich nämlich unheimlich flach machen und dabei jegliche Form annehmen. Sie tarnen sich gerne als Schatten anderer Wesen und saugen ihnen langsam aber stetig die Energie aus. Schattenwandler sind nicht sehr schnell und können nicht springen. Außerdem können sie nicht über zu tiefes Wasser, weil sie sonst ertrinken würden. Daher ist ihr Gehege von einem Wassergraben umgeben." Tatsächlich... nun fiel es mir auch auf. Kein Gehege, außer das der Schattenwandler, war von Wasser umschlossen.

„Oh nein... Das ist der Grund weshalb ich diese Monster-Zoos nicht ausstehen kann...", sagte Aizy bedrückt, als wir gerade an einem großen, überdachten Käfig vorbeikamen. Ich warf einen Blick hinein und musste wiedermal staunen. Drinnen saß zusammengekauert ein Wesen mit menschlichen Proportionen und langem, rotem Haar, doch ansonsten war es über und über mit hellen Federn bedeckt. Außerdem hatte es statt Füßen Klauen, zwei große Flügel auf dem Rücken und einen zierlichen Schnabel im Gesicht.

„Was ist das, Aizy?", musste ich sie einfach fragen.

Die Magierin wendete ihren mitleiderfüllten Blick nicht von dem geflügelten Wesen ab, doch sie antwortete: „Das ist eine Harpinsonia. Sie fällt keineswegs in die Kategorie der Monster. Viel eher gehört sie zu den Geschöpfen, welche zwischen Mensch und Tier einzuordnen wären. Es ist einfach eine Ungeheuerlichkeit, so ein edles Wesen hier im Monster-Zoo einzusperren!" Jetzt sah Aizy richtig verärgert aus.

Auch Ira starrte mittlerweile gebannt auf die Harpinsonia: „Seht euch mal ihre Augen an...", sagte die junge Schwertkämpferin mitfühlend: „Das sind wahrlich nicht die Augen eines Monsters..." Und sie hatte recht damit. Das gefangene Geschöpf hatte sehr menschliche Augen und im Moment waren sie erfüllt von tiefer Trauer und Trostlosigkeit. Diese Harpinsonia glich eher einer eingekerkerten, jungen Frau, die durch ihren gedankenverlorenen Blick um Freiheit flehte.

„Monster sind entweder seelenlose Biester, die nicht auf normalem Wege auf unsere Welt gelangten, oder aber verdorbene Kreaturen mit dämonischer Seele", fuhr Aizy fort: „Harpinsonien sind was völlig anderes, aber leider werden sie häufig für Monster gehalten, weil Unwissende sie mit den bösartigen Harpyien verwechseln, dabei liegen die Unterschiede doch auf der Hand. Das Volk der Harpyien besteht nur aus weiblichen Wesen, wohingegen

Harpinsonien auch männlich sein können. Im Gegensatz zu den Monstern, deren Arme und Hände zu Flügeln verformt sind, haben die Harpinsonien menschliche Gliedmaßen an entsprechender Stelle. Ihre Flügel tragen sie auf dem Rücken. Außerdem ziert ein kleiner Schnabel ihr Gesicht wohingegen Harpyien einen normalen Mund und eine Nase besitzen. Das einzige was diese beiden Wesen neben ihrer Vogelähnlichkeit wirklich verbindet, ist ihre ungeheure Kraft." Aizy erstaunte mich immer wieder mit ihrem komplexen Wissen.

Nun hatte sie allerdings einen ziemlich ernsten Gesichtsausdruck, schloss die Augen und faltete die Hände. Was tat sie da? Betete sie etwa für das arme Geschöpf? Plötzlich öffnete sie ihre Augen wieder, die nun den selben entschlossenen und feurigen Blick hatten, wie ich ihn von Ira kannte. Zwischen den Handflächen der Magierin fing es an zu leuchten und als sie ihre gefalteten Hände öffnete, schwebte auf einmal ein glühender Feuerball zwischen ihnen.

„Was wird das denn jetzt?!", fragte die mehr als überraschte Schwertkämpferin. Aizy hielt die flammende Kugel nun direkt an das Metallgitter des Harpinsonien-Käfigs. Nach einigen Sekunden erlosch der Feuerball und hinterließ mehrere glühende Gitterstäbe.

„Halte dich bereit, Ira", befahl die Magierin und richtete nun beide Handflächen dem heißen Metall entgegen. Auch das gefangene Geschöpf beobachtete das Geschehen aufmerksam. Plötzlich wirbelte ein heftiger, eisiger Wind aus Aizys Händen und kühlte das glühende Gitter rasant ab. Nach kurzer Zeit blieb nur noch ein Haufen von eingefrorenen Metallstäben als Ergebnis der magischen Kombination übrig. „So... mehr kann ich mit meiner leider eher eingeschränkten Schwarzmagie nicht tun...", gab sie zu: „Ira, du müsstest nun jedoch mit Leichtigkeit die geschwächten Stäbe durchtrennen können."

„Achso, das hattest du also vor...", grinste die Schwertkämpferin und begab sich in Position. Mit zwei blitzschnellen Hieben ihres breiten Schwertes schnitt sie ein großes Loch in den Käfig. Unglaublich wie gut das funktioniert hatte! Aizy war einfach genial!

Das gefangene Wesen konnte scheinbar gar nicht richtig glauben, was da vor sich ging, denn es näherte sich dem Loch nur langsam, auch als wir auf Abstand gegangen waren. Schließlich trat es doch noch hinaus in die Freiheit, öffnete seine Flügel und erhob sich anmutig wie ein Engel in die Lüfte. Es war ein unglaubliches Gefühl, das mich in diesem Moment durchströmte... als würden wir direkt an dem Glück und der Freude der Harpinsonia teilhaben dürfen.

„Wir sollten uns nun lieber mit der Suche nach der graubraunen Erdechse beeilen, da wir schon zu viel Zeit verloren haben", schlug Aizy vor. Wir hatten scheinbar Glück, denn nach relativ kurzer Zeit fanden wir auch schon den großen, geschmückten Käfig, wo das gefährliche, neue Monster eingesperrt sein musste. Wir versuchten, es im Inneren ausfindig zu machen, doch alles was wir sehen konnten, waren Pflanzen und Steine.

„Hey, was ist das da?", fragte Ira und deutete auf einen seltsam aussehenden Erdhügel.

„Hmmmm...", überlegte Aizy: „Wenn es sich tatsächlich um eine Erdechse oder etwas ähnliches handelt, dann hat es sich dort vielleicht einen Unterschlupf gebaut."

„Seht euch das daneben mal an!", warf ich ein: „Ist der Boden da nicht zum Teil aus Metall oder so?"

Dann fiel es der Magierin wie Schuppen von den Augen: „Natürlich! Der gesamte Boden des Käfigs muss aus Metall sein. Eine Erdechse würde sich ja einfach hinausgraben können, wenn es normaler Erdboden wäre." Nun waren wir uns sicher, dass innerhalb dieses Erdhaufens das zu befreiende Monster schlief. Aizy erklärte, dass ihre schwarze Magie – besonders im Bezug auf das Element Feuer – leider nicht stark genug war, um das Gitter ganz zu schmelzen und dass es sie ziemlich viel Kraft kostete, die Feuer-Eis-Kombination von vorhin anzuwenden. Einmal würde sie es jedoch noch problemlos hinbekommen, also bot sie uns das selbe Schauspiel nochmal. Ira musste nachher nur wieder die porösen Gitterstäbe zerschneiden und schon konnten wir den Käfig betreten.

Aufgeregt ging ich auf den Erdhügel zu. Was für ein Ungeheuer würde uns wohl erwarten? Meiner damals eher ungenauen Einschätzung nach war es größer als ein Baumkobold gewesen, doch womöglich hatten mich meine Augen getäuscht. Der Erdhaufen war jedenfalls kuppelförmig und hatte einen Radius, der ungefähr meiner Körpergröße entsprach.

„Sollen wir das Vieh jetzt ausgraben, oder wie?", fragte Ira.

„Wir müssen auf alle Fälle behutsam vorgehen", warnte Aizy: „Bestimmt weiß es schon längst, dass wir hier draußen vor seinem Hügel stehen." Vorsichtig fingen wir also an, die Erde abzutragen. Die Schicht war gar nicht mal so dick, denn schon bald hatten wir ein Loch durchgegraben. Nach und nach wurde die Öffnung größer und wir erwarteten, dass das Monster jederzeit herausspringen und uns womöglich sogar angreifen würde.

„Ich glaube, ich sehe es...", sagte ich schließlich: „Es... bewegt sich nicht." Wir vergrößerten das Loch noch weiter.

„Es ist ausgeschlossen, dass es uns noch nicht bemerkt hat", meinte Aizy.

Die optimistische Schwertkämpferin hatte schon eine Theorie: „Vielleicht hat es die Gefangenschaft nicht ertragen und sich wortwörtlich sein eigenes Grab geschaufelt..." Ich hatte eigentlich nie was gegen Sarkasmus oder Ironie, doch bei Ira klang das meistens so ernst.

Schließlich war das Loch endgültig groß genug, um das Monster klar und deutlich in seiner ganzen Pracht sehen zu können. Vor uns lag ein zusammengerolltes, echsenartiges Wesen in der Größe eines Kalbes, welches sich immer noch nicht bewegte. War es wirklich tot?

„Das darf ja wohl nicht wahr sein...", stammelte meine Magielehrerin: „Das Vieh schläft!" Welch Erleichterung... zumindest lebte das Monster noch. Doch es war in der Tat sehr ungewöhnlich, dass es uns nach all den Geräuschen, die wir verursacht und sogar nachdem wir seine Behausung zerstört hatten, immer noch nicht wahrgenommen hatte.

„Hey, schaut mal! Es öffnet seine Augen!", rief Ira erwartungsvoll. Tatsächlich! Nun war es so weit... Würde es uns angreifen? Das Monster hob seinen großen Kopf und starrte uns an. Dann gab es plötzlich einen ohrenbetäubenden, jaulenden Laut von sich, der uns alle drei zusammenzucken ließ. Anschließend richtete sich das Biest auf und starrte uns wieder an. Wir blickten in große, runde, bernsteinfarbene Augen. Zwei kleine Hörner zierten den im Vergleich zum Körper viel zu großen Kopf. Außerdem hatte es einen verhältnismäßig dicken Schwanz und ebenso seltsam proportionierte Gliedmaßen. Wie die, eines heranwachsenden Welpen.

„Aizy... was genau ist das?", fragte ich naiv.

Die Magierin war scheinbar selber erstaunt und antwortete nur zögerlich: „Es... es ist ein Baby... ein Drachenbaby!"

In diesem Moment sah man plötzlich zwei Lichter auf uns zukommen.

„Mist, das sind die Nachtwächter!", meinte Aizy: „Sie haben sicherlich den Schrei des Drachen gehört. Wenn wir Pech haben, dann ist ihnen sogar schon der leere Harpinsonien-Käfig aufgefallen. Wir müssen hier schleunigst weg!"

„Und wie bekommen wir bitte das Riesenbaby hier dazu, mit uns zu kommen? Das macht ja nicht mal Anstalten, sich aus seinem Erdhaufen zu bewegen", stellte Ira fest. Die Lichter kamen immer näher.

„Jetzt stecken wir echt in der Klemme", sorgte sich die junge Magierin.

„Ach was... zwei lahme Wachen werden wir ja wohl besiegen können!", sagte die Schwertkämpferin selbstsicher.

„Nein, nein... sie dürfen uns nicht sehen! Wir müssen unbedingt unerkannt bleiben, sonst werden wir als Verbrecher gesucht", erklärte Aizy: „Außerdem haben sie bestimmt schon Verstärkung angefordert, wenn sie gesehen haben, dass eines ihrer Exemplare bereits fehlt. Doch ich befürchte, es gibt nun sowieso kein Entkommen mehr, da sie uns gleich erkennen werden."

Die Wachen waren tatsächlich schon zu nahe, als dass wir aus dem Käfig hätten fliehen können. Wenn sie nun das Loch bemerken und mit ihren Fackeln hereinleuchten würden, hätten wir auch schon verloren. Die Lage wurde von Sekunde zu Sekunde brenzliger.

„Nur noch ein Wunder kann uns nun vor dem Gefängnis bewahren", sagte die Magierin verzweifelt.

Kaum hatte sie dies ausgesprochen, flogen die beiden Nachtwächter auch schon unter lautem Geschrei durch die Luft. Ein kleiner Wirbelwind war plötzlich aufgetaucht und hatte sie mit sich gerissen. Ira und ich blickten zu Aizy.

„Seht mich nicht so an... Ich habe momentan nicht genügend Energie, um solche Angriffe auf diese Distanz auszuführen." Als sich die beiden Wachen wieder aufgerappelt hatten, erkannten wir, wie ein großer Vogel auf sie herabstürzte, in die Lüfte mitnahm und unsanft in ein Gehege voller Schattenwandler schleuderte.

„Wow... das wird sie sicherlich eine Weile beschäftigen", meinte die Schwertkämpferin trocken. Aizy wendete sich währenddessen bereits dem kleinen Drachen zu. Sie legte ihm auf ähnliche Weise die Hand auf den Kopf, wie sie es bei Falk getan hatte.

Nach kurzer Zeit sagte sie: „Sehr gut! Er wird uns nun folgen."

„Was hast du denn genau getan? Kannst du etwa auch mit Monstern kommunizieren?", musste ich einfach nachfragen.

„Flo, du enttäuschst mich... Du weißt doch, dass Drachen keineswegs Monster, sondern edle und intelligente Tiere sind", tadelte mich meine Magielehrerin: „Er ist zwar noch jung, doch er hat verstanden, dass wir seinem Freund Falk aus der Patsche helfen wollen und er deshalb mit uns kommen muss."

Der Kleine war gar nicht so träge, wie er ausgesehen hatte, denn er konnte viel schneller laufen als wir. Rasch ließen wir ein Gehege nach dem anderen hinter uns, bis uns schließlich nur noch die Zoo-Mauer von der Freiheit trennte.

„Ich weiß nicht, ob ich es noch schaffe, uns alle vier heil auf die andere Seite schweben zu lassen", gab Aizy zu. Besonders unser gewichtiger Neuzugang im Team würde ihr Probleme bereiten. Man konnte eben nicht jede Situation mit Magie bewältigen. Wie gerufen erschien auf einmal unser geflügelter Retter von vorhin. Es war die Harpinsonia, welche wir befreit hatten. „Vielen Dank, mein Liebes...", sprach Aizy zu dem graziösen Wesen: „Bist du gekommen, um uns noch einen letzten Gefallen zu tun?" Das engelsgleiche Geschöpf gab zwar keinen Laut von sich, doch es schien die Magierin zu verstehen. Einen nach dem anderen packte es uns und brachte alle sicher über die Mauer – ja sogar den schweren Babydrachen! Dann erhob es sich anmutig wie immer in die Lüfte und verschwand endgültig im fernen Nachthimmel.

„Diese Harpinsonia hat wirklich unheimlich viel Kraft. Aber wieso ist sie nicht gleich weg geflogen, sondern hat noch gewartet, bis wir auch in Sicherheit waren?", fragte ich neugierig.

„Tja, es gibt viele ungelüftete Geheimnisse auf der Welt...", lächelte die Magierin: „Manche Wesen besitzen Kräfte, von denen wir nichts wissen. Einige können womöglich in die Zukunft sehen... andere wiederum in all deine Gedanken und sogar direkt in dein Herz..."


„Es handelt sich also tatsächlich um einen kleinen Erddrachen, sagst du?", fragte ich Aizy leise, als wir gerade auf diversen Schleichwegen zum Gefängnis unterwegs waren.

„Genau genommen um eine junge *Erddrachin*. Es ist nämlich ein Weibchen. Die meisten Wesen der Schattenwelt können aufgrund ihrer physischen, psychischen oder magischen Fähigkeiten, bestimmten Elementen zugeordnet werden. Harpinsonien oder auch Harpyien beispielsweise können starke physische Windattacken ausführen, weshalb sie dem Luft-Element angehören. Unsere neue Freundin hier beherrscht sicherlich auch einige interessante Tricks. Wie toll sie sich Erdhügel bauen kann, hat sie uns ja schon bewiesen."

„Glaubt ihr nicht, dass es vielleicht klüger wäre, eure Unterrichtsstunden auf ein andermal zu verlegen?", flüsterte Ira genervt. In gewisser Weise hatte sie ja eigentlich recht. Jetzt war wirklich nicht der Zeitpunkt für informative Pläuschchen. Wir hatten soeben zwei Monster aus dem Zoo befreit und schlichen nun wie Ganoven zu unserem nächsten Ziel, wo wir ein weiteres Verbrechen geplant hatten.

„Der Drache soll bestimmt ein Loch graben, sodass Falk unterirdisch entkommen kann, oder?", erkundigt ich mich.

Aizy antwortete: „Ich hoffe zumindest, dass die Kleine das hinbekommt. Wer weiß, wie die Bodenbeschaffenheit unter dem Gefängnis ist. Genau genommen haben wir allerdings sogar noch Glück, denn Falk befindet sich in einer der äußeren Zellen, wo nur Kleinkriminelle hinkommen. Nicht nur, dass die Erddrachin keinen all zu langen Tunnel graben muss, der Trakt ist auch weniger gut bewacht als andere."

Schließlich erreichten wir das Gefängnis.

„Hier müsste die Stelle sein", meinte die junge Magierin. Plötzlich stieß das Drachenbaby einen quietschenden Schrei aus.

„Terra?! Bist du das?", hörte man eine Stimme von der anderen Seite der Wand. Kurz darauf sah man schon Falk durch einen engen Schlitz schauen, welcher wohl ein Fenster darstellen sollte. „Oh, ich bin ja so froh, dass es dir gut geht, Kleines. Danke vielmals meine treuen Freunde!"

„Wie zum Henker kommst du auf die wahnwitzige Idee, dass wir deine Freunde wären, du grünhaariger Gnom?!", brach es aus der wütenden Schwertkämpferin heraus.

„Beruhige dich Ira!", schlichtete Aizy: „Wenn wir weiterhin so viel Lärm machen, ziehen wir noch unerwünschte Aufmerksamkeit auf uns. Wir haben Glück, wenn die Wachen nicht schon den Ruf des Drachen gehört haben."

„Hey, Terra...", sprach der Elf zu seiner drachischen Freundin: „Könntest du mich hier vielleicht rausholen, meine Kleine?" Ohne weiteres Kommando fing die junge Drachin an, zu buddeln. Aizy, Ira und ich konnten kaum fassen wie flink sie war. Mühelos schleuderte das eifrige Tier kiloweise Erde und kleinere Steine hinter sich. Sogar als der Boden fester zu werden schien, stellte das kein Problem für die flotten Drachenpranken dar.

„Unglaublich...", staunte die Magierin: „Sie ist noch so jung und hat schon so eine unbändige Kraft. Ich habe zwar schon gelesen, dass ausgewachsene Erddrachen sogar ohne Umstände mit felsigem Gebirgsboden und mit hartem Stein fertig werden, aber wenn man persönlich Zeuge der Fähigkeiten eines solchen Wesens wird, dann ist das dennoch etwas ganz besonderes. Und wie ironisch es doch scheint, dass dieses junge Tier dort weiterkommt, wo selbst ein erfahrener Erdmagier wegen all der Zaubersiegel nichts ausrichten könnte." Aizy schien sich schon richtig in das herzige Drachenbaby verliebt zu haben.

Nach kurzer Zeit hatte Terra bereits aufgehört, Erde nach draußen zu schieben. War sie etwa schon durch? Den abgetragenen Erdmassen nach zu urteilen, welche sich mittlerweile um uns herum häuften, musste es wohl so gewesen sein. Doch wo blieben die beiden nur?

„Vielleicht sollten wir mal reingehen und nach dem Rechten sehen...", schlug ich vor.

„Ja, das ist eine gute Idee. Lasst uns am besten mal nachsehen", stimmte mir Aizy zu: „Aber ich werde zuerst gehen."

„Na wunderbar... jetzt müssen wir auch noch durch einen schmutzigen Tunnel, um dieses hinterhältige Schlitzohr da raus zu zerren", meckerte Ira, doch sie folgte uns brav.

Innen angekommen, stiegen wir aus dem Loch und wurden von Falk begrüßt: „Oh, wir haben Gäste... Willkommen in meinem bescheidenen Heim. Fühlt euch ganz wie zu Hause", grinste der freche Elf. Ira wollte schon ihr Schwert ziehen, doch ich hielt sie zurück. Auf dem Boden war überall Erde verstreut und einige der herausgehobenen, steinernen Bodenplatten waren zerbrochen.

„Was tut ihr beide noch hier? Lasst uns schnell fliehen!", drängte die Magierin.

Falk deutete auf die Drachin, die gerade dabei war, eine kleine Mulde unter der Zellentür zu graben und sprach: „Terra hilft mir noch, meinen Bogen zurück zu holen. Ohne ihn gehe ich nirgendwohin, denn er ist mir sehr wichtig."

Nun rastete die Schwertkämpferin aus: „Was fällt dir eigentlich ein?! Ausgerechnet *du* willst nun einen wertvollen, persönlichen Gegenstand wiedererlangen und bringst uns damit alle in noch größere Gefahr, als wir es sowieso schon sind?"

So aufbrausend das Mädchen auch sein konnte, diesmal hatte sie nicht ganz unrecht mit ihrer Anschuldigung.

„Meine edle Dame...", Falk fiel nun vor Ira auf die Knie: „Mir ist durchaus bewusst, welch schreckliche Vergehen ich mir zu Schulden kommen ließ. Auch wenn Ihr mir niemals vergeben würdet, so möchte ich Euch dennoch meine demütige und aufrichtige Entschuldigung zu Füßen legen." Die Schwertkämpferin warf dem knienden Elfen nur einen misstrauischen Blick zu und sagte nichts.

„Ich glaube, wir sollten ihm verzeihen", meinte Aizy.

Ira rollte mit den Augen und murmelte nur: „Na gut, so lange er mir nicht wieder blöd kommt..."

„Oh vielen Dank, gütige Maid!", rief der Kniende aus und umarmte sie ohne aufzustehen. Bevor er sich versah, lag er jedoch schon mit einem glühenden Handabdruck in seinem Gesicht – als beherrsche die hitzige Schwertkämpferin die Feuermagie – in der Zellenecke.

„Dieser Perversling hat mir an den Hintern gefasst!", empörte sich das wütende Mädchen zähneknirschend, während ich zur Sicherheit ein paar Schritte auf Abstand ging.

Nun war Terras Mulde fertig und wir konnten alle bequem hindurch schlüpfen. Aizy führte den Elfen zu der Tür, hinter welcher sich die Schränke mit den konfiszierten Gegenständen befanden. Sie war leider verschlossen.

Doch Falk meinte nur: „Pah... das ist ja bloß ein ganz normales Schloss. Das bekomme ich mit links auf." Dann zog er ein längeres Stück Draht hinter seinem Gürtel hervor und stocherte damit ein Weilchen in dem Türschloss herum. Bald hörte man auch schon ein Klicken und die Tür stand offen.

„War ja klar, dass jemand wie du, solche diebischen Tricks auf Lager hat", stichelte Ira.

„Eure Bewunderung beschämt mich, meine Dame. Dies war lediglich ein kleines Kunststück aus meinem bescheidenen Repertoire." Dieser Falk war in der Tat ein schräger Vogel, doch ich musste Ira wiedermal davon abhalten, ihr Schwert gegen ihn zu erheben. Mit der selben Leichtigkeit und dem selben dietrichartigen Stück Draht, konnte der Elf auch seine Schützenausrüstung aus dem verschlossenen Schrank bergen. Anschließend beeilten wir uns, das Gefängnis zu verlassen und vom Ort des Verbrechens zu verschwinden.

„Mann, das war ja fast schon zu leicht!", stellte Ira fest.

Falk war ihrer Meinung: „Es ist wirklich ungewöhnlich, dass wir uns nicht mal vor einer einzigen Wache verstecken mussten."

„Das ist nicht nur ungewöhnlich, sondern sogar beunruhigend", fand Aizy.

„Ach was, ihr macht euch zu viele Sorgen. Kommen wir zu wichtigeren Dingen...", wechselte die Schwertkämpferin das Thema: „Wo ist mein Schutzamulett?" Nun hatte sie wieder einen dämonisch bösartigen Gesichtsausdruck, der mir kalte Schauer über den Rücken laufen ließ.

Falk hingegen blieb ganz ruhig und erklärte: „Es wurde mir leider abgenommen, aber ich kann euch zu dem Typen führen, der nun in seinem Besitz ist."

„Ich hoffe für dich, dass der Kerl es noch immer hat", drohte Ira in todernstem Ton.

Doch der Elf sprach unbeirrt weiter: „Ich weiß aber nicht, ob wir das Amulett wirklich zurückbekommen können. Es handelt sich bei dem momentanen Besitzer nämlich um einen üblen Schurken. Das schlimmste ist allerdings, dass er mit den korrupten Wachen unter einer Decke steckt, wie mir scheint."

„Also wirklich...", meinte Ira: „Die Hunderteinundzwanzigste ist ja echt ein verkommener Schandfleck auf der Landkarte. Am besten wir krallen uns sofort mein Amulett und verlassen diesen widerlichen Ort!" Wow! Das dritte mal in einer einzigen Nacht, dass ich der sturen Schwertkämpferin Recht geben musste.

„So weit ich weiß, findet man Thazyl nachts meistens in seiner Lieblingskneipe", erzählte der Elf: „Na ja, tagsüber eigentlich auch, wenn er nicht gerade krummen Geschäften nachgeht." Thazyl hieß der Kerl also... Ohne weitere Zeit zu verlieren, ließen wir uns von Falk zu der besagten Kneipe führen, um endlich Iras Amulett zurück zu holen.

*Charaktere – TERRA*

## Thazyl der Unverwundbare

Das Lokal befand sich in einem abgelegenen, heruntergekommenen Viertel. Dies schien jedoch der einzige Ort in der Stadt zu sein, wo noch Menschen unterwegs waren. Die meisten trugen zerlumpte Kleidung und schmückten sich mit schweren, rostigen Ketten. Es war nur zu verständlich, dass Falk seine junge Drachenfreundin nicht in so ein Viertel mitnehmen wollte, da diese hinterlistigen Mittelalter-Punks eine große Gefahr für sie darstellten. Trotz der Tatsache, dass Terra bereits der zweite Drache war, den ich seit meiner relativ kurzen Zeit in Obscuritsas gesehen hatte, waren diese Tiere immer noch extrem selten und somit auch wertvoll. Irgendjemand musste sich außerhalb des Ganoven-Viertels gemeinsam mit dem Babydrachen verstecken und auf die anderen warten, doch wer? Ira wollte um jeden Preis ihr Schutzamulett persönlich zurückverlangen. Falk war der einzige, der uns zu Thazyl führen konnte und für mich, als Lichtweltler und Auserwählten war es einfach zu gefährlich alleine in einer dunklen Straße zu verweilen. So kam es, dass wir Aizy mit Terra zurücklassen mussten und uns zu dritt auf die Suche nach dem Amulett begeben hatten.

Als wir die schäbige Kneipe betraten, fielen alle Blicke auf uns. Es waren erstaunte, hasserfüllte, misstrauische vor allem aber hinterhältige Blicke. Keiner dieser Schurken würde es sich entgehen lassen uns auszunehmen, wenn sich ihm die Chance dazu bot. Mir wurde leicht übel in dieser feindseligen Atmosphäre.

„Du bist wirklich sicher, dass du das jetzt durchziehen willst, Ira?", fragte ich sie, obwohl ich ihre Antwort ohnehin schon kannte.

„Hundertprozentig!", sagte sie so selbstsicher wie immer und mit entschlossenem Blick.

„Nun gut, ich habe Euch oft genug vor dem Typen gewarnt und außerdem schulde ich Euch diese Auskunft...", meinte Falk und deutete auf einen großen Kerl, der an der Bar saß: „Das ist der Mann... Das ist Thazyl!"

Ein grimmiges Gesicht drehte sich halb in unsere Richtung. Zu meiner Überraschung sah der Gauner jedoch gar nicht mal so schlecht aus. Ich hatte erwartet eine entstellte Visage voller Narben zu sehen, doch seine Haut war glatt rasiert und ohne jeglichen Makel. Hätte der Schurke nicht so eine bösartige Miene aufgelegt wäre er vielleicht sogar als netter Kerl durchgegangen. Nur seine Glatze erinnerte etwas an einen Skinhead.

„Du?! Was zum Henker hast DU denn hier verloren?!", hallte nun die tiefe und etwas rauchige Stimme Thazyls durch den Raum. Schlagartig verstummten alle Gespräche und die Leute achteten nur noch auf uns. „Müsstest du nicht im Knast schmoren, du Zwerg?", wollte der große Mann wissen.

„Ach, da kommt man heutzutage schneller wieder raus, als man denkt", antwortete Falk frech: „Ich hab hier jemanden, der dich dringend sprechen will..."

„Du bist also wirklich derjenige, der mein Schutzamulett derzeitig besitzt?", fragte Ira.

Thazyl drehte sich nun ganz um und stand auf. Er war in der Tat sehr groß... ungefähr zwei Meter nach meiner Schätzung. Seine Kleidung war schlicht, jedoch ordentlich und nicht so zerlumpt und verdreckt, wie die der anderen Punks. Er trug ein dunkelblaues, ärmelloses Hemd, welches seine

Muskeln zur Geltung brachte, eine schwarze lange Hose und ein paar schwarzer Stiefel.

„Wer will das wissen?", fragte er bedrohlich.

„Ira, die zukünftige Schwertkampfmeisterin!" Oh je... trug sie nun nicht doch etwas zu dick auf? Glaubte sie allen Ernstes, diesen riesenhaften Kerl auf diese Weise einschüchtern zu können? Einige Sekunden herrschte Stille im Raum. Dann fing Thaszyl plötzlich an laut loszulachen und die ganze Gesellschaft in der Kneipe tat es ihm gleich.

Als sich das Gelächter wieder gelegt hatte, meinte der groß gewachsene Schurke: „Nun ja, was wäre wenn ich tatsächlich ein solches Amulett gefunden hätte?" Dabei zog er ein, glänzendes, rundes Schmuckstück an einer Schnur aus seiner Tasche. Ira riss die Augen weit auf. Es musste sich zweifellos um ihr geliebtes Schutzamulett handeln. Noch bevor sie etwas sagen konnte, steckte Thazyl es wieder weg und sprach weiter: „Tja, zu schade dass dies mein eigener Glücksbringer ist." Nun hatte er ein breites Grinsen im Gesicht, doch wirklich hübsch oder nett machte ihn das immer noch nicht.

Ira versuchte sich zu beherrschen: „Es ist definitiv MEIN Amulett!"

„Das kann ja jeder behaupten... Hast du etwa irgendwelche Beweise?", lachte der Gauner. Die Schwertkämpferin richtete ihren Blick auf den Boden und schwieg, sodass der Schurke wieder das Wort ergriff: „Dachte ich es mir doch... Lauf lieber schnell nach Hause und heul ich bei Mama und Papa aus!"

Ich sah wie ein kurzes Zucken Ira durchfuhr. Wieder brach lautes Gelächter in der Kneipe aus, doch dann sagte das Mädchen ohne den Kopf zu heben und mit ernster Stimme: „Auf der Rückseite stehen die Initialen Y.I."

Das Lachen verstummte und ein langes Schweigen erfüllte wieder den Raum.

Schließlich meinte Thazyl: „Das beweist gar nichts. Dann habe ich das Ding eben von meinem Vater, der diese Initialen trug..."

Plötzlich brach es aus Ira heraus, wie aus einem Vulkan: „Wage es nicht!!!! Wage es nicht diese Initialen in den Schmutz zu ziehen und wage es nicht sie DEINEM Vater zuzuordnen!" Auch wenn das Mädchen oft aufbrausend oder unbeherrscht war... so wütend hatte ich sie noch nie erlebt! Das gesamte Lokal war nun totenstill und alle Leute hatten ihre Augen weit aufgerissen und ihre Kinnläden runtergeklappt.

Auch der große Glatzkopf vor uns war sichtlich erstaunt über diesen Wutausbruch, doch dann meinte er nur: „Pass lieber auf, was du sagst, Kleine. Wo sollte eine Göre wie du denn bitteschön so ein wertvolles Amulett her haben?"

Immer noch von brennendem Zorn erfüllt, sagte Ira: „Mein Vater hat mir dieses Schutzamulett vermacht kurz bevor er starb..." Nun liefen ihr Tränen übers Gesicht, doch diesmal blickte sie dem Schurken direkt in die Augen: „Mein Vater war..."

„...bestimmt genau so ein erbärmlicher Wurm wie du!", beendete Thazyl, den Satz noch vor Ira. Bruchteile einer Sekunde später hatte er auch schon ihre Faust im Gesicht. Der Schock und die Wucht warfen den Riesen glatt rückwärts über die Ladentheke.

„Mein Vater war Yaro Ikal, der glorreiche Ritter!!!!"

Die Gesichtsausdrücke der Leute waren nun nicht mal ansatzweise mit den vorherigen geschockten Grimassen zu vergleichen. Nach einer Weile stand der riesenhafte Gauner wieder auf. Sein bis vor kurzem noch so makelloses Gesicht wurde nun von einer blutüberströmten, gebrochenen Nase verunstaltet, doch was noch viel erstaunlicher war... die Haut drumherum schien verbrannt zu sein.

Plötzlich rief einer, der Gäste panisch: „Oh nein... Thazyl wurde verletzt! Thazyl, der Unverwundbare wurde verletzt!" Nun verließen alle Punks in Windeseile das Lokal. Sogar der Barmann zog sich in einen anliegenden Raum zurück. Nur noch der Glatzkopf, Ira, Falk und ich waren übrig.

„Wie kannst du dumme Göre es wagen mich zu verletzen?!", brummte der Riese wütend.

Der Elf schien die Ruhe weg zu haben und meinte nur mäßig erstaunt: „Stimmt... als ich ihm begegnet bin, prallten meine Pfeile aus irgendeinem unerfindlichen Grund einfach ab."

„Das liegt daran, dass mich niemand verwunden kann!", gab Thazyl an: „Ich bin ein Ass wenn es um Schutzzauber geht. Nur die Wenigsten unter den Wenigen waren bisher in der Lage meine perfekte Verteidigung durch brechen... Wie hast du das gemacht, du miese, kleine Göre?!"

Nun zog Ira ihr Langschwert und hielt es dem Schurken vor die gebrochene Nase. „Gib mir jetzt mein Amulett zurück!", sagte sie in einem ruhigen, jedoch gefährlichen Ton.

„Du kleines Miststück...", fauchte der Glatzkopf zwischen seinen knirschenden Zähnen hindurch. Plötzlich stieß er die Klinge mit seiner Faust beiseite und griff die Schwertkämpferin an. Diese wich gerade noch rechtzeitig aus, denn im nächsten Moment befand sich auch schon eine brüchige Delle neben ihr im Holzfußboden.

„Wie hat er das denn gemacht?!", rief ich erstaunt: „Er hat den Boden doch gar nicht berührt..."

„Vielleicht war es eine blitzschnelle Windattacke...", rätselte Falk. Der haarlose Kraftprotz versuchte nun Ira mit einer ganzen Reihe solcher Angriffe zu erwischen.

„Oh nein, wir müssen ihr helfen!", schrie ich.

Doch die Schwertkämpferin brüllte zurück: „Nein! Wehe es mischt sich jemand ein... Ich schaff das alleine!" Obwohl sie ihren Stolz hatte, würde ich ihrer Anweisung sicherlich nicht mehr Folge leisten, wenn sich die Situation weiter zuspitzte. Ira wich zwar gekonnt aus, doch Thazyl fuhr mit seinen Angriffen fort. Es schien als könnte er unsichtbare Geschosse aus seinen Fäusten abfeuern. War das wirklich ein spezieller Windangriff?

„Nein, eine Windattacke kann es doch nicht sein", meinte der Elf fast wie im Selbstgespräch: „Ich kenne mich gut genug mit dem Luft-Element aus. Das muss was anderes sein. Womöglich hat es was mit der Schutzfähigkeit zu tun, die er vorhin erwähnte."

Mittlerweile wurde der Ganove müde, und dadurch auch langsamer sodass die Schwertkämpferin zu einem Gegenschlag ansetzen konnte. Flink wie immer verpasste sie ihrem Gegner einen blitzschnellen Schwerthieb, welcher... keinerlei Wirkung zeigte?! Verdutzt startete sie einen weiteren Angriff, diesmal sogar noch kraftvoller. Doch was war das? Thazyl wehrte den mächtigen Schwerthieb mit seinem Arm ab! Scheinbar hatte er nicht gelogen, als er sagte, dass er für gewöhnlich unverwundbar sei.

„Dieser Mann hat wirklich enorme magische Kräfte", merkte Falk an: „Er kann offensichtlich nicht mit Elementarmagie umgehen, doch er muss ein angeborenes Talent haben, was Schutzzauber betrifft. Scheinbar kann dieser Kerl mühelos unsichtbare Schilde erschaffen, die ihn vor Verletzungen bewahren. Ich wette er kann diese sogar mit seinen Fäusten wegschleudern, was seine Angriffsreichweite logischerweise enorm steigert. Das genialste an dieser Technik ist allerdings die Tatsache, dass es sich bei seinen Attacken paradoxerweise um Weißmagie handelt."

Natürlich! So musste es gewesen sein! Der kluge Schützen-Elf war wirklich schnell hinter das Geheimnis der unsichtbaren Geschosse des Schurken gekommen. Doch wie konnten wir daraus einen Nutzen ziehen, um Ira zu helfen? Die junge Schwertkämpferin sprang immer noch agil herum und wich den Angriffen Thazyls aus, doch wie lange würde sie das noch durchhalten? Ihre Schwerthiebe prallten leider auch alle an seinen Schutzschilden ab. Wie hatte sie es vorher nur geschafft, diese zu durchbrechen und ihm ins Gesicht zu schlagen? Hatte er da etwa keinen Schild? Oder lag es daran, dass Ira mit bloßer Faust zugeschlagen hatte? Nein, da war noch mehr dahinter... sie war ja auch unheimlich wütend in jenem Moment...

Plötzlich geschah es! Die tapfere Schwertkämpferin wurde von einer der Schildattacken erwischt, welche sie einige Meter durch den Raum katapultierte. Sie lag jetzt schwer atmend auf dem Boden und spuckte ein paar Tropfen Blut aus.

„Ira!", schrie ich erschrocken und rannte zu ihr.

„Das hast du davon... verwöhnte Göre...", keuchte Thazyl, der offensichtlich auch außer Atem war: „Niemand legt sich ungestraft mit dem Unverwundbaren an."

„Deine Nase scheint diesen Titel aber nicht zu akzeptieren...", brachte das geschwächte Mädchen nur leise hervor, während sie sich langsam wieder aufrichtete.

„Was weißt du schon, elendes Miststück..." Nun klang der Glatzkopf wieder wütend: „Das war nur ein kleiner Aussetzer! Eine schwache Göre wie du könnte niemals genug Kraft aufbringen, um meine Schutzschilde zu durchbrechen... Daran sind schon viel stärkere Kämpfer gescheitert."

Nun stand Ira wieder aufrecht in Kampfposition: „Es mag sein, dass ich körperlich immer noch nicht genügend Kraft besitze, um mit irgendwelchen starken Muskelprotzen mithalten zu können... aber es kommt nicht nur auf äußere, sondern auch auf innere Stärke an! Ich werde jedenfalls so lange weiterkämpfen, bis ich mein Amulett wiederhabe!" Ich machte mir zwar Sorgen um meine sturköpfige Freundin, doch ein Blick in ihre von Kühnheit und Willenskraft erfüllten Augen verriet mir, dass ich sie kämpfen lassen musste – als hätte ich eine andere Wahl – jedoch war ich mir nun auch aus irgendeinem unerfindlichen Grund sicher, dass sie gegen ihren Gegner bestehen konnte.

„Du wirst dein kleines Schmuckstück nie wieder sehen!", keifte der übergroße Schurke trotzig: „Und weißt du was? Ich habe noch nie von diesem ach so tollen Yaro Ikal gehört! Offensichtlich war er bloß ein Niemand!" Nun hielt Ira ihr mächtiges Schwert mit beiden Händen fest umklammert und stürmte auf Thazyl zu, der bereits die Fäuste ballte. „Ja, komm nur her!", provozierte er sie: „Ich wehre deinen lausigen Angriffsversuch ab und verpasse dir den Gnadenstoß, wenn du so scharf drauf bist!" Die Schwertkämpferin sprang plötzlich hoch in die Luft, wirbelte einmal mit ihrem Zweihänder herum, wobei die Klinge in Flammen aufging und landete mit einem imposanten, vertikalen Hieb. Dieser löste eine heftige, feurige Druckwelle aus, welche den glatzköpfigen Ganoven mit sich riss und ihn quer durch die Kneipe schleuderte.

„Beeindruckend!", meinte Falk: „In der Tat höchst beeindruckend! Der eigentliche Schwerthieb hat ihn um Haaresbreite verfehlt, doch die Flammen und die explosionsartige Druckwelle, des Angriffes, haben ihm den Rest gegeben." Ira ging nun auf den Besiegten zu, der in den Trümmern diverser Einrichtungsgegenstände lag und nicht unerhebliche Brandwunden davongetragen hatte.

„Aber wie hat sie plötzlich seine Schutzschilde durchbrechen können?", fragte ich erstaunt und immer noch mitgenommen vom ganzen Szenario.

„Genau kann ich Euch das auch nicht sagen, mein Freund, doch ich vermute dass es an der Kombination aus physischem und magischem Angriff lag... daran und vor allem an ihrer unbeirrbaren Willenskraft."

Nun kam die erschöpfte Schwertkämpferin mit dem Schutzamulett in ihrer Hand zurück. „Er ist nur bewusstlos", erklärte sie: „Auch wenn er es eigentlich nicht verdient hätte... Wir sollten dem Barmann sagen, dass er einen Heiler rufen soll, der sich um seine Verbrennungen kümmert."

*Charaktere – THAZYL & PUNKS*

*Szenen – IRA VS THAZYL*

# Das wahre Gesicht des Hauptmanns

Ich war mir sicher, dass Aizy sich sowieso schon Sorgen gemacht hatte und als sie uns auf einmal in einem Affenzahn auf sie zu rennen sah, beruhigte sie das sicherlich nur bedingt. Zweifellos hatte sie auch die Horde wild gewordener Punks bemerkt, die uns dicht auf den Fersen war.

„Aizy, lauf!", schrie ich ihr noch aus der Ferne zu: „Wir müssen weg von hier!"

Ehe wir uns versahen, flohen wir auch schon mitten in der Nacht zu fünft – den Babydrachen natürlich mit einbezogen – auf dem kürzesten Weg aus der Stadt, dicht gefolgt von der brüllenden Meute, welche uns an den Kragen wollte.

„Was habt ihr diesen Leuten angetan, dass sie uns so hartnäckig verfolgen?", fragte Aizy verärgert: „Die werden doch wohl kaum alle hinter dem Amulett her sein, oder?"

„Nicht direkt...", keuchte ich bereits außer Atem: „Aber sie sind schlecht gelaunt, weil Ira ihren Boss umgenietet hat... Wir erklären es dir am besten später in Ruhe..." Nicht nur mir ging langsam die Puste aus, sondern auch der Schwertkämpferin, die immerhin schon einen harten Kampf hinter sich hatte.

„Lauft ruhig weiter, ich hole euch schon ein!", meinte Falk aus heiterem Himmel und zückte seinen Bogen. Er hielt inne und zielte mitten in die Gruppe unserer Verfolger. Seine Drachenfreundin blieb ebenfalls stehen und trotz seiner Anweisungen liefen auch wir nicht weiter.

„Falklaf! Tut nichts unüberlegtes...", konnte ihm Aizy gerade noch zurufen, bevor er seinen Pfeil los ließ. Dieser leuchtete plötzlich in einem hellblauen Licht und schlug mit einem klirrenden Knall direkt vor den Füßen der Punks ein, die sich an der Spitze der Horde befanden. Der weiße Nebel, welcher dabei entstanden war, löste sich schnell wieder auf und gab ein unglaubliches Bild frei. Eine kleine Wand aus Eis und Schnee versperrte jetzt die enge Gasse hinter uns und ich glaubte sogar einige eingefrorene Punk-Gesichter darin erkennen zu können.

Ich stotterte nur: „Das... das war ja..."

„Absolut genial!", beendete Ira meinen Satz.

„Ich hatte euch doch empfohlen weiter zu laufen", meinte der Schützen-Elf: „Terra und ich sind so schnell wie der Wind und gleichzeitig auch sehr ausdauernd. Wir hätten euch schon eingeholt."

„Wie auch immer...", sagte Aizy: „Reden können wir auch später. Jetzt müssen wir hier erstmal weg."


Wir hatten gerade den großen Platz vor den Stadttoren erreicht, als diese sich plötzlich zu schließen drohten.

„Wie?! Was soll das?", wunderte sich die junge Magierin.

Doch da hörten wir auch schon eine bekannte Stimme: „Wer wird es denn so eilig haben mitten in der Nacht?" Nun stand Hauptmann Dorozin vor uns und versperrte fies grinsend den Weg. „Und wie ich sehe, habt ihr sogar einige Souvenirs dabei." Sein Blick deutete auf den Elfen und den Drachen. Die Tore waren nun endgültig geschlossen sodass es kein Entkommen mehr gab.

„Ihr habt uns also durchschaut, ehrenwerter Hauptmann?", fragte Aizy in schnippischem Ton.

„Es war doch klar, dass ihr nicht ohne Weiteres eure Suche nach diesem ach so wertvollen, persönlichen Schatz aufgeben würdet. Aber wie mir zu Ohren kam, handelt es sich dabei lediglich um ein gewöhnliches Schutzamulett, oder irre ich mich da?", wollte der bärenhafte Hauptmann nun wissen.

„Ich befürchte, Ihr irrt nicht", gestand die Magierin.

Dorozin wunderte sich: „Ha! Ihr habt also tatsächlich zwei Monster aus dem Zoo und noch dazu einen elenden Elfen aus dem Gefängnis befreit, bloß um euch wegen eines lausigen Amuletts mit Thazyl und seinen Leuten anzulegen?" Das schallende und bösartige Lachen des Hauptmanns erfüllte nun die Stille der Nacht. Er wusste in der Tat recht gut Bescheid über die Ereignisse, die sich doch erst kürzlich zugetragen hatten.

Aizy konterte: „Tja und Ihr, ehrenwerter Hauptmann, habt euch offensichtlich all die Mühe mit der Spionage umsonst gemacht. Bloß wegen dieses lausigen Amuletts Seid ihr mitten in der Nacht hier erschienen um die Tore schließen zu lassen."

„Ich muss zugeben dass ich mir etwas profitableres erhofft hatte, doch immerhin kann ich dem Zoo eines der gestohlenen Monster wiederbeschaffen und noch dazu vier Verbrecher hinter Gitter bringen." Seine Mimik wirkte nun sogar noch dämonischer als sonst. Er pfiff einmal laut und schon eilten Wachen von allen Seiten herbei und umzingelten uns. Plötzlich kamen sogar noch die restlichen Anhänger Thazyls hinzu, die uns über Umwege doch noch gefunden hatten.

„Welch ein Glück!", hörte man sie rufen: „Es ist Dorozin mit seinen Männern! Er hat diese verflixten Diebe geschnappt." Diesmal sah die

Situation wirklich nicht gut für uns aus. Wie konnten wir nur gegen all diese Feinde ankommen oder zumindest fliehen?

„Sollen wir Widerstand leisten, Aizy?", erkundigte ich mich, da wir kaum Aussichten auf einen Sieg hatten. Die Magierin holte das Dunkelschwert hervor, das sie für mich aufzubewahren pflegte und hielt es mir vor die Nase.

„Wir sind zwar alle recht müde und unsere Erfolgschancen sind gering, aber wenn wir uns jetzt nicht wehren, werden wir in einem Strudel der Korruption gefangen, welcher unsere Queste zu einem jähen Ende führen würde." Verdutzt nahm ich das schwarze Schwert an mich und warf meiner Magielehrerin einen überraschten Blick zu. „Flo... Ich habe vollstes Vertrauen in dich und das solltest du nun ebenfalls haben."

Jetzt mischte sich auch Ira ein: „Genau! Zeig denen mal, was ich dir schon alles beigebracht habe."

„Seid versichert, meine neuen Freunde, dass auch Terra und ich unser Bestes geben werden", beteuerte Falk.

Zu fünft standen wir nun Rücken an Rücken im Kreis, während die Wachen sich zum Angriff bereit machten.

„Ihr Würmer glaubt also tatsächlich, auch nur den Hauch einer Chance gegen uns zu haben?", lachte Dorozin: „Eine geschwächte Schwertkämpferin, ein streunender Elf, eine mickrige Echse, eine naive Weißmagierin und ein kleiner Möchtegern-Held wollen es also allen Ernstes mit uns aufnehmen... Zeigt ihnen mit wem sie es zu tun haben, Männer, aber lasst sie am Leben."

Mir klopfte das Herz wiedermal bis zum Hals, doch es gab kein Entrinnen mehr. Die Wachleute – schätzungsweise ein gutes Duzend an der Zahl – stürmten auf uns zu. Nur knapp konnte ich dem Schwerthieb, welcher eindeutig meine linke Schulter zum Ziel hatte, ausweichen. Was sollte das denn?! Hatte dieser dämliche Wachmann nicht gehört, dass sie uns am Leben lassen sollten? Offensichtlich nicht, denn mich verfolgte ein Hieb nach dem anderen. Das konnte leicht ins Auge gehen, wäre ich nicht so wendig gewesen. Moment mal... was tat ich da gerade? Ein erfahrender Schwertkämpfer – wie ich zumindest annahm – versuchte verzweifelt, mich mit seiner Klinge zu treffen und ich wich einfach aus? Ich konnte tatsächlich seine Bewegungen richtig einschätzen und einige seiner Angriffe sogar mit dem Dunkelschwert abwehren. Auch wenn es jetzt meine ganze Konzentration abverlangte, so schien sich das mühselige Training mit Ira doch bezahlt zu machen.

Aber was nun? Ich konnte immerhin nicht ewig ausweichen und blocken. Ein Gegenangriff kam nicht in Frage, da ich nicht die Zeit hatte genau genug auf eine der wenigen, ungepanzerten Stellen zu zielen. Allmählich geriet ich ins straucheln. Dann geschah es! Ich stolperte und fiel rückwärts zu Boden. Nun stand mein Herz völlig still und auch der Atem stockte mir, als ich wie in Zeitlupe die glänzende Klinge meines Gegners auf mich herabsinken sah.

Aus heiterem Himmel spritzte es plötzlich Wasser und das Schwert, das mich eben noch zu durchbohren drohte, flog wirbelnd durch die Luft. Aizy hatte meinem Angreifer gerade noch rechtzeitig einen Wasserball entgegen geschleudert. Einmal mehr hatte ich dem Tod ins Auge sehen müssen und einmal mehr war ich in letzter Sekunde gerettet worden. Nun war ich endgültig der Meinung, dass mir dies mittlerweile zu oft passierte.

„Konzentriere dich, Flo! Es steckt noch viel mehr in dir!", konnte mir die Magierin gerade noch zurufen, bevor sie sich selber wieder um zwei aufdringliche Angreifer kümmern musste. Anmutig und unantastbar – als bestünde sie selbst aus Wasser – wich sie aus und brachte nebenbei ihre Gegner zu Fall, die gar nicht bemerkt hatten, dass sich unter ihren Schuhen Eis gebildet hatte.

Mein Widersacher hingegen war inzwischen schon dabei sein Schwert aus der Pfütze zu fischen um mich erneut attackieren zu können. Schnell stand ich auf, das Dunkelschwert fest in meiner Hand.

„Flo... Du kannst jetzt nicht verlieren!", sagte ich leise zu mir selbst, als der Wachmann auf mich zu lief. „Du hast schon viel gelernt, seit dem du hier bist. Bewahre einen kühlen Kopf und tu genau das, was dich Ira gelehrt hat", ermutigte ich mich.

Dem ersten Hieb wich ich wieder aus, doch ein zweiter folgte sogleich. Ich blockte. Ein unbändiger Siegeswille hatte nun all meine Angst und Bedenken verdrängt. Ich konzentrierte mich noch intensiver auf die Bewegungen meines Gegenübers und reagierte immer schneller darauf. Schon bald blockte ich jeden Angriff. Der Wachmann schien so langsam müde zu werden und an meiner Verteidigung zu verzweifeln. Nun würde sich bestimmt bald eine Chance zum Gegenschlag bieten. Aber wohin?

Sein Kopf war nur durch einen kleinen, leichten Helm bedeckt, doch ein schweres Kettenhemd schützte seinen gesamten Torso und die Arme, nicht jedoch seinen Hals und sein Gesicht. Unmöglich! Ich wolle ihn doch nicht umbringen, sondern lediglich außer Gefecht setzen. Die Beine... So weit ich es beurteilen konnte trug er lediglich eine dicke Stoffhose und gewöhnliche Lederstiefel. Gut... einen Versuch war es wert. Irgendetwas musste ich immerhin unternehmen.

Mein Gegner holte zu einem mächtigen, vertikalen Hieb aus. Ich nahm all meine Kraft zusammen um den Angriff nur mit meinem rechten Schwert-Arm abwehren zu können, doch gleichzeitig versuchte ich Magie in meiner linken Hand zu konzentrieren. Eine heftige Erschütterung durchfuhr meinen ganzen Körper als die Klinge der Wache auf mein Dunkelschwert traf. Knapp über meinem Kopf kam sie zum stehen. Nun war ich es, der ein fieses Grinsen im Gesicht hatte. Noch bevor mein Gegenüber zum nächsten Schlag ausholen konnte, stieß ich ihm meine linke Hand gegen die Brust und löste gleichzeitig die magische Energie, wie ich es schon mal bei einem der Baumkobolde getan hatte. Sogleich erschien eine mächtige Blase und zerplatze eben so schnell auch wieder. Ihren Zweck hatte sie allerdings erfüllt, denn der Wachmann wurde ins Straucheln gebracht und taumelte einige Schritte rückwärts.

„Es tut mir Leid...", sagte ich halblaut und mehr für mich selbst, als ich nach vorne schnellte und einen heftigen horizontalen Treffer mit der schwarzen Klinge landete. Mein verdutzter Gegner stieß einen lauten Schmerzensschrei aus und ging zu Boden. Er hatte nun zwei tiefe und stark blutende Schnittwunden unterhalb der Knie und war somit bewegungsunfähig. Ich hoffte nur, dass er daran nicht verbluten würde.

Erst jetzt bemerkte ich wie abseits ich vom Schlachtfeld stand. Auf dem großen Platz vor den Stadttoren konnte ich Ira sehen, die sich trotz ihrer Erschöpfung noch sehr wacker gegen zwei Wachen gleichzeitig schlug. Obwohl ihre Bewegungen nicht mehr so flink und geschmeidig waren wie sonst, wich sie allen Attacken gekonnt aus und landete sogar den einen oder anderen Treffer mit ihrer mächtigen Klinge. Die Durchschlagskraft der Schwertkämpferin konnte zwar keine Kettenhemden durchtrennen, doch sie reichte aus um die gepanzerten Angreifer zu Boden zu werfen. Es beeindruckte mich sehr, wie viel Kraft Ira immer noch hatte.

Auch Aizy war mit mehreren Wachleuten beschäftigt. Einem nach dem anderen stieß sie Wasser- und sogar Schneebälle ins Gesicht und hielt ihre Gegner somit auf Distanz. Kaum zu glauben, dass sie in erster Linie nicht Kampfmagierin, sondern Weißmagierin war.

Plötzlich spürte ich eine leichte Erschütterung des Bodens und einige der Punks liefen an mir vorbei. Wenige Meter weiter sah ich Falk, wie er auf dem Rücken der kleinen Drachin saß und ihr Anweisungen gab:

„Gut so! Denen zahlen wir es jetzt doppelt und dreifach heim. Zeig ihnen dass du dich nicht nochmal fangen lässt!" Terra stampfte einmal heftig auf den Boden, woraufhin sich eine kleine Erdlawine vor ihr bildete, welche jedoch gleich drei der Mittelalter-Punks mit sich riss. Sie hatten sich wohl in den Kampf der Wachleute eingemischt, doch angesichts des unerwartet starken Widerstandes flohen diese Feiglinge nun in alle Richtungen. Auch einige der Wachen schienen bereits kampfunfähig zu sein. Es lief in der Tat besser, als erwartet.

Plötzlich sauste ein Pfeil mit dicker, bräunlicher Spitze auf mich zu und knapp über meinen Kopf hinweg. Ein metallischer, hallender Klang ertönte und ich zuckte zusammen. Hinter mir lag nun der Wachmann mit den verletzten Beinen. Scheinbar hatte er es doch noch geschafft aufzustehen und wollte mich von hinten angreifen.

„Auch einem verwundeten Feind sollte man niemals den Rücken zukehren, werter Freund", riet mir der Schützen-Elf, der jetzt auf dem Jungdrachen angeritten kam.

„Ich muss dir wirklich danken, Falk! Aber was war das für ein seltsamer Pfeil? Der hatte ja eine ungeheure Durchschlagskraft..." Ich warf dabei einen weiteren Blick auf den Wächter. Er war ohnmächtig und eine angeschwollene Beule zierte seinen Kopf. Nicht weit entfernt lag auch sein Helm, welcher eine beachtliche Delle aufwies.

„Das war ein Erdpfeil", erklärte der Elf: „Doch wir sollten uns später darüber unterhalten und erstmal den Damen mit den restlichen Angreifern helfen."

Stimmt! Ich hatte schon genug Zeit vergeudet. Mit meinem nächsten Gegner durfte ich nicht so zimperlich umgehen. Falk und Terra eilten Ira zu Hilfe, die leider immer größere Probleme hatte, ihre Widersacher abzuwehren. Ich wollte Aizy beistehen, die mittels Eismagie drei Wachen in Schach hielt, doch ich wurde abgelenkt. Ein weiteres mal wurde ich Zeuge einer unglaublichen magischen Leistung, als der Schütze einen Pfeil abfeuerte, welcher besonders schnell flog, und durch seine Rotation einen mächtigen Luftwirbel mit sich zog. Das beeindruckende Geschoss sauste durch eine Gruppe von vier Wachleuten, die der Schwertkämpferin an den Kragen wollten. Obwohl keiner von ihnen direkt getroffen wurde, zeigte der Effekt des Wirbelwindes seine Wirkung und schleuderte jeden einzelnen in hohem Bogen durch die Luft. Eines der vier Opfer schien bereits genug zu haben, denn es blieb liegen. Die restlichen drei hingegen standen wieder auf und stürmten auf den Elfen und den Drachen zu. Ira hatte allerdings schon wieder zwei neue Angreifer am Hals mit denen sie fertig werden musste.

Noch bevor ich mich entscheiden konnte, wem ich zu Hilfe eilen sollte, kam auch schon ein besonders großes und dickes Exemplar eines

Wachmannes auf mich zu und murmelte: „Ergib dich, du Wurm!" Ohne auch nur einen einzigen Augenblick auf eine mögliche Antwort meinerseits zu warten, erhob er sein breites Schwert und griff mich an. Der Boden erzitterte unter der Wucht des mächtigen Hiebes. Im Ausweichen war ich scheinbar sehr geübt, doch wie sollte ich nun dieses gewichtige Ungetüm von Krieger, das zu allem Überfluss auch noch einen großen, stählernen Schild in seiner Linken trug, besiegen?

Der Dicke machte da weiter wo sein Vorgänger gescheitert war, er griff ununterbrochen an, während ich lediglich ausweichen konnte. Seine starken Angriffe blocken zu wollen, wäre reiner Selbstmord gewesen und meine lahmen Magieblasen konnte ich bei so einem Kaliber auch vergessen. Plötzlich stieß ich mit meinem Rücken an eine Wand. Mist! Dieser Riese hatte mich in die Ecke gedrängt.

„Jetzt hab ich dich, du Wurm!", wiederholte er seine einfallslose Beleidigung. Sonderlich viel schien der überdimensionale Berserker ja ohnehin nicht in der Birne zu haben. Er holte triumphierend grinsend zu einem kraftvollen Schwerthieb aus. Mir war nun klar, das ich nur eine Möglichkeit hatte lebendig aus dieser Situation herauszukommen. Wieder erschütterte seine Attacke den Boden, doch ich war im richtigen Moment zwischen seinen breiten O-Beinen hindurch gehuscht. Ohne zu zögern und noch bevor der dicke Wachmann verstanden hatte, was so eben geschehen war, stieß ich ihm die Spitze des Dunkelschwertes in den fetten, ungepanzerten Hintern.

„ARRRRGH! Du mieser, kleiner Wurm!", fluchte er laut und mit schmerzerfüllter Stimme. Die Kreativität seiner Wortwahl ließ jedoch immer noch zu wünschen übrig. Wutentbrannt wirbelte er herum. Gut dass ich gleich nach meinem Angriff auf Abstand gegangen war. Nun hatte ich es wieder mit seiner besser verteidigten Vorderseite zu tun. Das verständlicherweise zu kurze Kettenhemd schützte meinen Gegner zwar vorne eben so wenig wie hinten, doch durch seinen großen Schild konnte er meine Angriffe besser abwehren. Um so mehr freute es mich zu sehen, dass die Stichwunde in seinem Allerwertesten, seine ohnehin schon eingeschränkte Agilität noch weiter beeinträchtigte. Egal wie stark oder ausdauernd er auch sein mochte... Nun hatte der Fettsack keine Chance mehr gegen mich zu gewinnen!

Langsam humpelte er auf mich zu. Dieser Wachmann wollte scheinbar, trotz seiner Verletzung nicht aufgeben. Ich plante schon meine nächsten Angriffe auf seine Rückseite und seine Beine, als ich bemerkte wie die Klinge des Dunkelschwertes in eine finstere Aura gehüllt wurde. Es war zweifellos die selbe Energie, welche es auch damals, beim Kampf gegen die Baumkobolde durchströmt hatte. Auf einmal hörte ich einen Schrei. Es war Aizys Stimme! Ich drehte mich um und sah sie am Boden liegen umzingelt von Dorozin und zwei seiner Männer.

„Hey, bleib hier du feiger Wurm!", rief mir mein übergewichtiger Gegner zu, doch ich dachte nicht daran meine Zeit weiterhin mit ihm zu vergeuden. So schnell ich konnte, lief ich nun zu Aizy. Die dunkle Energie durchströmte mein Schwert immer intensiver und das übliche Hin und Her machte sich in meinem Schädel breit. Ich sah wie der teuflisch grinsende Hauptmann die arme Magierin an den Haaren packte und sie zwang aufzustehen. Mit Schrecken musste ich feststellen, dass er eines dieser traumfängerartigen Siegel um den Hals trug. Mist! Ohne ihre Schwarzmagie war Aizy ihnen hilflos ausgesetzt... Zorn erfüllte nun mein Herz. Dieses korrupte Schwein war echt das Letzte!

„HAAAA!!!!", brüllte ich laut, während ich mit erhobener Waffe in die Luft sprang. Ich war zwar noch nicht ganz in Angriffsreichweite, doch die mittlerweile vor Energie vibrierende Klinge schien mich zu kontrollieren. Ich landete mit einem ähnlichen Sprungangriff, wie ihn Ira bei Thazyl angewandt hatte, doch statt einer explosionsartigen, feurigen Druckwelle, durchfuhr eine gewaltige Sichel aus schwarzer Energie die Luft. Sie riss Dorozin mit der Gewalt einer dunklen Flutwelle mit sich und schleuderte ihn gegen eine Wand. Die Magierin und die anderen beiden Wachleute standen einige Augenblicke nur verdutzt da, ohne zu verstehen was soeben geschehen war.

„Lasst Aizy sofort frei und öffnet die Tore!", befahl ich mit wütender Stimme.

„F-Flo...", brachte die immer noch geschockte Weißmagierin nur hervor. Nicht weit entfernt waren Ira, Falk und Terra mit den verbleibenden fünf Wachen beschäftigt gewesen, doch auch sie starrten jetzt alle mit großen Augen auf den Hauptmann, der sich langsam wieder zu bewegen schien.

„Was... Was zum Henker war das?!", brummte Dorozin verärgert.

Ich richtete mein immer noch von dunkler Aura umgebenes Schwert auf die beiden Kerle neben Aizy und wiederholte meine Forderung: „Hey! Macht gefälligst sofort die Stadttore wieder auf!" Sie sahen mich nur verunsichert an und wichen langsam ein paar Schritte zurück. Scheinbar wussten sie immer noch nicht so ganz woran sie bei mir waren. Aus heiterem Himmel wurden die beiden Wachen und auch Aizy zur Seite geschleudert. Dorozin ging nun langsamen Schrittes und mit finsterem Blick auf mich zu.

„Wie hast du das gemacht, Kleiner?", fragte er bedrohlich. Anstatt ihm zu antworten, warf ich ihm nur einen giftigen Blick zu. „Du kleine Ratte... Es ist unmöglich, dass du mich mit schwarzer Magie angreifen konntest. Dieses spezielle Siegel um meinen Hals habe ich von einem sehr mächtigen Mann erhalten. Sobald ich es anlege kann keiner in meinem Umfeld magische Energie freisetzen, außer mir persönlich. Das gilt sogar für Heilzauber, Schutzzauber und sonstige Weißmagie." Es war mir vollkommen egal was dieser widerwärtige Riese sagte. Ich hatte nur noch ein Ziel vor Augen... nämlich mit Aizy, Ira, Falk und Terra hier zu verschwinden. „Antworte mir sofort!", brüllte mich der Hauptmann an: „Womit hast du mich attackiert?" Wieder spürte ich wie es in meinem Kopf pulsierte, Wut in mir aufstieg und meine Klinge vibrierte.

„Hiermit, du Mistkerl!", schrie ich laut, während ich einen weiteren, sichelförmigen Strahl schwarzer Energie – diesmal durch einen horizontalen Hieb – auf ihn los ließ. Nur knapp konnte Dorozin ausweichen, doch das magische Geschoss prallte wieder auf die Wand hinter ihm und hinterließ eine riesige, längliche Spalte darin.

„Verflixt nochmal, was ist das?!", fluchte er schockiert: „Was auch immer du da tust. Ich werde dem ein Ende bereiten!" Der in Raserei geratene Hauptmann stürmte nun auf mich los.

„Florian!!!!", hörte ich Aizy noch schreien, bevor ich plötzlich wie von einer unsichtbaren Kanonenkugel getroffen nach hinten geschleudert wurde. Zweifellos war das ein magischer Angriff des bärenhaften Gegners gewesen, welcher immer noch auf mich zu rannte und nun einen mächtigen Energieball zwischen seinen Händen formte. Mir blieb die Luft zum Atmen weg und mein ganzer Oberkörper schmerzte von dem letzten Treffer, doch ich musste jetzt schnell aufstehen und versuchen seiner nächsten Attacke auszuweichen. Mist! Es war zu spät. Dorozins Zauber flog genau auf mich zu. Einen Sekundenbruchteil später klaffte an der Stelle, wo ich gelegen war ein großes, qualmendes Loch. Ich hingegen befand mich in Sicherheit.

„Danke, Falk! Jetzt hast du mir schon wieder das Leben gerettet...", keuchte ich erleichtert. Der Elf war auf Terras Rücken herbeigeeilt und hatte mich im letzten Augenblick aus der Schussbahn gerissen.

„Wir kämpfen doch auf der selben Seite, da ist das selbstverständlich, werter Freund."

Auch Aizy und Ira kamen jetzt angerannt um zu sehen wie es mir ging. Die restlichen acht Wachen – einschließlich des Dicken mit dem zusätzlichen Loch im Hintern – bildeten nun einen großen Kreis um uns. Sie selber sahen zwar nicht mehr all zu kampfbereit aus, doch ihr groß gewachsener Hauptmann schritt langsam auf uns zu und meinte:

„Ich bin in der Tat mehr als überrascht von eurer Kampfkraft. Scheinbar hatte ich euch wirklich unterschätzt, besonders den Knirps mit dem schwarzen Schwert. Doch mir – Dorozin, dem Auserwählten des Königreiches Tizerius – kann niemand das Wasser reichen!" Die ersten indigofarbenen Sonnenstrahlen fielen nun über die Stadtmauer und kündigten die Morgendämmerung an.

Jetzt drehte der Hauptmann wohl völlig durch. Sein Gesicht schien sich mehr und mehr zu einer teuflischen Grimasse zu verzerren und seine Augen waren von Wahnsinn erfüllt. Er richtete nun beide Hände nach oben und erschuf eine kleine, leuchtende Energiekugel, welche jedoch zu wachsen begann. Zusätzlich war sein ganzer Körper auf einmal von einem seltsamen

Licht umgeben. Sogar die Wachen, die uns umzingelt hatten fingen an zu murmeln und zu tuscheln.

„Ihr dürft euch wahrlich geehrt fühlen", meinte Dorozin plötzlich: „Denn ihr werdet vor eurem Tode noch Zeugen meiner unglaublichen Macht!" Die magische Kugel hatte die Größe eines Fußballes bereits überschritten und wuchs weiter. Die Wachleute wichen nun allmählich zurück und wir taten es ihnen gleich.

„Ich kann zwar keine Magie verwenden, aber Pfeile kann ich immer noch schießen", sagte der Schützen-Elf und ließ eines der spitzigen Geschosse auf den übergeschnappten Hauptmann los. Dies prallte jedoch ab, noch bevor es sein Ziel berührt hatte.

„Das war klar... eine magische Barriere", schlussfolgerte Aizy: „Wenn ich uns doch nur hier weg teleportieren könnte..."

„Vielleicht kann ich ihn mit einer Feuer-Schwert-Kombination aufhalten...", rätselte Ira.

„Vergesst es!", wehrte Falk ungewont unhöflich ab: „Ihr seid hier diejenige, welche sich am meisten verausgabt hat. Außerdem könnt Ihr wegen Dorozins Siegel keine Feuermagie einsetzen. Kommt mit mir! Ich werde Euch schnell hier weg bringen und Eure beiden Gefährten können auf Terras Rücken..." Der Elf hatte seinen Satz noch nicht mal beendet, da war es auch schon zu spät. Der Energieball, welcher inzwischen gigantische Ausmaße angenommen hatte, sauste auf uns zu. Es gab keine Möglichkeit mehr, der zu erwartenden Explosion zu entkommen. Die Zeit schien still zu stehen. Der Schützen-Elf, der Babydrache, die Schwertkämpferin, die Magierin und ich starrten dem hell leuchtenden Tod ins Auge, der dabei war uns und unsere

Queste auszulöschen. Plötzlich spürte ich eine vertraute Präsenz, kurz bevor alles schlagartig in gleißendes Licht gehüllt wurde.

„Achte auf deine Emotionen, erkenne dich selbst und werde stärker...", ertönte die ruhige, vertraute Stimme in meinem Kopf. Dann wurde es wieder dunkel... so dunkel wie in einem All ohne Sterne...

*Objekte – MAGIESIEGEL*

# Kapitel III: Die Reise zur Elfenstadt

## Falk und Terra

Das erste was ich vernahm war leises Vogelgezwitscher. Langsam öffnete ich meine Augen. Über mir ragten große Nadel- und Laubbäume in die Höhe, alle samt in rötlichen und violetten Farbtönen. In den Wipfeln glaubte ich verschwommen eine Gestalt erkennen zu können. War das etwa...

„Hey, Du... lauf nicht wieder weg!", rief ich während ich mich schnell aufrichtete. Offensichtlich etwas zu schnell, denn mir wurde leicht schwindelig.

„Wieso sollte ich denn weglaufen?", fragte Falk und sprang von den Bäumen herab.

„Oh, du bist es... Ich hab dich wohl verwechselt", gestand ich ein. Neben mir sah ich nun die drei Mädchen schlafen – die kleine Drachin natürlich dazugezählt. Der Elf erklärte mir, dass er selber erst vor kurzem aufgewacht sei und in den Baumkronen unseren Aufenthaltsort feststellen wollte.

„Wir sind gar nicht mal so weit von der Hundereinundzwanzigsten weg", erläuterte er: „Ich frage mich jedoch wie wir hier her gelangt sind." Diese Frage stellte ich mir ebenfalls. Es musste etwas mit dieser mysteriösen, vermummten Person zu tun haben. Ich war davon überzeugt, dass sie uns manchmal beobachtete und in schwierigen Momenten mitmischte, doch weshalb? Nein, es brachte jetzt nichts darüber nachzudenken. Mir schwirrten einfach viel zu viele Fragen im Kopf herum.

„Könntet Ihr vielleicht hier bei den Damen bleiben, werter Freund?", bat Falk auf einmal: „Ich würde nämlich ein paar Köstlichkeiten des Waldes sammeln gehen." Trotz der schweren Zeit, die wir alle durchstehen mussten – er war ja immerhin sogar im Gefängnis gewesen – schien der Schützen-Elf gut gelaunt und voller Tatendrang zu sein. Ich gewährte ihm den Wunsch und wachte über die schlafenden Mädchen, während er sich auf die Suche nach etwas Essbarem machte.

Ich setzte mich neben Ira ins orangefarbene Gras und richtete meinen Blick gedankenverloren nach oben. Hoch über den rot-violetten Baumkronen strahlte die dunkelblaue Sonne von Obscuritas. Es musste sicherlich schon Nachmittag gewesen sein. Tausend Dinge kamen mir in den Sinn als ich die vorbeiziehenden, schwarzen Schäfchenwolken am blass-roten Himmel beobachtete.

Vor allem über Falk machte ich mir Gedanken. Er war so ein seltsamer Typ. Einerseits schien er das Leben eines herumstreunenden Gauners zu führen, doch andererseits konnte er auch sehr kameradschaftlich sein. Obwohl ich kaum daran zweifelte, dass der Elf ein ziemlich hinterlistiger und womöglich sogar perverser Kerl war, konnte seine höfliche Art einfach nicht gespielt sein. So eine vielseitige und widersprüchliche Persönlichkeit hatte ich vorher noch nie getroffen.

Schließlich senkte ich meinen blick wieder. Eher zufällig fiel er auf die schlafende Schwertkämpferin neben mir. Sie hatte nun wirklich schon oft genug bewiesen, wie mutig und stark sie war. Ich hatte mich schon immer gefragt wie sie ihr langes, breites und zweifellos sehr schweres Schwert nur so graziös führen konnte. Wenn man Ira so friedlich da liegen sah, würde man ihr so was gar nicht zutrauen. Ihr langes, blondes Haar, welches sie meistens zu einem Pferdeschwanz gebunden hatte, war nun offen und fiel ihr teilweise über die schmalen Schultern. Ich fand, dass sie eher die Figur einer hübschen, zierlichen Prinzessin hatte, als die einer sturen und temperamentvollen Schwertkämpferin.

Nach einer Weile kam Falk auch schon zurück und hatte einen Beutel voller schmackhaft aussehender Pilze dabei. Wir sammelten einige Stöcke und suchten uns eine geeignete Stelle um ein kleines Feuer entzünden zu können.

Mich wunderte es allerdings auf welche Weise der Elf dies tat: „Wieso schießt du denn jetzt einen Pfeil da rein? Kannst du nicht einfach einen kleinen Feuerzauber oder so was in der Art verwenden?"

„So einfach ist das nicht bei mir...", erkläre er: „Leider bin ich kein all zu guter Zauberer, aber dafür ein exzellenter Schütze. Mein magischer Bogen hier ist mir jedoch dabei behilflich auch Zauberei einsetzen zu können. Auf diese Weise kann ich alle möglichen Arten von Pfeilen abfeuern."

„Ach so ist das... Also ich finde deine Fähigkeiten wirklich sehr beeindruckend!", lobte ich den Elfen.

„Nun ja... Erdpfeile, Eispfeile oder auch Feuerpfeile verlangen mir schon einiges an Konzentration und Energie ab, denn mein Spezialgebiet sind eigentlich Luftzauber." Ich erinnerte mich nun an den unglaublichen Wirbelwind-Pfeil, der vier Gegner durch die Luft schleudern konnte, ohne sie auch nur zu berühren. Falks Talente diesbezüglich waren erstaunlich.

Nachdem wir einige der Pilze an Stöcken neben dem Lagerfeuer aufgespießt hatten, dauerte es auch nicht lange bis Ira und Aizy aufwachten.

„Graubaumpilze...", murmelte die Schwertkämpferin noch verschlafen: „Und sogar Goldlinge!", nun schien sie bereits hellwach zu sein.

„Ihr habt eine feine Nase, meine liebe Dame", merkte der charmante Elf an.

„Ich hab bloß unglaublichen Kohldampf", gab das freche Mädchen zurück: „Aber wo hast du die alle her? Goldlinge sind doch unheimlich selten."

„Ich kenne mich hier in der Gegend ein wenig aus", erläuterte Falk: „Ihr habt aber recht, denn all zu häufig findet man diese Pilze nicht. Wir haben Glück, da wir uns gerade in der richtigen Saison befinden."

„Goldlinge sind nicht nur sehr selten, sondern auch sehr wertvoll", merkte die ebenfalls erwachte Magierin an: „Ihr hättet einen guten Preis für sie heraushandeln können."

„Neben ihrem Wert und ihrer Seltenheit besitzen sie aber noch eine weitere wichtige Eigenschaft", meinte der Elf: „Sie sind sehr nahrhaft und geben erschöpften Leuten neue Kraft. Wir können jetzt sowieso jeden Bissen gebrauchen, den wir bekommen können. Von Geld allein wird man nicht satt."

„Ganz wie ich es erwartet hatte... weise Worte von einem weisen Elfen", sagte die Magierin lächelnd.

„Okay, genug geredet", meinte Ira: „Wir sollten langsam mal essen, sonst verkohlen noch die schönen Pilze."

„Hier, meine edle Freundin...", Falk hielt ihr einen der Pilzspieße hin: „Euch gebührt der erste Spieß, da ihr Euch so verausgaben musstet. Er ist mit besonders vielen Goldlingen gespickt." Die Schwertkämpferin probierte einen der besonderen Pilze.

„Oh, das schmeckt klasse! Vielen Dank, Falk!" Hatte ich mich gerade verhört?! Entweder war Ira immer noch im Halbschlaf versunken, oder aber der Hunger hatte sie verwirrt, denn dies war das erste mal, dass das sonst so elfenfeindliche Mädchen, den Schützen-Elf bei seinem Spitznamen genannt hatte und nett zu ihm war. Auch Falk schien dies kaum fassen zu können, denn er viel der Schwertkämpferin freudig um den Hals. Obwohl... einer seiner Arme... „Was fällt dir ein, du Perversling?!", brüllte Ira plötzlich und ehe er sich versah, lag der Grabscher auch schon wieder mit einem glühenden Handabdruck auf seiner Wange am Boden. Aizy und ich warfen uns nur einen fragenden Blick zu und mussten anschließend beide lächeln.

Beim Essen fiel mir das immer noch schlafende Drachenbaby ein: „Ach sag mal... Sollte Terra nicht auch einige der Pilze abbekommen?", fragte ich den Elfen.

„Ach, sie sieht zwar nicht so aus, aber Terra benötigt relativ wenig Nahrung. Wenn sie hungrig ist, folgt sie ihrer Nase und spürt meistens nahrhafte Wurzeln auf, die sie sehr gerne frisst." Ich hätte der kleinen Drachin ohne zu zögern, einige meiner Pilze abgegeben. Natürlich hatte ich selber ziemlich großen Hunger, doch so schmackhaft, wie sie anfangs ausgesehen hatten waren diese Graubaumpilze nicht und über die Goldlinge musste ich mich erst recht wundern. Wieso war etwas, das so abscheulich schmeckte so begehrt? Die Geschmäcker schienen in der Schattenwelt genau so ungewöhnlich und verrückt zu sein, wie die Naturerscheinungen.

Wir alle kamen nicht umhin uns zu fragen, was uns vor Dorozin gerettet haben mochte, doch in jenem Moment war ich einfach nicht mehr in der Lage über all diese mysteriösen Begebenheiten zu diskutieren, sodass ich mich mit meinen Vermutungen zurückhielt. Letztendlich mussten wir uns damit abfinden, dass das Thema ungeklärt bleiben würde. Nach dem Essen bedankten wir uns schließlich noch bei Falk und bereiteten uns auf die Weiterreise vor.

„Mir scheint, ihr gedenkt ohne Terra und mich eurer Wege zu gehen...", sagte der Elf auf einmal: „Ich befürchte, das kann ich nicht zulassen."

„Was genau meinst du denn damit?", fragte Ira misstrauisch.

„Liegt das nicht auf der Hand?", meinte er: „Ich habe euch bestohlen und jede Menge Probleme bereitet. Ihr hingegen habt meine kleine Terra und sogar mich aus der Gefangenschaft befreit. Ich stehe zu tiefst in eurer Schuld. Darum kann ich euch nicht einfach so verlassen." Wie bitte?! Was war denn das für ein Langfinger, der solche Reue zeigte?

„Denk einfach nicht mehr dran und vergiss was geschehen ist", gab Ira kühl von sich.

„Ich sehe das genau so", meinte Aizy: „Auch Ihr habt euch als tapferer Held erwiesen. Findet nur noch zurück auf den rechten Weg und gebt das Stehlen auf, dann seien Euch Eure kleinen Missetaten vergeben."

„Genau!", schloss ich mich meinen Vorrednerinnen an: „Außerdem hast du sogar dein Leben riskiert, als ich fast von der Energiekugel getroffen wurde."

Der Elf stand jetzt regungslos da und starrte uns mit großen Augen an. Diese füllten sich auf einmal mit Tränen und seine langen, spitzigen Ohren senkten sich leicht. Er beugte den Kopf nach unten und kniff die Augenlider zusammen um seine Tränen zurückzuhalten, was ihm jedoch nur zum Teil gelang.

„Verflixt...", murmelte Falk halblaut: „Dieses verkalkte Orakel... Es hat es mir prophezeit... Irgendwann würde ich meine Sünden wahrhaftig bereuen... Irgendwann würde jedoch sogar ich auf edle Leute treffen, welche mich dennoch akzeptieren würden. Es sagte, dass ich meinem Schicksal nicht entfliehen könnte..." Wir standen nun alle drei verwundert vor dem gerührten Elfen, der krampfhaft versuchte nicht weinen zu müssen.

Schließlich fragte Aizy: „Von was für einem Orakel, habt Ihr da eigentlich gesprochen?"

Falk hatte sich nun wieder einigermaßen zusammengerissen und antwortete: „Von dem ach so tollen und berühmten Orakel, der Siebenunddreißigsten Hauptstadt in Viria." Dem Unterton nach zu urteilen konnte diese Phrase genau so gut eine zynische Parodie eines Werbespruchs gewesen sein.

„Ihr habt Euch also wirklich von jenem sagenhaften Orakel die Zukunft vorhersagen lassen?", staunte die Magierin.

„In gewisser Weise... ja... Ihr müsst nämlich wissen, dass ich eigentlich aus der Siebenunddreißigsten Hauptstadt stamme."

Nun war Aizy mehr als nur verblüfft: „Ernsthaft? Ihr kommt also aus der großen Elfenstadt? Wie konnte es Euch nur so weit weg und hier her nach Tizerius verschlagen?"

„Meine edlen Freunde...", begann Falk nun ernst, jedoch wehmütig zu sprechen: „Wenn ich euch mein Herz ausschütte... werdet ihr es mir und Terra dann gestatten, euch auf euren Wegen zu begleiten?"

„Meine Güte, rede nicht so viel um den heißen Brei herum und erzähl uns deine Geschichte eben unterwegs. Wir haben schließlich auch nicht ewig

Zeit", fuhr ihn die Schwertkämpferin mürrisch an. Der verdutzte Elf warf Aizy und mir einen fragenden Blick zu.

„Ich glaube, das ist Iras Art zu sagen, dass du uns gerne ein Weilchen begleiten darfst", erklärte die Magierin lächelnd. Ein breites Grinsen machte sich auf Falks Gesicht breit und seine hellblauen Augen leuchteten noch mehr als sonst.

„Oh habt vielen Dank, meine Freunde!", rief er glücklich und fiel Aizy und mir um den Hals. Als er jedoch auch Ira umarmen wollte, warf diese ihm einen der dämonischsten Blicke zu, die ich je erlebt hatte und schon erstarrte der Elf mitten in der Bewegung. Stattdessen schüttelten sich die beiden zumindest die Hände um ihre Freundschaft – oder wie auch immer man das nennen sollte – zu besiegeln.

Anschließend erzählte Falk uns einiges über sich:

„Ich wurde in der Siebenunddreißigste Hauptstadt geboren und bin auch dort aufgewachsen. Wenn die Leute von ihr hören, denken sie immer gleich an edle Elfen, hohe Lebensstandards und natürlich an das fantastische, weise und mystische Orakel. Ich hingegen verbinde diese Stadt mit kaltherzigen, hochnäsigen Leuten und strengen, sinnlosen Regeln. Es ist nicht so, dass ich die Siebenunddreißigste Hauptstadt hassen würde, nicht dass ihr mich falsch versteht... trotz allem ist sie immerhin mein Heimatort, doch ich habe vielleicht einfach zu viele schlechte Erfahrungen in dieser Stadt gemacht. Ich würde jetzt nur sehr ungern ins Detail gehen, aber ihr müsst wissen, meine Freunde, dass ich eine gewisse Bürde tragen sollte, welche ich jedoch niemals akzeptieren wollte.

Mein Leben lang wurde mir gesagt, dass ich meiner Bestimmung nicht entkommen könnte, doch ich weigerte mich, dies zu glauben. Stattdessen wendete ich mich von allen dummen Vorschriften und auch von den Personen, welche sie mir machten ab und versuchte meine eigenen Wege durchs Leben zu finden. Ich hoffte auf Leute zu treffen, die mich so akzeptieren würden, wie ich war... vielleicht sogar auf welche, die den selben Wunsch nach Freiheit mit mir teilten.

Doch nach und nach wurde ich enttäuscht und sogar verraten. Letztendlich stand ich doch immer wieder alleine da und musste feststellen, dass mir die große Stadt nichts zu bieten hatte. Auf die eine oder andere Weise waren doch alle Leute – ob Mensch oder Elf – gleich. Mich erwartete nur eine vorbestimmte Zukunft und ein Leben, welches ich mir nicht ausgesucht hatte. Also rannte ich weg... weg von all den Lügen, weg von all den elenden Bestimmungen und Vorschriften, doch vor allem... weg von der Verantwortung.

Auf diese Weise wurde ich zu einem feigen Streuner. Natürlich besuche ich noch ab und zu die Hauptstadt, doch es gibt dort nur eine einzige Person, zu der ich Kontakt habe. Die meiste Zeit irre ich allerdings ziellos durch die Gegend, auf der Suche nach wahrer Freiheit und nach...", es folgte eine längere Pause: „Terra!", lächelte der Elf.

„Terra?", fragten Ira und ich beinahe im Chor.

Falk erläuterte: „Nun ja, es war zwar Zufall, dass ich sie traf, aber die junge Drachin ist die einzige Freundin, die ich habe. Wenn ich so zurückdenke, dann ist sie sogar die einzige die ich je hatte..." Der arme Elf schien wirklich keine rosige Vergangenheit zu haben.

Nach kurzem Schweigen wurde Aizy doch neugierig: „Dürfte ich vielleicht fragen, wie es dazu kam, dass Ihr Euch mit einer kleinen Erddrachin angefreundet habt?"

„Ihr dürft, meine Dame. Als Herumtreiber und Langfinger war ich nicht nur viel unterwegs, sondern musste mich auch oft verstecken. Meistens nutze ich dafür Wälder oder Höhlen in welchen ich mich bereits auskannte, doch einmal verschlug es mich in die hügeligen Hochebenen, nahe des Zynober-Gebirges an der nördlichen Grenze von Tizerius."

„Was?! So weit seid Ihr gereist? Und dann auch noch an einen solch gefährlichen Ort...", rief die Magierin erstaunt.

Da mein geografisches Wissen wiedermal zu wünschen übrig ließ, musste ich nochmal genauer nachfragen: „Wie weit ist das denn weg? Und warum ist es da so gefährlich?"

„Also, es ist folgendermaßen..." erklärte Aizy: „Das Zynober-Gebirge ist eine sehr lange Gebirgskette, die sich vom Königreich Viria bis in den Norden von Tizerius erstreckt. Das gesamte Gebirge besteht aus Vulkanen, welche allerdings schon seit Jahrhunderten inaktiv waren. Vor ungefähr vier Jahren kamen jedoch Gerüchte darüber auf, dass seltsame Dinge in den Bergen vor sich gingen. Einige der längst erloschenen Vulkane wurden aus heiterem Himmel wieder aktiv und die Konzentration an Monstern nahm in jenen Gebieten ebenfalls zu. Heutzutage trauen sich nur die wenigsten Reisenden noch in die Nähe der Zynober-Berge, denn bereits die Hochebenen davor sind wegen all der Ungeheuer und der bedrohlichen Vulkane sehr gefährlich."

Falk meinte außerdem: „Ich war damals in der Tat sehr lange unterwegs. Die Gefahren fürchtete ich nicht, da ich zu jener Zeit sehr verzweifelt war.

Meine einzige Hoffnung bestand darin, womöglich in den gefährlicheren Regionen zu finden wonach ich suchte. Durch Terra wurde mir dieser Wunsch sogar erfüllt. Ich hatte mich in einer Höhle versteckt, welche tief unter die Erde führte. Mit Monstern hatte ich zwar bereits meine Erfahrungen gemacht, da ich auch sonst jede Bestie, auf die ich traf, zur Strecke brachte, doch in den Hochebenen war das etwas anders, wie ich feststellen musste. Meine schwarzmagischen Elementar-Pfeile erzielten bei den Biestern dort nicht den selben Effekt, wie ich es von den Ungetümen in anderen Gegenden gewöhnt war. Es handelte sich dabei um schwarze, schlangenartige Bestien, welche jedoch ziemlich harte Schuppen hatten. Außerdem schienen es immer mehr zu werden, sodass ich die Flucht ergreifen musste.

So saß ich also in der Finsternis dieser Höhle und hoffte, dass mich die Monster nicht aufspüren würden. Als sich meine Augen an die Dunkelheit gewöhnt hatten, erkannte ich die gigantischen Ausmaße der zahlreichen Tunnel, die sogar noch tiefer unter die Erde führten. Plötzlich bemerkte ich wie aus einem von ihnen eine flinke Gestalt huschte und sich hinter einem Felsen versteckte. Langsam schritt ich rückwärts dem Ausgang entgegen, da ich mir sicher war, dass es sich um ein Monster handelte und nach meinen neuesten Erfahrungen würde es nicht nur bei einem bleiben.

In der Dunkelheit der Höhle hatte ich noch weniger Chancen gegen einheimische Erdkreaturen zu bestehen, als gegen die Biester an der Oberfläche. Wie erwartet wurde ich auch angegriffen. Das Wesen sprang hinter dem Felsen hervor und bombardierte mich mit Schlamm, sodass ich nun eiligen Schrittes den Rückzug antrat. Gerade als ich das Licht des Ausgangs erblickte, traf ich allerdings auf die schwarz gepanzerten

Schlangen, welche mich scheinbar doch noch aufgespürt hatten. Hinter mir befand sich höchstwahrscheinlich ein Labyrinth voller Erdmonster und vor mir versperrten diese züngelnden Reptilien den Weg. Ich war gefangen.

Noch bevor ich darüber nachdenken konnte, wie ich nun heil aus der Sache raus kommen könnte, hagelte es wieder Schlammklumpen. Ein besonders harter Brocken traf mich am Kopf, sodass ich zu Boden ging. Auch die Schlangen wurden mit dem selben Angriff attackiert, was ihnen wohl gar nicht passte. Ohne ihre Zeit weiter mit mir zu verschwenden, glitten sie auf den Angreifer in der Finsternis zu. Mir kam es gerade recht, dass sich nun beide Parteien zu bekriegen schienen, da ich nun die Chance hatte aus der Höhle zu flüchten.

Endlich erreichte ich wieder das Tageslicht! Doch ich hatte mich zu früh gefreut. Die gesamte Höhle war von Schlangenmonstern umzingelt. Mir blieb keine Wahl... Ich musste mir den Weg zumindest so weit freikämpfen, bis ich endgültig fliehen konnte. Ich griff mit allem an, was ich hatte. Meine Künste beschränkten sich derzeit jedoch auf Feuerpfeile, Eispfeile und Windpfeile. Mit Erdpfeilen hatte ich zwar bereits etwas experimentiert, aber ich beherrschte diese magische Technik noch nicht wirklich. Meine Attacken waren nicht gänzlich wirkungslos, allerdings auch nicht sonderlich effektiv. Außerdem gab es einfach zu viele Gegner. Aus heiterem Himmel wurden jedoch die Schlangen, die in der Höhle waren samt einer ordentlichen Schlammlawine herausgeschleudert. Jetzt stand auch das Wesen vor mir, welches dafür verantwortlich war.

Es handelte sich gar nicht um ein Monster, sondern um eine kleine Erddrachin. Sie ließ einen ohrenbetäubenden Schrei los, der jedoch von Kraft und Entschlossenheit zeugte und mich sofort in seinen Bann zog. Das junge Tier bewegte sich keinen Schritt vom Eingang seiner Behausung weg und schien diese um jeden Preis verteidigen zu wollen. Kurz darauf krochen alle Monster auf das arme Geschöpf zu. Ich hatte nun die beste Gelegenheit zur Flucht, doch irgendetwas in mir hinderte mich daran. Ich sah wie effektiv die Erdangriffe, der kleinen Drachin waren, aber schon bald wurde sie von der Masse der schlangenartigen Bestien überwältigt. Ich konnte das arme Tier nicht einfach im Stich lassen. Genau genommen war ja sogar ich Schuld an seiner misslichen Lage, da die schwarzen Ungeheuer nur meiner Fährte gefolgt waren. Ich nahm also all meinen Mut zusammen und stürzte mich in den Kampf.

Gemeinsam konnten wird den gepanzerten Schlangen zwar Einhalt gebieten, doch unsere Gegner schienen sehr hartnäckig zu sein und dachten wohl nicht ans aufgeben. Die Erdattacken der Drachin zeigten viel mehr Wirkung als meine Feuer-, Eis- und Windangriffe zusammen. Ich musste es wagen... auch wenn ich nicht genug Übung hatte, so musste ich mir die Erdmagie zu Nutze machen. Das war damals das erste mal, dass ich einen richtig starken Erdpfeil abschießen konnte. Ich weiß nicht ob es an der Notsituation lag oder ob mich der kleine Erddrache inspirierte, doch es gelang mir die Erdmagie immer besser kontrollieren zu können. Letztendlich glückte es uns sogar die Monster in die Flucht zu schlagen.

Als ich mich zur Erholung an die Wand der Höhle lehnte, kam die junge Drachin und schmiegte sich an mich. Ich weiß bis heute nicht genau warum, aber seit dann wich sie nicht mehr von meiner Seite. Eine Familie schien sie trotz ihres sehr jungen Alters nicht mehr zu haben und womöglich erinnerten sie meine Erdattacken an Ihresgleichen. Wir wurden jedenfalls ein unschlagbares Team und halfen uns gegenseitig über die Runden zu kommen. Ich habe sogar das Gefühl, dass wir uns in magischer Hinsicht beeinflussen. Durch Terra lernte ich sehr viel über die Erdmagie und sie wiederum konnte schon bald so schnell wie der Wind laufen und mit mir mithalten, was für einen Erddrachen wirklich ungewöhnlich ist. Gemeinsam vereinen wir die Stärken des Erd-Elements und des Luft-Elements."

„Das ist in der Tat eine ergreifende Geschichte", meinte Aizy: „Terra und Euch scheint ein starkes Band zu verknüpfen. So eine Freundschaft zu einem Drachen aufzubauen ist etwas ganz Besonderes."

Die junge Drachin schien verstanden zu haben, dass es um sie ging, denn sie quietschte nun in fröhlichen Tönen.

„Dessen bin ich mir durchaus bewusst und auch sehr dankbar dafür", sagte Falk.

„Am ungewöhnlichsten finde ich es jedoch, dass ein Babydrache mutterseelenallein in einer so großen Höhle lebte. Was wohl aus den Eltern geworden ist...", rätselte die Magierin.

„Ist sie denn wirklich noch ein Baby?", musste ich dazwischen fragen, da mir die Drachin immerhin schon recht groß und stark erschien.

„Drachen können locker tausend Jahre oder länger leben. Ausgewachsen sind sie auch erst nach ungefähr hundert Jahren und unsere kleine Terra hier würde ich nicht älter als zehn oder zwanzig schätzen. Für einen Drachen ist das so gut wie gar nichts, sodass man sie durchaus noch als Baby bezeichnen kann. Ihre Stärke und ihre drachische Intelligenz darf man deshalb jedoch nicht unterschätzen."

„Also was mich noch interessieren würde...", fing Ira auf einmal an: „Wie bist du im Gefängnis und Terra im Monster-Zoo gelandet? Und vor allem... wie gelangte mein Amulett in die Hände eines solchen Schurken wie Thazyl?"

„Ach ja, diese Auskunft schulde ich Euch in der Tat noch...", gab Falk zu: „Nachdem ich euch bestohlen hatte, suchte ich die nächste Stadt auf, um einige der Sachen zu verkaufen, so wie ich es sonst auch tat. Terra ließ ich wie immer in sicherer Entfernung vor der Ortschaft zurück. Sie pflegte für gewöhnlich eine kleine Erdhöhle zu bauen und darin auf meine Rückkehr zu warten.

Ich hatte gerade mal einen kleinen Teil des Diebesgutes an den Mann bringen können, als in einer der benachbarten Gassen ein lauter Tumult entstand. Die Menschen liefen in Massen an mir vorbei, um zu sehen was dort los war. Auch ich wurde neugierig und folgte der Menge. Schon bald hörte ich vertraute, tierische Laute. Dann sah ich weshalb die Leute so in Aufruhr waren... Einige zwielichtige Typen transportierten einen großen, schweren Käfig, welcher nur spärlich durch ein Tuch bedeckt war.

Kalte Schauer überkamen mich bei der Vermutung, was sich wohl in diesem Käfig befinden könnte. Ich hörte wieder die selben bekannten Laute, die mir das Herz in der Brust zerspringen ließen, doch ich wollte es einfach nicht wahr haben. Da all die Schaulustigen offensichtlich zu viel Respekt vor den Personen mit dem Käfig hatten, nahm ich die Dinge selbst in die Hand... Ich musste es einfach genau wissen! Ein gezielter Windpfeil genügte um das Tuch vom Käfig zu wirbeln und meine schlimmsten Befürchtungen zu bestätigen.

Diese Mistkerle hatten scheinbar Terras Versteck gefunden und es sogar geschafft, das arme Tier in einen Käfig zu sperren. Ich wusste zwar nicht was sie genau mit ihr vorhatten, doch schon allein die Idee mit einem Drachen im Käfig durch die Stadt zu laufen war töricht. Die zwielichtigen Typen hatten nicht lange gebraucht um mich als den Absender des Windpfeils zu identifizieren und kamen auch schon auf mich zu. Ohne zu zögern und völlig in Rage geraten griff ich sie an. Anfangs sah es sogar recht gut für mich aus, da sie meinen Pfeilen nicht viel entgegenzusetzen hatten, doch dann griff Thazyl höchstpersönlich ein. Meine Elementarpfeile hatten nicht genügend Durchschlagskraft um seine Schutzschilde zu überwinden und ehe ich mich versah, wurde ich auch schon von seinen Attacken niedergestreckt. Nur zufälligerweise fiel dabei Euer Schutzamulett aus meiner Tasche, welches der Schurke natürlich sofort an sich nahm.

Zu allem Überfluss kamen auch noch die Wachen Dorozins angerannt, was mir nach all dem Aufruhr sogar verständlich erschien. Das Ende vom Lied war schließlich, dass Thazyl Terra und mich an den Hauptmann abgeben musste. Ich wurde als Kleinkrimineller – der ich eigentlich auch war – ins Gefängnis gesteckt und Terra kam ungerechterweise in den Monster-Zoo. Ihr seht also, meine Freunde, dass ich euch viel schuldig bin, denn ihr habt unser beider Freiheit gerettet."

„So weit so gut...", ergriff Aizy nun das Wort: „Aber was genau ist vorgefallen, während ich mich mit der kleinen Drachin in der Seitengasse außerhalb des Ganoven-Viertels versteckt hielt? Das würde mich auch noch brennend interessieren."

„Oh, das war echt unglaublich, sag ich dir!", platze es aus mir heraus. Wir hatten bisher tatsächlich vergessen der Magierin von Iras glorreichem Kampf zu berichten.

„Ich hab Thazyl gezeigt wo es lang geht, mein Amulett zurückgeholt und fertig!", sagte die Schwertkämpferin ungewöhnlich bescheiden.

„Ach was... tu doch nicht so!", erwiderte ich: „Der Kerl war mit all seinen Schutzschilden sogar für dich eine harte Nuss. Trotzdem hast du ihn ganz alleine besiegt... Falk und ich hätten dir womöglich nicht mal helfen können!"

„Ganz besonders Eure letzte Attacke war erstaunlich", fügte der Elf hinzu: „So eine graziöse und zugleich kraftvolle Kombination aus Feuermagie und Sprungangriff habe ich noch nie zuvor erlebt."

„Feuermagie?", wunderte Aizy sich.

„Ach ja genau...", fuhr ich aufgeregt fort: „Iras Schwert fing plötzlich Feuer und löste am Ende der Attacke eine gewaltige, brennende Druckwelle aus! Ich wusste gar nicht dass du so was drauf hast...", sprach ich unsere bescheidene Heldin nun direkt an.

Sie wendete lediglich ihren Blick ab und meinte: „Das wusste ich bisher selber nicht. Vielleicht war es ja auch nur Zufall... Beenden wir dieses Thema lieber." Was hatte sie bloß? Irgendetwas stimmte nicht mit der Schwertkämpferin. Sie war doch sonst nicht so zurückhaltend.

„Ira...", wandte sich die Magierin nun fürsorglich an sie: „Es ist nichts ungewöhnliches, wenn sich magische Fähigkeiten erst später zeigen. Die nötige Energie dazu wohnt in uns allen, jedoch entfaltet sie sich nicht immer auf die gleiche Weise. Darum gibt es Menschen mit mehr und mit weniger Talent zum Zaubern. Was letztendlich in einem steckt erkennt man oft nicht sofort und deshalb gibt es sogar Leute, die schon viel älter sind als du und immer noch nicht ihre wahre Bestimmung gefunden haben. Womöglich wohnt eine exzellente Kampfmagierin in dir und du weißt es noch nicht. Außerdem widerspiegelt das Feuer-Element deinen Charakter sehr gut." Aizy hatte nicht unrecht mit dem was sie sagte, doch die Schwertkämpferin schwieg nur und starrte zu Boden. Die Magierin ergriff erneut das Wort: „Ich glaube dass dir die Feuermagie sehr zusagen würde. Als Heilerin bin ich zwar eher auf Wassermagie spezialisiert, aber in der einen oder anderen Sache könnte ich dir sicherlich behilflich sein. Das Feuer-Element ist bei Kampfmagiern das beliebteste, aber nicht jeder hat das Zeug dazu es zu beherrschen. In Kombination mit deinen Fähigkeiten als Schwertkämpferin wäre es jedoch in der Tat eine unheimlich starke Waffe."

Der grünhaarige Elf schien der selben Meinung zu sein: „Es wäre wirklich schade, wenn Ihr Eure Talente nicht voll ausnutzen würdet, liebe Ira. Schon nach der ersten Ohrfeige wusste ich, dass Ihr keine gewöhnliche Maid seid. Im Kampf gegen Thazyl hat mich Euer Geschick dann sogar noch mehr beeindruckt. Aber ich hätte ja gar nichts anderes erwartet, wäre mir nur vorher schon bewusst gewesen, dass Ihr die Tochter Yaro Ikals seid..."

Schlagartig blieben beide Mädchen stehen, sowohl Aizy, als auch Ira. Sie starrten geistesabwesend vor sich in die Luft.

*Charaktere – FALKLAF MINORUS FINN*

# Die Vergangenheit der Schwertkämpferin

„Was... ist denn los? Hab ich was falsches gesagt?", erkundigte sich Falk irritiert.

„Yaro Ikal...", wiederholte die Magierin: „Ist das wirklich wahr, Ira?" Die Schwertkämpferin schaute nun zu Boden.

„Ich... Ich sollte eigentlich niemandem davon erzählen", sagte sie ernst: „In der Kneipe war ich so wütend auf diesen Thazyl, dass ich mich nicht mehr beherrschen konnte und es einfach herausgebrüllt habe. Ich glaube es wurde sowieso Zeit, dass ihr die Wahrheit über mich erfahrt..." Melancholie machte sich in ihrem Gesicht breit.

„Ich würde nur zu gerne mehr über die Tochter des berühmten Yaro Ikal erfahren", meinte Aizy: „Doch du musst über nichts reden, was du lieber für dich behieltest. Unser Vertrauen hast du dir bereits zu genüge verdient. Es ist dir also selbst überlassen, was du preisgeben willst und was nicht."

„Danke... das weiß ich zu schätzen. Wenn wir allerdings schon bei alten Geschichten sind, so will ich euch auch meine erzählen. Früher lebte ich als Tochter des Ritters Yaro Ikal am Hofe unseres gütigen Königs Laviel Tizerius. Ira ist genau genommen nicht mein richtiger Name, sondern nur eine Abkürzung. Eigentlich heiße ich Irora Ikal. Über meine Kindheit kann ich mich kaum beklagen, denn meine Eltern sorgten beide gut für mich. Wir waren eine wirklich glückliche Familie. Am Hofe des Königs fehlte es uns an nichts, da er ein gerechter und guter Herrscher war. Ich genoss alle Privilegien, die auch den edelsten Rittern zustanden, weil mein Vater nicht nur ein großer Held und starker Krieger, sondern auch des Königs bester

Freund war. So wurde ich also in den verschiedensten Fächern unterrichtet, wie zum Beispiel in der Bestienkunde, aber gleichzeitig auch im Schwertkampf trainiert. Es kommt zwar eher selten vor, dass Mädchen den Weg einer Kriegerin einschlagen, aber im Umgang mit dem Schwert bewies ich schnell mein Talent, sodass ich durch Vater immer mehr darin gefördert wurde und den Schwertkampf schließlich zu meinem Hobby machte. Die Leute sagten immer, ich käme ganz nach ihm, worauf ich sehr stolz war. Freundschaften pflegte ich jedoch eher oberflächlich, wenn überhaupt... Die Rolle der Einzelgängerin war mir nun mal am liebsten.

Eines Tages allerdings wiederholte sich die selbe Krise, welche Obscuritas schon einmal durchstehen musste. Die Anzahl der Monster stieg aus unerfindlichen Gründen rapide an und auch deren Aggressivität und Stärke nahm zu. Der Tag an dem mein glückliches Leben zerstört wurde liegt gute vier Jahre zurück. Es war kurz nachdem König Laviel Tizerius erkrankte und von der gesamten Außenwelt isoliert wurde. Nur noch die besten Weißmagier und sein ach so treuer Berater Zabul durften ihn besuchen. Letzterer hatte allerdings auch nicht gezögert seinen Posten als rechtmäßiger Stellvertreter des Königs einzunehmen. Es dauerte nicht lange, bis am Hofe bereits vom Tode Laviels gesprochen wurde, obwohl er nie offiziell für tot erklärt wurde. Auch die Weißmagier und Heiler hatten bald keinen Zugang mehr zu ihm. Heutzutage weiß keiner, was wirklich aus unserem gütigen Herrscher wurde. So ein Abgang war mehr als nur unwürdig... eine echte Schande!

Zabul erwies sich jedenfalls als strenger und gieriger Möchtegern-König – niemals würde ich ihn als unser echtes Oberhaupt anerkennen. Dann geschah es... mein Vater sollte sich Zabuls korrupten Lakaien anschließen, doch er widersetzte sich. Eines regnerischen Abends machte er sich mit einigen anderen Rittern, die sich gegen den Besudler des Throns verschworen hatten, auf den Weg um ihn persönlich zu überwältigen und in den Kerker zu sperren. Mein Vater meinte damals, dass er ein Ass im Ärmel habe, mit dem Zabul nicht rechnen würde, doch erstmal musste der Schurke entmachtet werden. Danach würde sich wieder alles regeln. Bevor er ging nahm er mich ein letztes mal in den Arm und bat um Verzeihung. Schließlich überließ er mir noch sein brandneues Schutzamulett und verlangte von mir, stark zu sein, ganz egal was auf mich zukommen mochte.

Ich verstand nicht im Geringsten was dies alles zu bedeuten hatte und auch heutzutage zerbreche ich mir oft, jedoch unnötig den Kopf darüber. Was mir allerdings meine Mutter anschließend beichtete, ließ eine Welt für mich zusammenbrechen. Sie erzählte mir, dass ich nicht ihre leibliche Tochter sei. Scheinbar konnten meine Eltern keine eigenen Kinder zeugen, sodass sie eines adoptiert hatten... nämlich mich! Damals wollte ich ihr das kaum glauben, doch sie hatte keinen Grund mich anzulügen. Meine Mutter versicherte mir, dass sie mich beide genau so sehr wie ein eigenes, leibliches Kind liebten und wollte mir noch weitere Dinge erklären, doch ich sträubte mich ihr länger zuzuhören. Verwirrt und zu tiefst erschüttert lief ich aus dem Haus in die regnerische Nacht.

Ohne weiter über mein Handeln nachzudenken, rannte ich direkt in Richtung des Schlosses, wo mir mein Vater überraschenderweise schon entgegen geritten kam. Obwohl es ihn wunderte, dass ich ihm gefolgt war, lächelte er und schien nicht erzürnt zu sein. Seine Augen jedoch waren von Trauer erfüllt. Irgendetwas musste schief gelaufen sein, bei dem Plan Zabul zu stürzen. Er setze mich auf sein Pferd und befahl mir so weit wie möglich weg zu reiten. Außerdem sollte ich unbedingt auf einen besonderen Gegenstand aufpassen, der in Lederbänder eingewickelt neben mir am Sattel hing. Zabul durfte niemals von seiner Existenz erfahren. Ich sei nun die Letzte, die dieses Geheimnis hüten könnte. Eines Tages würde mir der Gegenstand sogar mein Schicksal offenbaren, doch bis dahin sollte ich mich irgendwo verstecken.

Für weitere Erklärungen blieb keine Zeit mehr. Die letzten Worte, die ich aus dem Munde meines Vaters hörte, waren 'lebe wohl' und dass er mich ewig als seine einzige und wahre Tochter lieben würde. Noch bevor ich etwas sagen konnte, gab er dem Pferd durch einen Klapps auf den Hintern das Signal loszulaufen. Ich sah nur noch wie mein geliebter Vater sein treues Schwert zückte und auf eine Horde von Echsenkriegern zulief, die plötzlich aus dem Schloss stürmten.

Es regnete immer noch in Strömen und die Nacht war finsterer den je. Sonderlich weit kam ich mit dem Pferd jedenfalls nicht, da es auf einmal nicht mehr weiter laufen wollte. In meinem Kopf tummelten sich tausend Fragen, doch der Befehl meines Vaters war momentan am wichtigsten. Ich musste diesen mysteriösen Gegenstand um jeden Preis in Sicherheit bringen, also machte ich ihn vom Sattel los und lief damit zu Fuß weiter. Damals fand ich ihn noch sehr schwer und konnte nicht all zu schnell vorankommen, sodass mich schon bald einige der Monster eingeholt hatten. Es waren jedoch keine Echsenkrieger, sondern weitaus schnellere Biester, nämlich Kampftiger. Zum ersten mal sah ich Monster aus der Nähe. Ich hatte keine Chance, diesen Untieren zu entkommen, die wie eine Kreuzung aus Mensch und Raubkatze aussahen. Aus heiterem Himmel erschien jedoch meine Mutter auf dem Pferd, das sich bis vor kurzem noch geweigert hatte mich weiter zu tragen. Sie half mir aufzusteigen und ritt in Richtung einer nahegelegenen Schlucht. Dort mussten wir unser Reittier zurücklassen, da nur eine alte, wackelige Hängebrücke auf die andere Seite führte.

Meine Mutter ließ mich mit dem schweren Gegenstand vor gehen und zückte einen scharfen Dolch. Ihr Plan war es, die Seile am Ende der Brücke zu kappen, sodass uns die Bestien nicht weiter verfolgen könnten. Leider näherten sich die Kampftiger, schneller als gedacht und betraten die Brücke als wir erst die Hälfte des Weges über die Schlucht geschafft hatten. Meine Mutter drängte mich, schneller zu gehen. Plötzlich sprang eines der dummen Biester genau zwischen uns beide. Die Brücke, welche im Sturm sowieso schon mehr als genug gewankt hatte, wackelte nun heftig, sodass wir alle Probleme hatten uns fest zu halten. Das menschenähnliche Raubtier steckte allerdings in der Lücke fest, die es selber durch sein unkluges Manöver erschaffen hatte. Meine Mutter befahl mir zu rennen. So schnell es mir möglich war, beeilte ich mich also auf die andere Seite und versuchte die schwarze Tiefe der Schlucht unter mir zu ignorieren. In den Händen umklammerte ich fest den in Leder gewickelten Gegenstand. Der stürmische Regen ließ nicht nach und die Hängebrücke wankte weiter.

Schließlich erreichte ich doch noch heil die andere Seite. Mein Herz klopfte mir bis zum Hals, doch als ich mich umdrehte stand es schlagartig still. Schockiert sah ich, wie meine Mutter von dem Kampftiger, der immer noch in der Lücke hing, am Bein festgehalten wurde. Weitere Bestien waren bereits auf dem Weg, die Brücke zu überqueren und würden mich bald erreicht haben. Plötzlich kippte die Hängebrücke. Einige Monster fielen jaulend in den Abgrund, doch andere versuchten weiter zu klettern. Nun war meine geliebte Mutter dabei auch das letzte der Seile zu durchtrennen. Ohne die geringste Möglichkeit etwas unternehmen zu können, musste ich zusehen wie sie sich für mich opferte. Sie warf mir einen letzten, liebevollen Blick zu, bevor die Brücke letztendlich entzweit war und alles auf ihr in die bodenlose Tiefe fiel. Ich stand am Rande der Schlucht und konnte nicht fassen, was soeben geschehen war. Innerhalb kürzester Zeit war mein gesamtes Leben zerstört. Meine geliebten Eltern, ganz gleich ob leiblich oder nicht, würde ich niemals wieder sehen. Die verschiedensten Gefühle überkamen mich nun auf einmal... Verzweiflung, Trauer, Verwirrung, Angst, Hass und dann eine unheimliche Leere.

Plötzlich klammerte sich eine Hand an die Kante der Klippe. Für einen kleinen Moment dachte ich ernsthaft meine Mutter hätte es geschafft sich am Seil festzuhalten und hochzuklettern, sodass nun alles wieder gut würde. Doch ich musste der Realität ins Gesicht sehen. Was da gerade herauf kriechen wollte, war eines der Monster. Nun hatte es auch schon die zweite tatzenartige Pranke in die Felsen geschlagen und zog sich langsam hoch. Ich sah zum ersten mal richtig tief in die pupillenlosen, blutunterlaufenen Augen eines so abscheulichen Biestes, welches außerdem noch mitverantwortlich für den Tod meiner Mutter war.

Wut überkam mich. In jenem Moment verspürte ich nichts mehr außer brennendem Zorn. Von einem lauten, schmerzerfüllten Schrei meinerseits begleitet, dessen Echo noch lange durch die gesamte Schlucht hallte, brannte sich meine Faust förmlich in die Fratze des Ungeheuers, das soeben zu mir herauf klettern wollte. Es ist gut möglich, dass dies damals bereits mein erster Angriff mit Hilfe von Feuermagie war, ohne dass ich es realisierte, denn so weit ich mich erinnere, fiel das Monster qualmend in die Tiefe.

Die restliche Nacht verbrachte ich von Alpträumen geplagt unter einem hervorstehenden Felsen in der Nähe der Schlucht. Am nächsten Morgen kam es mir zunächst so vor, als würde ich in meinem Bett liegen und alles wäre wie immer. Die Erkenntnis der grausamen Realität versetzte mich jedoch schlagartig wieder in tiefe Depressionen.

Später beschloss ich dann doch zumindest mal den seltsamen Gegenstand auszupacken, auf den ich so gut Acht geben sollte. Es handelte sich dabei um eben jenes Schwert, welches ich heutzutage führe. Seit dann frage ich mich schon, was es genau damit auf sich hat... wieso Zabul nichts davon wissen darf... was es mit meinem Schicksal zu tun hat... Ich schwor mir jedenfalls hart zu trainieren, um stark genug zu werden, damit ich mich an dem niederträchtigen, unwürdigen Vizekönig rächen kann. Dies alles ist nun wie gesagt gute vier Jahre her. Ich fand irgendwann eine kleine verlassene Hütte am Rande eines Waldes und richtete sie etwas her. Dort lebte ich mehr oder weniger isoliert vom Rest der Welt, bis zu jenem schicksalhaften Tage, an dem ich im Wald einen seltsamen Typen vor zwei gefährlichen Monstern rettete."

Das war also das Geheimnis, welches Ira die ganze Zeit mit sich herumtrug... der Grund weshalb sie nie über ihre Vergangenheit sprach. Wir waren alle sehr ergriffen von ihrer Geschichte und wussten nicht so recht was wir sagen sollten, bis Aizy das Schweigen durchbrach:

„Das Schwert, das Amulett, die Monsterkenntnisse... Irora Ikal... Der Name Ira kam mir sofort irgendwie bekannt vor, obwohl ich eigentlich nicht viel von Yaro Ikals Familie gehört hatte."

„Mein Vater war immer bemüht uns aus seinen Angelegenheiten herauszuhalten", erläuterte die Schwertkämpferin: „Berühmte Ritter haben nicht nur viele Bewunderer, sondern auch Feinde. Er hat darum immer versucht Familie und Beruf zu trennen, sodass Mutter und ich nicht all zu viel mit der Öffentlichkeit zu tun hatten und ein mehr oder weniger normales Leben führen konnten." Das klang ja nach den selben Problemen, mit denen sich die Stars und deren Familien in meiner Welt herumschlagen mussten.

„Dein Vater scheint ja eine echte Berühmtheit gewesen zu sein", staunte ich.

„Na ja...", meinte Ira wehmütig: „Heutzutage erinnern sich nur noch wenige Leute an ihn. Seine glorreichsten Heldentaten liegen schon recht lange zurück und außerdem wurde er ja schon seit über vier Jahren nicht mehr gesehen. Ich glaube fast, dass ich die einzige bin, die überhaupt weiß auf welche Weise und zu welchem Zweck er sein Leben gelassen hat." Trauer machte sich wieder in ihrem Gesicht breit, doch Falk versuchte sie aufzumuntern:

„Lasst Euch nicht von belanglosen Dingen deprimieren, meine liebe Ira. Das wirklich wichtige tragt Ihr in Euch. Ihr kennt die Wahrheit über die damaligen Ereignisse und ich bin mir sicher, dass Ihr auch bald das Geheimnis um das mysteriöse Schwert lüften könnt, welches Euch Euer Vater anvertraut hat. Mir scheint, dass das Schicksal große Dinge für Euch vorsieht..." Ich fand, dass sich der Elf nun wie Aizy anhörte, oder sogar fast schon wie ein Wahrsager. Als der melancholischen Schwertkämpferin ein wehmütiges Lächeln übers Gesicht huschte fuhr Falk fort: „Auch heutzutage gibt es noch genügend Leute, die von den Heldentaten der Vergangenheit reden. Sogar ich habe schon das Eine oder Andere über Yaro Ikal gehört. Am berühmtesten ist die Geschichte von der großen Queste des Helden, der ganz Obscuritas vor finsteren Mächten rettete. Es ist zwar nicht mehr ganz klar, was Mythos oder Wahrheit ist, doch wenn mich nicht alles täuscht, spielte Euer ehrenwerter Vater eine nicht unerhebliche Rolle bei dieser Rettungsaktion."

„Darüber weiß ich leider selber nichts Genaueres", gab Ira zu: „Vater hat nie all zu viel über diese Mission geredet. Nicht mal Mutter und ich wussten mehr als die Öffentlichkeit."

„Könntet ihr mir vielleicht ein bisschen was über diesen Helden erzählen, auch wenn es nur Gerüchte sind?", musste ich mich nun einfach mal erkundigen, da ich bisher ja so gut wie gar nichts über meinen Vorgänger wusste.

„Viel ist wie gesagt nicht bekannt...", erklärte Falk: „Die Ereignisse liegen nun schon ungefähr sechsundzwanzig Jahre zurück, als ich selber noch nicht mal geboren war. Doch nach allem was ich so mitbekommen habe, muss es damals ein ähnliches Monsterproblem gegeben haben, wie heutzutage. Die Bevölkerung war am verzweifeln und auch die fünfundzwanzig Herrscher von Obscuritas wussten nicht weiter. Am aller schlimmsten hatte die Ungeheuerplage allerdings das Elfte Königreich Tizerius erwischt. Der noch relativ junge und unerfahrene König Laviel konnte selbst mit seinen treuesten und erfahrensten Rittern nicht viel gegen die überstarken Bestien unternehmen, die sein Volk bedrohten. Aus Heiterem Himmel erschien jedoch ein Fremder... ein mächtiger Ritter, welcher sich auf eine gefährliche Queste begab. Er suchte nach dem Ursprung des Monsterproblems um es ein für alle mal zu beseitigen. Dabei wurde er von einigen Gefährten unterstützt, über die allerdings auch nicht all zu viel bekannt ist. Angeblich begleiteten den mysteriösen Helden ein unheimlich starker Kampfmagier und ein junger Ritter, der von Laviel Tizerius höchstpersönlich für jene Mission auserkoren wurde. Bei letzterem handelte es sich um keinen geringeren, als Yaro Ikal, einen der talentiertesten Schwertkämpfer aller Zeiten."

„Wow, du bist sicherlich sehr stolz auf deinen Vater!", sagte ich zu Ira, die jedoch ihren Blick wieder abwendete.

„Das bin ich... Nur wäre ich zu gerne... seine leibliche Tochter." Oh je, jetzt hatte ich Idiot ihre Laune wieder getrübt.

Der Elf besserte meinen Fehler abermals aus: „Das ist es, was ich vorher gemeint hatte, werte Ira. Achtet lieber auf die Dinge, die wirklich zählen. Obwohl Ihr sein Schwertkampftalent nicht geerbt haben könnt, so hat Yaro Ikal Euch mit seinem Training dennoch sein wichtigstes Gut vermacht. Durch seine Zuwendung und Förderung hat er es Euch überhaupt erst ermöglicht den Weg einer Kriegerin gehen zu können. Doch damit nicht genug... Denn auf diese Weise lebt ein Teil von ihm immer in Euch weiter. Ich bin sicher, dass sein geistiges Erbe Euch auch zu Eurem Ziel führen wird, eine begnadete Schwertkampfmeisterin zu werden. Und nicht umsonst hat Euer geehrter Vater – wie Ihr bereits selber erwähntet – gesagt, dass er Euch immer als seine einzig wahre Tochter geliebt hätte." Falk war wirklich ein unheimlich guter Redner und verstand offensichtlich viel davon Leute aufzumuntern.

Lächelnd richtete Ira nun ihren Blick dem mittlerweile wieder grünlichen Himmel entgegen.

„Hey... Das heißt jetzt aber nicht, dass du eine Genehmigung zum Grabschen erhalten hast, du Perversling", sagte sie zickig, da sich ihr der grünhaarige Elf während seiner Predigt unauffällig genähert hatte. Scheinheilig versuchte er nun genau so unauffällig wieder auf Abstand zu gehen, bevor er sich nochmal eine brennende Ohrfeige einfangen würde.

*Charaktere – MINNA & YARO IKAL*

# Eine ungewöhnliche Farm

„So, da wären wir...", meinte Aizy, als wir vor einer steilen Felswand standen.

Die nächtliche Finsternis der Schattenwelt hatte nun schon fast ihren Höhepunkt erreicht, doch hoch über dem Gipfel des kleinen, steinigen Hügels versorgte uns der Vollmond mit fahlem, dunkelorangem Licht. In der Wand vor uns befand sich ein großer, reich verzierter Eingang. Es waren Säulen und Bögen in den Stein gehauen, die mit zackigen Ornamenten geschmückt waren. Mir fielen sogar einige seltsame, eingemeißelte Figuren auf, welche ich jedoch nicht zu deuten vermochte. Ich hätte diesen imposanten Höhleneingang auf den ersten Blick einer antiken Zivilisation zugeordnet.

„Ist das etwa...", begann Falk einen Satz, bevor ihm die Magierin vorlaut ins Wort fiel:

„Eine Überraschung! Ihr müsst nämlich wissen, dass Florian noch nie an solch einem Ort gewesen ist. Ich bin schon gespannt auf seine Reaktion, wenn er alles mit eigenen Augen sieht." Das hatte ich ja schon fast vergessen. Kurz vor unserem Aufbruch aus dem Dorf hatte mir meine Magielehrerin ja versprochen, dass wir eine spezielle Farm aufsuchen würden, von der ich mich überraschen lassen sollte.

„Ihr wisst also nichts über diese Einrichtung, mein werter Freund?", wandte sich der Elf an mich: „Wo kommt Ihr denn her, dass Ihr so was nicht kennt, wenn mir diese Frage erlaubt ist?" Falk wusste noch nicht über mich und die Queste Bescheid. Sollte ich ihm das nun etwa alles erklären? Mit fragendem Blick drehte ich mich zu Aizy.

Diese meinte schließlich: „Falklaf... Es gibt einige Dinge, die wir Euch erläutern müssten. Aber vorher möchte ich Euch bitten, eine endgültige Entscheidung zu treffen. Unsere Reise ist nicht ungefährlich und hat einen bestimmten Grund, der von großer Bedeutung für ganz Obscuritas ist. Als nächstes wird uns unser Weg nach Viria in die Siebenunddreißigste Hauptstadt führen. Wenn Ihr uns nicht dahin begleiten wollt, dann steht es Euch frei Eurer eigenen Wege zu gehen. Ich möchte Euch also dringlichst darauf hinweisen, dass dies nicht der Moment ist um sich wegen Schuldgefühlen oder falschem Heldenmut an uns zu binden." Der grünhaarige Elf schloss die Augen. Zweifellos war ihm nicht wohl bei dem Gedanken wieder in die Stadt zurück zu kehren, in welcher er offensichtlich schon so viele negative Erfahrungen machen musste.

Nach einer Weile des Schweigens blickte er zu Boden und sagte: „Meine lieben Freunde... Ich schulde euch so viel... und doch kann ich mich nicht revanchieren. Nur zu gerne würde ich euch auf eurer Reise beistehen, doch ich hatte keine Ahnung, dass die Dinge sogar noch komplizierter sind, als sie anfangs bereits schienen. Vor allem wegen Terra kann ich euch nicht begleiten. Niemals könnte ich sie einfach so zurücklassen und auf dem Weg, den ihr nun vermutlich einschlagen werdet, ist es nahezu unmöglich sie mitzunehmen."

Wieder erfüllte angespannte Stille die Luft. Scheinbar bedeutete dies nun doch den Abschied von unserem neu gewonnenen Freund.

„Macht Euch deswegen keine Gedanken, Falk", brach Aizy das Schweigen: „Wie gesagt... Wir haben Euch schon verziehen. Ihr seid ein freier Elf und könnt Euer Schicksal selbst bestimmen. Versucht nur vom

Wege des Diebes und Herumtreibers abzukommen." Auf einmal kniff der Elf seine Augen noch fester zusammen und ließ die langen Ohren hängen.

„Terra!", rief er und kehrte uns den Rücken zu. Die junge Drachin tat es ihm gleich. „Ich habe den Mund wohl mal wieder zu voll genommen. Vergebt mir, meine Freunde..." Dies waren die letzten Worte, die wir von Falklaf Minorus Finn zu hören bekamen, bevor er mit seiner drachischen Freundin so schnell wie der Wind in der Finsternis der Nacht verschwand. Wir hatten nicht mal mehr die Gelegenheit uns richtig von ihm zu verabschieden.

„Ach, jetzt zieht doch nicht so ein Gesicht! Wir sind ohne diesen Perversling sowieso besser dran", meinte Ira nachdem wir bereits eine Weile schweigend durch die dunklen Tunnel gelaufen waren, die tief in den felsigen Hügel und unter die Erde führten und lediglich von den Fackeln erleuchtet wurden, welche wir am Eingang aus den bereits bekannten ringförmigen Öffnungen aufgelesen hatten. Dies schien ein gängiger Service in der Schattenwelt zu sein, da es wohl üblich war, dass Reisende Höhlen durchquerten.

„Also ich fand ihn irgendwie nett", gab ich zu: „Außerdem hätten er und Terra starke Verbündete sein können."

„Jeder muss den Weg einschlagen, welcher ihm selbst am besten erscheint", sagte Aizy: „Ich bin sicher, dass Falk für sich selbst die richtige Entscheidung getroffen hat. Außerdem wäre es für Terra wirklich nicht möglich gewesen uns ab hier noch weiter zu begleiten."

„Wieso denn nicht? In einer Höhle wie dieser hätte sie sich bestimmt wohl gefühlt", fand ich.

Meine Magielehrerin meinte nur: „Warte erstmal ab. Bald erreichen wir die Farm und dann wirst du schon verstehen was ich meine. Dies ist jedenfalls keine gewöhnliche Höhle." So langsam nahm meine Neugierde doch immer mehr zu. Was für eine Überraschung würde mich wohl erwarten und wann würden wir endlich den Ausgang aus dieser Höhle finden?

Schließlich gelangten wir in einen großen Raum, der durch viele, wunderschöne, violett leuchtende Fackeln erhellt wurde. Jeweils zwei Männer in Lederrüstungen bewachten eines von drei großen, steinernen Toren. Jetzt wurde es in der Tat spannend. Wir schritten auf das mittlere Tor zu. Wieso befanden sich überhaupt solche bewachten Durchgänge mitten in einer Höhle?

„Seid gegrüßt, Wachmann", sprach Aizy einen der Männer an: „Wir sind drei müde Reisende, die eine Übernachtungsmöglichkeit suchen." Er musterte uns alle drei skeptisch und erkundigte sich über unsere Herkunft und Absichten. Letztendlich schien er uns doch für vertrauenswürdig zu halten und gewährte uns Einlass. Gemeinsam mit seinem Kollegen ging er in Pose und konzentrierte sich. Sofort fingen die mächtigen Torhälften an zu knattern und schoben sich langsam beiseite. Diese Wachleute waren sicherlich starke Erdmagier. Dann sah ich es... dieses riesige Etwas, das auf den ersten Blick wie ein gigantischer Haufen aus wirr angeordneten, kubischen Felsblöcken aussah. Es waren wirklich große und auch sehr viele verschiedene Arten dieser Steinwürfel zu sehen, in welche scheinbar Löcher gebohrt waren, teilweise groß genug um hindurchgehen zu können. Tatsächlich handelte es sich dabei um Türen und Fenster! Vor mir schien sich eine Art unterirdisches Dorf zu befinden. All die Blöcke mussten steinerne Häuser sein und das mitten in einer gigantischen Höhle unter der Erde. Ich kam aus dem Staunen gar nicht mehr heraus... es war einfach unbeschreiblich.

„Das, lieber Florian...", erklärte die Magierin lächelnd: „...ist die Colleth-Farm."

Ich lag wach in einem steinernen Bett, das jedoch mit weichen Blasen gepolstert war. Zweifellos war es schon nach Mitternacht und nach allem was wir in letzter Zeit durchmachen mussten, hätte ich hundemüde sein müssen, doch wiedermal gingen mir zu viele Dinge durch den Kopf, als dass ich schlafen hätte können.

Kurz nachdem wir einige, enge Straßen zwischen den kubischen Gebäuden entlanggelaufen waren, hatten wir uns auch schon vor unserem Ziel wiedergefunden. Es war das Haus von Colleth, der Farmbesitzerin. Sie war eine blasse, allerdings kräftig gebaute Frau mittleren Alters und scheinbar eine gute Bekannte Aizys. Obwohl sie schon zu Bett gegangen war und wir sie womöglich geweckt hatten, schien sie eher positiv überrascht zu sein, als sie uns vor ihrer Haustür gesehen hatte. Die Magierin war sofort nachdem sie Ira und mich vorgestellt hatte, mit Colleth in einem Nebenzimmer verschwunden, da sie wohl einige Dinge unter vier Augen besprechen wollten. Anschließend hatte es für uns arme Reisende, die wir schon fast am verhungern gewesen sein mussten, noch eine ordentliche Portion eines mir nicht unbekannten schattenweltlichen Gerichtes gegeben, nämlich Syrias. Ich weiß nicht ob es an meinem unglaublichen Hunger gelegen hatte, oder daran, dass ich mich in letzter Zeit an immer widerlichere Gerichte gewöhnen musste, doch dieses Syrias war das beste, was ich seit langem gegessen hatte.

Anschließend war jedem von uns ein eigenes Zimmer überlassen worden, wo wir übernachten konnten. Colleth schien immerhin mehr als genügend Gästezimmer in ihrem riesigen Steinwürfel zu haben.

Da ich einfach nicht einschlafen konnte, ging ich hinaus auf den steinernen Balkon. Man konnte von hier aus das kleine, unterirdische Dorf recht gut überblicken. Die engen Straßen wurden durch ähnliche violette Fackeln beleuchtet, wie es auch in dem Raum mit den drei großen Steintoren der Fall war. Draußen war keine Menschenseele zu sehen oder zu hören. Obwohl die Leute hier von Sonne und Mond abgeschottet waren, schienen die Schlafenszeiten die selben zu sein, wie an der Oberfläche.

„Hmmmm...", ich geriet ins grübeln. Wieso nannte man diesen Ort eine Farm? Bisher hatte ich hier noch keine Tiere oder Pflanzen ausmachen können. Aizy hatte mich nur auf den nächsten Tag vertröstet. Ich würde dann schon sehen was es mit dieser Farm auf sich habe. Als hätte ich sie gedanklich heraufbeschworen, erschien meine Magielehrerin auch schon auf dem kleinen Balkon, welcher neben meinem lag. Mein Zimmer befand sich nämlich genau zwischen dem der Magierin und dem der Schwertkämpferin.

„Du kannst wohl auch nicht schlafen, Kleiner...", meinte Aizy: „Obwohl du nun schon eine ganze Weile hier bist, ist die Schattenwelt immer noch voller Geheimnisse und Mysterien für dich, oder?"

„Das ist sogar noch untertrieben", gab ich lächelnd zurück: „So eine riesige Höhle hab ich noch nie gesehen. Und dann scheinen auch noch so viele Leute hier unten zu leben... Außerdem würde es mich nun echt brennend interessieren wieso das eine Farm sein soll. Mir sieht es eher nach einem kleinen Dorf aus."

„Du weißt doch noch, dass es zwei weitere Tore in der Eingangshalle gab, oder? Die führen in andere Bereiche der Farm. Das was du hier überblicken kannst, ist lediglich ein kleiner Teil. Hier befindet sich der Hauptwohnsitz von Colleth und den meisten ihrer Angestellten." So war das also. Es gab noch mehr Bereiche innerhalb dieser Höhle. Ich konnte es kaum erwarten zu sehen was es dort alles zu entdecken geben würde. Die Magierin sah nun plötzlich sehr nachdenklich und geistesabwesend aus.

„Was hast du, Aizy?"

„Na ja, ich bin mir momentan auch über diverse Dinge im Unklaren." Na dann willkommen in meiner Welt, dachte ich mir. „Zunächst einmal wäre da die Sache mit Hauptmann Dorozin", sprach die junge Magierin weiter: „Niemals hätte ich es für möglich gehalten, dass er solch eine Macht besitzt."

„Ja, der Kerl war wirklich furchterregend. Zum Schluss ist der sogar richtig durchgedreht."

Aizy richtete ihren Blick nun nach oben, als würde sie durch die Erdmassen hindurch in den schwarzen Nachthimmel blicken können und meinte: „Es war ja nicht mal seine eigene Macht. Pah... 'Auserwählter des Königreiches Tizerius'... den Floh hat ihm natürlich Zabul ins Ohr gesetzt. Auch dieses mysteriöse Siegel, das jegliche Magie unterdrücken kann, wurde garantiert von dem heimtückischen Vizekönig erschaffen. Dieses Monster hat seine Klauen womöglich schon über ganz Obscuritas ausgebreitet..."

Zabuls Einfluss auf die Geschehnisse in der Schattenwelt waren in der Tat beängstigend, doch da fiel mir plötzlich etwas ein: „Sag mal Aizy... Wenn es keine magischen Attacken waren, die ich mit Hilfe des Dunkelschwertes gegen Dorozin eingesetzt habe, was war es dann?"

„Also... das ist nicht ganz leicht zu erklären. Genau kann ich es zwar auch nicht sagen, aber es gibt mehr als nur vier magische Elemente in Obscuritas. Heutzutage kennen sich die Leute nicht mehr so gut mit der Magie aus, wie noch vor einigen tausenden von Jahren. Seit der Trennung der Dimensionen ging mehr und mehr Wissen verloren. In Eurer Welt ist Magie beispielsweise nur noch ein Mythos. Aber auch bei uns haben sich die Zeiten geändert. Angeblich soll es außer Feuer, Wind, Erde und Wasser noch zwei weitere Hauptelemente geben, welche man in der Magie als Licht und Schatten klassifizieren würde. Diese beiden Elemente stehen wahrscheinlich über den restlichen vieren... nein, sie umfassen sie... na ja, du siehst es ist schwer über Dinge zu reden, die heutzutage schon größtenteils in Vergessenheit geraten sind." Wie recht sie doch hatte. Ich war zwar etwas verwirrt, doch auch ziemlich überrascht. Das Dunkelschwert schien wirklich etwas Besonderes zu sein.

„Dann kann ich mit diesem Schwert also Licht- und Schattenmagie einsetzen? Und die sind stärker, als alle anderen magischen Angriffe? Darum hat doch auch Dorozins blöder Anhänger nicht bei mir gewirkt, oder?"

Meine Magielehrerin lächelte nun: „So würde ich das nicht ausdrücken, kleiner Florian. Die Macht des Dunkelschwertes ist in der Tat enorm, doch das wirst du alles noch persönlich herausfinden. Man kann jedoch nicht sagen, dass Licht und Schatten stärker sind, als die anderen Elemente. Sie sind einfach anders. Sogar für mich als Tempelschülerin ist diese ganze Thematik eine sehr komplizierte und verwirrende Angelegenheit."

Oha... ein Thema bei dem selbst Aizys scheinbar grenzenloses Wissen nicht ausreichte.

„Ach ja... da gibt es noch eine Sache, die ich erzählen wollte...", meinte ich schließlich: „Es geht um die mysteriöse Rettung vor Dorozins finaler Attacke."

„Genau! Das ist der nächste Aspekt über den ich mir zwecklos den Kopf zerbreche. Weißt du etwas darüber?" Die Magierin war nun selber ziemlich gespannt. Ich versuchte es ihr möglichst einfach zu erläutern, obwohl ich eigentlich selber nicht genau wusste, was wirklich vorgefallen war.

„So weit ich mich erinnere habe ich wieder diese mysteriöse Präsenz wahrgenommen... Du weißt schon... Außerdem hat mir die ruhige Stimme dieser Person abermals gesagt, dass ich auf meine Emotionen achten und stärker werden soll. Ich bin mir sicher, dass dieser Typ mit den tiefblauen Augen und den langen, lilafarbenen Haaren nicht nur ein Hirngespinst ist! Er beobachtet und hilft uns manchmal..." Mehr konnte ich dazu leider auch nicht sagen.

„Ich kann mir auf diese geheimnisvolle Person keinen Reim bilden, Flo... Wenn wir Glück haben, dann lüftet sich dieses Mysterium ja womöglich mit der Zeit von selbst. Aber ehrlich gesagt, hatte ich da eine andere Vermutung, was unsere Rettung vor Dorozins riesigen Energieball angeht", die Magierin machte eine kurze Pause und sah mir nun tief in die Augen: „Ich halte es für durchaus möglich, dass du für diese Teleportation verantwortlich warst!" Wie bitte?! Ich soll uns alle vor dem sicheren Untergang gerettet haben? Konnte das denn möglich sein? Da ich nicht wusste, was ich zu dieser abenteuerlichen Behauptung sagen sollte, sprach Aizy weiter: „Ich weiß ein bisschen was über die Kräfte des Dunkelschwertes und auch über die Queste des ersten Auserwählten. Er war ebenfalls in der Lage Licht- und Schattenmagie zu nutzen. Diese helle Sphäre, in welche wir getaucht worden waren, bevor uns Dorozins Angriff erreichen konnte... Zweifellos war es eine Teleportation mit Hilfe der Lichtmagie. Es kann eigentlich gar nichts anderes gewesen sein, da dieses dämonische Zaubersiegel ja jegliche andere Magie unterdrückt hätte. Außer dir, Florian hätte uns keiner retten können."

„Aber ich habe echt nichts gemacht. Was ist mit der mysteriösen Gestalt? Scheinbar kennt sich dieser lilahaarige Typ auch gut mit Licht- und Schattenmagie aus..."

„Nun ja... dazu kann ich leider auch nichts genaueres sagen. Auf diesem Themengebiet sind fast ausschließlich Spekulationen möglich. Wir können nur hoffen, dass sich möglichst bald Antworten auf all die Fragen finden lassen, die uns um den Schlaf bringen." Welch treffliches Stichwort dies doch war. Dieses Gespräch schien für uns beide zwar eher mäßig aufschlussreich gewesen zu sein, doch immerhin war ich nun müde genug um endlich schlafen zu können. Wir wünschten uns gegenseitig noch eine erholsame Nacht und gingen dann beide zu Bett. Ich schlief mit dem selben Wunsch im Hinterkopf ein, den Aizy ausgesprochen hatte. Hoffentlich würden wir bald Antworten finden...

Am nächsten Morgen gab es wiedermal ein Frühstück, das ich hinunterwürgen musste. Anschließend war es endlich so weit. Wir durften die Farm besichtigen! Colleth führte uns durch die engen, schwach beleuchteten Straßen zu einem großen, bewachten Steintor, ähnlich denen aus der Vorhalle. Dahinter lag ein relativ großer Raum, von dem aus mehrere Tunnel noch tiefer unter die Erde führten.

„Wenn man sich auf der Farm nicht auskennt, dann kann man sich sehr leicht verlaufen", erklärte Colleth. Wir erfuhren außerdem, dass hier viele verschiedene Tiere und Pflanzen gezüchtet wurden, doch die Farmbesitzerin würde uns gleich zu den wichtigsten führen. „Ach ja, Aizy...", meinte sie noch beiläufig: „Ihr könnt dann gleich heute Mittag zur Goril-Farm aufbrechen. Ankommen werdet ihr wahrscheinlich erst morgen, doch von dort aus ist es nur noch ein kleiner Sprung bis zur Siebenunddreißigsten Hauptstadt."

„Ah, vielen Dank, dass du dies noch so kurzfristig arrangieren konntest. Ich schulde dir echt was." Wie bitte? Von was redeten die beiden denn gerade? Wir waren tagelang unterwegs um diese Farm aufzusuchen und nun sollten wir schon morgen in der Siebenunddreißigsten Hauptstadt sein? Ich verstand wiedermal nur Bahnhof, doch noch bevor ich fragen konnte um was es hier eigentlich ging, waren wir auch schon bei der Brutstelle angekommen.

„Hier werden die Eier beobachtet und die Jungtiere betreut, wenn sie schlüpfen", erläuterte unsere Farmführerin.

„Wow... echt spannend", murmelte Ira leise neben mir. Der Sarkasmus in ihrer Stimme war allerdings deutlich herauszuhören. Zumindest ließ sie Aizy und Colleth ihr Desinteresse nicht bemerken. Wir befanden uns in einem großen, sehr schwach beleuchteten Raum und gingen nun durch mehrere Reihen von kleinen, seltsamen Feldern. Diese waren scheinbar mit Schlamm und kleinen Steinchen gefüllt. Außerdem konnte ich auch noch seltsame, orangefarbene Kugeln darin entdecken. Diese hatten ungefähr die Größe von Golfbällen oder Tennisbällen und mussten wohl die Eier sein, welche hier ausgebrütet wurden. Colleth ging kurz zu einer der wenigen Angestellten, die hier gerade anwesend waren und wechselte einige Worte mit ihr.

Als sie zurück kam meinte sie nur: „Kommt mit! Wir haben Glück. Einige der Kleinen sind kurz vor dem Ausschlüpfen." Gespannt warteten wir also vor einem der Schlammfelder auf die Tierchen, die zum ersten mal das Licht der Welt sehen sollten... wobei dieses Sprichwort in diesem Falle mehr als nur unzutreffend war. Doch die Angestellte hatte recht! Nach kurzer Zeit konnte man im schummrigen Licht bereits sehen wie sich einige der orangefarbenen Bälle bewegten. Ich konnte es kaum noch erwarten, endlich zu sehen was hier gezüchtet wurde. Es konnte wirklich alles mögliche – und auch unmögliche – sein. Dies war ja immerhin die Schattenwelt. Dann war es endlich so weit! Beim ersten der Eier riss die dünne, hautartige Schale ein. Ich sah einen Schwanz! Einen sehr langen Schwanz... Was für ein Tier kroch denn bitte mit dem Schwanz voran aus seinem Ei?! Er wurde jedenfalls länger und länger. Dann hörte der Schwanz auf und... nichts... Mehr kam nicht aus dem Ei. Die zehn bis zwanzig Zentimeter lange Kreatur, welche nun vor mir lag erinnerte mich sehr stark an ein vertrautes Lebewesen der Lichtwelt... Das war ein Wurm!

„Ich wusste doch, dass du begeistert sein würdest, Flo", meinte Aizy, als sie meine weit aufgerissenen Augen und meine heruntergeklappte Kinnlade sah.

Was sie fälschlicherweise für Begeisterung hielt, war aber in Wirklichkeit bloß Entgeisterung. Ich hatte wirklich alles erwartet, doch mit einem Wurm hatte ich nicht gerechnet. Immer mehr Eier dieses Feldes brachen auf und gaben Würmer frei.

„Das sind Wyrmagni, oder umgangssprachlich auch Riesenwürmer genannt", erklärte die Magierin. Dafür, dass sie soeben erst geschlüpft waren, schienen sie tatsächlich recht groß zu sein, doch riesig waren sie keinesfalls. Na ja, was nicht war, konnte ja noch werden.

„Wieso sind ausgerechnet diese Würmer so wichtig für die Farm?", erkundigte ich mich.

„Das wirst du schon früh genug erfahren", vertröstete mich Colleth: „Erstmal zeige ich euch noch ein paar andere Stationen der Wyrmagni-Aufzucht." Mittlerweile war mein Enthusiasmus allerdings schon fast auf Iras Ebene gefallen, doch auch ich lies es mir nicht anmerken. Mein vorgetäuschtes Interesse an dieser Besichtigungstour sollte sich jedoch sehr schnell in wahre Begeisterung umwandeln.

Schon die nächste Station ließ mich staunen. Hier wurden die Wyrmagni nämlich mit seltsamem, breiigem Zeug gefüttert. Dies allein war ja nicht all zu spannend, doch die meisten Tierchen hier hatten bereits eine beachtliche Größe erreicht. Ich konnte mich zwar auch irren, doch meiner Einschätzung nach mussten einige sogar ein bis zwei Meter lang sein!

„Die jungen Wyrmagni bekommen hier zusätzlich zu den Nährstoffen, die sie der Erde entziehen, auch noch spezielle, besonders nahrhafte Flüssignahrung, welche extra für diese Rasse hergestellt wird." Da ich zu beschäftigt damit war all die langen Würmer zu beobachten, konnte ich Colleths Vortrag nicht mehr ganz folgen. Ich stellte fest, dass diese Viccher nicht nur unheimlich lang und armdick waren, sondern nun auch etwas anders aussahen, als gewöhnliche Würmer. An ihren Köpfen hatten sie jeweils vier kleine Knopfaugen, die rötlich leuchteten. Außerdem glaubte ich leichten, weißen Flaum an ihrem Körper erkennen zu können. Wyrmagni schienen sich auch etwas anders fortzubewegen als ich es erwartet hatte. Sie zogen sich nicht zusammen und dehnten sich auch nicht aus, sondern glitten elegant den Boden entlang, fast wie Schlangen. Diese Tiere waren offensichtlich gar nicht mal so uninteressant wie ich angenommen hatte.

Im Laufe des Vormittags erfuhr ich immer mehr über die Wyrmagni und die Farm. Die Riesenwürmer wurden hier sogar dressiert und auf den größten die ich sah, ritten tatsächlich Menschen. Das waren vielleicht riesige Exemplare... bestimmt einen ganzen Meter dick und die Länge konnte ich gar nicht mehr einschätzen. An ihnen erkannte ich auch deutlich, dass ihre Haut tatsächlich von kurzhaarigem, mittlerweile graubraunem Fell bedeckt war.

„So, ich schätze mal, dass wir uns Langsam zur Haupt-Tunnel-Station begeben sollten", meinte Aizy, als wir gerade einen kleinen Imbiss zu uns nahmen.

„Oh, du hast ja recht!", antwortete Colleth: „Die drei grünen Fackeln... Ich hatte schon fast vergessen, dass ihr dringend aufbrechen müsst." Fackeln? Es waren in der Tat viele Fackeln in der ganzen Höhle verteilt, doch die meisten davon waren violett. Ab und zu konnte ich allerdings auch andere Fackeln ausmachen. Diese befanden sich meistens in verschiedenen Formationen und Farben an höher gelegenen Stellen.

Aizy hatte wohl meinen verdutzen Gesichtsausdruck bemerkt, denn sie erklärte: „Die drei grünen Fackeln bedeuten, dass wir nun bald abreisen können. Da man sich hier unten nicht nach der Sonne richten kann, benutzt man andere Systeme um Angelegenheiten zu regeln, welche die Zeit betreffen. Verschiedene Fackelformationen und Farben bedeuten auch verschiedene Reisezeiten und Ziele." Das klang ja ganz nach einer Art Bahnhof oder vielleicht sogar nach einem Hafen. Nun lag mir noch eine Frage auf der Zunge. Womit würden wir wohl reisen? Es musste auf alle Fälle etwas sein, was schnell genug war, um uns bis morgen zu unserem Ziel bringen zu können. Keiner wollte mir sagen wie wir nun wirklich reisen würden, doch wir waren sowieso schon unterwegs zu dieser Haupt-Tunnel-Station, wo ich es selber herausfinden konnte.

„WAS?!", brach es aus mir heraus: „D-Das ist nicht euer Ernst... o-oder?"

„Ha! Er scheint ja tatsächlich platt zu sein", lachte Ira mich aus.

„Doch, das ist unser Transportmittel", versicherte meine Magielehrerin.

„Sein Name ist Bob", fügte Colleth lächelnd hinzu. Wie?! Auch das noch... Wollten die mich etwa alle verarschen? Jeder in dieser verrückten Welt hatte einen ausgefallenen Namen, doch einen überdimensionalen Riesenwurm, der größer als ein Zug war, nannten sie *Bob*?!

„Er wird bald abreisen, also solltet ihr langsam aufsteigen", meinte die freundliche Farmbesitzerin. Ich war immer noch irritiert und konnte kaum fassen, dass wir auf so einem gigantischen Ding reiten sollten. Doch ehe ich mich versah, saßen wir auch schon alle drei in einer der teils steinernen, teils metallenen Gondeln oder Logen auf dem Rücken des Riesenwurms. Alles in allem sah er genau wie die anderen seiner Sorte aus, bloß dass sein feines Fell nicht mehr weiß oder graubraun, sondern pechschwarz war.

„Sein Name ist also Bob...", stammelte ich nur leise vor mich hin.

„Ja, das ist nicht ungewöhnlich für einen Wyrmagnus", erklärte Aizy: „Hey... gibt es diesen Namen nicht auch bei euch in der Lichtwelt?" Ich nickte bloß. Die letzten Passagiere kletterten jetzt die Strickleitern zu ihren Plätzen hoch. Wir winkten Colleth noch mal zum Abschied zu, als das gigantische Tier sich in Gang setzte. Tja, nun wusste ich also was so besonders an dieser unterirdischen Farm war und weshalb man sich hier auf die Aufzucht von Wyrmagni spezialisierte. Eine Gondel nach der anderen verschwand in der endlosen Finsternis, der riesigen, unbeleuchteten Tunnel, die wir nun durchqueren mussten.

*Tiere – WYRMAGNUS*

## Die Reise durch die Dunkelheit

„Ein Wyrmagnus benötigt ungefähr zwanzig Jahre bis er so groß ist wie unser Bob hier", Aizy war wiedermal mitten in einem ihrer Vorträge versunken: „Riesenwürmer können dreißig bis vierzig Jahre lang leben. Obwohl ihr Wachstum mit der Zeit immer mehr nachlässt, so hört es bis zu ihrem Ableben doch niemals ganz auf." Das klang ja gar nicht mal so uninteressant.

„Wie kann Bob eigentlich so schnell und geschmeidig durch diese Tunnel sausen?", wollte ich nun wissen, da es mich wirklich wunderte wie flink dieses Tier unterwegs war.

Die kluge Magierin erläuterte: „Wyrmagni haben eine ganz spezielle Art sich fortzubewegen. Zunächst einmal besitzen sie ja diese feinen Härchen auf ihrem ganzen Körper, mit deren Hilfe sie ihre Umgebung genauestens abtasten können. Des weiteren sind sie in der Lage eine glitschige Körperflüssigkeit abzusondern, um besser durch die Tunnel zu gleiten. Das wahre Geheimnis der Riesenwürmer liegt jedoch woanders... Mittels Erdmagie können sie nämlich auf den verschiedensten Boden- und Gesteinsarten in jede Richtung beschleunigen und abbremsen."

Wow, allmählich fand ich Gefallen daran auf so einem besonderen Geschöpf zu reisen. Meine Magielehrerin erklärte mir noch, dass Riesenwürmer neben dem hervorragenden Tastsinn auch einen sehr guten Sehsinn besäßen. Die vier leuchtend roten Augen waren sehr lichtempfindlich und funktionierten scheinbar fast wie ein Nachtsichtgerät. Sicherlich vorteilhaft, wenn man sich durch unterirdische Labyrinthe bewegt.

In der Dunkelheit konnte ich so gut wie nichts sehen, doch wenn mich nicht alles täuschte, war Ira wohl eingeschlafen. Die fast schon hyperaktive Schwertkämpferin musste sich auf der Farm und auch hier in dieser Loge bestimmt fürchterlich langweilen. Aizy war nun auch still, doch ich spürte, dass sie nicht schlief. Es war zwar nur ein unbegründetes Gefühl, aber irgendwie kam mir die junge Magierin etwas angespannt vor, seit wir abgereist waren. Ob sie sich womöglich nicht wohl fühlte, tief unter der Erde in absoluter Finsternis auf einem riesigen Wurm zu reiten? Ich schloss nun jedenfalls meine Augen, da es sowieso kaum einen Sinn hatte, sie hier unten offen zu halten. Außer Dunkelheit gab es ja sowieso nichts zu sehen.

Ich spürte den sanften Fahrtwind, der mir durch die Haare wehte. Ab und zu konnte man auch leise die Stimmen von Passagieren in anderen Gondeln hören. Eigentlich war diese Art zu reisen ja gar nicht mal so übel. Nur der Gedanke daran, dass wir eine so lange Zeit ganz ohne Licht verbringen mussten, beunruhigte mich doch ein klein wenig. Bisher hatte ich mit so was ja keine Probleme, doch so eine pechschwarze und unendliche Finsternis kannte selbst ich noch nicht. Wirklich angenehm konnte das jedenfalls nicht sein, wenn man so lange Wege unter der Erde zurücklegen musste.

„Sag mal Aizy... Was ist eigentlich, wenn ein Passagier während einer längeren Reise mal austreten muss? Oder wenn einem die Getränkeration ausgeht?"

„Oh keine Sorge, Flo", beruhigte mich meine Magielehrerin: „Alle paar Stunden – mal früher, mal später – wird rast gemacht, entweder an anderen Wyrmagni-Farmen oder aber an speziellen Rastplätzen. Da kann man für gewöhnlich auch an die Oberfläche gehen, wo es meistens kleine Gasthäuser und andere Einrichtungen für die Reisenden gibt." Gut zu wissen, dass es zumindest ein gewisses Maß an Komfort bei diesen Wurmreisen gab. Mit den Reisen in der Lichtwelt konnte man es zwar nicht vergleichen, aber dafür war es hier um so abenteuerlicher. Scheinbar kam nun allerdings die Müdigkeit der letzten Tage zum Vorschein, denn ich spürte wie ich immer schläfriger wurde. Auch die letzte Nacht war nicht sonderlich erholsam für mich gewesen. Im sanften Wiegen, der relativ kurvenarmen Strecke und den angenehmen Fahrtwind im Gesicht nickte ich schließlich ein.

„Basti... bist du das?", fragte ich verdutzt, als ich meinen Bruder auf einmal vor mir sah. Wir befanden uns in einem seltsamen, zwielichtigen Raum und überall um uns herum war es nebelig. Umso seltsamer war es, dass ich Bastian so deutlich vor mir sah. Doch er schien im stehen zu schlafen, denn er antwortete nicht und hatte seine Augen geschlossen.

„Komm schon, wach auf!"

Keine Reaktion.

Stattdessen geschah etwas anderes. Um uns herum wurde es allmählich heller. Vier leuchtende Punkte umkreisten meinen Bruder und mich langsam. Was konnte das nur sein? Dann erschien plötzlich ein fünfter Lichtpunkt direkt in unserer Mitte. Er war von noch überwältigenderem Glanz erfüllt, als die restlichen vier. Aus heiterem Himmel kam nun ein starker Wind auf und die äußeren Punkte umkreisten uns immer schneller. Ein vertrauter, surrender Pfeifton war nun deutlich zu hören. Dann sausten alle vier Leuchtpunkte auf den mittleren zu und erzeugten eine gewaltige Lichtexplosion. Ich fühlte mich zwar nicht geblendet, doch außer gleißendem Licht und einem sehr hohen

Pfeifen vernahmen meine Sinne nun gar nichts mehr. Kein Nebel, kein Basti... doch was war das?

„Flo... Flo...", vernahm ich ein Echo in meinem Kopf rufen. Ich erwachte mit einem Ruck!

„Flo, wach auf", hörte ich Aizy sagen: „Wir sind jetzt an einer Rast-Station angekommen." Anfangs erkannte ich nichts um mich herum, doch dann viel mir ein, dass ich ja auf einem Riesenwurm saß, der unterwegs nach Viria war. Er stand nun still und viele der Passagiere waren dabei abzusteigen und an die Oberfläche zu gehen. Obwohl... so viele Leute schienen das eigentlich gar nicht zu sein. Entweder hatten die Passagiere in Gondeln, welche ich nicht im Blick hatte, keine Lust abzusteigen, oder aber der Wurm war nur sehr spärlich besetzt. Wenn ich so an die überfüllten Züge, U-Bahnen oder Busse in der Lichtwelt dachte, dann wunderte mich das doch ein wenig. Der Tunnel war hier jedenfalls beleuchtet und eine steinerne Treppe führte steil nach oben. Ich streckte nochmal meinen Körper, da ich wohl in einer ziemlich ungünstigen Position geschlafen hatte, bevor ich an der Strickleiter aus der Gondel kletterte.

„Wo ist Ira?", erkundigte ich mich.

„Sie ist sofort abgesprungen, als sie das Licht des Rastplatzes gesehen hatte."

Scheinbar war die junge Schwertkämpferin kein all zu großer Fan vom Wurmexpress. Doch auch ich musste zugeben, dass es gut tat, wieder an das Tageslicht der Oberwelt zu treten. Zum ersten mal seit ich nach Obscuritas gelangt war, kam es mir hier wirklich hell vor. Dies störte mich allerdings nicht, wie es in meiner Welt öfter mal der Fall war. Um uns herum gab es einige Stände und kleinere Läden, die Getränke und Speisen an die Reisenden verkauften.

„Oh, das ist grausam...", murmelte Ira während sie auf uns zu kam: „Überall duftet es nach leckeren Gerichten, aber ich hab kein Geld mehr und nichts womit ich handeln könnte."

„Aber es ist doch gar nicht mal so lange her, dass wir etwas gegessen haben", wunderte ich mich.

„Na und?", gab die Schwertkämpferin zickig zurück: „Das heißt noch lange nicht, dass es nicht quälend sein kann, wenn es hier überall so lecker duftet!"

„Ich stimme Ira zu", lächelte Aizy: „Wir sollten hier etwas Proviant für unterwegs kaufen. Colleth hat uns ein bisschen Geld geliehen, sodass wir uns nicht all zu sehr um die Verpflegung auf unserer Reise sorgen müssen." Ira war anfangs zu stolz um sich von uns – also eigentlich von Aizy und noch eigentlicher von Colleth – durchfüttern zu lassen, doch letztendlich waren wir ja ein Team und so konnten wir die junge Schwertkämpferin davon überzeugen, dass unser Eigentum auch ihr Eigentum war... na ja, in gewisser Weise jedenfalls.

Kurz darauf ging der Ritt auf dem Riesenwurm auch schon weiter.

„Ach ja, Ira...", meinte die Magierin beiläufig: „Ich würde dich bitten, nicht wieder einfach abzuspringen. Es wäre besser wenn wir zusammen bleiben." Da es nicht in der Natur der Schwertkämpferin lag Befehle oder eben auch Bitten kommentarlos zu befolgen, hinterfragte sie Aizys Anliegen kritisch, doch einen genauen Grund bekamen wir nicht zu hören. Mich wunderte es zwar auch, dass meine Magielehrerin so übervorsichtig war, da es wirklich kaum eine Möglichkeit gab uns in diesen ach so großen Menschenmengen zu verlieren oder ähnliches. Doch wie immer würden wir natürlich brav auf sie hören.

Wir erreichten noch einige weitere Rast-Stationen und sogar eine Haupt-Tunnel-Station einer kleinen Wyrmagni-Farm. Es war in der Tat alles andere, als eine kurze Reise. Sie schien sich ewig in die Länge zu ziehen. Wegen des ständigen, unregelmäßigen Wechsels von Oberwelt und Tunnel – hell und dunkel – hatte ich unterwegs so gut wie kein Zeitgefühl. Obwohl ich es wirklich interessant fand auf diese Art zu reisen, so kam mir der Tag doch sehr lang vor. Irgendwann war es jedoch auch an der Oberfläche schon finster geworden, da die Nacht hereingebrochen war. Ich kann nicht genau sagen wann, doch es muss das fünfte mal gewesen sein, dass wir Rast machten, als Aizy meinte:

„Nun ist es bald so weit. Die nächste Station wird die Goril-Farm sein. Dort verweilen wir dann bis zum Morgengrauen und machen uns anschließend sofort auf den Weg zum Orakel in der Siebenunddreißigsten Hauptstadt." Das klang wirklich nicht schlecht. Schon bald würden wir diesen Ritt hinter uns gebracht haben und außerdem auch endlich die Chance bekommen, Antworten auf unsere Fragen zu finden.

Es war nun schon eine Weile vergangen seit wir das letzte mal Rast gemacht hatten und unsere Endstation konnte nicht mehr all zu fern sein. Aizys, deren ungewöhnliche Unruhe ich über die gesamte Reise hinweg mal mehr und mal weniger intensiv zu spüren glaubte, kam mir nun auf der Zielgeraden wieder besorgter als sonst vor. Ob ich sie nicht vielleicht doch fragen sollte, was los sei? Vielleicht bildete ich mir das alles aber auch nur ein, also schwieg ich einfach. Sonderlich lange würden wir sowieso nicht mehr auf diesem Wurm durch die Finsternis reiten müssen. Nachher könnte sich meine Magielehrerin sicherlich wieder entspannen.

Auf einmal konnte man jedoch ein seltsames Geräusch hören... Zusätzlich zu dem schürfenden Echo, das Bobs gleitende Bewegungen durch den Tunnel auslösten, vernahm ich deutlich ein grobes Kratzen oder teilweise sogar ein seltsames Rumpeln. Für einen kleinen Moment verstummte es.

„Nein...", hörte ich Aizy leise vor sich hin murmeln. Ihrer Stimme konnte ich nun allerdings überdeutlich blanke Angst entnehmen. Plötzlich klang es auch schon so, als ob hinter uns in der schwarzen Dunkelheit die Höhle einstürzen würde. Als nächstes hörte man Schreie, welche offensichtlich von den Passagieren in den hinteren Gondeln stammten. Wie durch Zauberei – was es höchstwahrscheinlich auch war – entzündeten sich vom vorderen Ende des Wyrmagnus bis zu seinem hinteren Ende der Reihe nach Fackeln, die an den Gondeln festgemacht waren. Da sich unsere Sitzplätze irgendwo auf der hinteren Hälfte des langen Tieres befanden, konnte ich nicht das Kopfende sehen, dafür aber um so besser das, was sich hinter uns abspielte.

Zwei junge Männer und zwei ebenso junge Frauen waren gerade dabei von Loge zu Loge zu klettern. Dieses Unterfangen sah nicht gerade leicht aus, da sich unser Reittier nun immer hektischer bewegte und der Abstand zwischen den einzelnen Sitzvorrichtungen nur schwer und mit einem gezielten Sprung zu schaffen war. Besonders die beiden Damen benötigten die Hilfe der Herren bei dieser rasanten Kletterpartie. Doch wovor genau flüchteten sie eigentlich? Im schummrigen Licht der Fackeln konnte ich zwar nicht genau erkennen, was in der Finsternis im Tunnel hinter uns geschah, doch es sah nicht so aus, als würde dieser einstürzen, wie ich anfangs schon befürchtet hatte. Dann hörte man allerdings wieder ein lautes, rumpelndes Geräusch und die Ereignisse überschlugen sich.

Eine der beiden Frauen verlor durch die Erschütterung, welche mit dem Rumpeln gekommen war, ihren Halt und und stürzte kreischend von Bobs Rücken. Der Aufprall an den felsigen Wänden oder am Boden hätte schon Ihren Tod bedeuten können, doch im schlimmsten Falle hätte sie der rasende Wyrmagnus platt gemacht. Wie durch ein Wunder schwebte die kreidebleiche, junge Dame nun allerdings auf uns zu und landete sicher in unserer Gondel. Natürlich war das Aizys Werk. Ein erschütterndes Gebrüll erfüllte aus heiterem Himmel den gesamten Tunnel. Dann sah ich es... dieses riesige Monstrum, das durch die Höhlenwände gebrochen war! Mit Klauen wie überdimensionalen Schaufeln, allerdings mit messerscharfen Krallen besetzt, bahnte es sich seinen Weg durch den Tunnel und konnte scheinbar tatsächlich mit unserem Riesenwurm mithalten. Gelblich leuchtende Augen verfolgten uns. Das Ungetüm riss sein breites Maul auf und ich konnte mehrere Reihen spitziger Fangzähne erkennen. Ein weiteres mal hallte sein schallendes Gebrüll, welches nicht von dieser Welt zu sein schien, durch die Höhle. Nun waren auch schon die anderen drei Passagiere an unserer Gondel angelangt, bedankten sich bei uns und kümmerten sich um ihre mittlerweile ohnmächtige Freundin.

„A-Aizy...", stotterte ich: „W-Was ist das?"

Sie holte erstmal tief Luft und sagte dann mit angsterfüllter, jedoch todernster Stimme: „Das... ist ein Lindwurm!"

Für weitere Erläuterungen meiner Magielehrerin blieb diesmal keine Zeit. Die Lage war zu brenzlig. In der letzten Loge standen zwei Männer in ledernen Uniformen und versuchten das echsenartige Ungetüm mittels Erdmagie in Schach zu halten. Sie schleuderten ihm Erdbrocken und Felsen entgegen, die jedoch keine all zu große Wirkung zeigten. Sogar als noch zwei weitere Erdmagier von den vorderen Gondeln hinzukamen, half das nicht viel. Gemeinsam bombardierten sie das bösartige Biest und ließen ganze Felswände vor ihm erscheinen, doch es durchbrach jeglichen Widerstand und setzte seinen Weg fort. Die riesigen Klauen kamen näher und näher. Was würde wohl geschehen wenn uns der Lindwurm erreichte?

„Diese Typen da hinten haben scheinbar Probleme mit ihrem Job", meinte Ira aus heiterem Himmel.

„Ja...", stimmte Aizy zu: „Sie werden nicht alleine mit dem Monster fertig."

„Mal sehen ob ich etwas mit meinem Schutzamulett ausrichten kann."

„Warte noch...", wollte die Magierin sie aufhalten, doch Ira sprang bereits geschickt wie immer von Gondel zu Gondel um den Wächtern beizustehen. „Ich bin mir nicht ganz sicher, ob das Amulett in diesem Fall wirklich eine gute Lösung darstellt", zweifelte Aizy: „Es könnte vielleicht..."

Plötzlich brüllte der Lindwurm noch lauter, als vorher. Ich hielt mir die Ohren zu, doch das bestialische Geräusch drang mir dennoch bis ins Mark. Die Schwertkämpferin hielt ihren leuchtenden Talisman hoch, doch anstatt Abstand zu halten, drehte das riesige Monster komplett durch. Es rammte die Felswände, schlug mit den Klauen um sich und stieß sogar mit dem Kopf gegen die Decke der Höhle. Bob wurde auch immer unruhiger, was unsere

Reise sehr holprig gestaltete. Ich hielt mich an einem der stählernen Pfosten der Gondel fest, um mein Gleichgewicht nicht zu verlieren und womöglich noch von unserem Wyrmagnus zu fallen.

„Wenn das so weitergeht, stürzt noch der ganze Tunnel ein und begräbt uns alle hier unten", schlussfolgerte Aizy: „Flo... warte hier und tu nichts unüberlegtes!" Noch bevor ich etwas sagen konnte, war meine Magielehrerin ebenfalls zur letzten Gondel unterwegs, wobei es bei ihr mehr so aussah, als würde sie gleiten, anstatt zu springen. Na klasse... nun war ich hier also völlig allein!

„Deine Freunde sind aber sehr mutig." Huch? Ach ja, die vier Leute, welche von den hinteren Plätzen zu uns geflohen waren... Eine der Damen war immer noch ohnmächtig, doch die andere sprach weiter: „Ich hoffe wirklich, dass sie dieses Biest aufhalten können."

„Ja...", gab ich nur schüchtern zurück.

Ira und Aizy waren in der Tat sehr mutig und auch sehr stark, doch dieser scheußliche Lindwurm sah nicht so aus, als würde er sich ohne weiteres vertreiben lassen.

Bob beruhigte sich nur mäßig, als das Beben der Höhle nachließ. Die junge Schwertkämpferin hatte ihr Amulett nun wieder weggepackt und das Ungeheuer kam wieder zu Sinnen. Der Tunnel würde also fürs erste zumindest nicht einstürzen, doch der Lindwurm ließ nicht von uns ab. Die Wachleute bombardierten ihn weiter mit Felsen und Aizy versuchte es nun mit ihren Wasserbällen.

„Die sollten vielleicht auf die Augen der Bestie zielen...", meinte einer der beiden Kerle hinter mir.

Woraufhin der andere gereizt antwortete: „Siehst du nicht, dass sie genau das versuchen?! Es ist eben nicht leicht bei dieser Geschwindigkeit seinen Halt auf dem Rücken eines Riesenwurms zu bewahren und sich gleichzeitig auf magische Attacken zu konzentrieren."

„Da hat er vollkommen Recht!", bestätigte eine eine fremde, rauchige Stimme. Überrascht drehten wir uns alle um und sahen den großen, stämmigen Mann, der plötzlich in unserer Loge stand. Allmählich wurde es doch etwas eng hier, fand ich.

„Wer sind Sie denn?", fragte einer der beiden jungen Kerle.

„Derjenige, der euch den Hintern retten wird", erwiderte der Fremde trocken. Obwohl er nicht sonderlich sympathisch aussah, strahlte er eine gewisse Ruhe aus.

„Wie können Sie es wagen...", empörte sich der junge Mann.

Doch er wurde sofort von seiner Freundin zurecht gewiesen: „Hey! Sag bloß nichts unüberlegtes... Siehst du nicht wer das ist?"

Der große Kerl trug eine ähnliche Lederrüstung wie die Wächter, doch anstatt an eine Uniform erinnerte sie mich eher an ein Cowboy-Outfit. Womöglich kam mir dies jedoch auch nur so vor, weil er einen Hut trug, welcher aus einem Western-Film hätte stammen können. Gelassen, jedoch mit ernster Miene beobachtete er den Lindwurm, der immer näher an unseren Wyrmagnus herankam. Dann fiel sein Blick auf einmal auf mich. Sein kantiges Gesicht war ziemlich markant und trotz der schlechten Lichtverhältnisse konnte ich Bartstoppeln darin erkennen. Die Augen des Fremden waren streng und durchdringend, doch sie strahlten ebenfalls diese Ruhe aus.

Aus Heiterem Himmel sprang er aus der Gondel! Ich dachte ich sah nicht recht! Der Kerl klebte quasi an der Wand und als die letzte Gondel vorbeifuhr sprang er einfach wieder rein. Keiner von uns sagte auch nur ein Wort. Wir starrten einfach nur mit heruntergeklappten Kinnläden in Richtung des Fremden.

Doch damit war es noch nicht genug. Ira, Aizy und die Wächter machten ihm Platz. Er vollführte einige seltsame Bewegungen, die mich an Kampfsport erinnerten und plötzlich hatte der Lindwurm einen gewaltigen Felsen in die Visage geschmettert bekommen! Es ging alles zu schnell, als dass ich es richtig mitverfolgen konnte, doch scheinbar hatte das steinige Geschoss tatsächlich eine solche Geschwindigkeit und Durchschlagskraft, dass das Ungeheuer kreischend inne hielt, sodass wir einen guten Abstand gewinnen konnten. Das war einfach unfassbar! Dieser Verrückte musste ja stärker sein, als alle vier Erdmagier zusammen! Doch dann wurde es auf einmal dunkel.

„Oh nein! Die Notfackeln sind erloschen!", meinte einer der beiden jungen Typen erschrocken.

„Na klasse, das hat uns gerade noch gefehlt...", meckerte der andere.

„Hier unten und noch dazu bei dieser Geschwindigkeit brennen Fackeln für gewöhnlich eben nicht sehr lang", erklärte die Dame: „Ich hoffe nur, dass wir jetzt in Sicherheit sind."

„In Sicherheit sind wir erst, wenn wir es bis zur Goril-Farm geschafft haben." Das war wieder die rauchige Stimme des großen Kerls. Er befand sich offenbar wieder in unserer Gondel, doch da es so dunkel war, konnte ich ihn nicht sehen.

„Wir sind doch sicherlich bald da, oder?", wollte sich die junge Frau erkundigen, doch es kam keine Antwort. Vermutlich war der überstarke Erdmagier bereits wieder verschwunden. Ein echt seltsamer Typ.

*Monster – LINDWURM*

*Szenen – TUNNELJAGD*

# Wurm gegen Wurm

Schweigen. Es verging eine ganze Weile ohne, dass auch nur ein Wort fiel. Wir waren alle sehr angespannt und hofften, dass wir bald unser Ziel erreichen würden. Ob uns der Lindwurm wohl aufgegeben hatte? Kaum war mit diese Frage in den Sinn gekommen, da wurde sie auch schon beantwortet... und zwar durch schreckliches, ohrenbetäubendes Gebrüll, welches ein mal mehr den Tunnel flutete und mich zusammenzucken ließ.

„Oh nein, nicht schon wieder!", rief einer der Typen mit zitternder Stimme. Nun erwachte auch noch die zweite Dame aus ihrer Ohnmacht und war völlig verwirrt, sodass ihre Freunde sie erstmal beruhigen und ihr die Lage erklären mussten. Inzwischen hörte ich abermals wie es in den hinteren Reihen rumpelte. Zweifellos war dieses bestialische Monster wieder hinter uns her und die Magier versuchten blind es anzugreifen. Hoffentlich ging es Aizy und Ira da hinten gut. Vor allem um die übermütige Schwertkämpferin machte ich mir große Sorgen. Unsere Situation war einfach zu ausweglos. In völliger Finsternis waren wir hier unten auf dem Rücken eines Riesenwurms mit hoher Geschwindigkeit unterwegs und wurden von einem scheinbar unbesiegbaren Monster gejagt. Es gab nun wirklich nur noch eine einzige Hoffnung...

„Licht!", rief eine der jungen Frauen: „Ich sehe Licht!!!" Tatsächlich! Es wurde heller! Ehe wir uns versahen, tauchten wir auch schon in das gleißende Licht ein. Zumindest kam es mir so vor. In Wirklichkeit schien gerade mal die Morgendämmerung allmählich zu beginnen, doch nach all der endlosen Dunkelheit war selbst das eine wortwörtliche Erleuchtung. Wir befanden uns auf einer weiten Ebene, hoch oben auf dem abgeflachten Gipfel eines felsigen Hügels. Zum ersten mal konnte ich den Riesenwurm in seiner vollen Länge betrachten. Vor unserer Abreise war mir dazu kaum Zeit geblieben. Bob war wirklich GEWALTIG! Er musste locker mit der Länge eines Zuges mithalten können! Sein schwarzes, kurzes Fell – von weitem nicht erkennbar – wirkte wie luftiger Flaum und schimmerte zum Teil sogar silbern in der Dämmerung. Das Tier bildete nun einen Halbkreis und ich konnte sehen wie viele Gondeln es zu tragen hatte. Meine frühere Vermutung, dass diese allerdings nur spärlich besetzt sein mussten, stellte sich jedoch als richtig heraus, da sich höchstens auf einem viertel aller Plätze Passagiere befanden.

Mit lautem Gebrüll wurde ich jedoch daran erinnert, dass wir immer noch ein kleines Problem hatten. Hinter uns kroch der abscheuliche Lindwurm aus der Höhle und nun konnte ich auch ihn genauer betrachten. Im Großen und Ganzen ähnelte er einem riesigen, grauen Drachen, doch mit Terra oder auch mit dem schwarzen, graziösen Tier, das wir vor der Achtundachtzigsten Hauptstadt getroffen hatten, war dieses Ungeheuer nicht im Geringsten zu vergleichen.

Seine gelblichen Augen zogen sich nun zu bösartig spähenden Schlitzen zusammen. Seine von Warzen und kleineren Hörnern bedeckte Schnauze war eher kurz als lang, doch sein Maul schien mir dafür um so breiter. Der ganze, muskulöse Körper, des Lindwurms und zum Teil auch sein Kopf waren von Stacheln und harten Schuppen bedeckt. Das Ungetüm gab nun fauchende Laute von sich und kroch langsam auf unseren Wyrmagnus zu. Erst jetzt viel mir auf, dass dieses abscheuliche Monster gar keine Hinterbeine besaß. Sein Torso endete lediglich in einem stachligen Schwanz.

„Hey, du solltest jetzt lieber auch schnell hier runter steigen!", ermahnte mich einer der jungen Männer. Er war gerade dabei über die Strickleiter zu seinen drei Freunden zu klettern, die Bobs rücken bereits verlassen hatten.

Ich beeilte mich ihnen zu folgen, doch auf halbem Wege fing der Riesenwurm wieder an sich zu bewegen. Fast hätte ich das Gleichgewicht verloren. Verzweifelt klammerte ich mich an die Seile der Leiter, während der Riesenwurm mit mir Karussell fuhr. Auf der anderen Seite des Tieres musste es schon heiß hergehen, da ich das Gebrüll des Ungeheuers und die Kampfrufe der Erdmagier hörte. Bob selbst gab zwar keine richtigen Laute von sich, doch abgesehen davon, dass er sich hektisch im Kreis zu drehen schien, konnte ich außerdem auch deutlich seine innere Unruhe fühlen.

So langsam verlor ich jedoch immer mehr meinen Halt. Ich konnte mich einfach nicht mehr länger festklammern. Es musste etwas geschehen. Für gewöhnlich wäre mir mein Herz in so einem Moment in die Hose gerutscht, doch nach allem was ich bereits in der Schattenwelt erlebt hatte, war ich wohl ein wenig an mir gewachsen. Entschlossen stieß ich mich von der Flanke des Tieres ab. Der harte Boden näherte sich, doch das war kein Problem, denn... BAM! Schmerz erschütterte meinen ganzen Körper. Ich rollte noch einige Meter weiter, da mir der Wurm auch eine gewisse Geschwindigkeit verliehen hatte, doch selbst als ich schließlich zur Ruhe gekommen war, drehte sich alles um mich herum. Dann war es auf einmal so weit... Plop! Und schon landete ein großes, weiches Blasen-Kissen auf mir. Das war eigentlich anders geplant...

„Florian!!!", hörte ich auch schon Aizy schreien: „Grundgütiger Schatten... Bist du in Ordnung?"

„Ich glaube schon", antwortete ich noch etwas mitgenommen, während ich unter meiner Magieblase hervorkroch.

„Was sollte das denn werden?", spottete Ira: „Müsstest nicht eigentlich du auf der Blase liegen und nicht die Blase auf dir?" Ich warf ihr nur einen finsteren Blick zu ohne mich für mein Missgeschick zu rechtfertigen. Beim Aufstehen glaubte ich jeden einzelnen Knochen in meinem Körper zu spüren, doch eine ernsthafte Verletzung lag scheinbar nicht vor.

„Flo, du musst wirklich besser aufpassen", meinte meine Magielehrerin besorgt: „Du hättest dir was brechen können..."

„Ja, zum Beispiel dein Genick", ergänzte die Schwertkämpferin trocken. Ihr ausgesprochen liebenswürdiges Mitgefühl überraschte mich doch immer wieder aufs Neue.

Dann fiel mein Blick jedoch auf die Erdmagier, welche dabei waren den schrecklichen Lindwurm zu bekämpfen. Es hagelte Felsen in verschiedenen Größen, doch das Monster ließ sich kaum beeindrucken und schlug mit seinen großen Pranken nach den Männern, die immer wieder zurückweichen mussten. Schon ein einziger Treffer durch die riesige Echse würde sie das Leben kosten können. Der Lindwurm schien sich allerdings nicht all zu sehr für seine winzigen Widersacher zu interessieren, sondern eher für den Wyrmagnus, der ihn umkreiste. Aber was war das? Auf dem Kopf des Riesenwurms saß ja ein Mensch! War das nicht dieser verrückte Kerl im Cowboy-Outfit? Scheinbar war er es, der Bob in diese Kreisbahnen lenkte. Seine Strategie schien aufzugehen, da das Biest etwas verwirrt aussah und offensichtlich nicht wusste, wie es angreifen sollte. Dann startete es aus heiterem Himmel dennoch einen Anschlag auf den Wurm. Die scharfen

Klauen fielen wie Guillotinen auf das arme Tier herab. Steine flogen durch die Luft, als sie sich in den Boden bohrten.

„Wie konnte Bob diesem Angriff so leicht ausweichen?", staunte ich laut, da ich nicht ganz verstanden hatte was soeben geschehen war.

„So ein Wyrmagnus hat mehr drauf, als man im ersten Moment meinen könnte", erklärte die kluge Magierin: „Bob ist ganz einfach seitlich ausgewichen indem er sich seiner magischen Kräfte bediente. Das Besondere an der Fortbewegung der Wyrmagni habe ich dir ja schon erläutert, doch erst wenn man persönlich miterlebt was für wendige Manöver sie drauf haben, kann man wirklich nachvollziehen, was sie so besonders macht." Sie hatte recht. Der Lindwurm versuchte noch ein paar mal seine Klauen in das Tier zu schlagen, doch jedes mal wich Bob mit einer Grazie aus, welche ich einem überdimensionalen Wurm niemals zugetraut hätte. Er konnte sich auf dem felsigen Boden bewegen, wie ein Schlittschuhläufer auf dem Eis... nun ja... ein Schlittschuhläufer mit SEHR vielen imaginären Schlittschuhen unter sich... Was hatte Aizy am Anfang unserer unterirdischen Reise genau gesagt? Wyrmagni könnten durch Erdmagie in jede beliebige Richtung beschleunigen und abbremsen? Nun wurde mir allmählich klar wie der Riesenwurm trotz der kreisförmigen Bahnen, die er um seinen Gegner zog, immer wieder auch seitlich ausweichen konnte.

„Zur Vollständigkeit sollte ich aber noch etwas ergänzen...", fuhr meine Magielehrerin fort: „Wyrmagni können zwar sehr wendig sein, doch sie gehören nicht gerade zu den intelligentesten Tieren, sodass es einer guten Aufzucht und Dressur auf einer Farm bedarf, um ihre Fähigkeiten voll auszubilden. Des Weiteren brauchen sie auch immer einen Meister, der mit ihnen zusammenarbeitet und sie leitet. Mit anderen Worten... Ohne den Wyrmagnus-Meister, der auf seinem Kopf sitzt, wäre Bob wahrscheinlich schon langst dem Ungeheuer erlegen."

„Wir sollten irgendetwas unternehmen um ihnen zu helfen", beschloss Ira auf einmal.

„Nein, das ist zu gefährlich!", antwortete die Magierin: „Erstmal müssen wir unseren Gegner beobachten und seine Schwachstelle finden. Du hast doch gesehen, dass dieses Biest ein zäher Brocken ist. Eine falsche Bewegung kann schon den Tod bedeuten. Die defensive Strategie der Wächter ist im Moment die beste Lösung."

Das schien der jungen Schwertkämpferin gar nicht in den Kram zu passen: „Ich hasse es untätig herumstehen zu müssen."

Die Erdmagier bombardierten das Ungetüm währenddessen weiterhin mit Felsen und versuchten verzweifelt eine Lücke in seiner scheinbar makellosen Verteidigung zu finden. Dabei durften sie allerdings nicht unachtsam werden, da der Lindwurm jederzeit mit seinen Klauen oder seinem Schwanz ausschlagen konnte. Der Cowboy lenkte weiterhin brav sein langes Reittier und achtete stets darauf, dass diesem nichts geschah. Ab und zu startete er sogar selber den einen oder anderen Versuch dem Biest mit seiner – zweifellos viel mächtigeren – Erdmagie eins auszuwischen, doch auch der Wyrmagnus-Meister war nicht in der Lage die Verteidigung seines Gegners zu durchbrechen.

Schließlich kam sogar noch Verstärkung für die Erdmagier.

„Das sind garantiert Wächter und Meister von der Goril-Farm", sagte Aizy überzeugt. Ich war schon erleichtert, da ich dachte, dass die Magier gemeinsam gegen die Riesenechse bestehen könnten, doch selbst allen zusammen war es nicht möglich, den Lindwurm zu stoppen. Erdfesseln brachen. Steinhagel versetzte der Panzerung des Ungeheuers keinen Kratzer. Bodenerschütterungen brachten es nicht mal ansatzweise aus dem Gleichgewicht. Die Optionen gingen den erschöpften Erdmagiern aus und auch Bob schien so langsam zu schwächeln.

„Verflixt!", rief ich laut: „Wie stark kann denn bitte so ein Mistvieh sein?! Okay, es ist groß... sehr groß sogar! Aber trotz allem was diese Magier hier schon abgezogen haben, hat es noch nicht mal eine Schwachstelle gezeigt!" Ich war einfach nur noch empört. Angst brauchte ich im Moment zwar weder um meine beiden Gefährtinnen, noch um mich selber zu haben – wir hätten immerhin schon lange fliehen können, so wie es die anderen Passagiere getan hatten – doch Bob war mir mittlerweile irgendwie ans Herz gewachsen und es wäre einfach nur schrecklich, wenn wir ihn diesem scheußlichen Monstrum überlassen müssten.

„Hey, Moment mal!", brach es plötzlich aus der Schwertkämpferin heraus: „Wir sind doch nicht mehr unter der Erde, ich könnte es jetzt mit meinem Schutzamulett versuchen!"

„Nein!", sagte Aizy streng: „Das Amulett ist leider auch nicht für alles eine Lösung. Du hast doch gesehen, was beim letzten mal passiert ist. Der Lindwurm hat weiter sein Ziel verfolgt. Der einzige Effekt war, dass seine Aggression gesteigert und sein ohnehin mangelhafter Verstand beeinträchtigt wurde. Es ist einfach zu gefährlich."

„Aber wenn wir nichts unternehmen, erwischt das Ungeheuer Bob noch!", fiel ich ein.

Meine Magielehrerin senkte traurig ihren Blick: „Manchmal muss man eben Opfer bringen... Die Menschen hier haben alle Familien, die sie brauchen. In so einem Fall gibt es nur noch einen Ausweg", sie machte eine kleine Pause bevor sie weitersprach: „Der Meister muss sein Tier so weit wie möglich von der Farm weg lotsen und es dem Monster überlassen." Nein... das würde der Cowboy doch nicht ernsthaft tun... er konnte Bob doch unmöglich einfach so dem Lindwurm ausliefern! „Es wäre nicht das erste mal, dass solche Maßnahmen getroffen werden müssen", erläuterte Aizy mit betroffener Stimme: „Erst letztens erging es einem Wyrmagnus genau gleich. Gefahren für Riesenwürmer und ihre Passagiere lauern unter der Erde zwar immer wieder, aber für gewöhnlich bekommen die Wächter und Meister jede Situation in den Griff. So eine große Bedrohung, wie Lindwürmer hat es schon seit Ewigkeiten nicht mehr gegeben. Erst seit einiger Zeit traten wieder Vorfälle mit diesen Biestern auf. Colleth hatte mich gewarnt. Eigentlich hätte ich uns dieser Gefahr nicht einmal aussetzen dürfen. Es tut mir wirklich Leid." Das war es also, was sie die ganze Reise über so bedrückt hatte. Nun war die Katze aus dem Sack.

„Pah...", meinte Ira gelassen: „Wegen so was musst du dir doch keine Vorwürfe machen. Wir mussten nach Viria, also nahmen wir die schnellste Reisemöglichkeit, die sich uns bot."

„Genau!", stimmte ich zu: „Viel wichtiger ist jetzt, wie wir Bob retten können."

„Ich befürchte, dafür ist es zu spät", erklärte Aizy und deutete auf den Riesenwurm, welcher immer langsamer wurde und gar nicht mehr so agil schien: „Seine Kräfte lassen schon nach. Der Wyrmagnus-Meister wird ihn sicher gleich so weit wie möglich weg führen und den Lindwurm auf diese Weise zumindest von der Farm weglocken. Ich wüsste nicht wie wir das noch verhindern könnten."

Das wollte ich einfach nicht glauben: „Weißt du denn nicht irgendetwas über Lindwürmer, das uns helfen könnte?"

„Über diese Art von Monster ist leider nicht all zu viel bekannt und das obwohl sie eine der ältesten überhaupt ist. Ich weiß nur, dass sie oft mit Drachen verwechselt werden und sehr unterschiedliche Eigenschaften aufweisen können. Dieses Exemplar hier scheint nahezu unverwundbar zu sein, da es überall mit harten Schuppen und Stacheln gepanzert ist."

Unglaublich... Dann würde das Monster also genau das bekommen, was es wollte. Bob war dem Untergang geweiht.

Schließlich war es so weit. Es kam wie Aizy vorhergesagt hatte. Der Cowboy wendete sein Tier und verließ das Schlachtfeld. Verdutzt stand der Lindwurm einen Moment lang nur da und begriff den plötzlichen Wechsel der Lage nicht. Zumindest schien ihn das ständige Umkreisen und Ausweichen seines Gegners etwas verwirrt zu haben. Dann nahm er jedoch sofort wieder die Verfolgung auf.

Keines der beiden riesenhaften Wesen hatte genug Kraft, um die Geschwindigkeit an den Tag zu legen, welche sie im Tunnel gezeigt hatten. Sie scheinen allerdings gleich schnell zu sein. Doch auf einmal geschah es! Bob verlor das Gleichgewicht und kam ins Schlittern. Er rollte seitlich den kleinen Hang hinab, wobei sämtliche Gondeln auf seinem Rücken zersprangen und sich in Einzelteilen auf dem Hügel verteilten.

„Oh Nein!", schrie die junge Magierin auf: „Ihm ist die Kraft ausgegangen! Ronir hat den Kampf zu lange hinausgezögert..." Ronir? Meinte sie den Cowboy? Hoffentlich war ihm nichts geschehen. Ich versuchte ihn zwischen den Trümmern der Gondeln auszumachen, allerdings vergeblich.

„Wartet hier!", befahl Aizy und eilte den Hügel hinunter.

„Tse...", gab Ira nur schnippisch von sich und war ihr auch schon auf den Fersen, dicht gefolgt von meiner Wenigkeit.

Auch die Erdmagier rannten den Hang hinab zu der Stelle, wo der Riesenwurm zum stehen gekommen war und nun von dem bösartigen Ungeheuer bedroht wurde. Jetzt war alles vorbei. Gleich würden sich die scharfen Krallen in das arme, erschöpfte Tier schlagen und zu allem Überfluss war es nicht mal gelungen das Monster sonderlich weit weg zu locken. Noch aus der Ferne sah ich jedoch, wie auf einmal ein großer, rundlicher Felsen in der Nähe des Wyrmagnus zersprang. Ich traute meinen Augen kaum... es war der Cowboy! Er musste sich zum Schutz in einen Erdmantel gehüllt und so den Unfall überstanden haben.

Ein weiteres mal demonstrierte er seine unglaubliche Macht indem er den Lindwurm mit aller Kraft attackierte, doch selbst er war nicht stark genug um die Bestie aufzuhalten. Das einzige was er bewirken konnte, war den Hieb der Riesenechse etwas abzulenken, indem er ihr einen sehr großen Felsen gegen die Klauen schleuderte. Bob bekam diesmal nur einen Kratzer ab, doch man konnte deutlich sehen, wie erschöpft der Wyrmagnus-Meister war. Lange könnte er seinen Wurm nicht mehr beschützen. Das bestialische Ungetüm sah sich nun aber offensichtlich zum ersten mal wirklich durch einen seiner kleineren Gegner gestört. Es holte aus um den Cowboy mit einem einzigen

Hieb wegzufegen. Dieser setze noch mal rechtzeitig den selben Erdschutz ein, welcher ihm schon vorher das Leben gerettet hatte, doch diesmal schien das nicht zu reichen. Noch im Flug brach die schützende Hülle auf und gab den angeschlagenen Meister frei. Den Sturz würde er nicht überleben. Ich hielt den Atem an, als er sich mit bedrohlicher Geschwindigkeit wieder dem Erdboden näherte. Kurz vor dem Aufprall erschien eine große Magieblase unter dem Cowboy, die ihn in hohem Bogen wieder in die Luft federte. Diesmal jedoch glitt er langsam auf den Boden zurück, wo sich Aizy um ihn kümmerte. Sie hatte ihn wirklich in letzter Sekunde gerettet.

Währenddessen versuchten die restlichen Wächter und Meister die Angriffe des Lindwurms auf ähnliche Weise abzulenken, wie der Cowboy es getan hatte, doch auch sie kamen nicht all zu weit. Ein paar Hiebe mit den Klauen, ein mal mit dem langen Schwanz herumgewirbelt und schon mussten sich die Erdmagier zurückziehen. Es war vorbei. Bobs Schicksal war besiegelt.

Der Lindwurm kroch wieder auf ihn zu um ihm endlich den Todesstoß zu verpassen, als das Biest plötzlich verschreckt hoch fuhr und wie von der Tarantel gestochen – zweifellos von einer sehr großen und starken Tarantel – um sich schlug und kreischte. Was war geschehen? Das durchgedrehte Monster wendete sich nun wieder von dem Riesenwurm ab und ich erkannte sofort, was sein neues Ziel war... und zwar die offensichtlich lebensmüde Schwertkämpferin mit dem leuchtenden Amulett um ihren Hals.

Wie die kluge Magierin vorhergesagt hatte, war dies keine all zu gute Idee, denn der Lindwurm geriet in Raserei und versuchte das flinke Mädchen unter seinen Klauen zu zerquetschen. Ira wich wie immer gekonnt aus und lief weg.

Auf diese Weise gelang es ihr das Biest von Bob abzulenken und sogar ein kleines Stück weg zu locken.

„Was zum...?!", brach es auf einmal aus Aizy heraus, als sie bemerkte, was die junge Schwertkämpferin da trieb: „Verflixt! Ich hab ihr doch gesagt, dass sie dieses Monster nicht mit dem Amulett in die Flucht schlagen kann! Es wird sie noch erwischen..." So schnell sie konnte, rannte die besorgte Magierin Ira hinterher, doch da geschah es... Aus der Ferne sah ich, wie die Schwertkämpferin unter den furienartigen Angriffen des Lindwurms das Gleichgewicht verlor und hinfiel. Augenblicklich stand mein Herz still und die Gedanken rasten durch meinen Kopf, während alles wie in Zeitlupe zu passieren schien. Das verrückt gewordene Ungeheuer türmte sich vor ihr auf. Sie hatte ihren Gegner unterschätzt und nicht auf Aizy gehört. Letztere war noch zu weit weg um irgendetwas unternehmen zu können, außer zu schreien:

„IRAAAA!!!!", hallte es durch die hügelige Landschaft.

Die gefährlichen Klauen der Riesenechse sanken auf das arme Mädchen herab um sie unter sich zu begraben. Das Licht des Schutzamuletts funkelte dem blutrünstigen Monster immer noch entgegen, doch dann... Finsternis. Mit dem plötzlichen Erlöschen des Leuchtens, als die Pranken des Lindwurms ein kleines Erdbeben beim Aufprall erzeugten, sank gleichzeitig die ganze Welt für mich in absolute Finsternis.

„NEEEEIIINNNN!!!!", hörte ich mich selber wie von Sinnen schreien, als plötzlich...

Ein kühler Wind wehte um mich herum. Und was war das da hinten? Eine Staubwolke? Sie kam uns mit unheimlicher Geschwindigkeit aus der Richtung der Bestie entgegen und mit ihr dieses Lüftchen... dieser vertraute

Wind. Als ich erkannte, was da genau auf uns zu raste, ging ich in die Knie... vor Erleichterung. Sie hielten zuerst bei Aizy, die schon weiter vor gelaufen war und dann kamen sie auch zu mir. Es waren Falk und Terra, die Ira im Schlepptau hatten.

„W-Wie hast du... I-Ich meine...", ich konnte schon gar nicht mehr richtig reden, da mich meine Gefühle überwältigten. Gerade eben hatte ich wirklich geglaubt, eine Freundin für immer verloren zu haben.

„Ich habe Euch doch gesagt, dass wir schnell sind", erklärte der Elf lächelnd: „Dennoch möchte ich mich für die kleine Verspätung entschuldigen. Es ist nicht leicht auf so einer Reise mit einem Wyrmagnus mitzuhalten. Ich habe auch nicht genau gewusst wo ich euch finden kann und außerdem..."

„Schon gut, das musst du uns jetzt nicht alles erklären", unterbrach ihn die zweifellos erschöpfte und mitgenommene Schwertkämpferin: „Ich stehe Tief in deiner Schuld, Falk, egal wie knapp dein Auftritt war. Viel wichtiger ist jetzt aber was ich gesehen habe, als sich das Mistvieh über mich beugte!" Der Lindwurm war nun – immer noch recht verwirrt, obwohl Iras Amulett gar nicht mehr aktiviert war – auf dem Weg zu uns und dem Wyrmagnus, welcher sich vor Erschöpfung und kleineren Wunden kaum noch bewegen konnte. „Es hat eine Schwachstelle!", erklärte die Schwertkämpferin aufgeregt: „Seine dicken, schildartigen Schuppen bedecken nicht seinen ganzen Körper. Unten am Bauch befindet sich eine verhältnismäßig kleine Stelle die völlig ungeschützt ist. Die bekommt man aber leider so gut wie nie zu sehen da es ja immer nur am Boden kriecht." Das Monster kam immer näher und wie es aussah, war es nun so gereizt, dass es nicht nur Bob, sondern auch alle anderen hier angreifen würde.

„Aber dieses Ding auf den Rücken zu werfen ist selbst für alle versammelten Magier hier so gut wie unmöglich", spekulierte Aizy nachdenklich.

„Überlasst das nur mir!" Ich erschrak schon fast, da ich gar nicht bemerkt hatte, dass der Cowboy in der Nähe war und uns zugehört hatte.

„Ronir, tu nichts Unüberlegtes!", meinte die Magierin besorgt. Wortlos schritt der coole Erdmagier auf den rasenden Lindwurm zu. Was hatte er nur vor? Es war ausgeschlossen, dass er ganz alleine diesen Dämon in Echsengestalt besiegen wollte... oder etwa doch?! Das Biest näherte sich und der Cownboy ging in Position. Seine geballten Fäuste zitterten, als er die Augen schloss und sich offenbar konzentrierte. Dann war es so weit! Das Monster hob schon eine Pranke zum Angriff. Ich wollte eigentlich gar nicht hinsehen, als Ronir eine plötzliche Bewegung machte, welche das Biest innehalten ließ. Wie zum Henker hatte er das gemacht?! Dann fiel mir auf, dass der Lindwurm keuchte. Und hatte sich da nicht gerade was unter ihm bewegt?

„Aha... Jetzt hab ich dich!", rief der starke Erdmagier und riss seinen Arm hoch, als wolle er seinem überdimensionalen Gegner einen Kinnhaken verpassen. Ein letztes mal hörte ich das ohrenbetäubende Kreischen des Ungetümes. Es versuchte noch eine Weile sich zu befreien, doch nun kamen auch schon die restlichen Erdmagier herbei, um Ronir zu unterstützen. Alle gemeinsam hielten sie den gewaltigen, spitzigen Felsen stabil, welcher die Echse von unten her durchbohrte. Giftgrüne Flüssigkeit quoll aus der Wunde und dem Maul. Ein widerwärtiger Gestank breitete sich aus. Der Lindwurm wurde schwächer und schwächer. Schließlich war er tot... und wir gerettet.

*Charaktere – RONIR*

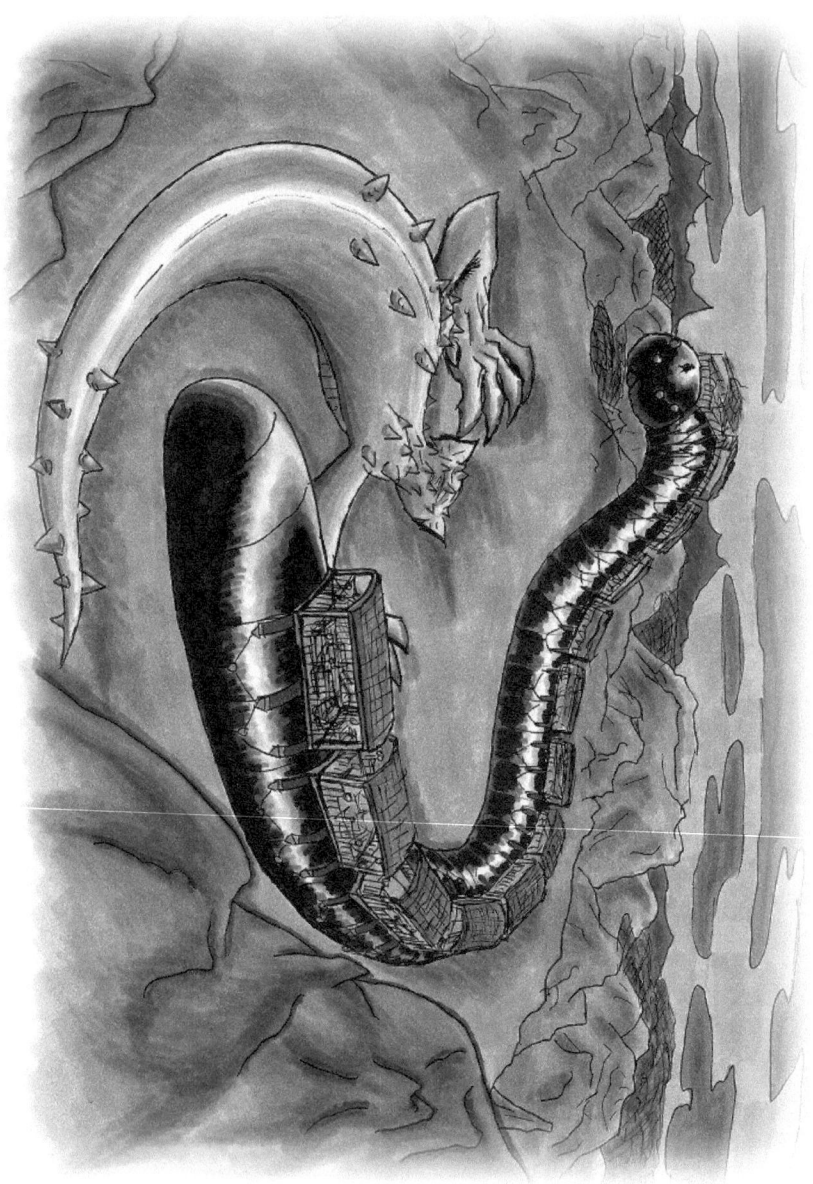

*Szenen – WURMDUELL*

# Rivalinnen

„Ja, herein...", antwortete ich auf das Klopfen, welches ich von der Tür meines Zimmers her vernahm.

„Hallo...", begrüßte mich die Schwertkämpferin in ungewöhnlich zurückhaltendem Ton, als sie den schwach beleuchteten Raum betrat.

„Ach du bist es, Ira", wunderte ich mich, da es gar nicht ihre Art war so höflich anzuklopfen. Wir befanden uns in einer Art Hotel, welches im Zentrum des Wohnviertels der Goril-Farm stand. Da wir ja so heldenhaft an der Beseitigung des schrecklichen Lindwurms teilgenommen hatten, mussten wir für nichts bezahlen. Der Cowboy war gleich nach dem Ableben des Ungeheuers in Ohnmacht gefallen und zu Heilern gebracht worden. Aizy hatte jedoch bestätigen können, dass er keine lebensbedrohlichen Verletzungen davongetragen hatte, sondern einfach nur völlig überanstrengt war. 'Ich kenne Ronir schon eine ganze Weile...', hatte sie mir erzählt: 'Er ist wirklich ein zäher Kerl und stark genug um mit einem waschechten Kampfmagier mithalten zu können, aber er ist auch sehr stur. Außerdem besteht eine enge Verbindung zwischen ihm und Bob. Ronir würde wirklich alles in seiner Macht stehende tun, um seinen Partner zu retten. Ach ja und ganz nebenbei... er ist auch Colleths Mann.'

Tja, so war das also. Der Wyrmagnus hatte ebenfalls medizinische Hilfe bekommen und war anschließend in seine Höhle geführt worden, wo er sich ausruhen konnte. Falk hatte beschlossen sich gemeinsam mit Terra an der Oberfläche zu verstecken, da eine Wyrmagni-Farm nicht gerade der sicherste Ort für eine junge Erddrachin war. Er hatte allerdings versprochen sich uns am nächsten Morgen, wenn wir zur Siebenunddreißigsten Hauptstadt aufbrechen würden, wieder anzuschließen und uns zu begleiten so weit es in seiner und Terras Macht lag. Es war eine echte Erleichterung für mich, dass sich der Elf scheinbar doch noch entschlossen hatte uns beizustehen. Aus irgendeinem unerfindlichen Grund fühlte ich mich ihm und seiner drachischen Freundin bereits genau so nah wie Aizy und Ira gegenüber.

„Wie geht es dir?", fragte ich die Schwertkämpferin, die sich neben mich ans Fenster stellte.

„Ach, ganz gut..." Seltsam... keine Übertreibungen? Keine sarkastischen Bemerkungen? Womöglich hatte ihr das Erlebnis mit dem Lindwurm einen größeren Schock verpasst, als sie es zugeben wollte.

„Was hast du dir eigentlich dabei gedacht, dich einfach so mit einem derartig riesigen Monster anzulegen?"

„Ach, jetzt fang doch nicht schon wieder damit an", sagte das Mädchen während es mit den Augen rollte: „Du klingst ja schon beinahe wie Aizy." Nun ja... irgendwie hatte sie da sogar recht...

Doch darum ging es jetzt nicht: „Ich will damit doch bloß sagen, dass du nicht immer so leichtfertig handeln sollst." Sie starrte mich nur mit halb geöffneten Augen an. Mist, das war wieder zu Aizy-mäßig! Neuer Versuch: „Was ich meine ist... also... du hättest draufgehen können!"

„Unsere Mission ist nun mal nicht leicht. Wir werden bestimmt noch viel größeren Gefahren entgegentreten müssen, als irgendwelchen mickrigen Echsen." Da war sie wieder, so wie ich sie kannte.

„Das ist noch lange kein Grund so unüberlegte und dumme Dinge zu tun!", meine Stimme wurde allmählich lauter, da ich einfach nicht wusste wie ich ihr meinen Standpunkt klar machen sollte. Wie sollte ich ihr nur klarmachen, dass...

„Willst du damit etwa sagen, dass ich DUMM sei?!", die hitzköpfige Schwertkämpferin übertönte mich.

„Tust du das absichtlich oder willst du mich einfach nicht verstehen?!", gab ich in der selben Lautstärke zurück. Wir waren nun Gesicht an Gesicht und starrten uns in die Augen.

„Vielleicht bin ich ja einfach zu dumm dafür...", keifte das aufbrausende Mädchen.

„Meine Güte, ich hatte ANGST um dich!", fuhr ich sie an: „Ich dachte, ich würde dich nie wieder sehen..."

Der Ausdruck in Iras Blick veränderte sich. Sie war nicht mehr beleidigt, sondern sie schien gerührt zu sein. Wir sahen uns noch ein paar Sekunden lang an. War mir vorher nie aufgefallen, wie unheimlich schön ihre tiefen, dunklen Augen sein konnten? Doch dann wendeten wir beide unsere Blicke ab. Keiner wusste mehr, was er sagen sollte. Die Schwertkämpferin drehte sich nun um und ging langsam zur Tür.

„Ich...", sie zögerte bevor sie weitersprach: „Ich werde zukünftig vorsichtiger sein." Dann war sie auch schon draußen. Ich ließ meinen Blick nun wieder aus dem Fenster über die vielen, würfeligen Gebäude schweifen. Mein Herz klopfte wie wild in meiner Brust.

„Ich darf mich nicht so sehr über sie aufregen...", versuchte ich mich selbst zu beruhigen, doch innerlich wusste ich genau, dass es nicht die Art von Aufregung war, welche ich mir einreden wollte...

„Wow...", hauchte ich leise, als wir uns wieder an der Oberfläche befanden. Es war einer der schönsten Anblicke, die sich mir in Obscuritas bisher geboten hatten.

Wir standen auf dem höchsten der Hügel, welche sich über der Goril-Farm erstreckten. Von hier aus hatte man eine prima Aussicht über die Landschaft Virias und noch dazu ging gerade die Sonne auf. Viele der Hügel waren felsig und zum Gipfel hin eher pflanzenarm, doch zwischen ihnen konnte ich jede Menge Bäume, ja vielleicht sogar kleinere Wälder entdecken. Hier und da glitzerte ein Bächlein oder ein Teich. Die Luft war nicht zu kalt, jedoch sehr frisch und noch dazu von den ungewöhnlichsten Vogelgesängen erfüllt – zumindest vermutete ich mal dass es sich um Vögel und ähnliche Tiere handelte. Der Himmel war wolkenlos und klar. Seine Farben variierten von magenta bis hin zu indigo, während die bläulichen Sonnenstrahlen sich ihren Weg zwischen die Hügel hindurch bahnten. In der Ferne konnte ich sogar den Ort ausmachen, wo der Kampf gegen den Lindwurm stattgefunden hatte. Wenn mich nicht alles täuschte, dann waren dort im Moment Leute damit beschäftigt die Einzelteile der kaputten Gondeln aufzusammeln und sonstige Spuren des Desasters zu beseitigen.

„Die Gefahren, die uns durch die plötzliche Lindwurm-Plage Sorgen bereiten, sind zwar noch lange nicht beseitigt...", sprach Ronir mit ruhiger Stimme: „...doch mit jedem erlegten Biest sinken sie ein Stück." Er war mit uns an die Oberfläche gekommen, um uns zu verabschieden. Auch Falk und Terra waren wie versprochen erschienen und bereit zum Aufbruch. Der Schützen-Elf hatte sich als Führer zur Siebenunddreißigsten Hauptstadt angeboten, da er sich ja schon etwas besser auskannte in dieser Gegend. Er würde uns sogar auf dem schnellsten Wege zum Orakel führen können. 'Noch vor Einbruch der Dunkelheit werden wir dort sein', hatte er versprochen.

„Aizy, gib gut auf dich und deine Gefährten Acht", meinte der coole Cowboy nun. Auf einmal fiel sein Blick wieder auf mich. Er strahlte die selbe Ruhe aus wie immer. Hatte ich mir das nur eingebildet, oder war da wirklich ein Lächeln über sein ernstes Gesicht gehuscht? Wie auch immer... zu fünft verließen wir jetzt den Hügel und ich spürte mal wieder die Abenteuerlust in mir aufsteigen. Umgeben von treuen Freunden würde ich unsere Queste sicherlich niemals aufgeben!

Die Gegend veränderte sich jenseits der Hügel ziemlich rasch. Die kahlen Felsen wurden weniger und die Gewächse immer zahlreicher.

„Viria gehört zu den schönsten aller Königreiche", erklärte Aizy: „Pflanzen und Tiere gibt es hier in Massen, aber am berühmtesten ist es für seine großen, grünen Seen. In Viria wachsen sogar mehrere Pflanzenarten, die grüne Farbtöne aufweisen", sprach die Magierin weiter und lächelte mir zu: „Hier könntest du dich fast wie zu Hause fühlen."

„Na ja, so lange nicht aus heiterem Himmel ganze Wälder und Wiesen in grün auftauchen, wird es hier nicht wie in meiner Welt sein", lachte ich.

„Entschuldigt bitte meine Neugier, doch was genau meint Ihr damit, werter Freund?" Ach ja, Falk kannte immer noch nicht die Wahrheit über mich. Wiedermal wandte ich mich mit fragendem Blick an Aizy.

Sie wusste scheinbar auch nicht so genau, wie sie beginnen sollte und meinte nur zögerlich: „Falklaf, es gibt da wie gesagt so einige Dinge, die nicht ganz leicht zu erklären sind..." Der Elf erinnerte sich daraufhin scheinbar an das letzte mal, als wir dabei waren ihm von unserer Queste zu erzählen, denn ohne zu zögern griff er das selbe Thema auf, das Aizy damals angeschnitten hatte:

„Ich weiß, ich bin nicht gerade die vertrauenswürdigste Person in Obscuritas, doch ich möchte euch versichern, meine Freunde, dass ich nun endgültig bereit bin, euch auf all euren Wegen zu unterstützen wo ich nur kann. Es war falsch von mir einfach wegzulaufen, doch bisher erschien es mir bei allen Problemen die beste Lösung zu sein. Nun jedoch ist etwas besonderes in mir erwacht... ein Gefühl... ich kann es selbst gar nicht beschreiben. Jedenfalls habe ich mir vorgenommen mich zu ändern und den Anfang will ich machen, indem ich auf mein Herz höre und mich euch anschließe." Dass er ein guter Redner war, hatte Falk ja schon oft gezeigt, doch diesmal steckte noch mehr dahinter. Ob dieses Gefühl von dem er sprach, Mut war? Oder vielleicht Freundschaft? Wir erklärten ihm jedenfalls die Situation. Er erfuhr die Wahrheit über mich, meine Herkunft und unsere Mission, den Dämon, welcher in Zabul hauste, zu besiegen.

Der Elf steckte all die Neuigkeiten ziemlich gut weg, seine Überraschung konnte er dennoch nicht ganz verbergen. „Ihr seid also tatsächlich ein Lichtweltler?", staunte er: „Florian... Ich hatte angenommen, dass der Name einfach nur aus einem weit entfernten Königreich stammt, aber nicht gleich aus einer anderen Dimension. All die Legenden, Sagen und Prophezeiungen rund um die beiden Paralleluniversen... Ich habe schon so einiges darüber gehört in meinem Leben, doch dass ich wirklich mal jemanden aus der anderen Welt treffen würde, hätte ich mir niemals vorstellen können."

„Ach ja...", fiel Ira ein: „Wenn du dir diesen komischen lichtweltlichen Namen nicht merken kannst, dann nenne ihn einfach Loran."

„Bring ihn nicht auf blöde Ideen!!!", fuhr ich sie empört an.

„Und Umbralux weilt also tatsächlich mitten unter uns?", Falk ignorierte unseren kindischen Streit: „In der Gestalt des Vizekönigs Zabul?"

„So ist es", bestätigte die junge Magierin: „Wenn wir nicht schleunigst ein paar Antworten und am besten natürlich das legendäre Relikt selbst finden, dann wird er bald mächtig genug sein, um seine finsteren Pläne zu verwirklichen. Dann wären beide Welten dem Untergang geweiht..."

„So weit wollen wir es natürlich nicht kommen lassen", grinste der Schützen-Elf nun optimistisch: „Ich habe ja schon einen kleinen Teil eures Potentials erlebt und wenn unser junger Held hier tatsächlich der Auserwählte des Schattens ist, dann besteht für mich kein Zweifel mehr am Erfolg der Queste." Er blieb auf einmal stehen und Terra tat es ihm gleich, ohne dass er einen Befehl gegeben hatte. Dann ging der Elf wie ein Ritter vor seinem König auf die Knie und sprach: „Meine edlen Freunde... Mein gesamtes Leben lang habe ich darauf gehofft, Leute wie euch zu finden, doch immer wieder wurde ich Zeuge der Schlechtigkeit dieser Welt. Obwohl wir uns zwar noch nicht sehr lange kennen, so verspüre ich dennoch ein ungewöhnliches Maß an Vertrauen euch gegenüber in mir emporsteigen, eine Tugend, welche ich in mir schon lange für verloren hielt. Ich weiß zwar immer noch nicht genau wo mein Platz auf dieser Welt ist, doch durch euch kann ich wieder Hoffnung hegen. Darum biete ich, Falklaf Minorus Finn, euch hiermit offiziell meine Dienste als Schützen-Elf an."

Wow... dieser Typ hatte wirklich einen starken Hang zur Theatralik.

„War es das jetzt?", fragte die Schwertkämpferin unbeeindruckt?

„Wir lehnen ab, Falklaf", sagte Aizy kühl.

Moment mal... was meinte sie damit?! Die spitzen Ohren des Schützen sanken langsam herab. Fragend starrte er uns eine Sekunde lang an, als hätte er sich verhört, doch dann senkte er seinen Kopf. „Ihr kennt meine Meinung dazu...", erläuterte die Magierin: „Bei so einer Queste sollte man sich nicht einfach so zu Diensten stellen. Doch einen guten Freund, der Seite an Seite mit uns gegen das Böse kämpfen will, werde ich sicherlich nicht zurückweisen." Sofort erhob Falk sein Gesicht. Wieder hatte es einen Ausdruck als hätte er sich verhört, doch diesmal stellten sich seine Lauscher wieder auf. Das Funkeln seiner Augen in jenem Moment würde mir sicherlich immer in Erinnerung bleiben.

Auch Terra musste den ergreifenden Moment wahrgenommen haben, denn sie gab glückliche, quietschende Laute von sich. Nun waren der Elf und der Babydrache offiziell Mitglieder unseres Teams. Ha! Zabul würde schon noch sein blaues Wunder erleben! Das Gute besiegte immerhin stets das Böse! Oder etwa nicht?

Es wuchsen zwar keine grünen Wälder oder Wiesen in Viria, doch Aizy hatte recht damit, dass es hier viel mehr grün zu sehen gab, als in Tizerius. Immer öfter fielen mir hier und da Pflanzen auf, die mich ein klein wenig an meine Welt erinnerten. Dies stimmte mich etwas melancholisch und ein Gefühl kam in mir hoch, welches ich schon eine Weile lang nicht mehr verspürt hatte... Heimweh! Was Basti wohl gerade machte? Ob Mutter und Großvater ihn immer noch so streng verhörten? Nur zu gerne hätte ich mal wieder mit meinem Bruder Kontakt aufgenommen, doch daran war im Moment nicht zu denken, da Aizy ja diese besondere Steinperle benötigte um mir dies zu ermöglichen und die wiederum befand sich schließlich im Tempel, viele Fußmärsche und eine lange Wyrmagnus-Reise entfernt.

„Was ist das?" Falks alarmierend unruhige Stimme hatte mich aus meiner Melancholie gerissen.

„Was genau meint Ihr?", wollte Aizy wissen.

„Ich höre etwas...", erläuterte der Elf leise: „Es sind Schreie!"

„Du halluzinierst!", warf ihm die Schwertkämpferin vor: „Hier gibt es weit und breit..." Ira stoppte mitten im Satz.

Man konnte nun tatsächlich schwache Schreie aus der Ferne hören. Die Stimme war eindeutig weiblich. Und sie wurde lauter! Es war eine gute Idee von Falk – auch wenn sie der Schwertkämpferin deshalb um so weniger gefiel – uns hinter den Bäumen und Sträuchern zu verstecken, denn schon bald hörte man das laute Galoppieren zahlreicher Hufe. Aber das bedeutete ja... Vorsichtig riskierte ich einen Blick hinter meinem Baum hervor, um zu sehen, was da auf uns zu kam. Es waren mehrere Reiter, vielleicht fünf oder sechs. Ritten sie da tatsächlich auf Pferden?! Ich hatte zwar schon gehört, dass einige Tierarten in beiden Dimensionen vertreten waren und Ira hatte ja sogar ein Pferd erwähnt, als sie von ihrer Vergangenheit gesprochen hatte, doch nun würde ich zum ersten mal live ein Tier in Obscuritas zu Gesicht bekommen, welches ich auch aus meiner Welt kannte.

Irgendwie tat es gut mal wieder etwas bekanntes zu sehen. Diese starken Hufe, die anmutigen, doch muskulösen Körper, die buschigen, geschwungenen Schweife, die spitzigen Hörner, die wehenden Mähnen... Moment mal... HÖRNER?! Ich sah nochmal genauer hin. Tatsächlich! Jedes einzelne dieser Viecher besaß drei kleine Hörner – zwei auf dem Kopf und eines auf der Nase. Das konnten doch keine Pferde sein! Soviel also zum Thema, dass ich endlich mal etwas Vertrautes zu Gesicht bekommen würde...

„Flo, geh in Deckung!", flüsterte mir Aizy zu. Ich war wohl vor Aufregung fast schon zu weit hinter meinem Baum hervorgetreten.

„AHHHH!!!! Lasst mich los!", schrie nun wieder das Mädchen, welches Falk mit seinen guten Ohren schon aus weiter Ferne gehört hatte. Die Reiter sausten an uns vorbei. Sie waren alle in grüne Mäntel gehüllt und einer hatte das kreischende, gefesselte Mädchen im Schlepptau. Vielleicht sollten wir ihr... Noch bevor ich überhaupt meinen Gedankengang beenden konnte, vernahm ich auch schon eine kleine Erschütterung der Erde, gefolgt von den überraschten Schreien der Reiter und lautem Wiehern, welches sich doch ein bisschen anders anhörte, als das von lichtweltlichen Pferden. Nochmal warf ich einen Blick aus meinem Versteck. Die gehörnten Tiere waren verstört und viele der Gestalten in den grünen Mänteln lagen auf dem Boden.

„Was zum Henker war das?! Ein Erdbeben?", rief einer von ihnen.

„Hey, die Göre ist weg!", brüllte ein anderer.

„Moment mal, da hinten hat sich doch was bewegt..." Mit diesen Worten machten sich die Kerle auch schon an die Verfolgung.

„Meine Freunde...", hörte ich aus heiterem Himmel den Elfen hinter uns sagen: „Ich würde vorschlagen, dass wir uns nun schleunigst zurückziehen, bevor diese Rüpel bemerken, dass sie einer kleinen Erdlawine nachgejagt sind."

Er saß auf Terras Rücken und hatte das gefesselte und scheinbar ohnmächtige Mädchen bei sich. Für viele Worte blieb nun jedoch keine Zeit, sodass wir uns beeilten von hier zu verschwinden.

„Was hast du dir eigentlich dabei gedacht?!", fuhr Ira den Schützen-Elfen an: „Kaum bist du in unsere Gruppe aufgenommen, schon entscheidest du über unsere Köpfe hinweg und handelst völlig überstürzt!" Da schimpfte natürlich genau die Richtige... erkannte sie allen Ernstes nicht die Selbstironie in diesen Vorwürfen?

„Sei doch nicht so streng!", verteidigte ich Falk: „Wer weiß, was diese Typen ihr angetan hätten..." Wir hatten ein sicheres Plätzchen in der nähe eines Bachs gefunden. Aizy war gerade dabei das Mädchen zu untersuchen und gegebenenfalls ihre Wunden zu versorgen, während Ira – etwas abseits von ihnen – dem Elfen die Leviten lesen wollte.

„Ihr solltet vielleicht etwas leiser reden oder lieber gleich...", Falk kam nicht dazu seinen Satz zu beenden, da ihm die Schwertkämpferin ins Wort fiel:

„Ach, die ist doch da hinten am Bach mit Aizy. Selbst wenn sie erwacht ist, hört sie uns nicht. Rechtfertige doch lieber mal dein fahrlässiges Verhalten! Du hättest uns damit in große Schwierigkeiten bringen können." Als ob sie das ernsthaft gekümmert hätte. Für gewöhnlich hatte sie ja nichts gegen Herausforderungen einzuwenden. Es war mehr als nur offensichtlich, dass es ihr nur ums Prinzip ging.

„Ira, ich glaube du übertreibst da ein wenig..."

„Ach ja? Diese Typen hatten grüne Roben an, auf denen das königliche Wappen Virias zu sehen war. Sie ritten auf Pferden. Nur die wenigsten Menschen können sich diesen Luxus leisten und ich weiß wovon ich spreche! Womöglich handelte es sich um edle Ritter, die eine Gaunerin geschnappt hatten."

„Ira, ich bitte Euch... zügelt...", versuchte es der Elf erneut, doch abermals unterbrach ihn das wütende Mädchen:

„Ich soll mich zügeln? Pah! Ich wette du hast sie sogar nur gerettet, weil du irgendwelche perversen Hintergedanken hattest..." So allmählich ging sie aber zu weit... obwohl sie zum Teil vielleicht sogar recht haben konnte. Ich wollte gerade wieder etwas zu Falks Verteidigung sagen, als auf einmal Aizy mit dem Mädchen zurück kam.

Es traf mich wie ein Blitzschlag. Bisher hatte ich sie noch nicht so genau betrachten können, doch nun stand sie munter vor uns. Ein wenig kleiner als ich, zierliche Figur, eingehüllt in leichte, seidige Kleidung, langes, glattes, hellbraunes Haar, zarte, blasse Haut und große, grüne Augen, welche mich sofort in ihren Bann zogen. Doch da war noch etwas... ihre Ohren...

„Darf ich vorstellen? Das ist Larima", machte Aizy die junge Elfe mit uns bekannt.

„Hallo...", ihre schüchterne Stimme klang wie ein Glockenspiel in meinen Ohren. „Danke, dass ihr mir geholfen habt. Und bitte entschuldigt, wenn ich euch Ärger bereite." Sie hatte doch nicht wirklich alles hören können, was wir gesagt hatten... oder etwa doch? „Mir fällt leider keine Möglichkeit ein, wie ich euch meine Dankbarkeit zeigen könnte, doch um euch nicht weiter zur Last zu fallen, würde ich mich einfach wieder auf den Weg zur Hauptstadt machen. Ich will euch wirklich nicht in Schwierigkeiten bringen." Ich warf Ira einen vorwurfsvollen Blick zu.

„Oh meine Güte...", meinte diese plötzlich gereizt: „Dann ist sie eben eine Elfe und hat alles gehört, aber es ist ja auch die Wahrheit gewesen, oder etwa nicht?"

„Es stimmt in der Tat, dass diese Leute Gesandte der Königsstadt Viria waren, doch es ist mir schleierhaft, was sie von mir wollten."

„Das könnte ja jeder behaupten...", meinte die Schwertkämpferin misstrauisch: „Fakt ist, dass du offensichtlich größere Probleme mit den Adeligen hast, womit wir sicherlich nichts zu tun haben wollen. Woher sollen wir denn wissen, dass du keine Verbrecherin bist?" Ich konnte nicht fassen, was ich da von Ira hörte. Sie war zwar schon immer etwas voreilig oder aufbrausend gewesen, aber im Moment erkannte ich die ansonsten eher hilfsbereite und abenteuerlustige Schwertkämpferin nicht wieder.

„Jetzt reicht es aber, Ira...", sagte Aizy streng: „Es stimmt zwar, dass wir nicht wissen weshalb Larima gegen ihren Willen von königlichen Truppen verschleppt wurde, doch ich glaube kaum, dass es falsch wäre sie zur Hauptstadt zu begleiten, immerhin ist das auch unser Ziel." Die junge Schwertkämpferin war offensichtlich beleidigt, da keiner auf ihrer Seite stand, aber sie würde sich nach einer Weile wieder beruhigen.

„Es ist sowieso nicht mehr weit bis zur Siebenunddreißigsten Hauptstadt", erklärte Falk. So machten wir uns also gemeinsam mit der mysteriösen, allerdings sehr hübschen Elfe auf den Weg.

„Wie?! Absolut alles?", staunte ich.

„Ja...", erläuterte Larima: „Ich habe wirklich alles vergessen! Ich kann mich an überhaupt nichts erinnern, was länger als drei Tage zurückliegt. Es ist, als hätte ich bis dahin nicht existiert..." Na das war ja mal ein Ding! Ganz so schlimm war es bei mir nach dem Autounfall zwar nicht gewesen, doch ich konnte ihr nachempfinden, wie sie sich fühlen musste. „Ich bin in einem fremden Bett aufgewacht und wusste nicht einmal wer ich war." Oh... vielleicht konnte ich ihr doch nicht alles nachempfinden. Das musste ja schrecklich sein. „Die netten Leute, die sich um mich gekümmert hatten – ein älteres Ehepaar – erklärten mir, dass sie mich im Lari-Fluss gefunden hätten. Es grenzte angeblich fast an ein Wunder, dass ich noch am Leben war. Ganze vier Tage hatte ich in Ohnmacht gelegen. Da ich nicht mal mehr meinen Namen wusste, nannten sie mich einfach Larima." Ich erinnerte mich daran, wie schlimm es für mich gewesen war, als ich im Krankenhaus aufwachte und den größten Teil meiner Erinnerungen verloren hatte, doch im Vergleich zu der jungen Elfe hatte ich damals ja noch Glück gehabt.

„Weißt du...", sprach ich sie mitfühlend an: „Mir erging es vor vier Jahren ähnlich, aber nun sind meine Erinnerungen fast wieder vollständig. Vielleicht findest du ja dein Gedächtnis mit der Zeit auch wieder."

„Ja genau...", meinte Ira plötzlich: „Lass sie doch mal durch die Luft schweben und dann runterfallen."

„Ira!", schrie ich die vorlaute Schwertkämpferin an.

„Wie war das denn nun gemeint?", wollte Aizy wissen.

„Ach, vergesst es...", motzte das immer noch beleidigte Mädchen nur und schwieg wieder.

„So, da wären wir!", meinte Falk schließlich: „Terra, meine Kleine... Du musst dich jetzt wieder eine Weile verstecken, so wie du es sonst auch immer getan hast." Die junge Drachin sah zwar etwas traurig aus, doch sie verstand ihren Freund und gehorchte.

„Fürchtest du dich nicht davor, dass wieder jemand kommen könnte um sie zu entführen?", fragte ich den Schützen-Elfen.

„Das war nur ein Einzelfall. Außerdem muss sie sowieso immer selbstständiger werden. Auch wenn ich nicht gerne daran denke, doch ich werde nicht ewig an ihrer Seite sein können." Seine Worte klangen schwermütig, aber er hatte recht.

Dann war es jedoch endlich so weit. Wir standen vor den weit geöffneten Toren der Siebenunddreißigsten Hauptstadt. Die Mauern waren nicht ganz so hoch wie die der Achtundachtzigsten, sodass man bereits von außen mehrere spitzige Dächer und Türme erblicken konnte. Außerdem sah man gleich wie belebt es hier war. Leute kamen und gingen. Es wimmelte nur so von Menschen und auch von Elfen, welche alle ihren Tätigkeiten nachgingen und sich auf den vielen kleinen und großen Straßen tummelten. Architektonisch sah es hier auch irgendwie anders aus, als in der Achtundachtzigsten Hauptstadt. Letztere war mir zwar auch groß, jedoch nicht ganz so fremd vorgekommen. Hier gab es überall Treppen und treppenartige Gebilde in den unterschiedlichsten Formen und Größen. Die meisten davon waren aus weißem Stein gehauen. Es wirkte alles fast schon irgendwie zu futuristisch im Vergleich zu den Bauten, die ich bisher in Obscuritas sehen konnte.

„Ah, es ist schon sehr lange her, dass ich zuletzt in der großen Elfenstadt war...", schwärmte Aizy.

„Oh, ihr wart schon mal hier?", wunderte sich Falk.

„Ja, doch das liegt schon lange zurück", erklärte die Magierin: „Ich habe diesen Ort allerdings schon immer bewundert... Schmelztiegel zwischen Elfen und Menschen..."

„Nennt man sie deshalb, die große Elfenstadt?", erkundigte ich mich neugierig.

„So weit ich weiß, hat sich das so ergeben, weil die Oberbürgermeister hier schon seit Generationen immer Elfen waren", erläuterte meine Magielehrerin: „Auch die meisten Weisen und Krieger der Stadt sind Elfen. Es gibt zwar trotzdem auch unheimlich viele Menschen hier, doch die Anteil an Elfen, welcher bisher immer über der Hälfte lag, gehört zu den höchsten auf ganz Obscuritas." Aha, Larimas und Falks Rasse schien also tatsächlich nicht so weit verbreitet zu sein, wie die der Menschen, weshalb diese Stadt wohl als etwas besonderes galt.

„Können wir nicht schnell nach diesem blöden Orakel suchen und dann wieder verschwinden?", meckerte die schlecht gelaunte Schwertkämpferin. Stimmt... Sie war ja noch nie sonderlich gut auf Elfen zu sprechen, da sie ihnen einfach nicht traute. Falk und nun auch Larima hatten dies schon oft genug zu spüren bekommen.

„Wo genau wohnst du denn momentan?", wandte sich Aizy an die hübsche Elfe und ignorierte Ira völlig.

„Es ist eigentlich gar nicht mal so weit weg. Ich finde sicherlich alleine hin."

„Ach was... das bisschen begleiten wir dich noch. Immerhin wird es auch bald dunkel." Die Magierin hatte recht. Unsere Reise hatte sich durch die Rettungsaktion etwas verzögert und nun ging die Sonne bereits unter.

„Ihr habt schon so viel für mich getan. Ich weiß gar nicht wie ich euch danken soll." Oh, sie klang ja so süß, wenn sie verlegen wurde... und dann diese zarte Rötung ihrer Wangen! Zähneknirschen riss mich zurück auf den Boden. Iras Laune schien nun einen weiteren Tiefpunkt erreicht zu haben.

„Wie bitte?!", rief die Magierin überrascht.

„Es tut uns wirklich Leid, aber wir wollen keinen Ärger mit den königlichen Truppen." Das waren die letzten Worte des Mannes, bevor er die Tür hinter sich schloss.

„Soviel zu diesen ach so liebenswürdigen Leuten...", meinte Ira sarkastisch und ich glaubte sogar ein kleines bisschen Schadenfreude heraushören zu können. Larima sagte gar nichts. Betroffen wendete sie ihren Blick nach unten.

„Nimm es nicht persönlich", versuchte Aizy das traurige Mädchen aufzumuntern: „Die Leute haben eben Angst vor den Reitern des Königs von Viria. Sie meinen das nicht so..."

„Ich hatte ernsthaft geglaubt, sie würden mich bei sich aufnehmen!", schluchzte die arme Elfe: „Immer wenn ich versuche mich an irgendetwas zu erinnern, was mit mir passiert sein könnte, oder wer ich mal war... jedes mal bekomme ich nur Kopfschmerzen und sonst nichts. Und ich habe Alpträume... wirre, dunkle Szenarien die keinen Sinn ergeben! Ich hatte so sehr gehofft, dass ich einfach bei diesen Leuten weiterleben könnte, als wäre nichts gewesen. Ich will mich gar nicht mehr an meine Vergangenheit erinnern... ich habe Angst davor! Aber nun... nun bleibt mir nichts mehr außer meinem neuen Namen. Ich habe keine richtige Identität und keinen Ort wo ich hin kann. Was soll ich denn jetzt nur tun?" Das arme Ding war ganz in Tränen aufgelöst.

„Och, na fein...", meinte Ira aus heiterem Himmel entnervt, noch bevor einer von uns das Wort ergreifen konnte: „Es läuft ja sowieso nur auf eines hinaus... Dann soll die Heulsuse eben erst mal bei uns bleiben so lange wir uns in der Stadt aufhalten. Aber so bald sich eine Möglichkeit bietet schieben wir sie ab und kümmern uns um die wirklich wichtigen Angelegenheiten, nämlich unsere eigenen!" Sonderlich nett klang das zwar nicht, doch die Worte erfüllten ihren Zweck.

„Wir finden ganz sicher einen Platz, wo du bleiben kannst", ermutigte Aizy das traurige Mädchen. Larima schien zwar gerührt zu sein, doch ihr war sicherlich bewusst, dass sie keine Ruhe finden würde, so lange sie die Reiter suchen würden. Fürs erste jedoch konnte sie etwas aufatmen, da sie nicht ganz alleine dastand.

„Aber ich warne dich, Elfchen...", ergriff Ira nochmals das Wort: „Wenn mir auch nur der leiseste Verdacht kommt, dass dies alles nur Theater ist und du in Wahrheit eine miese Gaunerin bist, dann wirst du dir wünschen, dass dich die königlichen Gesandten mitgenommen hätten!" Tja, was sollte man dazu sagen... wer solche Freunde hatte, der brauchte wahrlich keine Feinde mehr.

*Tiere – PFERD*

*Charaktere – LARIMA*

# Kapitel IV: Schicksalhafte Ereignisse

## Die Versuchung

„Einfach unglaublich...", gab ich leise von mir. Mehr fiel mir im Moment auch nicht ein, bei dem Anblick, der sich mir bot.

„Ja, der Weiße Tempel ist schon etwas ganz besonderes", bestätigte Aizy lächelnd. Das Gebäude vor mir war in keiner Hinsicht mit dem Tempel des Weisen in Tizerius zu vergleichen. Letzterer sah von außen nicht viel spektakulärer aus, als ein überdimensionaler, grauer Kubus mit Löchern, was zweifellos auch seinen Reiz hatte, doch dieser Tempel hier mitten in der Elfenstadt, kam eher einem Palast gleich. Er machte seinem Namen alle Ehre, denn er strahlte schon förmlich durch die weiße Farbe des glatten Steins aus welchem er gebaut war. Überall waren Türen, Fenster und vor allem Treppen zu erkennen, die kreuz und quer durch das Gebäude und um es herum führten. Es gab zahlreiche Ecken, aber auch Rundungen, erhöhte Plattformen, Übergänge und spitze Türme. Alles in allem eine sehr wirr erscheinende Komposition, welche allerdings nichts an architektonischer Schönheit und Eleganz einbüßen musste.

„Bei dem Ding findet man ja nicht mal den Eingang", beschwerte sich Ira mürrisch.

Aizy sah das offensichtlich als Gelegenheit für einen ihrer lehrreichen Vorträge: „Der Weiße Tempel entspricht – so wie der größte Teil der Siebenunddreißigsten Hauptstadt auch – einer berühmten elfischen

Stilrichtung. Noch nie konnten von Menschen geschaffene Bauwerke mit denen der Elfen mithalten, wenn es um Ästhetik und Komplexität ging."

„Das Schloss Tizerius in der Königsstadt ist auch komplex, aber deshalb muss es ja nicht schon von außen so labyrinthartig erscheinen. Außerdem ist dieses Ding da, doch nur ein Tempel..." Ich war mir sicher, dass die sture Schwertkämpferin es nicht mal zugegeben hätte, wenn sie vom Weißen Tempel beeindruckt gewesen wäre, doch über Kunst und Geschmack ließ sich bekanntlich streiten.

„Das Gebäude übernimmt aber noch viele andere Funktionen neben denen eines gewöhnlichen Tempels", erläuterte Falk: „Am bekanntesten ist die riesige Tempelbibliothek. Außerdem gibt es viele verwaltungstechnische Arbeitsstellen und sogar Ausstellungsräume für alte Schätze des Elfentums."

„Der Weiße Tempel ist also zweifellos das wichtigste Gebäude der gesamten Hauptstadt", belehrte Aizy die junge Schwertkämpferin zusätzlich, welche nur kurz mit den Augen rollte und sich gelangweilt abwandte.

Es war früher morgen und keiner von uns war wirklich ausgeschlafen, da wir die halbe Nacht unterwegs waren um eine Bleibe zu finden, die wir uns halbwegs leisten konnten. Die Elfenstadt war offensichtlich ein teures Pflaster und wir waren nun immerhin zu fünft. Falk und ich hatten zumindest noch eigene Betten in unserem Zimmer gehabt, doch das der drei Frauen war nicht größer gewesen als unseres und hatte auch nicht mehr als zwei Betten geboten, sodass Aizy und Ira sich ein Bett teilen hatten müssen. Nach einer kurzen, kaum erholsamen Nacht waren wir dann auch schon durch die halbe Stadt unterwegs um hierher zu unserem Zielort zu gelangen, dem Weißen Tempel in welchem wir das Orakel finden würden.

Innen sah alles genau so verwirrend aus, wie von außen. Falk lotste uns durch einige weiße Gänge und helle Treppenhäuser, bis wir schließlich vor einer großen Tür standen, die mit hellgrünen Schnörkeln verziert war. Wir traten ein. Vor uns breitete sich ein langer, von Morgenlicht durchfluteter Saal aus. An den Seiten standen und saßen jede Menge Leute und am anderen Ende befand sich eine weitere grün verzierte Tür vor der vier Wachleute postiert waren.

„Wartet bitte hier, meine Freunde", bat uns der Schützen-Elf und trat vor die Wachen. Zunächst sah es so aus, als würden sie ihn abweisen, doch dann durfte er passieren.

Nach kurzer Zeit kam er auch schon zurück und erklärte uns die Lage: „Wie ich mir bereits dachte, werden wir wohl oder übel noch ein Weilchen warten müssen, bis wir vorsprechen dürfen. Dennoch haben wir Glück. Es ist mir nämlich gelungen die Wartezeit auf ein Minimum zu beschränken, sodass wir den frühestmöglichen Termin bekommen."

„Und was heißt das im Klartext?", wollte Ira wissen.

„Schon gegen später Mittagszeit wird uns das Orakel empfangen können."

„Was?!", rief die Schwertkämpferin empört: „Wir sollen einen halben Tag oder sogar noch länger warten? Hast du ihnen denn nicht gesagt, wie dringend unser Anliegen ist? Dieses Orakel kann uns doch sicherlich irgendwo dazwischen schieben in seinem ach so vollen Terminkalender..."

„Ich glaube du verstehst die Situation nicht ganz, Ira", meinte die Magierin: „Es ist unglaublich, dass wir bereits heute einen Termin haben. Für gewöhnlich betragen die Wartezeiten zum Vorsprechen bei einem so berühmten Orakel mehrere Tage. Wie habt Ihr das hinbekommen, Falklaf?"

Der Elf grinste nur kurz und erläuterte: „Ich habe nur das getan, was unsere edle Ira bereits vermutet hat. Ohne genaueres zu verraten, erzählte ich dem Sekretär wie dringlich unsere Lage ist, da machte er eine Ausnahme und versprach uns einen erträglichen Termin."

So kam es also, dass wir uns den ganzen Vormittag lang damit beschäftigten einen Platz zu finden, wo Larima bleiben könnte. Was wichtigeres hatten wir momentan sowieso nicht zu erledigen. Wir versuchten sie in Wirtshäusern, kleinen Motels und anderen Einrichtungen unterzubringen, wo sie auch Arbeit finden würde, doch leider schlugen alle unsere Vermittlungsversuche fehl. Letztendlich kamen wir auch dahinter woran dies liegen konnte.
„Oh ja, kommt nur herein, dann bereden wir alles", meinte der überraschend freundliche Wirt und lud uns in seine Stube ein.
„Endlich einer, der uns nicht gleich weiter schickt", sagte Ira erleichtert.
„Könnt Ihr mir denn wirklich Arbeit und Unterkunft bieten, werter Herr?", erkundigte sich Larima mit hoffnungsvoller Stimme: „Ich werde sehr fleißig sein. Ihr sollt nichts bereuen."
„Oh ja!", fiel die Schwertkämpferin wieder ein: „Ich rate Euch auch, sie einzustellen. Sie ist eine tüchtige Arbeiterin und verlangt nicht viel."
Na klasse... der Wirt musste schon ein Trottel sein, wenn er sich jetzt nicht erst recht dachte, dass wir die junge Elfe selber nur loswerden wollten... nicht dass ich das wirklich gewollt hätte. Der Mann antwortete nicht, doch man konnte nun Schweißperlen auf seinem Gesicht erkennen, während er die Tür verriegelte.

Mist... das hätten wir uns eigentlich gleich denken können. Bevor wir uns versahen, waren wir auch schon von sechs königlichen Soldaten umzingelt. Immer noch schweigend zog sich der Wirt nun in eine Ecke zurück und mied jeglichen Blickkontakt.

„Ihr da!", fuhr uns einer der grün gekleideten Soldaten an: „Überlasst uns das Elfenmädchen und wir werden euch gegenüber Gnade walten lassen." Larimas Gesichtsausdruck erinnerte mich an den eines erschrockenen Rehs im Scheinwerferlicht, doch Falks, Iras und Aizys Mienen waren ernst. Auch ich konnte Fassung bewahren, obwohl sich in mir drinnen wiedermal tausend Gefühle überschlugen.

„Hach...", seufzte die Schwertkämpferin schließlich: „Es ist doch immer wieder das selbe, daran sollten wir uns ab jetzt gewöhnen. Ob mit oder ohne Flüchtlinge im Schlepptau... egal wo wir hingehen werden... wir geraten früher oder später sowieso in Schwierigkeiten."

„Heißt das, ihr wollt euch uns widersetzen?", fragte der Soldat mit brummiger Stimme.

„Ersteinmal würden wir gerne in Erfahrung bringen, was euer Begehr ist", versuchte Aizy die Angelegenheit so diplomatisch wie möglich zu regeln: „Wieso wollt ihr das Mädchen mitnehmen? Womöglich ließe sich da eine Lösung für unseren Disput finden."

„Das geht euch überhaupt nichts an! Entweder ihr ergebt euch jetzt sofort, oder wir werden Gewalt anwenden." Iras Hand lag schon auf dem Knauf ihres Zweihänders und Falk hatte schon nach seinem Bogen gegriffen.

„Es reicht!", hallte die wunderschöne, kristallklare Stimme Larimas plötzlich durch den Raum: „Ich kann es wirklich schätzen, was ihr bereits für mich getan habt, doch nun ist es Zeit aufzugeben." Ihr Blick sank traurig nach unten, als sie weitersprach: „Vielleicht habt ihr ja sogar Recht... womöglich bin ich eine Verbrecherin und kann mich bloß nicht mehr an meine Untaten erinnern. Wie auch immer es sein mag... ich kann euch einfach nicht noch mehr zur Last fallen." Ich konnte sehen wie sich Tränen in ihren großen, grünen Augen breit machten, als mir das hübsche Elfenmädchen einen letzten, flüchtigen Blick zuwarf und meinte: „Es muss sicherlich schön gewesen sein, als deine Erinnerungen zurück kamen. Ich hoffe dass meine Erinnerungen auch schön sein werden, wenn ich sie jemals wiedererlangen sollte..."

Dann verließ Larima mit den Soldaten Virias das Wirtshaus. Von den gehörnten Pferden war diesmal keine Spur zu sehen. Einer der grün gekleideten Männer hielt nun ein Seil in der Hand, während ein anderer die junge Elfe an den langen Haaren festhielt. Eine mir nicht unbekannte Abscheu überkam mich. Ich sah in das schmerzverzerrte Gesicht Larimas und dann in die bösartig grinsenden Visagen der Soldaten. Das waren doch keinesfalls königliche Edelmänner! Sie hatten den selben korrupten und leicht wahnsinnigen Glanz in ihren Augen, wie Dorozin und seine Lakaien. Die Wut in mir gewann schließlich die Oberhand.

„IHR SCHWEINE!!!!" Zeitgleich mit diesem verbalen Ausbruch meiner Emotionen, hatte ich auch schon das Dunkelschwert geschwungen und eine finstere Energiesichel in Richtung der Soldaten geschickt. Wie ein schwarzer Blitz durchfuhr sie drei der Männer, welche daraufhin einen Atemzug lang paralysiert stehen blieben und dann schließlich zu Boden sanken. Entsetzt starrten mich die restlichen Soldaten an und auch Larimas Augen waren weit aufgerissen. Zusätzlich konnte ich auch noch die schockierten Blicke meiner

Freunde und zahlreicher Passanten auf den Straßen in meinem Nacken spüren. Dann wurde mir so allmählich bewusst, was ich gerade getan hatte. Ich hatte auf einer öffentlichen Straße in der Siebenunddreißigsten Hauptstadt eine Truppe von königlichen Gesandten angegriffen. Ich musste offensichtlich den Verstand verloren haben!

„Sag mal, hast du denn völlig den Verstand verloren?!", keifte mich die Schwertkämpferin giftig an, als wir uns in einer schmalen Seitengasse versteckten. „Was denkst du dir denn bei so einer Aktion? Ist dir überhaupt klar, in was für Schwierigkeiten wir uns jetzt befinden?" Ira und ich hatten uns sofort nach dem Vorfall, gemeinsam mit Larima aus dem Staub gemacht. Ein wirbelnder Windpfeil von Falk und ein gezielter Eisball von Aizy hatten die übrigen Soldaten außer Gefecht gesetzt. Die kluge Magierin und der gerissene Schützen-Elf hatten uns empfohlen ein sicheres Versteck zu suchen, während sie beide den Ernst der Lage herausfinden und unser weiteres Vorgehen planen wollten.

„Ich weiß ja selber, dass ich überstürzt gehandelt habe. Aber als ich die fiesen, stechenden Augen dieser Kerle gesehen habe, musste ich an die Sache mit Dorozin denken und da ist es eben mit mir durchgegangen..."

Die aufgebrachte Schwertkämpferin hatte schon ihren Mund geöffnet um mich weiter auszuschimpfen, als sich auf einmal etwas in ihrem Blick änderte: „Hm... na ja... man kann allerdings auch nicht leugnen, dass du da eine recht imposante Nummer abgezogen hast. So langsam bekommst du das mit dem Dunkelschwert ja doch noch raus." Nun lächelte sie wieder. Wenn mich jemand verstehen würde, wenn es um überstürzte Taten ging, dann konnte es nur Ira sein. Ich war mir sicher, dass sie innerlich am liebsten selber den Soldaten die Leviten gelesen hätte.

„Hey! Hier sind sie!", hörten wir plötzlich einen Mann rufen. Er stand an der Ecke der Gasse und fuchtelte mit den Armen.

„Verflixt! Wir wurden entdeckt!", fluchte die Schwertkämpferin und befahl uns in die andere Richtung zu flüchten. Die Gasse war eng und bot keinerlei Verzweigungen. Von dem Mann war keine Spur mehr zu entdecken, doch zwei Soldaten – diesmal keine königlichen Gesandten Virias, sondern einfache Truppen der Siebenunddreißigsten Hauptstadt – hatten seinen Platz eingenommen und verfolgten uns. Nach einer Weile bog sich der Weg entlang einer engen Kurve.

„Hey, einer von denen ist schon weg! Wir haben ihn wohl abge..." Ira kam nicht mehr dazu ihren Satz zu vollenden, da stand auch schon der zweite Soldat direkt vor uns. Hinter ihm schien nur eine Sackgasse zu liegen, sodass ich einen Moment lang nicht mal kapierte wo er überhaupt hergekommen war, bis ich schließlich die Leiter entdeckte, welche auf eines der Dächer zu führen schien.

„Die Typen haben hier einen Heimvorteil. Die kennen sich zu gut aus", gab ich zu, während die beiden, mit kurzen Speeren bewaffneten Männer sich langsam auf uns zu bewegten, einer von links und einer von rechts.

„Klettert aufs Dach und flüchtet in eine Menschenmenge", befahl Ira: „Ich werde die beiden Witzfiguren hier so lange in Schach halten und dann hinterher kommen."

Uns blieb nichts anderes übrig als den Plan der Schwertkämpferin zu befolgen, also griff ich nach meinem schwarzen Schwert und rannte auf den

Soldaten vor mir zu. In der engen Gasse war er mit seinem Speer – auch wenn dieser nicht all zu lang war – nicht gerade im Vorteil. Dennoch musste ich auf seine spitzige Waffe aufpassen. Er beging sofort einen Fehler indem er eindeutig zu früh einen Stoß nach meinem Oberkörper ausführen wollte. Wie es mich Ira bei Stoß- und Stichangriffen gelehrt hatte, wich ich aus und verpasste seiner Waffe einen flinken Hieb mit dem Dunkelschwert. Sie brach zwar nicht entzwei, doch ich spürte dass ich sie schwer beschädigt haben musste. Keinen Augenblick lang zögerte ich, um den kurzen Schock des Soldaten auszunutzen und ihm den Griff meines Schwertes ins Gesicht zu rammen. Es war alles in allem zwar nicht die eleganteste oder gekonnteste Aktion, aber es reichte um die Zeit zu gewinnen, die ich benötigte, um mit Larima über die Leiter zu fliehen.

Nach einer kleinen Kletterpartie über einige der näher beieinander liegenden Dächer gelangten wir an einen Baum, der uns beim Abstieg sehr hilfreich war. Auf dem letzten Meter wäre ich jedoch fast abgerutscht und hingefallen.

„Vorsicht Larima, die Stelle dort..." Noch bevor ich meine Warnung ausgesprochen hatte, verlor sie das Gleichgewicht und stürzte. Reflexartig versuchte ich das Elfenmädchen aufzufangen, was allerdings auch nicht sehr elegant ausgesehen haben konnte, da wir zum Schluss bloß beide mit blauen Flecken und kleinen Schürfwunden am Boden lagen. Erst nach einer Sekunde wurde mir bewusst, wie eng umschlungen sie mich hielt. Schlagartig klopfte mein Herz schneller und mir wurde heiß. Zweifellos war ich nun rot wie eine Tomate. Bisher hatte ich noch nicht all zu viele Erfahrungen mit dem anderen Geschlecht gesammelt, von überirdisch hübschen Elfen ganz zu schweigen.

„Bist... bist du verletzt?" Meine Stimme zitterte. Ich konnte die Wärme ihres zierlichen Körpers fühlen.

„Florian..." Nun schlug mein Herz sogar noch schneller. Larima war ja allgemein sehr schüchtern und sprach kaum was, doch meinen Namen hörte ich zum aller ersten Mal aus ihrem Munde. Es klang wie ein Glockenspiel in meinen Ohren. „Es tut mir Leid...", sagte sie mit verzweifelter Stimme.

„Ach was... du bist doch bloß abgerutscht. Es ist ja nichts passiert."

„Nein... ich mache euch allen nur Ärger." Wir lagen immer noch unter dem Baum auf dem gelben Fleckchen Gras, am Rande eines kleinen Platzes, welcher der Öffentlichkeit scheinbar nicht zugänglich war. Die liebliche Elfe ließ mich nicht los, sondern drückte ihr Gesicht weiterhin an meine Schulter und schluchzte: „Es... es ist nur... ich weiß einfach nicht wer ich bin. Alles in mir dreht sich, meine Gedanken, meine Gefühle..."

„Bei mir war die Amnesie vielleicht nicht ganz so schlimm, aber ich kann dich gut verstehen. Solche konfusen Momente hatte ich anfangs auch oft, aber es hat mir immer geholfen mich etwas abzulenken." Dass ich allerdings eine Familie hatte, welche mich innerlich stärkte, verschwieg ich ihr lieber, da das arme Ding scheinbar selber nicht sagen konnte, ob sie überhaupt noch irgendwo Verwandte hatte. „Komm!" Ich fasste sie bei den Schultern und richtete sie auf, sodass wir uns nun gegenüber saßen und ich ihr in die Augen sehen konnte. Sie waren voller Tränen, aber immer noch strahlend grün. „Wir bringen dich auf andere Gedanken!"

Der Hof in dem wir gelandet waren, musste scheinbar zu irgendeinem amtlichen Gebäude gehören. Problemlos konnten wir uns durch das weit geöffnete Tor nach draußen schleichen. Ich hatte zwar keine Ahnung wo wir hingehen konnten und die ganze Stadt schien mir noch fremder, als sämtliche Dörfer und Städte, die ich bisher in Obscuritas besucht hatte, aber trotzdem wollte ich Larima irgendwie aufheitern. Bloß wie?

„Sag mal, wenn du einen Wunsch frei hättest...", es war zwar ein ziemlich unbeholfener und womöglich sogar idiotischer Versuch, aber immerhin besser als nichts: „Was würdest du jetzt am liebsten tun?"

Die liebliche Elfe sah mich kurz an und machte dann ein nachdenkliches Gesicht, bevor sie schließlich antwortete: „Ich weiß nicht so recht, aber...", sie lächelte schüchtern und schwieg.

Ich versuchte jegliche dummen Gedanken aus meinem Kopf zu vertreiben und sie aus der Reserve zu locken: „Ja? Sag es ruhig."

„Du wirst mich bloß für noch verrückter halten, wenn ich dir das erzähle."

„Ach was... jeder ist irgendwann ein bisschen verrückt! Ich habe mir beispielsweise schon mal gewünscht mich unsichtbar machen zu können, bloß um anderen Leuten Streiche zu spielen." Das war nicht mal gelogen. So kindisch es sich auch anhören mochte, aber ich hatte mir früher in der Tat sehr oft vorgestellt, wie es wohl wäre unsichtbar zu sein und Basti zu ärgern. Larima lachte kurz auf. Wieder ein ungewohntes Geräusch ihrerseits, welches allerdings mein Herz schneller schlagen ließ.

„Na gut, das ist wirklich ein kleines bisschen verrückt, aber auch keine schlechte Idee...", gab sie lächelnd zu: „Unsichtbar sein wäre sicherlich auch schön im Moment, aber ich würde mich am liebsten in einen kleinen Vogel verwandeln und weit nach oben in die Freiheit fliegen wollen, so weit nach oben, dass ich die gesamte Stadt sehen könnte." Bei diesen Worten schloss sie die Augen und sah richtig friedlich und entspannt aus.

Hmmmm... hoch oben also... Als ich damals unsichtbar sein wollte, hatte ich von meiner Überlegenheit in der Finsternis Gebrauch gemacht, was fast den selben Effekt hatte. Ein Blick in den wolkenlosen, rosaroten Himmel genügte auch schon, um mich auf die Idee zu bringen, was Larimas Wunsch am nächsten kommen würde.

„Komm mit!" Ich nahm meinen ganzen Mut zusammen und fasste das Elfenmädchen an der Hand. Sie war so zart, dass ich fast schon befürchtete, ihr weh zu tun, wenn ich sie zu fest hielt. Wir bahnten uns den Weg durch Menschenmassen auf breiteren und auch auf engeren Straßen. Ich orientierte mich immer wieder durch kurze Blicke nach oben.

„Wo gehen wir hin?", fragte die Elfe neugierig.

„Das wirst du gleich selber herausfinden", lächelte ich. Nach einer Weile – zweifellos auch nach zahllosen Umwegen – gelangten wir aber doch ans Ziel.

„Der Weiße Tempel?", staunte sie: „Ist es wirklich schon Zeit für euer Vorsprechen beim Orakel?" Stimmt! So allmählich konnte es durchaus schon so weit sein. Der dunkelblauen Sonne nach zu urteilen war es sicherlich schon einige Stunden nach Mittagszeit. Egal!

„Wir sind aus einem ganz anderen Grund hier!" Wir benutzten den Eingang, den Falk uns heute morgen gezeigt hatte, doch ich konnte mich nicht mehr an all die Gänge erinnern, durch welche er uns geführt hatte. Zum Glück war das auch nicht nötig. Nach längerem Umherirren in diesem Labyrinth und einigen Versteckaktionen vor Beamten, erreichten wir über eine kleine Terrasse eine der erhöhten Plattformen außerhalb des Gebäudes. Von dort aus war der Weg ganz klar.

„Du willst also wirklich da hinauf?", fragte mich Larima etwas verdutzt.

„Klar! Du hast dir doch sicherlich schon gedacht, dass dies das Ziel unserer kleinen Reise sein würde, oder?"

„Irgendwie schon", gab sie schüchtern zu: „Aber ist das denn erlaubt?"

„Keine Ahnung", sagte ich belanglos: „Aber es muss auf alle Fälle der höchste Punkt der gesamten Stadt sein." Mein Gefühl sagte mir, dass die Räumlichkeiten durch die wir uns hergeschlichen hatten bereits tabu für Zivilisten waren, doch hier oben auf dieser Plattform schien keine Menschenseele zu sein. In der Lichtwelt wäre so ein Ort auf alle Fälle gesperrt gewesen, aber wir befanden uns hier immerhin in der Schattenwelt. Außerdem hatte ich heute ja sowieso bereits königliche Soldaten angegriffen... viel mehr Probleme konnte ich mir nun auch nicht mehr einheimsen. Welch naiver Irrtum...


„Oh Florian..." Ohje... dieser Ausruf brachte mich schon fast ins Wanken, was so hoch oben nicht sonderlich gut ausgehen würde. Ich schluckte den Kloß in meinem Hals hinunter und versuchte einen klaren Kopf zu bewahren.

„Es ist zwar nicht ganz das selbe wie Fliegen, aber zumindest sieht man von hier aus die ganze Stadt."

„Es ist wunderschön...", schwärmte die liebreizende Elfe: „Der Ausblick, der kühle Wind... so muss sich wahre Freiheit anfühlen." Wieder hatte sie die Augen geschlossen und schien einfach nur glücklich zu sein. Der Turm war offensichtlich nur für einen einzelnen – vorzugsweise sehr dünnen – Mann gebaut, denn wir hatten zu zweit kaum Bewegungsfreiraum hier oben. Ein dicker Kerl, wäre bereits an der engen Wendeltreppe gescheitert. Doch ich hatte mir sofort gedacht, dass dieser Platz Larima gefallen würde. Der Turm war so hoch, dass man ihn von fast überall aus in der Stadt sehen konnte. Dafür hatten wir nun einen prima Panoramablick über die Siebenunddreißigste Hauptstadt. Und diese war wirklich gewaltig. Die vorherrschende Farbe war tatsächlich weiß und mit all den verschlungenen Wegen und Treppen, sah sie echt wie eine gigantische Variante des Weißen Tempels aus. Doch ich hatte in dem Moment andere Gedanken im Kopf, als Aizys Vorträge über Elfenarchitektur.

„Ich danke dir", hauchte Larima fast schon zu leise für mein nichtelfisches Gehör und lehnte sich leicht an mich. Eigentlich war es ja auf dem Turm sowieso zu eng für uns, doch es bestand kein Zweifel daran, dass dies ein Annäherungsversuch sein musste. Hoffentlich nahm sie das Herzrasen in meiner Brust nicht wahr.

„Ach, ich hab doch nichts besonderes getan...", meinte ich schüchtern. Von wegen! Ich hatte mich in der Öffentlichkeit an königlichen Gesandten Virias vergriffen, meine Freunde und die Mission in Gefahr gebracht, das Vorsprechen beim Orakel sausen lassen und nun stand ich – höchstwahrscheinlich auch noch verbotenerweise – auf einem alten, viel zu hohen Turm, von dem ich jeden Augenblick herunterfallen könnte, da mir durch die Nähe der hübschen Elfe die Knie weich wurden. So viel unüberlegten Blödsinn hatte ich noch nie an einem Tag begangen.

„Wenn ich jetzt wegfliegen könnte, dann wäre ich wirklich frei." Larima breitete ihre Arme aus und beugte sich so weit über die kleine Brüstung, dass mir einen Augenblick lang das Herz stehen blieb.

„Du solltest dich vielleicht nicht ganz so weit nach vorne lehnen", versuchte ich sie vorsichtig von der Brüstung zu locken.

Sie ignorierte mich: „In mir ist immer noch diese unendliche Verwirrung... und ich fühle mich so alleine..." Ihre Worte klangen sehr wehmütig. Sie konnte doch nicht wirklich daran denken zu...

„Larima... du musst nicht alleine sein! Wir finden schon einen sicheren Platz für dich. Und wenn nicht, dann bleibst du eben bei uns!" Egal ob das nun eine gute Idee war oder nicht... sie durfte auf keinen Fall die Hoffnung verlieren!

Das Elfenmädchen lachte nur schwach: „Du bist zu nett zu mir..."

„Nein, nein... du darfst dich bloß nicht selbst aufgeben. Ich bin sicher dass du sogar deine Erinnerungen wieder finden wirst!" Ein heftiger Windstoß kam plötzlich auf und brachte mich fast aus dem Gleichgewicht. Die Elfe stand weiterhin unbewegt, mit ausgebreiteten Armen an der Brüstung. Nur ihr seidiges, hellbraunes Haar wehte im Wind.

„Florian... ich will mein Gedächtnis nicht wiedererlangen. Ich habe große Angst davor." Endlich trat sie von der Brüstung weg und drehte sich wieder um. Mein Herz klopfte wie wild. Ich war jede Sekunde darauf vorbereitet ihr entgegen zu springen und sie festzuhalten. „Ich werde euch Unglück bringen...", schluchzte das arme Mädchen unter Strömen von Tränen. Ich wollte ihr widersprechen. Stattdessen nahm ich sie einfach in meine Arme und hielt sie fest.

*Szenen – FLIEGEN*

## Das weise Orakel

Auf dem Weg nach unten kam mir alles wie ein Traum vor. Seit ich nach Obscuritas gekommen war, verschmolzen Realität und Fiktion immer mehr für mich, doch kein Moment hatte sich irrealer angefühlt, als der vorherige. Es war einfach zu viel auf einmal geschehen. Ich hatte zu viele, für mich untypische und nicht alltägliche Dinge getan, allem voran das hübscheste Wesen auf der Welt in meinen Armen gehalten. Nun schwiegen wir nur noch. Wir machten uns auch nicht mehr die Mühe uns vor herumlaufenden Beamten zu verstecken. Einige warfen uns einen misstrauischen Blick zu, doch die meisten kümmerten sich nicht um uns, obwohl wir offensichtlich nicht zum Personal gehörten.

„Hey!" Wir zuckten beide kurz zusammen. „Da seid ihr ja endlich!"

„Falk...", wunderte ich mich: „Was tust du denn hier?"

Der Schützen-Elf schien seinerseits ebenfalls überrascht zu sein uns hier im Weißen Tempel aufzufinden: „Wir haben euch schon seit einer Weile gesucht. Habt ihr euch etwa die ganze Zeit im Tempel versteckt?"

„Na ja, es hat immerhin geklappt, oder nicht?", gab ich verlegen zurück, wobei ich versuchte meine innere Unruhe zu unterdrücken. Es kam mir so vor als hätte ich kurzzeitig alle im Stich gelassen. Ich hatte Gewissensbisse, weil ich mich so sehr auf Larima konzentriert und gar nicht mehr an unsere Queste gedacht hatte.

„Wie auch immer... Aizy und Ira warten nun bestimmt schon am Treffpunkt", meinte der Schützen-Elf: „Es erspart uns echt einiges an Sucharbeit, dass ich euch hier begegnet bin. Das nenne ich mal Glück!"

Unterwegs erfuhren wir von Falk, dass wir bei der Sache mit den Soldaten noch glimpflich davongekommen seien, wenn man das überhaupt so nennen konnte.

„Die drei, die Ihr mit Eurer Attacke erwischt habt, waren zwar für über eine Stunde gelähmt, aber ansonsten fehlte ihnen scheinbar nichts. Wir werden also zumindest schon mal nicht als Mörder gesucht."

Hurra... welch ein Trost... für die Soldaten zumindest...

„Es tut mir wirklich Leid, Falk. Ich habe zu überstürzt gehandelt."

„Macht Euch nichts daraus", lächelte er mich an: „Wir können nun leider nicht mehr lange in der Hauptstadt verweilen, doch das hatten wir ohnehin nicht vor, oder? Die Audienz beim Orakel muss allerdings auf Mitternacht verschoben werden und wird außerdem an einem speziellen Ort stattfinden."

„Und wo sollen wir bis Mitternacht warten? Auch wenn wir keine Mörder sind, so haben wir doch sicherlich mehr als genug Dreck am Stecken. Zeugen hat es nach meiner glorreichen Aktion ja auch genügend gegeben."

„Macht Euch mal keine Sorgen, werter Freund. Die Siebenunddreißigste Hauptstadt ist sehr groß und man kann sich an allen möglichen Orten, recht gut verstecken. Bevor die Soldaten überhaupt wieder eine Spur von uns finden könnten, wären wir schon über alle Berge."

Für ein Versteck war der Ort, den Falk dazu auserkoren hatte, ziemlich seltsam, aber andererseits auch nicht seltsamer, als ein schmaler Turm.

„Würdest du uns bitte mal verraten, wo wir hier eigentlich sind?", forderte Ira: „Ich meine... in einem Tempel gibt es für gewöhnlich keine solchen Gemächer!"

„Erwähnte ich nicht bereits, dass dies kein gewöhnlicher Tempel ist und dass dieses Bauwerk vielerlei Funktionen übernimmt?", grinste der Elf.

„Und welche Funktion übernimmt eine Reihe, edler Räumlichkeiten, wie diese?", fragte die Schwertkämpferin schnippisch.

„Wenn ich es nicht besser wüsste, dann würde ich fast behaupten, dass dies die Gemächer edler Elfen sind...", vermutete Aizy leichtfertig: „Womöglich sogar des Orakels höchstpersönlich." Ernste Stille brach einen Moment lang über den Raum herein. Dann lachten die Magierin und der Schützen-Elf beide, als wäre ein schlechter Witz gefallen, welchen Ira, Larima und ich nicht verstanden hatten. Die Räume waren allerdings wirklich nicht schlicht, sondern ziemlich luxuriös gestaltet. Genau genommen waren es ja mehrere aneinandergereihte Zimmer, wie in einem noblen Hotel, bloß dass jedes dieser Zimmer mit den benachbarten durch Türen verbunden war. So weit ich es mitbekommen hatte, unterschieden sich die Räumlichkeiten sogar mehr oder weniger voneinander. Auf eine ziemlich seltsame Art und Weise hätten sie sogar eine gute Wohnung für eine eben so seltsame Großfamilie abgeben können.

Genau so gemütlich, wie sich diese Gemächer anfühlten, verlief auch der restliche, späte Nachmittag. Wir waren die perfekte, seltsame Familie und so kam sogar irgendeine seltsame Art von Gemütlichkeit trotz unserer ach so seltsamen Lage auf. Aizy und Falk versuchten gerade mehr über Larima in Erfahrung zu bringen und besprachen mögliche Optionen für sie, wie sie am besten vor den Soldaten flüchten könnte. So weit ich es mitbekommen hatte, bestand keine dieser Optionen darin, mit uns auf Abenteuerreise zu gehen. Irgendwie kam es mir so vor, als wollten zwei Prüfer feststellen, ob sich eine

Anwärterin für einen exklusiven Club eignete oder nicht. Ich hoffte nur, dass Larima das Misstrauen ihr gegenüber nicht zu deutlich zu spüren bekam.

„Hey, Loran...", sprach Ira mich mit gedämpfter Stimme an.

„Kannst du mich denn nicht endlich mal Florian nennen?"

Sie ignorierte mein Anliegen völlig und kam gleich auf den Punkt: „Es geht um deine neue Freundin..." Wie?! Hätte ich in diesem Moment etwas gegessen, so hätte ich mich sicherlich verschluckt. Dieses Mädchen konnte in der Tat sehr direkt sein. Mir musste wohl die Röte ins Gesicht gestiegen sein, doch noch bevor ich etwas einwenden konnte, sprach sie weiter: „Gleich mal eines vorweg... nicht dass du noch auf dumme Gedanken kommst, mein Lieber... Es ist mir völlig egal, was du mit irgendwem unter irgendwelchen Bäumen treibst! Das interessiert mich ganz und gar nicht!" Okay... nun kam es mir so vor als hätte ich mich wirklich verschluckt und das ganz ohne etwas zu Essen. Sie hatte uns also gesehen? Aber immerhin waren wir bloß vom Baum abgerutscht... Ich musste mir erst nochmal vor Augen führen wie es für Ira ausgesehen haben musste, um mir bewusst zu werden, dass ich dafür keine glaubwürdige Erklärung finden konnte. In meinem Kopf ging nun alles drunter und drüber, doch die Schwertkämpferin fuhr fort: „Ich will dich bloß warnen... Nenn es weibliche Intuition, wenn du willst, aber Aizy und der Grünschopf scheinen es auch zu spüren. Irgendetwas stimmt nicht mit diesem Mädchen."

Nun musste ich aber auch endlich mal das Wort ergreifen: „Mach doch bitte mal halblang... Sie hat ihr Gedächtnis verloren und ich weiß wie das sein kann. Außerdem weiß ich auch noch, dass du Elfen nicht leiden kannst und wenn ich es nicht besser wüsste, dann würde ich sogar fast meinen, dass du eifersüchtig wärst." Die Empörung war Ira mehr als deutlich anzusehen. Der einzige Grund für sie nicht loszubrüllen und mir womöglich noch eine ihrer gefürchteten Ohrfeigen zu verpassen, war die Aufmerksamkeit der drei anderen, besonders Larimas nicht auf uns zu lenken.

„Jetzt hör mir mal genau zu...", zischte das wütende Mädchen so leise wie sie es fertigbrachte: „Ich hab dir gesagt, dass ich mich nicht für deine dumme Romanze interessiere, aber wenn du es unbedingt auf die harte Tour lernen willst, dann nur zu. Du wirst schon sehen, was du davon hast! Und sag nicht ich hätte dich nicht gewarnt..." Wir sahen uns einen langen Atemzug lang an. Aus irgendeinem unerfindlichen Grund schmerzte es mich diesmal. Da war etwas in Iras tiefen, dunklen Augen... sie waren ernst und wütend, doch da war noch mehr... Mit der momentanen Verwirrung in meinem Kopf konnte ich jedoch sowieso nicht klar denken. Die Gefühle überschlugen sich ebenfalls in mir. Was war das bloß für ein seltsamer Tag gewesen? Eine ungewöhnliche Unruhe hatte sich heute in uns allen breit gemacht. Die Schwertkämpferin wendete ihren Blick ab.

„Und wir sind lediglich vom Baum gefallen... mehr war nicht dabei!" Sie antwortete nicht mehr darauf.


„L... Larima?", fragte ich zögerlich. Alles um uns herum war dunkel. Ich hatte nicht den Hauch einer Ahnung, wo wir uns befanden. In meinem Kopf drehte sich alles, als hätte ich zu viele Pirouetten hinter mir. Dann erkannte ich tatsächlich das hübsche Gesicht der jungen Elfe vor mir. Ich wollte etwas sagen, doch ich wusste nicht was... Sie stand nur da und sah mich mit ihren schönen, grünen Augen an. Ich fühlte mich wie paralysiert, aber eine wohlige

Wärme durchströmte mich. Dann wurde wieder alles stockfinster und ich sah gar nichts mehr außer der Silhouette Larimas. Sie kam näher, so nah dass sich ihren lieblichen Duft vernehmen konnte. Dann geschah es... Sie küsste mich. Ein Gefühl wie ich es noch nie in meinem Leben verspürt hatte durchströmte mich. Kälte und Wärme zugleich... ein leichtes Schwindelgefühl... sinnlos etwas derartiges beschreiben zu wollen. Ein Ding der Unmöglichkeit. Und dann... erwachte ich.

„Flo, es wird Zeit...", hörte ich die sanfte Stimme Aizys.

„Ist es wirklich schon Mitternacht?", fragte ich mürrisch und verschlafen, wie ein Schulkind, das morgens von seiner Mutter geweckt wurde. Mir war immer noch etwas schwindelig vom plötzlichen Erwachen. Dass ich völlig übermüdet war trug natürlich noch zu meinem Unbehagen bei, denn die vorherige Nacht hatten wir schließlich zur Hälfte mit der Unterkunftssuche verbracht und nun hatte ich schätzungsweise drei Stunden geschlafen, wenn es hoch käme. Sonderlich lange waren wir allerdings auch nicht mehr wach gewesen am Vorabend.

„Moment mal...", wunderte ich mich: „Habt ihr denn nicht auch alle geschlafen? Wie könnt ihr euch dann sicher sein, dass wir nicht zu spät dran sind?" Panik machte sich langsam in mir breit, bei dem Gedanken, das Orakel schon wieder versetzt zu haben.

Aizy lachte nur kurz auf: „Na wir haben uns einer der ältesten Methoden der Schattenwelt bedient... Blasen, welche gerade so lange halten, wie man schlafen will." Sie zwinkerte mir zu und sprach weiter: „Es ist zwar nicht ganz so angenehm, wie mit so tollen Gerätschaften zu erwachen, wie es sie in der Lichtwelt gibt, aber immerhin erfüllt es seinen Zweck sehr gut." Daran bestand kein Zweifel. Ich hatte immerhin schon oft genug die schmerzliche Erfahrung gemacht, mitten in der Nacht wegen einer platzenden Magieblase zu erwachen.

„Habt ihr vielleicht Ira und Larima gesehen?", erkundigte sich Falk bei uns. Offensichtlich waren sie nicht mehr im Zimmer.

„Womöglich haben sie sich zum Schlafen in benachbarte Gemächer zurückgezogen?", schätzte Aizy.

„Nein, ich habe bereits nachgesehen", erklärte der Elf: „Keine Spur von ihnen."

„Dann sind sie vielleicht kurz austreten..." Die junge Magierin klang diesmal selbst nicht ganz überzeugt von ihrer Vermutung. „Falklaf... wie viel Zeitspielraum haben wir?"

„Keinen, meine Teure. So Leid es mir tut, aber ich befürchte, dass wir uns sowieso schon zu viel herausgenommen haben. Wenn wir diesmal nicht pünktlich erscheinen, dann werden wir wie alle anderen, gewöhnlichen Gäste auch einige Tage warten müssen und das können wir uns in unserer Lage nicht leisten." Aizy zog eine nachdenkliche Miene. So ein Mist! Wo waren die beiden bloß? Sie würden noch die Audienz verpassen.

„Dann müssen wir sie wohl oder übel nachher suchen", beschloss die Magierin.

Gesagt getan. Keine Kompromisse. Falk führte uns in den letzten Raum in der Reihe der edlen Gemächer. In einer Ecke befand sich eine ziemlich stämmige Elfenstatue aus weißem Stein, welche unheimlich alt sein musste. Der Schützen-Elf sah nun relativ angespannt aus, was wirklich nicht häufig der Fall war. Ich erinnerte mich daran, wie cool er damals in der Kneipe geblieben war, als Thazyl durchgedreht war. Was konnte bei so einem ruhigen Gesellen nur die Ursache für eine derartige Verkrampfung sein? Falk atmete tief durch und stellte sich schließlich vor die Statue. Er legte ihr die Hand auf die Stirn und schloss die Augen. Gespannt wartete ich darauf, was nun geschehen würde. Der grünhaarige Elf murmelte einige unverständliche Worte in seinen – womöglich ebenfalls hellgrünen, allerdings nicht vorhandenen – Bart und öffnete seine Augen urplötzlich wieder. Sie strahlten nun durch und durch in hellem blau. Keine Pupillen, keine Iris... nur helles Licht. Kurzzeitig flackerte das selbe Leuchten auch in den eingemeißelten Augen der Statue auf und erlosch dann wieder, so wie bei Falk ebenfalls. Als er schließlich die Hand von der Stirn der Elfenstatue nahm, bewegte sie sich selbstständig zur Seite und gab einen engen Geheimgang frei.

„Also das nenne ich mal ein Klischee...", sagte ich halblaut vor mich hin, wobei ich meine offensichtliche Verblüffung dennoch nicht verbergen konnte.

„Das war doch sicherlich eine spezielle Form elfischer Magie", vermutete Aizy grinsend.

„Könnte man durchaus so sagen...", meinte der Elf und begab sich in den dunklen Schacht: „Folgt mir bitte, meine teuren Freunde." Nachdem wir alle an der Statue vorbeigegangen waren, winkte er nur kurz mit der Hand und schon wurde es finster um uns herum, als sie sich wieder an ihren ursprünglichen Platz schob. Der Schließmechanismus war ganz offensichtlich simpler als der Öffnungsmechanismus.

Eine Fackel wäre mir nur recht gewesen in diesem engen, stockfinsteren Gang, doch Falk meinte, dass es nicht nötig sei. Es gäbe zwar labyrinthartige Verzweigungen in diesem kleinen Tunnelsystem, doch er kannte sich gut genug aus, also vertrauten wir ihm. Und tatsächlich erreichten wir schon bald den Ausgang. Wieder murmelte der Schützen-Elf seine magischen Worte und zog die Lichtershow ab, woraufhin sich die Wand vor uns auftat und wir in einen großen, schwach beleuchteten Raum eintreten konnten. Alles war in schummriges, mystisches, türkisfarbenes Licht gehüllt, welches von zahlreichen Fackeln an der Wand ausging. Überall standen verzierte Säulen und am hinteren Ende schien sich eine Art Altar zu befinden.

„Strolch!!!" Mir rutschte vor Schreck das Herz in die Hose. „Taugenichts! Faulpelz! Streuner!", erklang die krächzende Stimme abermals.

Falk zuckte bei jedem Wort fast unmerklich zusammen und wandte sich dann der kleinen, silberhaarigen Dame zu: „Bitte lasst Eure Höflichkeiten diesmal beiseite, alte Frau!", sagte er so gefasst wie möglich, doch die Anspannung war ihm immer noch deutlich anzusehen: „Wir sind wegen überaus wichtigen Angelegenheiten hier."

„Pah, was kann für einen Kindskopf wie dich schon so wichtig sein, dass er eine gebrechliche Dame mitten in der Nacht an diesen heiligen Ort ruft?"

„Lasst Euren sinnfreien Sarkasmus! Seht Ihr nicht, dass wir Gäste haben? Sehr wichtige Gäste, wenn ich hinzufügen darf..." Der Elf wies mit einer ehrwürdigen Geste auf Aizy und mich, woraufhin sich die alte Schachtel uns zuwandte. Sie wahr wirklich eine höchst ungewöhnliche Gestalt. Große, lange Elfenohren, körperlich jedoch klein wie ein Zwerg mit einem faltigen, dezent geschminkten Gesicht und stechenden hellblauen Augen... beinahe die selben Augen wie...

„Aizylef, Florian, darf ich vorstellen...", meinte Falk nur mäßig motiviert: „Meine Großmutter, das ach so weise Orakel."

Ich war platt. Wir waren also schon die ganze Zeit mit dem Enkel des weisen Orakels von Viria unterwegs?!

Aizy schien nicht ganz so überrascht zu sein: „So so... Ich hatte mich schon lange gefragt, wie verwoben Eure Vergangenheit mit der großen Elfenstadt wirklich ist, Falklaf, doch bereits nachdem Ihr den Sekretär so leicht überreden konntet uns einen möglichst frühen Termin zu verschaffen, war mir bewusst, dass Ihr mit dem Orakel in besonderer Verbindung stehen musstet", sie grinste wie eine Detektivin, die soeben einen Fall gelöst hatte: „Die edlen Gemächer, die Elfenmagie, der Geheimgang... das alles bestätigte meine Vermutungen nur noch zusätzlich. Wieso habt Ihr uns denn nicht gleich erzählt, wer Ihr wirklich seid?"

„Weil er ein hoffnungsloser, ängstlicher Nichtsnutz ist!", mischte sich das Orakel ein, bevor Falk überhaupt reagieren konnte: „Er dachte schon immer, dass die Leute ihn nicht akzeptieren würden, solange er ihnen nicht irgendwelche Lügen auftischte oder ihnen etwas vormachte. Nicht das geringste Bisschen Selbstwertgefühl!"

„HEXE!", brach es aus dem sonst so gelassenen Elfen heraus: „Zügelt Eure unselige Zunge und verschont meine Freunde mit Euren Sticheleien!"

„Oho, der junge Herr will seine eingebildete Ehre verteidigen? Willst du mir jetzt wieder vorwerfen, dass ich, die Gesellschaft und ganz Obscuritas Schuld an deinem missratenen Wesen hätten?" Wow... harte Worte... besonders für ein weises Orakel.

Zum ersten mal sah ich echte Wut in Falks Gesicht aufsteigen: „Könnt Ihr nicht endlich mal ins Gras beißen, alte Harpyie?" Noch härtere Worte, des sonst so gefassten Elfen.

„Nichts lieber als das, aber leider habe ich keinen Nachfolger..." Dieser Satz zischte wie Gift aus dem Munde der alten Elfe. Falk konnte ihrem Blick nicht standhalten und wandte sich ab. Was war hier soeben geschehen? Waren Aizy und ich gerade Zeugen eines speziellen Familienstreits unter eben so speziellen Elfen geworden?

„Entschuldigt bitte diese Szene...", meinte der Schützen-Elf entnervt: „Es ist immer das selbe, wenn ich zurückkomme. Vielleicht hätte ich euch wirklich alles von Anfang an erzählen und euch somit auch gleich vorwarnen sollen." Die alte Frau war gerade hinten am Altar und traf die nötigen Vorbereitungen für ihre Sitzung.

„Ich will Euch keinesfalls zu nahe treten, Falklaf...", sagte Aizy mitfühlend: „Aber gehe ich richtig in der Annahme, dass Ihr dieser Nachfolger sein solltet, Euch jedoch weigert?" Stimmt ja... Als er uns damals ein bisschen von sich erzählt hatte, war auch dieses Thema angeschnitten worden. Hatte er nicht etwas davon gesagt, dass er sich vor seinen Pflichten drücken wollte und dass er nicht mit dem Leben in der Hauptstadt zufrieden gewesen sei?

„Ich will mein Schicksal selber bestimmen", erläuterte der Elf nun: „Genau genommen ist diese alte Schreckschraube meine Ur-ur-ur-großmutter und laut Tradition wäre meine Generation – also ich – an der Reihe das Familiengewerbe, der Wahrsagerei und der Prophezeiungen zu übernehmen. Doch das entspricht nicht im Geringsten meinen Wünschen. Es ist einfach nicht das Leben welches ich mir ausgesucht habe."

„Natürlich nicht...", krächzte die alte Frau, die aus heiteren Himmel wieder neben uns stand: „Du hast dir ja lieber das Leben eines Herumtreibers ausgesucht." Falk gab nur ein verächtliches Geräusch von sich und warf ihr einen bösen Blick zu.

Für ihr Alter war die Elfenoma zweifellos sehr flink und musste auch noch ein sehr gutes Gehör haben. Hatte Falk wirklich Ur-ur-ur gesagt? Ich rechnete kurz im Kopf nach wie viele Jahre das Orakel ungefähr auf dem Buckel haben musste. Aizy hatte mir mal erzählt, dass Elfen unheimlich alt werden konnten, allerdings erst verhältnismäßig spät Kinder zeugten und dann meistens auch nur selten mehr als zwei in ihrem gesamten Leben. Das erklärte jedenfalls auch gut weshalb es so wenig Elfen gab und wieso Falk so wichtig für die Familientradition sein musste. Ich kam jedenfalls zu dem Schluss, dass seine silberhaarige Ur-ur-ur-großmutter gute zweihundertfünfzig Jahre alt sein musste. Vielleicht ging sie ja sogar schon auf die dreihundert zu... Wie auch immer es sein mochte, man sah ihr das Alter nicht an. Als gewöhnlichen Menschen hätte ich sie auf höchstens siebzig geschätzt. Das einzige was noch auf ihr tatsächliches Alter hinweisen konnte, war das ungewöhnlich lange Haar, welches in vier großen Dutts zusammengebunden war und trotzdem noch fast bis zum Boden reichte.

„Können wir nun mit der spirituellen Sitzung beginnen?", fragte sie höflich, aber bestimmt. Sie setzte sich hinter den mit türkis leuchtenden Kerzen geschmückten Altar, auf dem nun eine große, steinerne Perle lag, die mich stark an das Ding erinnerte, welches Aizy benutzt hatte, um mir den Kontakt zu Basti zu ermöglichen. Nur einen Herzschlag lang huschte mir die Frage durch den Kopf, ob das von hier aus wohl auch möglich war. Dann setzte ich mich allerdings neben Aizy und Falk auf den Boden und tat das selbe wie alle Anwesenden. Ich schwieg. Meine Augen waren geschlossen und die verschiedensten Gedanken rasten durch meinen Kopf. Am brennendsten interessierte mich der Verbleib der beiden Mädchen. Sie waren zwar nicht die besten Freundinnen, doch ich hätte keiner von beiden wirklich zugetraut einen ernsthaften Streit mit der anderen vom Zaun zu brechen... nicht mal der hitzköpfigen Schwertkämpferin. Was ging hier also vor? Wieder musste ich an dieses seltsame Gefühl denken, welches mich seit einer Weile durchströmte... diese Unruhe... zweifellos spürten es die anderen auch. War es etwa DAS, wovon Ira gesprochen hatte? Aber wieso musste Larima Schuld daran sein? Larima... Dann fiel mir auch wieder mein Traum ein. Ein wunderschöner Traum. Ich hatte mir schon oft vorgestellt, wie es wohl sein würde ein Mädchen zu küssen, doch dieses Erlebnis erschien so real. Na ja andererseits war es nichts neues für mich, dass mir meine Träume fast schon realer, als die Realität selbst vorkamen.

„Nun denn...", die Stimme des Orakels hallte durch den Raum: „Es ist in der Tat wahr, dass du ganz besondere Gäste zu mir gebracht hast, Falklaf Minorus Finn."

Aha, so höflich und besonnen klang die alte Elfe wirklich wie eine echte Wahrsagerin. Fast schon wie eine völlig andere Person.

„Nur selten habe ich so starke und markante Auren verspürt, wie die deiner beiden Freunde hier. Eine ist groß und gefasst, beinahe schon erhaben über das Schicksal selbst und die andere ist so dicht und energiegeladen, dass man meinen könnte, sie berste bald vor Spannung."

Der nächste Punkt für Orakel-Klischees... 'Verwirrende, weise klingende Formulierungen', dachte ich mir innerlich: 'Aizy ist ganz offensichtlich die erhabene Besserwisserin und ich der vor Neugierde platzende Jüngling.' Ein bisschen übertrieben fand ich das alles zwar schon, aber ich nahm einfach mal an, dass das dazu gehörte.

„Ich spüre viele Fragen..."

Wie kam sie denn nun *darauf*?!

„Und ich spüre auch Zweifel..."

'O... kay... das gehört dennoch zu den Standardsprüchen', fand ich. So was konnte man fast immer verwenden, besonders wenn zwei oder mehr Personen vor einem saßen.

Die alte Frau kicherte kurz: „Der Junge würde bisher einen besseren Nachfolger abgeben, als du Falklaf..."

'Wie jetzt? Moment mal...' Ich öffnete meine Augen reflexartig. Das Orakel saß grinsend, jedoch mit geschlossen Augen vor mir. Aizy und Falk hatten sie ebenfalls zu. Auf dem Gesicht des Elfen glaubte ich jedoch einen klitzekleinen Anflug von Wut, oder Beleidigung zu erkennen. Ich beschloss vorsichtshalber besser auf meine Gedanken zu achten und konzentrierte mich wieder auf die Innenseite meiner Augenlider.

„Erzählt mir doch bitte etwas über euch und euer Anliegen", forderte die greise Elfendame.

Aizy machte den Anfang: „Ich bin die Weißmagierin Aizylef und komme aus einem Dorf in Tizerius. Gemeinsam mit Eurem Enkel Falklaf, der Schwertkämpferin Irora und dem jungen Florian hier strebe ich nach der Erfüllung einer gefährlichen Queste, welche über das Schicksal der gesamten Schattenwelt entscheiden wird... mehr noch... über das Schicksal beider Welten. Florian ist nämlich Lichtwelter und der Auserwählte des Schattens aus der Prophezeiung." Sie machte eine Pause um dem Orakel die

Möglichkeit zu geben, etwas zu ihrer bisherigen Ansprache zu sagen. Wenn ich es nicht besser gewusst hätte, so wäre ich fast der Meinung gewesen, dass die ernste und weise Magierin etwas aufgeregt war.

„Das sind große Worte, meine junge Weißmagierin", sprach die silberhaarige Frau von ihrem Altar herab: „Bist du dir denn wirklich sicher, dass dieser Junge der Auserwählte ist?"

Aizys Antwort kam ohne Zögern: „Ja, oh weises Orakel! Er und sein Bruder Bastian, der Mittler zwischen Licht und Schatten."

„So fahre fort mit dem Grund deines Besuches bei mir."

„Wie Ihr wünscht. So weit ich weiß, haben wir nur eine Möglichkeit die Prophezeiung, welche die Dimensionen retten kann, zu erfüllen. Wir müssen mit Hilfe der Macht, der beiden Auserkorenen das Relikt finden, welches den Urdämon Umbralux auf alle Ewigkeit bannen kann. Nur leider haben wir keinerlei Anhaltspunkte, die uns auf den richtigen Weg leiten könnten. Und die Zeit drängt, da die Macht des Schattenlichts sich immer weiter über Obscuritas ausbreitet."

„Hmmmm...", die weise Elfe schien nachdenklich geworden zu sein: „Es ist wirklich keine leichte Aufgabe, die ihr euch da ausgesucht habt. Um so mehr erstaunt es mich, dass ihr meinen faulen Enkel mit in dieses Boot zerren konntet." Die Alte war offensichtlich trotz der ernsten Lage zum Scherzen aufgelegt. Wieder öffnete ich die Augen und sah, dass die anderen mir in diesem Punkt schon voraus waren. Ich kam mir vor wie ein Ex-Atheist, der zum ersten mal in die Kirche ging und nicht wusste, wie man sich in einer Messe zu verhalten hatte. „Nun gut... Ich habe deinen Standpunkt gehört und werde darüber meditieren, junge Weißmagierin. Gibt es etwas, das unser

Auserwählter noch hinzufügen möchte?"', sie sah mir tief in die Augen: „Vielleicht einige wichtige Fragen, die ich noch berücksichtigen sollte? Persönliche Informationen, welche deine Freundin nicht schon erwähnt hat?" Einen Augenblick lang fühlte ich mich fast, als wäre ich wieder in der Schule und müsste vor einer Lehrerin Rechenschaft ablegen. Dann fiel mir wieder einiges ein... die Note sechs würde es also schon mal nicht werden.

„Das meiste hat Aizy in der Tat bereits erklärt. Wir wüssten alle gerne, wie wir am besten das Relikt ausfindig machen und gegen den Dämon vorgehen können. Ich interessiere mich jedoch auch noch für eine andere, mysteriöse, aber sehr hilfreiche Sache..." Mit diesen Worten zog ich das Dunkelschwert hinter mir hervor, was kurzzeitig für Verwunderung sorgte, doch keiner sagte ein Wort, also fuhr ich fort: „Ich hörte es habe besondere Kräfte, die schon mal gegen das Böse in Obscuritas eingesetzt wurden. Ich würde diese Kräfte gerne wieder erwecken."

Abermals schien das Orakel nachdenklich zu werden. „Halte es bitte hoch, junger Florian." Ich kam mir zwar etwas dumm dabei vor, doch ich hielt das schwarze Schwert in einer übertriebenen Pose nach oben, als würde mich jemand fotografieren, auf einem Gemälde verewigen oder gar in Stein meißeln wollen. Noch bevor ich Zeit hatte zu überlegen, was das überhaupt sollte, erstrahlten die Augen der kleinen Elfenfrau in grellem blau und die Steinkugel vor ihr folgte ihrem Beispiel. Nach einer Weile ließ das Lichterspektakel nach und ich durfte mich wieder setzen.

„Ist dir bewusst, welch große Macht du erwecken willst, junger Mann? Sie könnte dich überfordern... Besitz von dir ergreifen... sie könnte dich sogar töten..." Hm... Sonderlich aufbauend klang das ja nicht gerade, doch wenn man bedachte wie viele Dinge da draußen darauf warteten mich zu töten, dann kam es auf ein Risiko mehr oder weniger auch nicht mehr an.

„Ich bin fest entschlossen, dieses Schwert kontrollieren zu lernen", sagte ich mutig: „Mir ist durchaus bewusst, dass Euch wiederum bewusst ist, wie schwach mein Geist und mein Körper noch sein mögen, aber ich fühle eine tiefere Verbindung zu diesem Schwert und bin daher der festen Überzeugung, dass ich es beherrschen kann und dass es mir sehr hilfreich sein wird... nicht nur als Waffe..." Was ich mit letzterem meinte, wusste ich selbst nicht so genau. Es war mir einfach irgendwie herausgerutscht, doch es ging mir wirklich nicht nur darum eine Waffe zu besitzen.

Zum Glück bohrte die alte Elfe nicht weiter nach, sondern sprach: „Obwohl du recht damit hast, dass du in vielerlei Hinsicht noch sehr schwach bist, so verstehst du es dennoch sehr gut, das beste daraus zu machen, wie beispielsweise deine Schwächen vor einer alten Elfe so geschickt wie möglich mit deiner Aufrichtigkeit und deinem Mut zu überspielen."

Also wenn ich das nun richtig verstanden hatte, so musste mich die Elfenoma gerade durchschaut haben, noch bevor ich mich überhaupt selber durchschaut hatte. Oh je... Nie wieder würde ich mich auf intellektuelle Psycho-Spielchen mit weisen Orakeln einlassen.

„Florian", fuhr sie fort: „Ich werde dich auf den Pfad geleiten, den du gehen musst, wenn du wirklich das Geheimnis dieses Schwertes lüften willst. Dein Ziel wirst du jedoch nur erreichen, wenn du dich als würdig erweist... nicht mir gegenüber... nicht dem Schwert gegenüber... sondern einzig und allein dir selbst gegenüber. So verrate ich dir also, dass diese edle Waffe sechsfach versiegelt war und zwar durch die Magie der Elemente. Eines dieser

Siegel ist bereits gebrochen worden. An dir liegt es nun herauszufinden, wie die anderen fünf Elementarsiegel gebrochen werden können. Erst dann wird die volle Macht des Dunkelschwertes erwachen und in neuem Glanz erstrahlen. Behalte aber stets im Herzen, dass du diesen Pfad nicht alleine bewältigen kannst, auch wenn du noch so tapfer bist. Du wirst auf die Hilfe besonderer, magischer Lehrer angewiesen sein. Dein Herz wird sie dir offenbaren."

Das war es also... verwirrend. Nicht unerwartet, aber verwirrend. Scheinbar musste ich mich tatsächlich mit sämtlichen Klischees der Wahrsagerei auseinandersetzen und irgendwie versuchen mir einen Reim auf all diese seltsamen Formulierungen zu bilden. Das wichtigste waren offensichtlich diese Elementarsiegel, die ich mit Hilfe irgendwelcher Magier brechen musste. Ob Aizy eine von ihnen war? Immerhin betrachtete ich sie nicht umsonst als meine Magielehrerin. Na ja, 'mein Herz würde es mir offenbaren'... oder so ähnlich...

Wir saßen zu dritt in einer der Ecken, des Raumes und jeder schien in seinen eigenen Gedanken versunken zu sein, während das weise Orakel noch ein Weilchen meditierte. Aizy hatte mich noch daran erinnert der Elfenoma von meinen ungewöhnlichen Visionen zu erzählen, von meiner nächtlichen Odyssee in die Lichtwelt und von dem vermummten, langhaarigen Typen, der mir im Traum erschienen war und uns womöglich sogar beobachtet hatte. Ich war immer noch der festen Überzeugung, dass er es auch gewesen war, der uns vor Dorozins größenwahnsinniger Attacke gerettet hatte, doch da keiner außer mir ihn jemals gesehen oder gehört hatte und ich mir sogar selber kein deutliches Bild seiner Existenz machen konnte, blieb diese Angelegenheit unkommentiert im Raum stehen.

Mir fielen nun im Nachhinein sogar noch viele andere Dinge ein, welche ich die greise Elfendame gerne gefragt hätte, doch die meisten dieser Themen waren mir sowieso zu persönlich, als dass ich sie tatsächlich vor meinen Freunden angeschnitten hätte. Fragen, die mir auf der Seele brannten, weil sie womöglich für all die Verwirrung in meinem Kopf verantwortlich waren. Nur zu gerne hätte ich dieses endlose Chaos in meinem Herzen zur Sprache gebracht... Wo kam diese Unruhe her? Wie konnte ich lernen endlich meine Emotionen in den Griff zu bekommen, so wie es mir der mysteriöse Fremde im Traum geraten hatte?

Dann fiel mir aus heiterem Himmel etwas anderes, allerdings auch nicht unwichtiges ein! Eine Vision, die ich nicht erwähnt hatte. Noch nicht einmal Aizy wusste darüber Bescheid, weil der Traum damals einfach im Hinterstübchen meines wirren Gedächtnisses verschwunden war. Die fünf Lichtpunkte! Die Vision in welcher ich meinen Bruder zuletzt gesehen hatte.

„Aizy!" Ich musste aufgeregter geklungen haben, als ich es beabsichtigt hatte, denn für einen Augenblick sahen mich beide, der Elf und die Magierin erschrocken an. „Es gibt da eine Sache, die ich vergessen habe..."

„NEIN!", hallte die krächzende Stimme des Orakels durch den Raum, was uns diesmal alle drei vor Schreck aufblicken ließ. Wir standen schnell auf und liefen vor den Altar.

„Was ist geschehen?", fragte Falk in ernstem Tonfall. Die alte Elfenfrau richtete sich langsam von ihrem erhöhten Sitzplatz hinter der Steinkugel auf und hielt sich dabei den Kopf, als hätte sie einen Migräneanfall.

Dann sprach sie mit schwacher und zitternder Stimme: „Das ist gar nicht gut... ich verspürte soeben einen gewaltigen Anflug dunkler Energie... eine bösartige Aura. Sie umgibt den ganzen Weißen Tempel... vielleicht sogar die gesamte Hauptstadt!" Uns fehlte die Sprache, sodass Falks Großmutter wieder das Wort ergriff: „Großes Unheil erwartet uns alle... Es tut mir Leid, dass ich es nicht schon kommen habe sehen, doch auch der Blick eines uralten Orakels kann getrübt werden. Ihr müsst nun jedenfalls fliehen! Egal wohin, bloß weg von der Quelle des Bösen."

So allmählich wurde es gruselig... Was genau hatte das alles denn zu bedeuten? Zeit für Überlegungen schien uns allerdings keine zu bleiben. Gerade, als wir durch den Geheimgang flüchten wollten, hielt die silberhaarige Elfe uns nochmal auf:

„Wartet noch!", sie winkte mich zu sich und sprach dann so leise, dass nur ich es hören konnte: „Mein Junge... du magst voller Fragen sein, die dich quälen, doch dein Herz ist rein! Lass dich nicht von finsteren Mächten in die Irre führen und verliere niemals die Hoffnung, auch wenn du nicht mehr weiter weißt. Sei dir bewusst, dass manche Antworten schmerzhafter sein können, als das Brennen der Fragen. Sei dir bewusst, dass das Böse nach deiner Seele trachtet und dich blenden und in Versuchung führen wird. Aber vor allem sei dir stets der klaren Stimme in deinem Herzen bewusst, die dich immer leiten wird! Vertraue!" Die Worte des Orakels brannten sich tief in meinen Kopf, auch wenn ich sie noch nicht so ganz verstand. Ich nickte. Als ich gehen wollte, meinte sie nur noch: „Und passt bitte gut auf Falklaf auf... Ihr seid die ersten wahren Freunde, die er jemals hatte."

Ich lächelte kurz: „Versprochen!"

*Charaktere – DAS WEISE ORAKEL*

# Ein schicksalhaftes Wiedersehen

Wir waren gerade in höchster Eile durch den Geheimgang geflüchtet und durch ein finsteres Treppenhaus unterwegs nach unten zum Hauptausgang des Tempels, als ich die Notbremse zog und rief:

„Moment mal!" Falk und Aizy sahen mich verwundert an. „Was ist denn mit Larima und Ira?"

„Wir haben keinen einzigen Anhaltspunkt, wo sie sein könnten", antwortete die junge Magierin: „Wir wissen ja noch nicht mal, ob sie überhaupt noch im Tempel sind. Das einzige was wir tun können, ist hoffen, dass dem nicht so ist und dass wir ihnen draußen begegnen, oder zumindest schleunigst eine Spur von ihnen finden."

Auch der Schützen-Elf gab seine Meinung ab: „So ungern ich das auch sage, mein werter Freund, aber das klügste ist im Moment wirklich den Rat der alten Hexe zu befolgen und von der Quelle des Bösen zu fliehen." Mist! Sie hatten Recht. Mir blieb also nichts anderes übrig, als... WUMM! Und schon drehte sich alles um mich herum. Auf einen Schlag fühlte ich mich, wie von der Dampfwalze überfahren. In meinen Ohren rauschte und piepte es zugleich und mein Kopf erst... dieses seltsame, aber doch vertraute Gefühl... Es waren diese ungewöhnlichen Kopfschmerzen, die mich schon ewig begleitet hatten, doch diesmal übertrafen sie alles. So intensiv war es noch nie gewesen.

„Florian... was ist mit dir?", hörte ich Aizy wie aus weiter ferne rufen, obwohl sie doch vor mir stand... oder zumindest ihre verschwommene

Silhouette. WUMM!!! Ein weiterer Schwall der Energie erwischte mich. Nichteinmal nach einer Alkohol-Orgie und zehn Fahrten im Hochgeschwindigkeits-Karussell wäre mir so schwindelig gewesen, wie in jenem Moment, doch ich wusste genau, was ich zu tun hatte. Ich rannte!

So unwahrscheinlich es auch klingen mochte, dass ich dies in meinem Zustand noch fertig brachte, so entsprach es aber durchaus der Wahrheit. Das wusste ich so genau, weil mir meine Freunde hinterher liefen, da ich in die falsche Richtung unterwegs war. Alles vor meinen Augen verschwamm, als wäre ich auf Tauchkurs, meine Beine fühlten sich an, wie Wackelpudding und dennoch kam mir Aizy kaum hinterher. Nur Falk hatte keinerlei Probleme mitzuhalten. Der flinke Elf wollte mich gerade am Arm packen, als er plötzlich wie durch einen elektrischen Schock weggeschleudert wurde. Ich spürte wie mich die dunkle Energie des schwarzen Schwertes auf meinem Rücken umgab und ich wusste, dass ich sie in gewisser Weise auch lenkte, doch im Augenblick war nur eines wichtig... WUMM! Ich musste laufen! WUMM!!! Die sich häufenden, schockartigen Impulse schwächten mich zunehmend. Ich wurde langsamer und langsamer, bis ich schließlich nur noch ging. WUMM! Völlig erschöpft und verwirrt taumelte ich wie ein Besoffener die letzten Meter auf die Terrasse hinaus, wo mein Schicksal auf mich warten würde.

Da stand ich also. Der Himmel war pechschwarz und der Mond blutrot. Dicke Wolken kringelten sich in einer einzigen riesigen Spirale bis zum Horizont hinaus. Hier und da war mal in der Ferne ein rötlicher Blitz zu sehen, doch es wehte nicht das leiseste Lüftchen. Dennoch fror ich, als stünde ich mitten in der Antarktis. Das altbekannte Gefühl in meinem Kopf und die Erschöpfung ließen kaum nach, aber so allmählich konnte ich wieder einigermaßen klar denken. Nichtsdestotrotz kam ich mir vor wie in einem Traum... ja klar... das musste es sein! Dies war ganz offensichtlich wieder nur eine meiner blöden Visionen! Bald würde ich erwachen und diese Aura des Bösen, welche mich hier in ihrem Bann hielt würde nur noch eine blasse Erinnerung sein. Vielleicht würde ich ja auch ganz aus diesem Alptraum erwachen und mich zu Hause in meinem Bett wiederfinden, wo Basti mich wegen den heruntergezogenen Rollladen anmotzen würde...

„Welch Ironie des Schicksals...", sprach die klare und kalte Stimme zu mir: „Niemals hätte ich gedacht, dass ich es SO leicht haben würde... dass mir die Bestimmung dermaßen in die Hände spielen würde... Es ist fast schon zum lachen! HA!"

Die vermummte Gestalt hing wie eine Marionette mit unsichtbaren Fäden in der Luft. Auf der großen Plattform direkt hinter ihr saß der anmutige, schwarze Drache, neben welchem auch der dunkle Ritter stand. Alles Unheil der Schattenwelt auf einem Fleck vereint. Kein wunder, dass die alte Elfe so überwältigt von der bösen Aura gewesen war. Zu allem Überfluss standen auch noch überall königliche Soldaten Virias herum.

„Flo!!!", schrie Aizy auf einmal hinter mir. Ich drehte mich um und sah wie sie von zwei weiteren grün gekleideten Männern angeschleppt wurde. Wie konnte das sein?! Die kluge Magierin wäre doch locker mit drei oder vier solcher Luschen auf einmal fertig geworden. Dann überkam mich ein eiskalter Schock! Traumfänger! Nein, natürlich nicht direkt... es waren diese seltsamen Talismane, die jegliche Magie unterdrücken konnten. Bereits bei der

Auseinandersetzung mit Dorozin hatte uns das gewaltige Probleme bereitet, doch nun war alles noch viel, viel schlimmer.

Ruhiges, aber bösartiges Lachen ließ meine Seele gefrieren. „Meine liebe Aizylef...", sprach der Vermummte und näherte sich langsam dem Boden. Außer stechenden, dunklen Augen und langen, hellgrauen Haarsträhnen konnte ich nicht viel mehr von ihm erkennen. Er schritt langsam auf mich zu. Mein Herz schlug so heftig in meiner Brust, dass ich meinte es würde jeden Augenblick herausspringen. Mit einer gefährlichen Mischung aus Furcht und Hass zog ich blitzschnell das Dunkelschwert hinter meinem Rücken hervor und im selben Moment verkrampfte sich mein ganzer Körper. Ich spürte jeden einzelnen Muskel in mir pulsieren, doch ich konnte mich beim besten Willen nicht bewegen. Ich war völlig erstarrt.

Seelenruhig wandelte der grauhaarige Mann an mir vorbei. Seine bösartige Aura war überall zu spüren, doch in jenem Augenblick, glaubte ich beinahe ohnmächtig zu werden durch den Einfluss der dunklen Energie. Nur zu gut erinnerte ich mich an den Tag, als ich nach Obscuritas gelangt war. Die selbe Präsenz... die selbe Macht... Wenn es wirklich in seinem Sinne gewesen wäre, dann hätte er Aizy und mich damals auf der Stelle töten können, Prophezeiung hin oder her. Seine Pläne mussten jedoch zweifellos weitaus schlimmeres für uns bereithalten, als den Tod...

„Aizylef, Aizylef, Aizylef...", wiederholte er ihren Namen, wie ein Vater, der seine Tochter tadelte: „Was ziehst du denn für eine finstere Miene? Freust du dich denn nicht, dass bald alles wie früher sein wird? Fast wie in guten, alten Zeiten."

Wovon sprach der Kerl da eigentlich?

„Du Monster...", fauchte die Magierin mit zitternder Stimme: „Niemals wird dein unheilbringender Plan aufgehen! Schon bald wirst du für all deine Missetaten büßen... und zwar auf ewig!"

Wieder lachte er auf: „Ha! Du scheinst ja noch nicht mal bemerkt zu haben, dass ich bereits gewonnen habe, arme Verwunschene. Ist dein Scharfsinn etwa über all die Jahre bereits so getrübt worden?" Um was in alles in der Welt ging es hier überhaupt und wie gut kannten sich Aizy und dieser Teufel eigentlich?! Die Magierin knurrte wie ein in die enge getriebenes Tier. „Nun gut...", meinte das vermummte Scheusal schließlich: „Dann werde ich dir meinen Triumph hier und jetzt demonstrieren. Doch zunächst möchte ich dich an die Erfolge erinnern, welche ich bereits vor vier Jahren feiern konnte. Und unser kleiner Held, wird die Hauptrolle übernehmen..."

Mit einem heftigen Ruck wurde ich aus meiner Starre erlöst und fiel hart auf den Boden. Jeder Muskel und jeder Knochen in meinem Körper schmerzte, doch das war nichts im Vergleich zu dem, was mich nun erwarten würde.

„Nein!", schrie die verzweifelte Magierin: „Lass ihn in Frieden du Bestie!!!" Langsam richtete ich mich auf und sah, dass jemand vor mir stand. „Du Monster! Du abscheulicher Dämon!" Der Grauhaarige hinter mir lachte nur. Als ich endlich wieder auf die Beine gekommen war, erstarrte ich wieder. Diesmal nicht wegen dunkler Zauberei, sondern aus purem Schock. Ich sah in das finstere Visier des schwarzen Ritters und spürte seinen durchdringenden Blick ohne, dass ich seine Augen deutlich ausmachen konnte. Das Hin und Her in meinem Schädel machte mir nun immer mehr zu schaffen. Der Mann stand einfach nur da und starrte mich durchs Visier an. Diese Präsenz... diese verflixte, vertraute Präsenz...

„Florian..." Eiskalte Schauer liefen mir den Rücken hinunter: „Die Zeit ist nun endlich gekommen, dich uns anzuschließen." Er lächelte und griff sich langsam an den Helm, um ihn abzunehmen.

„NEIN!!!", brüllte ich und schloss sofort meine Augen.

„Sieh mich an, kleiner Florian", sagte er mit seiner ruhigen, tiefen jedoch kalten Stimme.

„Nein...", brachte ich nur schwach hervor und kniff meine Augen noch fester zusammen. Tränen liefen mir die Wangen hinunter. „Nein...", hauchte ich so leise, dass nicht mal Elfenohren es noch hören hätten können. Er legte mir die Hand auf die Schulter und ich wusste, dass ich keine andere Wahl hatte, als meinen schlimmsten Befürchtungen, welche ich seit unserem ersten Aufeinandertreffen insgeheim gehegt hatte, ins Gesicht zu sehen. Mein Herz zersprang in tausend Stücke, als ich ihm tief in die blaugrünen, jedoch glanzlosen Augen blickte. So lange hatte ich in Ungewissheit und Verwirrung gelebt. So oft hatte ich mir gewünscht mich endlich wieder endgültig an alles erinnern zu können. Die tausend Fragen in meinem Herzen hatten mir unvorstellbare Qualen bereitet... doch manche Antworten waren eben schmerzhafter, als die Fragen selbst.

Das laute, bösartige Gelächter des Dämons hallte durch die Stadt. Vor physischer und psychischer Erschöpfung auf die Knie gefallen, starrte ich immer noch in das Gesicht meines Vaters. Es war mir in jenem Moment einfach unmöglich meinen Blick abzuwenden.

„Erik...", ergriff, der Vermummte nun wieder das Wort, während er langsam auf uns zu kam: „Der unglaubliche, sagenhafte Held... DER Auserwählte höchstpersönlich... steht unter MEINEM Befehl. Glaubst du also wirklich, dass du noch die geringste Wahl hast, kleiner Florian?" Ich sah ihm weiterhin in die Augen. Sie waren matt, beinahe schon leblos, doch eindeutig die Augen, an welche ich mich vier lange Jahre nicht erinnern konnte. „Zieh das Leiden aller Beteiligten nicht noch weiter in die Länge und schließe dich mir hier und jetzt an." Der Alte stand nun direkt hinter mir, doch ich wandte meinen Blick nicht von meinem Vater ab.

„Tu es Florian", sagte dieser schließlich mit der tiefen Stimme, die so viele schöne Erinnerungen in mir weckte: „Du wirst sehen, es ist das beste so..."

„Flo...", hörte ich Aizy geschwächt rufen: „Fall nicht auf sie herein. Du allein hast die Wahl. Du kannst dich ihnen widersetzen."

„Ignoriere sie einfach", meinte mein Vater: „Sie hat nicht die leiseste Ahnung wozu du wirklich fähig sein könntest, wenn du dich nur mit uns verbünden würdest. Es stünde dir frei eine völlig neue Welt zu erschaffen, in welcher Licht und Schatten wieder eins sind." Licht und Schatten könnten wieder eins werden? Aber was gäbe es dann sonst noch? Was würde aus der Lichtwelt werden... oder aus der Schattenwelt? 'Hilf... Schatten...' Das waren die letzten wahren Worte, die ich von meinem Vater gehört hatte, als ich damals wegen der Vision vom Fahrrad gefallen war. Genau in der Minute in welcher mein sechzehntes Lebensjahr begonnen hatte. Die letzte Botschaft des ehemaligen Mittlers zwischen Licht und Schatten, des ersten Auserwählten. Irgendwo in dieser Hülle musste sich tatsächlich mein Vater befinden, doch mit der Kälte in der Stimme und dem fehlenden Glanz in den

Augen, war er nicht mehr derjenige, der mich aufgezogen hatte. Ich erhob mich von meinen Knien, das Dunkelschwert fest in der Hand. Vor mir stand der schwarze Ritter und hinter mir der dämonische Grauhaarige. Mein Gesicht war noch feucht von den Tränen.

„Ich werde meinem Vater folgen!", sprach ich mit einem Ernst, welchen ich nur selten in meiner Stimme zum Ausdruck bringen konnte: „Ich werde seinen letzten Wunsch erfüllen!" Mit diesen Worten wirbelte ich herum, um dem niederträchtigen Vizekönig den Schwerthieb seines Lebens zu verpassen... doch er war weg.

Ein weiteres mal erfüllte dämonisches Gelächter die Luft. „Hast du ernsthaft angenommen, dass du mir auch nur annähernd ein Haar krümmen könntest? Wenn ja, dann bist du sogar noch naiver, als ich es für möglich gehalten hatte." Der Dämon in Menschengestalt schwebte nun wieder hoch über dem Boden. „Hatte ich denn nicht schon erwähnt, dass ich mein Ziel bereits erreicht habe? Dass du keine Wahl hast?" Mit einem einzigen energischen Ruck warf er seinen Mantel beiseite. Zum ersten mal sah ich Zabul in seiner wahren Gestalt vor mir. Er war nicht mehr als ein alter Mann mit langen, grauen Haaren, der die königliche Kleidung und die Krone Tizerius` trug.

Doch was war das? Er warf mir etwas langes, glänzendes vor die Füße.

„Oh nein...", hauchte ich leise: „D-das kann nicht sein."

Es war Iras Schwert. Der Schurke musste es die ganze Zeit unter seiner Robe versteckt haben.

„Wo ist sie? Was hast du mit ihr gemacht, du Mistkerl?!", brach es aus mir heraus wie Lava aus einem Vulkan.

„Ich hatte dich damals gewarnt", grinste der helmlose, schwarze Ritter teuflisch: „Wenn du dich uns nicht freiwillig ergibst, dann werden wir dich zwingen. Diejenigen, die dann am meisten leiden müssen, befinden sich in deinem unmittelbaren Umfeld." Dieser dämonische Lakai Zabuls hatte nun nichts mehr von meinem Vater an sich. Daran bestand jetzt kein Zweifel mehr.

Nervös schaute ich mich um. Ira musste einfach irgendwo sein. Es war ausgeschlossen, dass... Nein, daran durfte ich nicht mal denken. Aizy befand sich immer noch in der Gewalt der Viria Soldaten, doch sie schien ohnmächtig geworden zu sein. All die grün gekleideten Männer, die überall postiert waren, hatte ich bisher völlig vergessen, da sie einfach nur wie Statuen in der Gegend herumstanden, zweifellos unter dem Einfluss des Dämons.

„Was ist denn?", fragte der Vizekönig, mit allem Mitleid, das er vortäuschen konnte: „Suchst du etwa jemanden?" Ich spürte abgrundtiefen Hass und Zorn in mir emporsteigen, doch noch bevor ich etwas sagen konnte, fiel mein Blick auf den Turm vor dem er nun schwebte. Er setzte sein giftigstes Grinsen auf. Bisher hatte sich das hohe Bauwerk vor lauter Aufruhr völlig meiner Aufmerksamkeit entzogen. Kalter Schweiß lief mir den Rücken hinunter und ein erdrückendes Gefühl besetzte meine Brust, sodass mir das atmen schwer fiel.

„Was hast du vor, du Monster?", brachte ich aus lauter Zähneknirschen gerade noch hervor.

Ich Idiot! Dies war der selbe Turm, auf welchem ich vor kurzer Zeit erst mit Larima gewesen war. Darauf hätte ich auch gleich kommen können. Und oben auf der Spitze konnte ich tatsächlich die Schwertkämpferin UND das Elfenmädchen erkennen!

Ira schien bewusstlos zu sein, doch Larima stand neben ihr und blickte auf mich herab. Verwirrung machte sich wiedermal in meinem Kopf breit. Was hatte das alles nur zu bedeuten? Unzählige Fragen brannten mir wieder auf der Seele, doch nun hatte ich fürchterliche Angst vor den Antworten, die mich erwarten könnten.

„Florian", drang die sanfte Stimme der Elfe in mein Ohr. Es fühlte sich an, als wären all meine brennenden Schmerzen wie weggeblasen. „Bitte hilf mir. Lass mich nicht allein."

„L-Larima...", stotterte ich vor mich hin. Sie breitete ihre Arme aus und sprang. Einen schmerzenden Herzschlag lang schien die Welt still zu stehen. Sie fiel... Ich rannte... jedoch nicht schnell genug. In letzter Sekunde minderte sich ihre Fallgeschwindigkeit und sie schwebte sanft auf die Plattform herab. Noch immer raste mein Herz wie wild in meiner Brust, aber das hübsche Elfenmädchen stand nun direkt vor mir.

„Bitte nimm mich mit. Lass uns in eine andere Welt fliehen... weg von all den grausigen Dingen hier." Sie legte ihre Arme um mich und sah mir tief in die Augen. Ihr Blick war verträumt, jedoch so hinreißend wie eh und je. In eine andere Welt flüchten, also? Nichts käme mir gelegener! Ich hatte die Schnauze voll von finsteren Mächten, und Monstern, die mir an den Kragen wollten! Ich hatte die Schnauze voll von rotem Himmel, schwarzen Wolken und Gras, das in zehn verschiedenen Farbtönen wuchs. Aber vor allem hatte ich die Schnauze gestrichen voll von dieser endlosen Finsternis! Zum ersten mal in meinem Leben sehnte ich mich wirklich nach wahrem Licht.

Die Umarmung der jungen Elfe wurde enger und unsere Gesichter näherten sich langsam einander. Ich sah ihr tief in die Augen und war fasziniert von dem leuchtenden Grün, welches mich ganz vereinnahmte. Es gab nur noch mich und Larima... sonst nichts. Ich spürte ihre Wärme und genoss den lieblichen Duft, der von ihr ausging. Dieser Duft... Kurz bevor sich unsere Lippen berühren konnten, erwachte ich mit einem heftigen Impuls, welcher sich durch meinen gesamten Körper zog. Ich hatte mich an meinen Traum erinnert. Diesmal war alles anders. Ihre Nähe, die Wärme, die Berührung... der Duft... Er war zweifellos betörend, doch nicht der selbe, wie in meinem Traum.

Erst jetzt bemerkte ich das intensive Vibrieren auf meinem Rücken. Es war das Dunkelschwert! Überall um uns herum tobte der Wind, als sei aus heiterem Himmel ein schrecklicher Sturm aufgekommen. Gleißende, rote Blitze fuhren kreuz und quer durch die gigantische, schwarze Wolkenspirale und ließen sie sogar noch bedrohlicher aussehen. Der Mond war nun nirgends mehr auszumachen.

„Was ist los, Florian?", hauchte Larima in ihrem süßesten Ton: „Lass uns das Portal endgültig öffnen und diese schreckliche Welt auf ewig vergessen." Das Elfenmädchen hielt mich immer noch eng umschlungen. Wieder sah ich ihr tief in die Augen. Es waren zweifellos, die selben, grünen Augen, welche mir seit dem ersten mal, als ich sie gesehen hatte, den Verstand geraubt hatten. Aber nun war da noch etwas anderes... Wo sich vorher die Fragen in meinem Kopf gestapelt hatten, herrschte jetzt nur noch ein gnadenloses, unbändiges Chaos. Ich verstand die Welt nicht mehr.

Behutsam löste ich mich aus der Umarmung der hübschen Elfe und wich einige Schritte zurück. Das schwarze Schwert auf meinem Rücken vibrierte weiterhin wie wild und strahlte eine neuartige, ungewöhnliche Energie aus, die ich nicht zu deuten vermochte. Larima sah mich fragend an, doch ich wusste nun genau, dass ich ihr nicht wieder verfallen durfte. Sie war definitiv nicht das unschuldige Elfenmädchen, für das ich sie gehalten hatte.

„So ist das also...", erschrak mich die kühle Stimme Zabuls, welcher auf einmal wieder hinter mir stand. „Du hast es also tatsächlich geschafft, dich aus ihrem Bann zu befreien. Nicht übel... du musst wahrlich der Auserwählte sein." Wie paralysiert blieb ich einfach nur stehen ohne mich umzudrehen. Das letzte, was ich nun gebrauchen konnte, war ein weiterer Blick in die dämonischen Augen des grauhaarigen Mannes. Seine Stimme allein reichte bereits aus, um mich zu lähmen. „Anscheinend habe ich mich doch zu früh gefreut. Ich war der festen Überzeugung, dass du dem Druck nicht standhalten könntest, Kleiner. Deine Gefährten sind in meiner Gewalt. Dein ach so lange verschollener Vater ist endlich wieder bei dir und will dich an seiner Seite haben. Schließlich kam uns auch noch die Prinzessin der Finsternis abhanden und lief ausgerechnet dir über den Weg. Ihre Bestimmung hatte sie ironischerweise trotz ihres Gedächtnisverlustes erfüllt. Sie hatte dich in ihren Bann gezogen. HA!", der Schurke lachte laut auf und ich zuckte reflexartig zusammen: „Und DENNOCH hast du, junger Florian es geschafft, dich ihr zu entziehen!" Zabul klang beinahe schon erfreut darüber.

Aber hatte er die Elfe soeben als 'Prinzessin der Finsternis' bezeichnet? Ich selbst war zwar viel zu durcheinander, als dass ich all die Zusammenhänge auf die Schnelle hätte verstehen können, doch dass Larima einen höchst beunruhigenden Einfluss auf mich gehabt hatte, war sogar mir nun klar. Was ich anfangs nur für Zuneigung und später törichterweise sogar für Liebe gehalten hatte, musste in Wirklichkeit etwas ganz anderes gewesen sein.

„Kleiner Flo...", vernahm ich auf einmal die schwache Stimme Aizys wieder: „Ich bin stolz auf dich... Du konntest dich ganz alleine aus der Gewalt dieser dunklen Mächte befreien. Nun siehst du wozu der Auserwählte des Schattens fähig ist." Die Junge Weißmagierin war zwar aus ihrer Ohnmacht erwacht, doch offenbar schien sie immer noch sehr geschwächt zu sein.

„HUAHAHAHA!", schallte das niederträchtige Gelächter des Vizekönigs wie Donner durch die Luft: „Welch Naivität! Und das von der weisen Aizylef... Ich bin enttäuscht. Hast du denn wirklich noch nicht bemerkt was hier vor sich geht? Ich offenbare dir die wahre Macht des Auserwählten direkt vor deinen Augen und du fühlst es nicht mal? Ausgerechnet DU, die erste Wandlerin zwischen den Welten?" Aizys Gesicht sah gleichermaßen nachdenklich und schockiert aus. Schließlich meinte der finstere Dämon: „Die Magie-Siegel der Soldaten hier und mein schwarzer Talisman haben dir scheinbar doch zu sehr den Verstand vernebelt..."

Talisman?! Die traumfängerartigen Siegel hatte ich ja bereits bemerkt, doch ein schwarzer Talisman war mir nicht aufgefallen. Meinte er etwa eines dieser teuflischen Dinger, welches uns beinahe das Leben gekostet hatte, als wir in den Hinterhalt der Baumkobolde geraten waren? Und Zabul trug es persönlich bei sich?

Nun musterte ich den unseligen Bösewicht zum ersten mal genauer. Obwohl er im Körper eines alten Mannes steckte, erfüllte mich seine dunkle Aura mit Schrecken. Doch da war noch etwas... Nun konnte ich es klar und deutlich fühlen. Unter seinem königlichen Gewand befand sich eine Quelle negativer Energie... die selbe Energie, welche auch von dem schwarzen Anhänger ausging, den das Goblinschwein in der Nacht des Baumkoboldüberfalls um den dicken Hals getragen hatte...

Mein Kopf schmerzte zwar immer noch, aber nun hatte ich zumindest eine Idee... einen kleinen Hoffnungsschimmer, an den ich mich klammern konnte.

Zabul war auf Aizy fixiert: „Keine Sorge, meine alte Freundin, gleich kannst du dich selbst davon überzeugen, dass mein Plan bereits aufgegangen ist. Spürst du nicht schon die Spannung in der Luft? Das Portal..."

„HA!", durchschnitt mein Kampfschrei die Luft... ebenso wie mein immer noch intensiv vibrierendes Schwert. Abermals hatte sich der Dämon in Rauch aufgelöst, doch diesmal hatte ich fest damit gerechnet. Ohne zu zögern wirbelte ich herum und schwang meine schwarze Waffe erneut, jedoch mit mehr Schwung und Leidenschaft, als jemals zuvor. Die Zeit stand beinahe still, als ich spürte, welch gewaltige Kraft durch die dunkle Klinge strömte. Meine Konzentration galt jedoch nur einem einzigen Punkt, nämlich der Quelle der bösen Energie!

Heftige Schauer durchfuhren meinen gesamten Körper, als ich den magischen Angriff schließlich freisetzte. Was ich früher immer mit einer schwarzen Sichel verglichen hatte, schien diesmal eher einer sternenförmigen Schockwelle gleich zu kommen, welche man aber aufgrund ihrer unheimlichen Geschwindigkeit kaum als solche erkennen konnte. Blitzschnell hatte sich das Geschoss aus schwarzer Magie seinen Weg nach oben gebahnt, wo es in einer gewaltigen, dunklen Explosion auf den Vizekönig traf und alles um ihn herum in Rauch hüllte.

Erwartungsvoll starrte ich nach oben, und fragte mich ob mein Plan aufgegangen sei. Als sich der schwarze Rauch allmählich legte und die Silhouette des hinterlistigen Dämonen immer deutlicher wurde, sah ich, dass sich dieser offenbar keinen Zentimeter vom Fleck bewegt hatte.

„Nicht schlecht...", erklang seine widerwärtige, kalte Stimme: „Gar nicht schlecht... Obwohl du im Gegensatz zu deinem Vater nur ein halber Auserwählter bist, so machst du ihm dennoch alle Ehre."

Nun konnte ich deutlich erkennen, dass seine königlichen Gewänder und sogar die Krone völlig verkohlt und zerfetzt waren, doch Zabul selber hatte trotz der unglaublichen Wucht der Attacke nicht mal einen Kratzer davongetragen.

„Deine Willenskraft erstaunt mich ebenfalls, doch deine Naivität ist bemitleidenswert. Du hast scheinbar immer noch nicht verstanden, dass du mir nichts anhaben kannst."

Ich grinste nur. Zum ersten mal glaubte ich so etwas wie leichte Verwunderung in der Mimik des mächtigen Schurken erkennen zu können.

Schnell wie ein Raubtier sprang ich den beiden Soldaten entgegen, welche noch immer meine Magielehrerin in ihrer Gewalt hatten. Die beiden Männer waren so überrascht, dass ich jedem von ihnen problemlos einen gezielten Hieb quer über die leicht gepanzerte Brust mit meiner Klinge verpassen konnte, die einfach nicht aufhören wollte zu vibrieren. Doch noch bevor ich Aizy überhaupt nur berühren konnte, hatten sie sich wieder gefasst und bewachten ihre Gefangene, indem sie mir ihre Schwerter vor die Nase hielten. Da ich keine schwarze Magie eingesetzt hatte, ging der erlittene Schaden der Soldaten kaum über einen blauen Fleck hinaus.

Wieder spaltete ein hinterhältiges Grinsen meine Lippen. Ehe die Gesandten Virias dazu kamen sich zu fragen, woher diese Laune kommen mochte, waren ihre Beine bereits in Eis gehüllt. Erst sahen sie verwundert an sich hinunter, bevor Panik ihre Gesichter einnahm. Zweifellos hatten sie die abgetrennten Magie-Siegel auf dem Boden bemerkt, doch es war zu spät. Sie brachten gerade noch einen kurzen Schrei hervor, als schließlich auch der Rest ihrer Körper zu glänzendem Eis erstarrte und Aizy hinter ihnen hervortrat.

*Szenen – ÜBERWÄLTIGT*

# Zabuls dämonisches Spiel

Klapp-Klapp-Klapp-Klapp... Zabul klatschte langsam und gleichmäßig in die Hände. Es war zwar kein tosender Beifall, doch das Staunen – wenn auch nur sehr zurückhaltend – war definitiv nicht vorgespielt.

„Ich bin beeindruckt, mein Kleiner. Es ist dir gelungen meinen schwarzen Talisman zu zerstören, die Siegel der Soldaten unbrauchbar zu machen, die Magierin zu retten und ihr ihre Kraft wiederzugeben. Das war in der Tat eine sehr gelungene Aktion, die ich dir ehrlich gesagt niemals zugetraut hätte. Scheint als hätte ich den Auserwählten des Schattens ein weiteres mal unterschätzt." Trotz der Tatsache, dass dieses Scheusal nun wirklich nur noch wie ein alter Mann in zerlumpten Kleidern aussah, strahlte er immer noch eine unheimlich bedrohliche Aura aus. Sein fieses Grinsen verhieß auch nichts Gutes: „Und wie geht es nun weiter? Was gedenkt ihr gegen die duzend anderen Soldaten zu unternehmen? Wollt ihr euch auf einen Kampf gegen den mächtigen Erik und seinen geflügelten Freund einlassen? Oder gar gegen meine Wenigkeit höchstpersönlich?!"

Er hatte recht... Weiter hatte ich ehrlich gesagt auch nicht gedacht. Was konnten wir nun tun?

„ZABUUUULLLL!!!!", schallte Aizys ohrenbetäubender Schrei über die Stadt.

Wie vom Blitzschlag getroffen fuhr ich zusammen und wandte mich der Magierin neben mir zu. Sie sah zwar immer noch sehr geschwächt aus, doch ihre Augen funkelten förmlich vor Zorn. Noch nie hatte ich meine erhabene Magielehrerin so aufgebracht erlebt.

Der dämonische Vizekönig kicherte nur selbstzufrieden und meinte: „Nun hast du wohl endlich eingesehen, dass meine Pläne bereits aufgegangen sind..."

„Du hinterhältiger Mistkerl!", fuhr sie ihn lauthals an: „Wie hast du es geschafft ihn so zu manipulieren?!"

„Auf die selbe Weise wie Erik und den Drachen auch...", das Gesicht des Schurken verfinsterte sich, seine stechenden Augen zogen sich zu kleinen Schlitzen zusammen und seine Mundwinkel krümmten sich fast schon unnatürlich weit nach oben, während er seine blitzenden Zähne zeigte. Er sah nun wie der Leibhaftige persönlich aus: „...durch Blut-Elfen-Magie!"

Ein gleißender, roter Blitz erhellte die gesamte Plattform kurzzeitig, als ich meinen Blick wieder starr auf Larima gerichtet hatte.

„Das... kann nicht sein...", stammelte Aizy neben mir.

„Was genau hat das denn zu bedeuten?", fragte ich, ohne meinen Blick von der Elfe abzuwenden, die ihn eben so intensiv erwiderte.

„Über Blut-Elfen ist nicht viel bekannt...", grübelte die Magierin geistesabwesend: „In wenigen Sagen und Legenden hört man noch ab und zu von ihnen... Blut-Elfen, Schatten-Elfen, Dunkel-Elfen... alles Bezeichnungen für ein und die selbe Rasse, doch wirkliche Beweise ihrer Existenz hat es nie gegeben. Selbst ich hielt sie nur für einen gewöhnlichen Mythos unter vielen."

'Prinzessin der Finsternis', wiederholten sich Zabuls Worte in meinen Gedanken... klang ziemlich passend für eine manipulative Dunkel-Elfe.

„Aber was genau hatte sie mit mir vor?", sprach ich mehr für mich selbst.

„Das Portal...", ohne die Wießmagierin zu Ende sprechen zu lassen, schritt ich auf Larima zu. Ich wollte es von ihr persönlich wissen!

„Es tut mit Leid, Florian...", hauchte die hübsche Elfe mit ihrer gewohnt klaren und melodischen Stimme: „Ich habe doch gesagt, dass ich euch Unglück bringen werde..." Und ich hatte es gewusst... tief in der geheimsten Ecke meines Herzens hatte ich es gefühlt! Ein schwaches Lächeln streifte ihre zarten Lippen, doch in ihren grünen Augen konnte ich tatsächlich einen Anflug von Trauer erkennen, als sie weitersprach: „Leider waren meine Erinnerungen, nicht so schön wie erhofft. Nur zu gerne wäre ich Larima geblieben... zumindest noch ein Weilchen. Nun muss ich jedoch wieder Sidarva, die Prinzessin der Finsternis sein." War das nun ihr Ernst oder nur Theater? Egal!

„Was hattest du mit mir vor? Von was für einem Portal hast du gesprochen?"

Ihr melancholischer Gesichtsausdruck wurde noch intensiver, doch schließlich meinte sie: „Fühlst du es denn nicht selbst? Du hast doch immerhin diese besondere Kraft... Einzig und allein wegen dir öffnet sich das Tor zur anderen Welt. Ich musste lediglich ein wenig Überredungsarbeit leisten." Andere Welt? Ich IDIOT! Nun fiel es mir wieder ein... Sie hatte in mir den Wunsch erweckt in die Lichtwelt zurück zu reisen! Doch lag so was überhaupt in meiner Macht? Dann kam mir das permanent vibrierende Dunkelschwert in den Sinn und die seltsame Energie, welche von ihm ausging...

„Hast du es jetzt auch begriffen, Kleiner?", mischte sich Zabul aus heiterem Himmel ein: „Du hast höchstpersönlich jene Kräfte freigesetzt, welche Verbindungen zwischen den beiden Dimensionen überhaupt erst ermöglichen!"

„Flo!", rief Aizy mir zu: „Es ist vielleicht noch nicht zu spät... So ein mächtiger Zauber benötigt unheimlich viel Zeit um seine Wirkung zu entfalten. Du kannst es womöglich noch verhindern. Schließe das Portal!"

„Aber wie?", fragte ich verzweifelt.

„Konzentriere dich! Fühle die Macht des Auserwählten, die in dir wohnt und versuche sie zu kontrollieren. Auch wenn das Dunkelschwert noch nicht seine volle Kraft besitzt, so müsste es mit seiner Hilfe eigentlich möglich sein, das Tor zur Lichtwelt wieder zu schließen." Der ungewöhnliche Sturm um uns herum war mittlerweile so intensiv, wie nie zuvor und die leuchtenden Blitze erhellten den schwarzen Himmel immer regelmäßiger.

„Pah!", keifte der schwebende Dämon: „Seht es doch endlich ein... es ist zu spät! Es gibt kein zurück mehr! Bald werden sich die Welten vereinen und dann ist meine Zeit der Rache gekommen!" Ich beschloss Zabul so gut wie möglich zu ignorieren und dem Rat der weisen Magierin zu folgen. Mit beiden Händen umklammerte ich den Griff des schwarzen, energiegeladenen Schwertes und versuchte in mich zu gehen. „Soldaten Virias...", rief der teuflische Vizekönig fast schon feierlich: „Legt eure magischen Siegel an!" Schlagartig sank meine Konzentration auf Null! Schockiert sah ich auf und musste mit Entsetzen feststellen, wie sämtliche Gesandten Virias traumfängerartige Anhänger hervorholten und sich um den Hals banden.

„Oh nein...", stammelte ich vor mich hin.

„Ergreift die Magierin und den Knaben, doch lasst sie am Leben", lautete der Befehl des Schurken. Verflixt! Gegen so viele auf einmal hatten wir nicht den Hauch einer Chance! Ohne Aizys Magie waren wir aufgeschmissen, denn ich wusste nicht, wie effizient ich meine verbleibende Kraft noch nutzen konnte, um gegen all diese Männer vorzugehen. Es mussten mindestens ein Duzend sein, wenn nicht sogar noch mehr! Egal... ich musste es zumindest versuchen... bloß nicht aufgeben!

„HEA!", brüllte ich, als meine schwarze Klinge senkrecht herab sank und eine kleine Sichel aus dunkler Energie erzeugte, welche den ersten Soldaten, der auf mich zu kam, kampfunfähig machte. Dummerweise tauchten hinter ihm gleich zwei weitere Gegner auf, die mit erhobenen Schwertern auf mich zu stürmten. Schnell versuchte ich sie mit einem horizontalen Hieb auszuschalten, doch das magische Geschoss traf nur einen von ihnen. Eine heftige Erschütterung durchfuhr mich, als ich den darauf folgenden Angriff des anderen Mannes gerade noch rechtzeitig abwehrte. Erst jetzt bemerkte ich, wie erschöpft ich bereits war. Auch wenn das Dunkelschwert immer noch vor Energie vibrierte, so würde ich ihm nicht mehr lange ein guter Meister sein können – nicht dass ich mich jemals überhaupt als Schwertmeister gesehen hätte. Ich bemühte mich meine Konzentration aufrecht zu erhalten, den Attacken meines Gegners auszuweichen und sie bei Gelegenheit sogar zu blocken, doch als sogleich ein weiterer Viria Soldat hinzu kam, hatte ich bereits keine Chance mehr. Ein nicht zu heftiger, aber dennoch sehr schmerzhafter Schlag auf den Hinterkopf besiegelte mein Schicksal.

Pulsierende Schmerzen zogen sich durch meinen Körper, als die beiden grün gekleideten Männer mich mit aller Gewalt auf den harten Steinboden drückten. Ich konnte sehen, dass es Aizy nicht weit von mir, eben so ergangen sein musste. Schatten-Magie hin oder her... letztendlich war ich doch nichts weiter, als ein Kleinkind mit einem Vorschlaghammer. Womöglich war ich wirklich nicht würdig die Macht des edlen Dunkelschwertes zu erwecken.

Bisher hatte ich doch immer nur Glück gehabt. Beim Überfall aufs Dorf... beim Kampf gegen die Baumkobolde... oder gegen Dorozin... sogar dass ich Aizy kurzzeitig befreien konnte, war genau genommen nichts weiter als Glück! Elendes Glück! Hmmmm... Glück also... Nein! So durfte ich nicht denken! 'Vertraue!' hatte mir das Orakel geraten. Ich durfte auf keinen Fall die Hoffnung verlieren! Wenn ich schon so viel Glück hatte, dann konnte es mich doch nicht ausgerechnet jetzt verlassen. Ich musste nun einfach nur vertrauen... auf mich, auf Aizy, auf das Glück... oder womöglich eher auf das Schicksal?

„UUOHHHH...", stöhnte auf einmal einer der Soldaten, die meine Magielehrerin in ihrer Gewalt hatten. Dann ein zweiter... und ein dritter! Und auch noch die beiden über mir! Panik brach plötzlich unter den Männern aus, als weitere Pfeile auf sie einprasselten. Einige der spitzen Geschosse trafen sie direkt und andere zerstörten immerhin ihre Magie-Siegel. Schnell rappelte ich mich auf und versuchte für eine Weile meine Erschöpfung zu verdrängen. Ich nutzte das Wirrwarr, um durch die Reihen der Gegner zu flitzen und ihnen die letzten paar Anhänger abzuschneiden. Es dauerte nicht lange und schon flogen unsere Gegner in hohem Bogen von der Plattform, als Aizy ihnen eine Salve von Windstößen entgegen schleuderte, sie mit kleinen Wasserwellen zu Fall brachte und wegspülte. Schließlich waren alle Gesandten Virias entweder ohnmächtig, von Pfeilen durchbohrt oder vom Rande gefegt. Unglaublich, was so ein überraschendes Chaos bewirken konnte. Selbst ohne die magischen Siegel wären uns die Soldaten weit überlegen gewesen, doch nun hatte sich das Blatt gewendet. Also DAS nannte ich mal Glück!

Mein Herz füllte sich mit Hoffnung und trotz aller Müdigkeit kam wie durch ein Wunder – wahrscheinlich jedoch nur aus purer Freude – neue Kraft in mir auf, als ich in der Ferne auf dem zweithöchsten Turm des weißen Tempels den Schützen-Elf erkannte. Dieser Kerl hatte zweifellos einen starken Hang zu dramatischen Auftritten! Es war einfach unglaublich, dass er trotz des brutalen Sturms um uns herum so präzise zielen konnte! Moment mal... der Sturm! Das Dunkelschwert! Das Portal!!! Ohne weiteres Zögern konzentrierte ich mich wieder darauf mein vibrierendes Schwert zu besänftigen. Ich versuchte mich so weit wie möglich zu beruhigen und hörte tief in mich hinein. Ich suchte nach der Macht, die ich angeblich kontrollieren konnte. Wenn es mir nicht bald gelingen würde, sie zu finden und ihr zu befehlen das Tor zur Lichtwelt wieder zu schließen, dann hatte Zabul schon so gut wie gewonnen...

„Es ist wie im Schach", brachte mich die kaltherzige, hinterlistige Stimme des Vizekönigs aus der Konzentration: „Man sollte niemals die Aufmerksamkeit gegenüber den wirklich wichtigen Figuren verlieren, seien es eigene oder gegnerische." Eher reflexartig, als absichtlich öffnete ich meine Augen und blickte nach oben.

„Flo... kümmere dich nicht um mich!", keuchte die junge Magierin: „Richte deinen Fokus nur auf deine innere Kraft!" Der Dämon höchstpersönlich hatte nun eingegriffen. Aizy schwebte dicht vor ihm und schien allmählich keine Luft mehr zu bekommen. Mist! Dieser Dreckskerl! Zornerfüllt richtete ich mein energiegeladenes Schwert nach oben, um einen magischen Schattenangriff zu versuchen, als meine Magielehrerin mir plötzlich vor mein imaginäres Fadenkreuz glitt.

„Na los!", sprach Zabul gleichgültig: „Greif doch an... Oder hast du etwa Angst du könntest unsere liebe Aizylef verletzen?" Der boshafte Genuss in seiner Stimme widerte mich an. Dieses Scheusal spielte nur mit uns! Er konnte letztendlich ja doch machen was er wollte... Wie sollten wir gegen so etwas ankommen?!

Wie aus dem Nichts durchbrach auf einmal ein gewaltiger Wirbel den Sturm und ein Pfeil, noch schneller und präziser, als alle vorherigen sauste auf den schutzlosen Rücken des Dämons zu. Falks Spezialität, die Beherrschung des Luft-Elements... der Wind-Pfeil! Wenige Zentimeter vor seinem Ziel verpuffte alle magische Energie und der Pfeil prallte ab, als wäre er gegen eine unsichtbare Mauer geflogen.

Zabul lachte: „Der nächste unselige Bauer in diesem Spiel, der glaubt, er könne mich überraschen und mir was anhaben." Er entließ Aizy aus seiner magischen Gewalt und löste sich in Rauch auf. Die Magierin fiel schneller, als ich überhaupt reagieren konnte, doch da hatte sie auch schon der schwarze Ritter, auf dem fliegenden Drachen aufgefangen. Erik, der erste Auserwählte, mein Vater... Ich hatte ihn und sein überdimensionales Schoßtier schon fast vergessen. Plötzlich tauchte auch der teuflische Vizekönig wieder auf und hatte Falk im Schlepptau, der nun den Platz einnahm, welchen Aizy vor wenigen Sekunden noch besetzt hatte.

„Tut mir Leid, dass ich so spät bin... wiedermal...", keuchte der Elf unter Atemnot. Mir fehlten die Worte... So wie die Kraft beim vorherigen Anblick des Schützen-Elfen in mir emporgestiegen war, so verließ sie mich nun auch wieder. Ich ließ das Dunkelschwert los und fiel auf meine Knie. Schien als wären wir alle wieder vereint.

„Schachmatt..." Die bösartige Stimme Zabuls klang beinahe schon wie ein sich ewig wiederholendes Echo in meinem schmerzenden Kopf.

„Florian... Komm zu uns." Mein Vater... Nein, der schwarze Ritter streckte mir seine Hand entgegen. Ich ignorierte seine Geste und richtete mich selbstständig wieder auf. Die junge Magierin und der Schützen-Elf wurden nun von den mächtigen Vorderpfoten des Drachen auf den Boden gedrückt, sodass sie völlig bewegungsunfähig waren. „Die Vereinigung der Welten ist sowieso nicht mehr aufzuhalten", sprach der finstere, gepanzerte Mann vor mir: „Schließe dich uns doch an."

Ich sah ihm tief in die glanzlosen Augen und sprach: „Erinnerst du dich denn überhaupt noch daran, wer ich eigentlich bin?"

„Du bist mein Sohn... Wie könnte ich dich jemals vergessen?" Diesmal klang er beinahe schon wirklich wie der Mensch, den ich so sehr vermisste, doch innerlich kannte ich die schmerzliche Wahrheit. Auch wenn er so aussah, wie mein Vater, so war er im Moment nichts weiter, als ein Diener Zabuls. In meinem Herzen löste diese Erkenntnis jedes mal aufs neue, wenn ich ihn ansah, so unglaubliche Qualen aus, dass ich am liebsten schreien wollte, doch irgendwo in einem geheimen Winkel meines Bewusstseins, klammerte ich mich an die Hoffnung, ihn irgendwie aus dem Bann erlösen zu können.

Ein heftiger Blitz, heller als alle vorherigen, durchbrach mit ohrenbetäubendem Donnern die spiralförmige Wolkendecke. Der Sturm war zwar immer noch unheimlich stark, doch zumindest blieb er konstant. Noch intensiveren Naturgewalten hätte der Weiße Tempel womöglich nicht standgehalten. Das Vibrieren des schwarzen Schwertes, das ich wieder fest umklammerte ließ ebenfalls nicht nach. Dann war es scheinbar so weit! Ein kleiner Lichtpunkt erschien wie aus dem Nichts inmitten der Plattform. Alle starrten wie gebannt auf den winzigen, leuchtenden Fleck, welcher ganz langsam zu wachsen schien.

„JA!", rief der bösartige Dämon erfreut: „Endlich ist es so weit! Nun ist MEINE Zeit gekommen!"

Alles in allem hatte es wirklich unheimlich lange gedauert, doch ich hatte von Anfang an keine Chance gehabt es zu verhindern. Was würde nun geschehen? Konnte Zabul in die Lichtwelt reisen und sie ebenso unter seine Gewalt bringen wie Obscuritas? Oder würden die beiden Dimensionen wirklich zu einer einzigen verschmelzen? Was auch immer passieren würde... es wäre meine Schuld. Ich hatte als Auserwählter versagt.

Als der strahlende Punkt immer größer und größer wurde, wobei sein Licht überraschenderweise nicht blendete, entstand ein leichter Sog in seinem Zentrum. Zunächst war dieser so gering, dass gerade mal einige kleinere Bruchstücke der kaputten Traumfänger in seine Richtung gezogen wurden, doch dabei blieb es nicht. Bald schon konnte ich sehen, wie einige Waffen, der Viria Soldaten vom goldenen Licht verschlungen wurden und allmählich rutschte sogar der Körper einer der Männer, welche von Pfeilen getroffen worden waren auf das Zentrum der ungewöhnlichen Anziehungskraft zu.

Dann sah ich es... Das lange, breite und edel geschmiedete Stück Stahl mit dem großen, handlichen Griff. Iras Schwert! Ich Volltrottel hatte es in all dem Aufruhr völlig vergessen und irgendwo herumliegen lassen! Einen Herzschlag lang ging mir die rührende Geschichte der Schwertkämpferin durch den Kopf.

Diese Waffe war das letzte, was ihr aus ihrer tragischen Vergangenheit geblieben war. Ohne weiter nachzudenken lief ich auf das Großschwert zu, das sich immer schneller der Lichtkugel näherte, welche die Größe eines menschlichen Kopfes bereits überschritten hatte.

„Flo! Tu das nicht!!!", schrie mir Aizy hinterher, die zwischen den Klauen des Drachen hervorschaute.

Nun wurde der tote Viria Soldat in die kleine Sonne gesogen und war verschwunden. In letzter Sekunde hechtete ich dem Zweihänder hinterher... und konnte gerade noch seine Spitze berühren, bevor er vom grellen Licht verschlungen wurde.

Nicht schon wieder! Ich hatte ein weiteres mal versagt! Ich hatte den wertvollsten Gegenstand meiner besten Freundin verloren. Sie hatte versucht mich vor all diesem Unheil zu waren. Hätte ich auf Ira gehört, dann wäre es erst gar nicht so weit gekommen...

Tränen aus Zorn über mich selbst rannten mir kühl über die... nein... sie gelangten erst gar nicht auf meine Wangen. Sie wurden direkt in das gleißende Licht gesogen, welches dabei war, mich ebenfalls zu verschlingen. Panik gewann nun die Oberhand in mir und ich versuchte mich verzweifelt der stärker werdenden Anziehungskraft zu entziehen. Es war als würde man versuchen mit einem Fallschirm auf dem Rücken gegen heftigen Wind anzukommen... absolut zwecklos!

Ich hörte noch die Schreie von Aizy und Falk, doch für mich gab es jetzt kein Entrinnen mehr. Dann realisierte ich wieder das vibrierende Schwert auf meinem Rücken und hielt es der hellen Energiequelle instinktiv entgegen. Wie durch ein Wunder stoppte der Sog augenblicklich! Es dauerte eine

Sekunde, bis ich überhaupt kapierte, dass ich gerettet war. Anschließend schritt ich dem leuchtenden Ball langsam entgegen, wie ein Urmensch, der versuchte ein wildes Tier mit einer brennenden Fackel zu verjagen. Es klappte! Die Kugel wurde wieder kleiner... Ich konnte sie mit Hilfe des Schwertes nun tatsächlich kontrollieren!

„NEIN!", hörte ich den Dämon zum aller ersten mal wirklich schreien: „Das kann einfach nicht sein! Du kannst diese Macht unmöglich ganz alleine beherrschen!"

Und wie ich es konnte! Das Licht hatte sich schon fast wieder auf Orangengröße zurückentwickelt, als ich wie von der Kanonenkugel getroffen nach hinten geschleudert wurde und beinahe über den Rand der Plattform gerutscht wäre. Langsam versuchte ich mich trotz aller Schmerzen wieder aufzurappeln. Ich konnte also wirklich etwas unternehmen... ich hatte tatsächlich die Macht dazu!

„WIEDERMAL...", sprach Zabul jetzt laut, jedoch in gewohnt ruhigem Ton: „...hast du mich überrascht. Es ist wahrlich erstaunlich, dass ein Wicht wie du das so oft hintereinander fertig bringt, doch um so glorreicher wird mein Erfolg sein, wenn du schließlich auch zu meinen Dienern gehörst." Er stand nun genau zwischen mir und der Lichtkugel, welche erneut zu wachsen begonnen hatte. „Du wirst deinem Schicksal nicht entgehen können", sprach der Schurke weiter: „Vergiss niemals, Kleiner... wer hier die Fäden in der Hand hält!"

Bei diesen Worten deutete er auf Aizy und Falk, die unter dem Druck zu leiden schienen, den der Drache nun auf sie ausübte. Links von ihnen stand mein willenloser Vater und rechts die verräterische Blut-Elfe. Das Scheusal hatte recht. Er war immer noch derjenige, der alle Trümpfe in der Hand hatte. Es war einzig und allein SEIN krankes Spiel und er allein bestimmte die Regeln. Ich warf einen Blick auf die wachsende, leuchtende Bedrohung in der Mitte der Plattform und dann auf meine leidenden Freunde unter den Drachenpfoten. Nur für einen kurzen Moment kreuzte sich mein Blick mit dem der Magierin. Ich wusste was ich zu tun hatte.

Meine Augen geschlossen und das Dunkelschwert fest in meinen Händen, richtete ich all meine Konzentration auf den strahlenden Energieball hinter Zabul. Dann öffnete ich meine Augen wieder und streckte ihm die schwarze, vibrierende Klinge entgegen.

Ohne sich umzudrehen sagte er: „Du lernst schnell... nun kannst du das Portal auch schon aus der ferne kontrollieren. Deine Gefährten sind dir aber offensichtlich egal." Der Teufel in Menschengestalt hielt auf einmal seine Hand nach oben und mit einem Schlag war all meine Konzentration wieder verflogen. Die immer noch ohnmächtige Ira schwebte langsam empor und über die Brüstung des Turmes hinaus „Mal sehen wie du dich jetzt entscheidest...", grinste er dämonisch.

Sie fiel. Ich rannte... wiedermal. Doch im Gegensatz zur Dunkel-Elfe würde die Schwertkämpferin sicherlich nicht so sanft auf den Steinboden herab schweben. Die Zeit schien abermals still zu stehen, als mir klar wurde, dass ich viel zu weit weg war. Niemals hätte ich sie noch erreichen können, nicht mal wenn ich so flink wie Falk gewesen wäre. Ira... wie in Zeitlupe – so kam es mir vor – streckte ich meinen Arm aus, als könnte ich sie berühren.

„IRAAAA!!!!", brach es aus mir heraus, wie damals beim Kampf gegen den Lindwurm. Bloß dass diesmal kein Schützen-Elf zur Stelle war um die junge Schwertkämpferin zu retten. Aber dafür ein Auserwählter! Im letzten Augenblick erschien die größte und beste Magieblase, die ich jemals zustande bringen konnte direkt unter ihr und federte sie senkrecht in die Luft zurück. Als das Mädchen diesmal wieder herunter fiel, war ich jedoch schon zur Stelle. Im Nachhinein betrachtet, hätte ich vielleicht eine zweite Blase herbeizaubern sollen, oder gleich mehrere Blasen. Na ja, wie auch immer... Hauptsache wir hatten es beide überlebt.

*Charaktere – ZABUL*

*Szenen – DER LETZTE KAMPF*

# Versagt

„Es... es tut mir ja so Leid", brachte ich nur schwer atmend hervor.

„Ach ja?", antwortete die Schwertkämpferin während sie mich mit halb geöffneten Augen ansah: „Zumindest sind wir jetzt quitt, was die Sache mit dem Sturz angeht." Sie lächelte schwach und versuchte sich von mir aufzurappeln. Zweifellos hatte ihr die Bruchlandung genau so viele blaue Flecken beschert, wie mir. Nun hoffte ich jedoch, dass sich keiner von uns beiden etwas gebrochen hatte. Als Ira sich behutsam von mir entfernte, streifte ihr im Schein des Lichtportals golden glänzendes Haar nur ganz kurz über mein Gesicht. In diesem Moment wurde es mir klar...

„Es war gar kein Traum!" Ich glaubte mir jeden Knochen gebrochen zu haben, als ich mich viel zu hastig aufsetzte.

„Was meinst du?", fragte das neben mir kniende Mädchen. Dieses Gefühl... diese Wärme... dieser Duft...

Ich sah ihr in die unendlich dunklen Augen und meinte nur: „Ich bin so ein Idiot..."

„Wow, ich muss ja ziemlich lange geschlafen haben", grinste Ira gewohnt frech: „Solche Worte aus deinem Munde... was habe ich denn alles verpasst?"

„Nicht so viel wie ich." Sie konnte nicht wissen, wie ich das meinte, also fuhr ich mit einer etwas logischeren Antwort fort: „Nur Zabuls Sieg über uns alle und das Versagen, des Auserwählten des Schattens."

Ich warf einen Blick auf die wachsende Lichtkugel. Die letzten paar Waffen und Körper der Gesandten Virias waren gerade dabei in ihr zu verschwinden. Nichts hätte ich in jenem Moment lieber getan, als diesem

Treiben ein Ende zu setzen, doch ich war mittlerweile schon viel zu geschwächt, um auch nur aufzustehen. Ich hätte wahrscheinlich nicht mal mehr der Kraft des Dunkelschwertes Herr werden, geschweige denn mich noch auf irgendetwas wirklich konzentrieren können. Außerdem würde ja ohnehin jeder weitere Versuch Widerstand zu leisten durch Zabul höchstpersönlich vereitelt werden. Aizy und Falk befanden sich auch noch in der Gewalt des Drachen, der sie nun zumindest nicht mehr unnötig quälte. Sie starrten beide, genau so wie der schwarze Ritter, Lari... nein, Sidarva und nicht zu vergessen der Vizekönig selbst in die langsam aber stetig wachsende Minisonne. Der Sog wurde merklich stärker. Bald würde er uns alle an sich reißen. Ob das unseren Tod bedeuten würde? Vielleicht nur indirekt... Am wahrscheinlichsten erschien mir die Theorie, dass sich die Welten tatsächlich auf irgendeine Weise vereinen würden und dann hatte Zabul wirklich erreicht, was er wollte. Und ich naiver Junge hatte Schuld.

„Also ist es jetzt endgültig vorbei?" Iras Blick sah melancholisch aus. Womöglich erschien es mir aber auch einfach nur zu seltsam, sie ausnahmsweise mal nicht voller Übermut und Tatendrang zu sehen.

„Er ist einfach zu mächtig", antwortete ich: „Egal was wir versuchen würden... er könnte es zehn Meilen gegen den Wind riechen und uns aufhalten."

„Dabei sieht er nun sogar noch erbärmlicher aus, als vorher. Diesen neuen Stil hat er sicher dir zu verdanken." Wieder lächelte das geschwächte Mädchen.

Ich nickte: „Nur die Kleidung konnte ich beschädigen. Sein Körper hat keinen einzigen Kratzer abbekommen."

„Na immerhin hast du ihn überhaupt getroffen. Mein Feuerhieb hat dieses Monster nicht einmal erreicht." Die Haut der jungen Schwertkämpferin schien zart und blass im mystischen Leuchten des sich öffnenden Portals. Eine seltsame Ruhe kehrte um uns herum ein. Ich kam mir fast schon vor, als würde ich mit Ira vor einem großen Lagerfeuer sitzen.

„Wieso bist du ganz alleine hier her gekommen?", fragte ich neugierig.

Sie zögerte: „Nun ja... unsere liebe Elfenfreundin ist anscheinend schlafgewandelt. Ich bin ihr nachgeschlichen und dann auf den Mistkerl mit seinem Gefolge gestoßen. Nach meinem impulsiven Fehlangriff, wurde ich gegen den großen Turm geschleudert. Die Elfe war inzwischen bereits auf dessen Spitze gestiegen und der Dämon schwebte genau vor ihr. Ich lief die Wendeltreppe hoch um nachzusehen, was da vor sich ging, doch meine Schritte fielen mir immer schwerer und schwerer." Zweifellos der Effekt des dunklen Talismans, nahm ich an. „Ich kam gerade noch rechtzeitig, um zu beobachten, wie Zabul der Schlafwandlerin die Hand auf die Stirn legte und sie ihre wahre Gestalt annahm. Dann muss ich wohl weggetreten sein." Wahre Gestalt? Was meinte sie damit? Für mich sah Sidarva nun auch nicht anders aus, als Larima vorher. Ich beschloss jedoch nicht weiter nachzufragen, sondern ein anderes, wichtigeres Thema anzuschneiden, bevor das Licht uns alle verschlingen würde.

„Ira...", ich zögerte zunächst, doch dann rutschte ich etwas näher an sie heran: „Es tut mir wirklich Leid." Sie sah mich verträumt an und lächelte. Ein weiterer, viel zu ruhiger Ausdruck in dem Gesicht des sonst so energischen Mädchens. „Du hattest von Anfang an recht. Ich hätte niemals auf sie reinfallen dürfen, auch wenn sie ihr Gedächtnis verloren hatte. Ich meine..."

Sie winkte ab und sah mir tief in die Augen. So seltsam die Situation auch schien, doch die Schwertkämpferin machte nun einen glücklichen Eindruck. „Es war kein Traum, oder?", fragte ich, obwohl die Antwort sowieso klar war: „Ich meine als du... heute Nacht..."

Jetzt blickte sie schüchtern nach unten: „Ich weiß nicht was ich mir dabei gedacht habe. Es war diese ganze Unruhe, die in der Luft lag... und dann wollte ich auch noch die Elfe verfolgen und habe dich da so friedlich liegen sehen. Ein komisches Gefühl überkam mich... so als würde etwas schlimmes geschehen... es kam mir beinahe so vor, als würde ich dich nie wieder sehen."

„Ira...", flüsterte ich. Mehr fiel mir nicht ein. Das hübsche Mädchen sah wieder auf und ich glaubte Tränen in ihren Augen erkennen zu können, als sie weiter sprach: „Ich bin bloß froh, dass wir uns doch noch ein letztes mal sehen konnten."

Ein seltsames Gefühl durchströmte mich. Am liebsten hätte ich das Mädchen vor mir in meine Arme geschlossen und nie wieder los gelassen. Doch da war noch mehr. Wieder spürte ich jeden einzelnen Knochen in meinem Körper, als ich aufstand.

„Was... hast du vor?", wunderte sich die Schwertkämpferin. Die vibrierende Kraft des Dunkelschwertes in meiner Hand schien mir beinahe unkontrollierbar und die Anziehungskraft des Lichtportals war bereits stark genug, um den Boden unter uns erzittern zu lassen.

„Ich weiß nicht was nun geschehen wird", antwortete ich: „Aber als Auserwählter kann ich einfach nicht länger tatenlos herumsitzen." Immer noch fühlte ich die physische und psychische Erschöpfung an mir nagen. Ich hatte nicht die leiseste Ahnung woher dieser Sinneswandel gekommen war...

es konnte dieses seltsame Gefühl sein, das Iras Nähe mir gab, oder aber auch die Last, welche mir die Legende auferlegt hatte... womöglich war es jedoch einfach nur totaler Verlust jeglichen Bezuges zur Realität. Mit anderen Worten... ich hatte schon wieder komplett den Verstand verloren. In Anbetracht unserer verzweifelten und verrückten Lage konnte man mir dies allerdings kaum übel nehmen.

„Na dann lass mal sehen, was du so drauf hast... Auserwählter!" Die schwertlose Schwertkämpferin stand voller Zuversicht neben mir und schien kampfbereit zu sein. Es war fast schon unheimlich wie schnell sich ihr Temperament wandeln konnte.

„Ira... Es tut mir Leid, aber ich habe dein Schwert verloren", wieder kamen Schuldgefühle wegen meines Versagens in mir hoch: „Ich hätte es fast noch erwischt, aber..."

Ein weiteres mal winkte sie ab: „Ach was... eine Schwertkämpferin, die nicht mal ihre eigene Waffe beschützen kann, hat es nicht anders verdient. Konzentriere du dich mal lieber auf deinen Part!"

Ob sie vor hatte, mir ohne Waffe beizustehen? Da sie nun wieder ganz die alte zu sein schien, hatte ich keinen Zweifel daran. Ihr Übermut bereitete mir zwar wie immer Sorgen, doch hierbei handelte es sich ohnehin nur um eine Tat der Verzweiflung. Was spielte es noch für eine Rolle? Dann waren wir eben beide verrückt!

Mein gesamter Körper fühlte sich an wie Gelatine, als ich eine kleine Sichel aus schwarzer Magie auf Zabul schleuderte, welcher näher an der Quelle des Lichts stand, als alle anderen. Der Schurke konnte sich gerade noch umdrehen, um zu sehen wie die Attacke auf ihn zu kam, bevor sie ihn voll erwischte.

Das ruhige Lachen des Dämons hallte wieder über die Plattform: „Offensichtlich bist du sehr geschwächt, Kleiner. Es wundert mich jedoch, dass du überhaupt nochmal aufgestanden bist. Du trägst wahrlich den Geist deines Vaters in dir." Wieder hatte er keinen Kratzer davongetragen. Ich war überzeugt davon, dass er meinen Angriff bereits vorher gespürt hatte, allerdings absichtlich nicht ausgewichen war um zu sehen, was ich noch zustande brachte. Seltsamerweise löste diese Erkenntnis diesmal keinerlei Emotionen in mir aus, weder Wut, noch Hass, noch Furcht. Ich blieb absolut ruhig. Wie die ganze Sache ausgehen würde, stand zwar in den Sternen, doch nun hatte ich keine Ängste mehr. Ich fühlte mich beinahe wie betäubt.

Ohne weiter nachzudenken richtete ich meine vibrierende Klinge dem leuchtenden Tor zur Lichtwelt entgegen, welches schon mindestens ein Drittel der Plattform eingenommen hatte und den Boden unter sich aufsaugte. Ich konzentrierte mich so intensiv, wie es mir in meiner Lage noch möglich war, doch es tat sich einfach nichts. War ich wirklich schon zu schwach um meine ach so besondere Kraft einsetzen zu können?

„Tja...", ertönte die schadenfrohe Stimme Zabuls wieder: „Scheint als käme deine spontane Initiative zu spät. Nun kannst nicht einmal du selbst mehr das Tor zur anderen Welt an seiner endgültigen Öffnung hindern. Gleich wird es das Stadium erreicht haben, in welchem man bereits ungehindert durch die Dimensionen reisen kann." Verflixt! War es wirklich schon zu spät? Das konnte doch nicht sein! Ich hatte den Öffnungsmechanismus ausgelöst, also musste ich das Tor auch wieder schließen können. Bloß wie?

Auf einmal fühlte ich die Energie, welche aus dem Schwert strömte so intensiv, wie niemals zuvor. Ich wusste genau, dass mein Körper zu geschwächt war, um sie einsetzen zu können, doch mein Geist war nun entschlossener den je. Wenn schon alles dem Ende entgegen ging, dann spielte das nun auch keine Rolle mehr. Ich holte weit aus und spürte, wie mich die Magie durchströmte. Eine solche Macht hatte ich zuletzt bei meinem Rundumhieb gegen die Baumkobolde und das Goblinschwein gefühlt, bloß dass ich diesmal keinerlei Hilfe der seltsamen, vermummten Gestalt vernahm. Ich spürte wie sich eine ungeheure Energie in der vibrierenden Klinge meines schwarzen Schwertes gesammelt hatte. Die finale Attacke war vorbereitet!

Der Dämon hatte nur zwei Möglichkeiten. Entweder er würde in all seinem Hochmut nochmals sehen wollen, was der Auserwählte des Schattens so zu bieten hatte, oder aber er spürte die gewaltige Energie, welche ich gesammelt hatte und würde ausweichen. Ich hoffte auf Ersteres. Gerade als ich ihm die volle Ladung verpassen wollte, hörte ich Iras Kampfschrei. Sie sauste an mir vorbei wie ein entflammter Blitz und sprang Zabul so furchtlos und energisch, wie eh und je entgegen. Die Anziehungskraft der immer noch wachsenden Sonne hinter dem Schurken, beschleunigte das Mädchen im Sprung sogar noch zusätzlich. Der Vizekönig verzog keine Miene, als Iras feurige Faust ihn so heftig ins Gesicht traf, dass sogar ich die heiße Schockwelle in der Luft spüren konnte. Der Schlag war zweifellos noch um einiges härter, als der, welchen Thazyl mit seinem Schutzschild abbekommen hatte.

Ich glaubte schon das knacken von Zabuls gebrochener Nase gehört zu haben, als ich feststellen musste, dass er immer noch sein bösartiges Grinsen im Gesicht trug und keinerlei Schaden genommen hatte. Plötzlich kam es sogar noch schlimmer. Die mutige Angreiferin konnte dem Sog des Lichtportals nicht standhalten und wurde schneller angezogen, als ich überhaupt reagieren hätte können. Kurz bevor sie das goldene Licht vereinnahmen konnte, blieb sie jedoch auf magische Weise in der Luft hängen. Mein Herz schlug immer noch Purzelbäume vor Schreck, als sie langsam vom Portal weg schwebte. Wenn der teuflische Dämon es bisher noch nicht gewagt hatte ins Licht zu treten, dann war es zweifellos auch noch zu riskant. Ich hätte meine Freundin womöglich für immer verloren. Dann bemerkte ich jedoch, dass sie genau zwischen Zabul und mir zu stehen kam.

„So...", ertönte seine kalte Stimme: „Mal sehen was nun passiert..."

Die Fetzen seiner ehemals so pompösen Kleidung wehten unruhig im Sog des Portals, doch das Scheusal selbst stand sicher wie ein Felsen in der Brandung. Ira schien so fest in seiner Gewalt zu sein, dass sie nicht mal ein Wort hervor brachte, sondern lediglich glucksende Geräusche. Egal was ich nun tun würde, es musste schnell geschehen! Das Tor zur Lichtwelt war beinahe offen. Aizy und Falk auf der anderen Seite der Plattform – immer noch unter den Pfoten des Drachen, der sich keinen Millimeter gerührt hatte – sahen mich mit einem Blick an, als würden sie alle Entscheidungsgewalt auf mich abwälzen. Der schwarze Ritter glich eher einer gefühllosen Steinstatue und Sidarva sah mich erwartungsvoll an, wie ein naives Kind, das eine spannende Sendung im Fernsehen verfolgte. Ihr Blick war mir von allen am rätselhaftesten, da ich ihn in jenem Moment nirgends wirklich einordnen oder einen Sinn daraus lesen konnte, doch Zeit für Überlegungen blieb nicht mehr. Ich sah der Schwertkämpferin ein letztes mal in die Augen.

„Vertraust du mir?", fragte ich sie gerade noch laut genug. Sie konnte sich scheinbar weder bewegen, noch antworten, doch in ihren Augen leuchtete etwas auf. Es war keinerlei Furcht ihn ihnen zu erkennen, nur der typische Übermut und die gleiche, feurige Zuversicht, wie immer.

Ihr Blick gab mir Mut. Ich konzentrierte mich wieder auf die Macht in meinem Schwert und entfesselte einen Schatten-Angriff, noch viel mächtiger, als der vorherige. In jenem Augenblick glaubte ich beinahe mit meiner Waffe eins geworden zu sein. Es war weder meine Macht, noch die des Schwertes... es war unsere Macht! Ein schwarzer Blitzschlag, zu schnell für jedes menschliche Auge, jedoch so heftig, dass er kurzzeitig alles um ihn herum verdunkelte, sogar das Leuchten des Portals, löste eine gewaltige Druckwelle dunkler Energie aus. Alles um mich herum war voll schwarzem Staub und es sauste nur noch eine Frage durch meinen Kopf... Wie ging es Ira?

Als die Sicht wieder klarer wurde, erkannte ich die Silhouetten des Dämons und des Mädchens, das offenbar immer noch vor ihm schwebte. In mir war nur noch Leere. Alle Systeme hatten scheinbar abgeschaltet, da sie sonst überlastet gewesen wären. Nicht wegen der Attacke... zweifellos hatte mir diese das letzte bisschen Kraft in meinem Körper abverlangt, sodass ich fürchten hätte müssen selber zu sterben, doch darum ging es mir nicht. Ich hoffte, dass ich meine Freundin nicht erwischt hatte. Als sich schließlich jeglicher Staub gelegt hatte, sah ich Zabuls teuflisches Grinsen. Die Schwertkämpferin sah jedoch unversehrt aus. Eine Flutwelle aus Schmerzen durchströmte mich, als sich sämtliche Funktionen meines Körpers wieder normalisierten, doch ich war erleichtert, wie noch nie vorher in meinem gesamten Leben. Ira hatte ihre wunderschönen, dunklen Augen geöffnet.

„Dies war das letzte mal...", rief der dämonische Vizekönig mit klarer Stimme: „Es war töricht von mir dich so lange zu unterschätzen, doch ab jetzt wird mir dieser peinliche Fehler nicht mehr unterlaufen, Kleiner." Ich sah, wie ein schwarzer Streifen seinen Rumpf quer in der Mitte teilte. Nach und nach verfärbte sich auch der Rest seines Körpers und zerfiel langsam zu Staub. „Doch sei dir deiner Sache nicht zu sicher...", warnte mich das Scheusal: „Wenn du tatsächlich glaubst, dies sei meine wahre Macht gewesen, dann wird dir bei unserem nächsten Treffen ein böser Schock bevorstehen." Sein finsteres Gelächter hallte noch durch die Luft, bis nicht auch das letzte, schwarze Staubkorn seines Körpers verflogen war.

„Florian..." Ira... hatte sie mich etwa soeben bei meinem richtigen Namen genannt? Und das womöglich sogar noch absichtlich? Erst jetzt realisierte ich, dass sie auf dem Boden kniete und langsam von der Anziehungskraft des goldenen Portals nach hinten geschleift wurde. Als ich allerdings zu ihr hin laufen wollte, fiel ich selbst zu Boden. Mein Körper gehorchte mir nicht mehr. Mit Mühe und Not gelang es mir die letzten paar Meter zu ihr hin zu robben, während sie versuchte der Quelle des Lichts so lange wie möglich fern zu bleiben.

„Ira... ich hab dich doch nicht verletzt, oder?" Langsam aber sicher wurde das Mädchen von dem leuchtenden Portal verschlungen, welches nun sicherlich bereits die Hälfte der Plattform füllte und auch ich spürte jetzt seine mächtige Anziehungskraft.

„Nein, Flo... das hast du nicht." Sie lächelte... es war zwar ein schwaches Lächeln, doch auf jeden Fall ein glückliches. Dann hob sie ab. Ich konnte gerade noch ihre Hand ergreifen. Für einen kurzen Moment – der mir allerdings wie eine Ewigkeit erschien – schwebten wir beide im Raum zwischen der Plattform, dem Loch in ihr, welches durch den Sog entstanden war und dem endlos erscheinenden, jedoch immer noch nicht blendenden Licht. Wir sahen uns einfach nur an. Eine Ewigkeit im Paradies... und dennoch zu kurz.

Ich weiß nicht mehr wie oder wann es geschah, doch unsere Finger lösten sich. Dann verloren wir uns im Licht. Dieses erschien mir nun nicht mehr golden, sondern einfach nur weiß. Alles um mich herum hatte diese Farbe... Ich schwebte in einem unendlich großen, weißen Raum. Was dies wohl für ein Ort sein mochte? Wobei ich mir gar nicht mal sicher war, ob man dies alles – oder besser gesagt – dieses Nichts als Ort bezeichnen konnte. Es kam mir mehr wie ein Zustand vor... eine Art von Dasein... War ich etwa tot? Bewegungsunfähig jedenfalls ganz sicher. Nicht dass es nötig gewesen wäre oder Sinn gemacht hätte mich zu bewegen... Zum einen war ja sowieso alles nur weiß und zum anderen überkam mich auch eine schreckliche Müdigkeit. Nicht nur körperlich, sondern auch geistig. Wenn ich mich nicht sowieso schon fast wie in Trance gefühlt hätte, dann wäre ich bestimmt eingeschlafen, doch ich konnte mich in diesem ungewöhnlichen Dasein auch ohne Schlaf prima erholen. Mein Kopf bereitete mir nun keinerlei Schmerzen mehr und eine entspannende Ruhe kehrte in mir ein. Es tummelten sich zwar immer noch sehr viele Fragen in meinem leicht verwirrten Hinterstübchen, doch jede einzelne fiel wie eine weiche Feder von mir und verlor sich im Nichts.

Wo war Ira nun? Was war mit Aizy und Falk geschehen? Oder mit Sidarva, meinem Vater und dem schwarzen Drachen? Vereinten sich nun etwa die Dimensionen? Was würde übrig bleiben wenn sich jegliches Licht und jeglicher Schatten aufheben würden? Finsternis wie in einem endlosen All ohne Sterne? Oder etwa... Helligkeit... wie in einem All ohne Sterne? Wie konnte man noch zwischen hell und dunkel unterscheiden, wenn keines von beidem existierte? Oder konnte es etwa eines ohne das andere geben? War es um mich herum überhaupt hell? Hätte ich all die Geschehnisse verhindern können? Hatte ich womöglich... versagt?

*Szenen – HAND IN HAND*

# Schlusswort

Glückwunsch!
Du hast soeben das erste Buch der *Finsternis-Trilogie* durchgelesen! Aber keine Sorge... all die Fragen, die Dir nun eventuell im Kopf herumschwirren, werden vielleicht schon im nächsten Band beantwortet. Das Abenteuer geht weiter in *Legenden von Obscuritas – Suche in der Finsternis*.
Viel Spaß!

Vielen Dank an alle, die mich unterstützt und ermutigt haben, an meinen Büchern weiter zu schreiben. Ohne euch alle – meine Testleser, meine Familie und meine Freunde – wäre dieses Buch wohl niemals entstanden.
Ein besonderer Dank geht auch an meinen guten Freund und Hobbylektor, der durch Rat und Tat mehr Zeit in mich und dieses Projekt investiert hat, als ich es selbst an seiner Stelle vermocht hätte.
Zu guter Letzt geht mein Dank natürlich auch an Dich, liebe Leserin / lieber Leser! Wenn Du Spaß beim Lesen hattest, dann haben sich die Jahre des Schreibens auch wirklich gelohnt. Und wenn nicht... nun ja, dann habe ich wohl einfach noch viel zu lernen und bedanke mich dennoch für Deine Ausdauer. ;)

Für Fragen, Kommentare und Kritik bin ich immer offen. Schreib mir doch einfach Deine Meinung an: *sz-alex-o@web.de*